Caroline Brinkmann

Laurelin –

Das Flüstern des Lichts

CAROLINE BRINKMANN

LAURELIN

DAS FLÜSTERN DES LICHTS

cbt

Bei diesem Buch wurden die durch das verwendete Material und die Produktion entstandenen CO_2-Emissionen ausgeglichen, indem der cbj Verlag ein Projekt zur Aufforstung in Brasilien unterstützt. Weitere Informationen zu dem Projekt unter: www.ClimatePartner.com/14044-1912-1001

FSC
www.fsc.org
MIX
Papier | Fördert gute Waldnutzung
FSC® C083411

Wir produzieren
Klimaneutral
ClimatePartner.com/14044-1912-1001
Druckprodukt

Penguin Random House Verlagsgruppe
FSC® N001967

1. Auflage 2023
Originalausgabe Februar 2023

Umschlaggestaltung: Carolin Liepins
Umschlagmotive: © Shutterstock.com (STILLFX, Jag_cz, Anuj_Striker, Mrs.Moon, Morphart Creation, dinadankersdesign, WinWin artlab)
Inhaltsmotive: © Shutterstock.com (Magicleaf, Olga Rom, Chikovnaya)
FK · Herstellung: AJ
Satz: KCFG – Medienagentur, Neuss
Druck: CPI books GmbH, Leck
ISBN 978-3-570-31533-0
Printed in Germany

www.cbj-verlag.de

Laurelin de Jong

Es war mal wieder einer dieser schrecklich öden Tage, an dem zehn hoffnungsvolle Junggesellen um meine Hand anhielten.

Ich versank im Stuhl neben meiner Mutter, Beatrice de Jong, der schönsten und furchteinflößendsten Person in ganz Amsterlock. Ohne zu zögern, würde sie die anderen Barone der Stadt im Schlaf ermorden und sich eine Krone aufsetzen. Sie war nicht nur ehrgeizig, sie war besessen von dem Gedanken, *alles* zu haben. Außerdem war sie zwanghaft kontrollsüchtig und vertraute niemandem, nicht einmal ihren eigenen Kindern.

Ich hatte acht Geschwister, was man Mutter nicht ansah. Ihr Körper und ihre Haut waren makellos, weshalb die Männer sie verehrten. Wobei nicht nur ihre Schönheit ihnen Anlass dazu gab, sondern auch ihr Geld und ihre Macht.

Aktuell hatte sie sieben Männer, aber das wechselte. Ständig kamen neue hinzu, während andere ausrangiert wurden wie aus der Mode gekommene Kleider. Lieben tat sie keinen von ihnen. Mögen vielleicht. Am ehesten wahrscheinlich Richard. Er sah gut aus, hatte ein ehrliches Gesicht und besorgt dreinblickende dunkle Augen. Irgendwie erinnerte er mich an einen Labrador. Zugegebenermaßen einen recht heißen Labrador. Er war immer an Mutters Seite, beschützte sie als ihr Bodyguard mit seinem Leben, und ich war mir sicher, dass er einen winzig kleinen Platz in ihrem Herzen hatte. Direkt neben ihrer teuren Garderobe und ihrem Schmuck.

»Laurelin! Lächle!«, erinnerte mich die Baronin der Liebe, woraufhin ich meine Bewerber noch finsterer anstarrte. Es wäre besser für sie, wenn sie sich erst gar keine Hoffnungen machten, dass ich sie erwählen könnte, denn egal welche Geschenke sie mitgebracht hatten, um meine Gunst oder die meiner Mutter zu erlangen, keiner von ihnen würde mich je sein Eigen nennen können.

Erst recht nicht Ruben Bos. Er war der Sohn eines Händlers für magische Gegenstände. Sein Vater verkaufte gutgläubigen Seeleuten Flaschen, in denen angeblich Klabautermänner wohnten, Geister, die auf Schiffe und ihre Mannschaft aufpassten. Die Loyalität seiner Familie galt dem Baron der Magie, aber das hielt ihn nicht ab, um meine Hand anzuhalten. Er hoffte sicherlich, dadurch neuen Einfluss zu gewinnen.

Nur über meine Leiche!

Der zweite Anwärter, Vincent Verhoeven, war eine lange Bohnenstange mit hübschem Gesicht, der herausgeputzter aussah als jeder Pfau. Kein Wunder. Sein Vater unterstand dem Baron der Seide. Ihm gehörten zahlreiche Boutiquen der Stadt und auch er hoffte auf eine Liaison mit den de Jongs.

Der dritte war ein großer, schlanker Kerl, der für meinen Geschmack zu viel grinste. Keine Ahnung, zu wem der gehörte. Ich hatte vergessen zuzuhören, als er vorgestellt wurde. Genau so wie bei den restlichen sieben Anwärtern.

»Hör auf, an deinen Nägeln zu kauen«, zischte meine Mutter. »Und setz dich gerade hin!«

»Wozu verstellen? Keiner von denen wird mein zukünftiger Mann.«

Selbst wenn mich einer überzeugen könnte, würde Mutter alle abweisen, denn während sie all ihre anderen Kinder schnell vermählte, um ihren Einfluss zu vergrößern, hatte sie mit mir andere Pläne. Ich war nicht nur Trägerin ihres Namens, sondern ihre

Klinge. Ihr Mädchen fürs Grobe. Diejenige, die sich die Hände schmutzig machte, um ihre Gegner auszuspionieren und aus dem Weg zu schaffen. Durch meine einzigartigen Fähigkeiten war ich für sie vor allem ungebunden von Wert.

Diese Veranstaltung war eine Farce und wir beide wussten das nur zu gut. Wenn einer von den Anwärtern mit den gebügelten Hemden und den polierten Schuhen da unten mein wahres *Ich* kennen würde, würde er vor Schreck in Ohnmacht fallen.

»Es wird vielleicht keiner dein Mann, aber etwas amüsieren könntest du dich schon.«

»Der Abend wäre alleine in meinem Zimmer deutlich amüsanter.«

»Was willst du denn alleine in deinem Zimmer?«

»Stricken.«

Meine Mutter verdrehte die Augen. »Einer dieser Männer wird ja wohl interessanter sein als dein schräges Hobby.«

Ich ließ meinen Blick erneut über die Anwärter gleiten. »Nicht wirklich.«

»Laurelin. Als Baronessa der Liebe musst du ein gewisses Bild vermitteln. Unsere Familie ist nicht nur reich und mächtig. Wir sind begehrenswert. Warum trägst du nicht das Kleid, das ich für dich ausgewählt habe?«

»Ich hasse Rot.«

»Es war Bordeaux«, informierte meine Mutter mich.

»Wie auch immer.«

Als Fürstentum der Liebe trugen die de Jongs immer eine Facette von Rot. Rosa. Zinnober. Scharlach. Purpur. Ich hatte den Überblick verloren. Darum trug ich Schwarz. Davon gab es nur eine Facette. Außerdem war es elegant und praktisch, denn in Schwarz konnte ich mit den Schatten verschmelzen. Und auf Schwarz sah man keine Blutflecken.

»Niemand nimmt dir ab, dass du einen Mann suchst, wenn du nicht einmal versuchst, hübsch auszusehen.«

»Ich sehe hübsch aus«, widersprach ich und drehte mich zu ihr. Immerhin trug ich heute einen Smoking, samt gebügeltem Hemd und roter Satinfliege. Mutter konnte sich also wirklich nicht beschweren.

»Du siehst aus, als hättest du einem der Diener seine Uniform gestohlen.«

»Das stimmt. Der arme Cedrick kauert jetzt nackt im Kleiderschrank.« Ich verdrehte die Augen.

»Laurelin, es gibt eine gewisse Etikette.« Sie warf mir einen weiteren abschätzigen Blick zu. »Nimm dir ein Beispiel an deiner Schwester Seraphine.«

Seraphine, der ganze Stolz des Hauses de Jong. Unglaublich hübsch und liebenswert – zumindest wenn man sie nicht näher kannte. Dann bemerkte man schnell, dass sie eine Tyrannin war. Wie Mutter.

»Sie wird Lord Ambrosa heiraten. Eine wahrlich gute Partie.«

»Den Zuhälter?«

Mutter rümpfte säuerlich die Nase. »Er ist mein einflussreichster und erfolgreichster Geschäftsführer mit ausgezeichneten Verbindungen in alle Fürstentümer.«

Lord Ambrosa war stolzer Besitzer zahlreicher Nachtclubs im Viertel der Liebe und charmant wie eine Schlange. *Lord* war nicht sein offizieller Titel. Er nannte sich selbst so, um sich wichtiger zu fühlen, und aus irgendeinem Grund ließ Mutter das durchgehen.

»Wenn du so eine gute Partie wie ihn für mich findest, sag Bescheid.« *Dann trag ich einen Müllsack samt Inhalt, um sicherzugehen, dass daraus nichts wird.*

»Ich glaube nicht, dass sich jemand seines Ranges für dich interessiert … Und jetzt lächle endlich.«

Ich versuchte an Kuchen zu denken – es gab nichts Besseres als Lakritztorte, um meine Laune zu heben –, aber heute funktionierte es nicht besonders gut.

»Du siehst immer noch aus, als würdest du jemanden ermorden wollen.«

Ich spielte mit meinen offenen Haaren. Männer mochten das. Zumindest behauptete das meine Schwester und jedermanns Liebling Seraphine. Sie waren dunkelbraun. Bis auf diese eine farblose Haarsträhne, die mich seit meiner Geburt zeichnete. Eine Pigmentstörung, die auf meiner Haut und den Haaren sichtbar war. An meinen Fingern blitzten silberne Ringe, mehr Waffen als Schmuck, aber immerhin. Zusammengefasst betrachtet hatte ich mir wirklich Mühe gegeben, einen guten Eindruck vor den Junggesellen zu machen.

Die Bewerber präsentierten weiter ihre Geschenke und ich versuchte, jedes mit einem Lächeln zu würdigen.

Wer hatte das goldene Einhorn mitgebracht? Allein für den Geschmack müsste ich ihn töten!

»Wie lange muss ich das noch aushalten? Mein Hintern schläft langsam ein.«

»Ich lasse nicht zu, dass die Leute wegen dir schlecht über uns reden«, drohte meine Mutter leise.

Ich verdrehte die Augen und stöhnte. »Keine Sorge, Mutter, das würde keiner wagen. Sie wissen, dass du ihnen sonst die Zunge rausschneiden lassen würdest.«

Dem konnte die Baronin der Liebe nichts entgegensetzen. Wir mussten beide an die Geschichte des armen Ulfrieds denken, der das Gerücht in die Welt gesetzt hatte, dass mein Bruder impotent sei, was für einen Sprössling der Liebe natürlich ein Skandal wäre. Etwas, das Ulfried nie mehr tun würde. Das hatte Mutter sichergestellt …

Endlich, eine Unmenge an Komplimenten und exotischen Kostbarkeiten später, setzte die Musik ein und kündigte das Ende der Veranstaltung an.

Meine Mutter erhob sich galant. »Danke für eure Vorstellung, meine Herren, und die wohlüberlegten Geschenke, die das Herz meiner Tochter zutiefst berührt haben.«

Ein Laut des Unglaubens gluckerte meine Kehle empor, aber ich schluckte ihn schnell herunter.

Ohne mir Beachtung zu schenken, zeigte sie zu den großen Glastüren, die jetzt von den Dienern geöffnet wurden. »Ihr könnt nun auf den Balkon gehen und die Sicht in meinen Rosengarten genießen. Erfrischungen stehen dort ebenfalls bereit.«

»Zu gütig. Danke, Baronin«, murmelten die Anwesenden.

»Außerdem habt ihr die Chance, meine Tochter, die Baronessa Laurelin de Jong, ganz ungezwungen kennenzulernen. Jetzt, wo das Formelle abgehakt ist.«

Die jungen Männer lächelten mich neugierig an und ich hätte meiner Mutter am liebsten den Hals umgedreht.

»Was?«, zische ich ihr zu. »Ich soll mich auch noch mit denen unterhalten?«

Das würde ich nicht überleben. Oder sie …

»Keine Sorge.« Meine Mutter verdrehte die Augen und sah den Anwärtern nach, die unseren pompösen Empfangssaal verließen, der nur für diesen Zweck mit Hunderten von Rosen dekoriert worden war. Die Lieblingsblumen meiner Mutter. »Ich schick dir zwei deiner Schwestern zur Unterstützung. Ein paar von denen erscheinen mir als eine erträgliche Partie für Gerlina. Vor allem der Verhoeven-Junge sieht ganz ansehnlich aus.«

Die Bohnenstange mit dem hübschen Gesicht?

»Hat er das Einhorn mitgebracht?«, seufzte ich.

Meine Mutter nickte. »Das Horn ist mit kostbaren Edelsteinen verziert. Man munkelt, seine Familie sei pleite, aber bei *dem* Geschenk kann ich das kaum glauben.«

»Ich werde es in Ehren halten.« *In irgendeiner dunklen Schublade …* Ich verzog mein Gesicht und stand auf. Gerade marschierte ich auf den Balkon zu, als die Tür aufschwang und meine Schwestern Gerlina und Seraphine in den Saal eilten. Die beiden sahen wie immer bezaubernd aus. Gerlina in einem Albtraum aus rosafarbener und weißer Seide. Seraphine in einem lachsfarbenen Kleid, das ihren kurvigen Körper wie einen Wasserfall umschloss.

»Lauri!«, rief Gerlina und zupfte an meiner Satinfliege. »Wow! Du siehst super aus. Versuchst du einen neuen Trend zu setzen?«

Seraphine schnaubte. »Sie macht sich lächerlich.«

»Ignoriere sie«, flüsterte Gerlina und hakte sich bei mir ein. »Und? Wie sehen sie aus?«

»Wie immer«, brummte ich leidenschaftslos.

Sie verdrehte die Augen, nicht im Geringsten überrascht von meiner Antwort. »Wie alt sind sie? Sind sie hübsch? Was haben sie an?«

»Keine Ahnung.«

»Lauri!« Sie versetzte mir einen empörten Knuff mit dem Ellbogen. »Du warst eine Stunde in einem Raum mit ihnen. An irgendetwas musst du dich doch erinnern.«

»Einer steht auf Einhörner …«

»Echt?«

»Lass sie. Du kennst sie doch«, mischte sich Seraphine ein. Sie war ein Jahr älter als ich, während Gerlina ein Jahr jünger war. »Sie wird einsam sterben. Niemand will eine Frau, die einen so ansieht, als würde sie einen im Schlaf ermorden.«

»Ich glaube, du irrst dich«, widersprach Gerlina. »Mutter ist furchteinflößender als Lauri und guck dir an, wie viele Männer sie wollen.«

»Aber unsere Schwester ist nicht so hübsch wie Mutter. Leider kommt sie optisch eher nach ihrem ach so geheimnisvollen Vater, den niemand kennt«, widersprach Seraphine. »Nicht wahr, Kälbchen?«

Wir hatten alle unterschiedliche Väter. Ein paar von uns hatten das Glück, sie zu kennen. Und ein paar, wie ich, würden sie nie kennenlernen. Aber mittlerweile wusste ich, warum es in meinem Fall unmöglich war, auch wenn ich es weder meinen Geschwistern und noch sonst jemandem verraten durfte. Es war Mutters und mein Geheimnis.

»Lass Lauri in Ruhe! Mit deinem Vater gewinnst du auch keinen Preis«, erwiderte Gerlina prompt. Sie war die Harmoniebedürftigste. Seraphine hingegen liebte es, mich mit Sticheleien zu provozieren.

»Mein Vater sah wenigstens gut aus.« Er war ein blonder Hüne aus den kalten Nordlanden gewesen, der nur kurz in der Gunst meiner Mutter stand. Sein hitziges Temperament und seine Vorliebe für Alkohol waren ihr schnell bitter aufgestoßen und nach einem eskalierten Streit verschwand er auf Nimmerwiedersehen. Ziemlich sicher hatte Mutter ihn verschwinden *lassen* …

»Da sind sie!«, quiekte Gerlina und deutete aufgeregt auf den Balkon, wo die Anwärter bereits miteinander schnatterten und lachten. Hier, in Abwesenheit meiner Mutter, fühlten sie sich sichtlich wohler und unbefangener. *Die Narren!* Die Baronin der Liebe war vielleicht außer Sichtweite, aber ihre Augen und Ohren waren überall. »Einige von denen sehen ganz süß aus oder was meinst du, Phine?«

»Einige sehen ganz akzeptabel aus«, korrigierte sie und rümpfte die Nase. »Aber keiner ragt an Lord Ambrosa heran.«

»Du hast so ein Glück, Phine.«

»Ich weiß. Nicht jeder kann so eine gute Partie bekommen,

aber das ist nicht alles. Er schickt mir täglich Rosen und Liebesbriefe.« Sie hob ihr Kinn und genoss es, von Gerlina bewundert zu werden.

»Warum bist du dann hier, wenn du Mister Perfekt bereits gefunden hast?«, brummte ich genervt.

»Es macht einfach zu großen Spaß, dir beim Scheitern zuzusehen.« Für einen kurzen Moment vergaß sie die Etikette und streckte mir die Zunge raus.

»Ich hasse dich.«

»Ich dich auch.«

Zusammen traten wir hinaus. Als die Anwärter uns sahen, verstummten sie und wandten sich uns zu. Ich konnte sehen, wie ihre Augen etwas heller leuchteten, als sie meine Schwestern neben mir entdeckten. Natürlich. Die beiden Baronessas sahen bezaubernd aus. Als wäre ihr natürlicher Lebensraum zwischen jungen Männern, tänzelten sie auf die Anwärter zu, zwinkerten und flatterten wie schöne Schmetterlinge, die von Blüte zu Blüte schwirrten, um sie herum.

So war es immer.

Sie waren die Schmetterlinge und ich die Schwester, die im Schatten wandelte. Eigentlich war ich ihnen dankbar, denn ich war nicht fürs Heiraten gemacht. Oder fürs Kinderkriegen. Dessen war ich mir mittlerweile absolut sicher.

Ich steuerte auf einen der Diener zu und schnappte mir ein Glas mit teurem, prickelndem Wein. Dann ging ich zum Geländer des Balkons und lehnte mich seufzend dagegen, um die gut gelaunte Gruppe im Blick zu behalten. Meine Schwestern wurden sofort umkreist, aber sie waren Meister darin, mit der Aufmerksamkeit umzugehen. Jede auf ihre Weise. Seraphine mit ihrer galanten, immer etwas arrogant wirkenden Art, mit der sie versuchte, Mutter zu imitieren. Seitdem bekannt war, dass sie Lord Ambrosa heiraten sollte, war sie sogar noch begehrter als zuvor. Gerlina hingegen beeindruckte mit ihrem breiten Strahlen. Sie war einfach durch und durch ein Sonnenschein, den man mögen musste.

Niemand traute sich, zu mir herüberzukommen. *Zum Glück!* So konnte ich mich entspannen und sie beobachten. Etwas, was ich ohnehin am liebsten tat.

Mein Blick wanderte nach oben. Dort auf einem kleineren Balkon ein paar Meter über unserem Zusammentreffen stand die Baronin. Ihre Hände umschlossen das Geländer, während sie wie eine Königin auf uns herabsah. Die Königin, die sie gerne wäre. Neben ihr stand eine unscheinbare Gestalt mit braunem Umhang, das Gesicht unter einer breiten Kapuze verborgen. Trotzdem erkannte ich sie sofort.

Das war Estelle Leco.

Sie war fast so alt wie Gerlina und ein Flüsterwesen. Eine Hexe, um genau zu sein. Flüsterwesen waren menschlicher Herkunft, aber irgendwann einmal wurde ihr Blut durch dämonisches »verunreinigt«. Wobei *verunreinigt* ein Wort war, welches die Menschen benutzten, um einen Grund zu haben, sich emporzuheben. Sich anderen überzuordnen war etwas, das sie nur allzu gerne machten.

Daher bekam man in den Fürstentümern von Amsterlock auch einen Metallreifen um den Hals und wurde an den Meistbietenden verkauft, sobald man auch nur einen Tropfen Dämonenessenz im Blut trug.

Ein Schicksal, dass mir erspart worden war.

Bisher …

Hexen wie Estelle waren so gut wie verschwunden. Nachdem ihre Königin einen Dämon überlistet hatte, um sein Blut zu trinken, hatte eine mächtige Hexenära begonnen. Ihre Stämme beherrschten den Norden der Welt und ihre Kräfte waren bei den Menschen gefürchtet. Allerdings wurden ihre Kräfte mit jeder Generation schwächer und mittlerweile waren sie kaum noch existent. Ihr Reich war so schnell zerfallen, wie es gekommen war, und in ein paar Jahren würden die Hexen wieder zu Menschen werden ohne einen Funken Dämonenessenz in sich.

Das war auch der Grund, warum sich kaum jemand für sie interessierte. Hin und wieder gab es allerdings noch welche mit sehr nützlichen Fähigkeiten wie Estelle, die neben den Wachen für Mutters Schutz verantwortlich war.

Mein Blick wanderte weiter und ich entdeckte Bewegungen hinter den Fenstern. Raschelnde Gardinen. Vorbeihuschende Schatten. Langsam drehte ich mich zum Tor um, das den Garten unserer Villa umschloss. Die Wachen waren verdoppelt worden. Hier und an jedem anderen Posten.

Ich wandte mich erneut den Anwärtern und meinen Schwestern zu. Die Langeweile von vorhin war mit einem Schlag wie weggeblasen. Stattdessen war nun jeder meiner Nerven, jeder Muskel bis zum Zerreißen gespannt.

Bei allen verflixten Göttern und Dämonen!

Es schien so, als würde meine Mutter mit einem Vorfall rechnen, aber natürlich – das passte zu ihr – ohne uns vorzuwarnen. Während wir hier unten waren, stand sie in sicherer Entfernung und beobachtete das Schauspiel.

Ich leerte mein Glas mit einem Zug, stellte es auf dem Geländer des Balkons ab und ging in die Knie. Meine Finger zupften unauffällig den Rock hoch, damit ich eine Klinge aus meinem Schnürschuh ziehen konnte. Dann richtete ich mich auf und musterte die Männer nach möglichen Anzeichen für einen Verrat. Als ich nichts entdecken konnte, sah ich wieder zu Estelle hoch. Auch sie schien im Moment unbesorgt.

Meine Finger schlossen sich trotzdem fester um den Griff des

Messers, während ich auf die Gruppe zuschritt. Meine Haare wippten auf und ab. Ein paar Strähnen kitzelten mir im Nacken und ich bereute, sie heute offen zu tragen.

»Laurelin.« Die Einhorn liebende Bohnenstange, Vincent Verhoeven, hatte ausgerechnet in diesem Moment beschlossen, das Gespräch mit mir zu suchen. An sein mit Edelsteinen besetztes Geschenk geklammert, stand er vor mir. »Ich wollte dir das hier unbedingt geben ...«

»Leg es einfach auf den Geschenketisch. Ich sehe es mir später an.«

»Außerdem dachte ich, wir könnten reden ... Ich ...«

Mit einer unwirschen Bewegung brachte ich ihn zum Schweigen und konnte hören, wie er die nächsten Worte herunterschluckte.

»Ein anderes Mal«, schob ich entschuldigend hinterher. »Ich habe gerade wirklich keine Zeit.«

»Das verstehe ich. Es ist nur so ... Dieses Einhorn ...«

»Jaja. Es ist wunderschön.« Ungeduldig drängelte ich mich an ihm vorbei und musterte die Männer, die in der Nähe meiner Schwestern standen. Ich würde nicht zulassen, dass einer von beiden etwas passierte. Wir hatten vielleicht alle einen anderen Vater, aber unsere Mutter verband uns. Die Angst vor ihr mehr als das Blut und so waren wir im Laufe der Jahre zu einer Einheit verschmolzen. Auch wenn es hin und wieder Sticheleien gab, war uns allen eins ganz klar.

Wir waren de Jongs.

Mit allen Vor- und Nachteilen, die dieser Name mit sich brachte.

Gerlina war wie immer umringt von entzückten Verehrern. Vincent Verhoeven ging nun ebenfalls in ihre Richtung, das Edelstein-Einhorn fest an sich gepresst. Seinem Herrn, Amadeus Graaf, dem Baron der Seide, würde ich so eine Dummheit nicht zutrauen, aber man wusste nie.

Seraphine stand in der Nähe von zwei Anwärtern. Einer trug das Emblem der Baronin der Harmonie, eine Alkoholikerin mit Eheproblemen. Der andere das Zeichen von Lucius van Vliet, dem Baron der Magie.

Mein Blick huschte wieder nach oben zu Estelle, die plötzlich zusammenzuckte. Ihr Finger hob sich. Ich folgte ihm und fand einen jungen Mann mit dem Emblem des Glücksbarons, einem Säckchen vor einem Pilz. Er langte in seinen hellgrünen Mantel, während er auf Gerlina zuging. Ich dachte nicht nach und setzte mich in Bewegung.

»Lina!«, rief ich. Ihr Kopf zuckte alarmiert von meiner Stimme nach oben und sie sah ihren Angreifer. Gerade als er die Waffe aus der Tasche zog, warf ich meinen Dolch. Eine Klinge, nicht länger als mein Zeigefinger, die sich mit Präzision ihren Weg suchte.

Gerlinas Augen weiteten sich, als der Anwärter aufschrie und nach hinten kippte. Blut spritzte und bedeckte das rosafarbene Kleid meiner Schwester und mein Gesicht mit roten Sprenkeln. Entsetzt schrie sie auf, ebenso wie die anderen Bewerber. Schützend schob ich mich vor sie und spürte, wie sich ihre Finger in meinen Arm verkrallten.

Mein Blick richtete sich auf den Attentäter, der sich stöhnend auf dem Boden wand, meine Klinge in seiner Schulter. In seiner Hand lag keine Waffe, sondern eine Rose aus Glas, und ich erkannte, dass ich einen schrecklichen Fehler gemacht hatte.

»Lauri!«, kreischte Seraphine. »Was machst du da?«

Ich riss den Blick von meinem unglücklichen Opfer, um mich bei meinen Schwestern für die Unannehmlichkeiten zu entschuldigen. »Ich dachte, es sei ein Attentäter.«

»Du bist vollkommen paranoid«, schimpfte Seraphine und ausnahmsweise eilte mir Gerlina nicht zu Hilfe. »Sieh dir an, was du angerichtet hast.«

»Tut mir leid.« Ich ging zu dem schreienden Anwärter. »Soll ich einen Arzt rufen lassen?«

»Was glaubst du wohl, du dumme Kuh?«, schnauzte er. Ausnahmsweise überhörte ich die Beleidigung. Immerhin war es mein Messer, das da in seiner Schulter steckte.

»Lass. Ich mach das schon«, unterbrach mich Seraphine. »Vielleicht gehst du lieber rein und strickst an deinen Socken.«

Alle sahen mich so an, als wäre das eine gute Idee. *Großartig, Laurelin!*

Gerade wollte ich verschwinden, als mich der Blick der Bohnenstange traf, der mich ebenso entsetzt ansah wie die anderen, und trotzdem hielt ich inne. Kribbelnde Gänsehaut jagte mir über den Nacken. Ich kannte diese Art von Blick und nur die Verzweifeltsten hatten ihn. Der Todeswunsch kämpfte gegen den Überlebenswillen an, wobei Letzteres schon längst verloren hatte.

»Lauri … Worauf wartest du?«, fragte mich meine Schwester und griff nach meinem Arm, im selben Moment griff die Bohnenstange in seine Tasche. Etwas blitzte in seiner Hand auf. Er hechtete auf Seraphine los!

Ich schrie auf und setzte mich in Bewegung.

Verfluchte Schei…

Weiter kam ich nicht. Da ertönte ein Schuss.

Der Anwärter sank, sein Einhorn an sich gedrückt, von einem Bolzen durchbohrt vor Seraphine zu Boden. Ich drehte mich um und sah Richard, der neben meiner Mutter und Estelle aufgetaucht war. In seinen Händen hielt er eine Bolzenwaffe, aus deren Mündung eine feine, dunkle Rauchsäule nach oben zog.

Die Anwärter verfielen nun endgültig in Panik und stoben schreiend auseinander, kamen aber nicht weit, weil sie von den Wachen meiner Mutter eingekreist wurden. Gerlina und Seraphine stürmten erschrocken auf mich zu und ich schloss sie fest in meine Arme. Blanke Panik stand ihnen in den Augen, aber sie blinzelten die aufsteigenden Tränen weg, wohl wissend, was Mutter vom Weinen hielt. Ich spürte, wie sie zitterten, auch wenn sie sich Mühe gaben, aufrecht zu stehen und sich die Angst nicht anmerken zu lassen.

»Alles okay?« Ich wandte mich an Seraphine, die sich immer noch in meinem Arm festkrallte.

Zuerst sah ich ihr blasses Gesicht, dann folgte ich ihrem Blick nach unten und sah, wie Blut ihr lachsfarbenes Kleid rot färbte, an der Stelle, wo die Klinge sie gestreift hatte. Sie war nur knapp Schlimmerem entkommen.

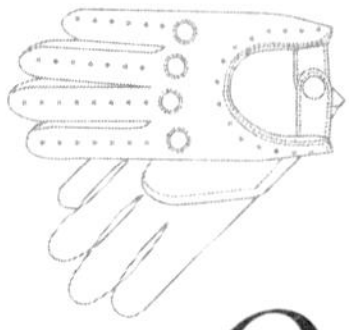

Quintus

Ich duckte mich hinter den parkenden Wagen, den Blick auf die Bar *Zum tanzenden Narwal* gerichtet. Meine Fingerspitzen fuhren immer wieder über die Gegenstände, die ich in meinen Taschen hortete. Sie streiften ein Klappmesser. Es sorgte dafür, dass ich mich besser fühlte, dabei würde ich im Falle eines Falles immer die Flucht dem Kampf vorziehen. Dafür hatte ich die Schreikäfer dabei und das kleine Säckchen mit Pfefferpulver.

Endlich schwang die Tür der Bar auf, laute Musik wurde auf die Straße gespuckt, genau so wie eine vermummte Gestalt. Ich streckte den Hals und lugte über die Motorhaube. Mein Ziel war nur ein paar Minuten in der Bar gewesen, bevor er sie nun wieder verließ. Eine breite Kapuze bedeckte sein Gesicht, aber ich konnte die Narbe sehen, die sich über sein Kinn zog.

Er war es.

Ihn musste ich bestehlen, denn er hatte etwas, das unser Auftraggeber wollte, und wenn ich das gierige Grinsen meines Chefs, Daan Knox, richtig gedeutet hatte, ging es dabei um jede Menge Geld.

Meine Zielperson wandte sich nach rechts, bevor er mit großen Schritten die Straße zur nächsten Gracht nahm. Mein Herz zog sich zusammen und ich zögerte. Er wirkte nicht wie ein leichtes Opfer. Er war weder betrunken, noch schien er jemand zu sein, der sich leicht ablenken ließ. Im Gegenteil … Sein Blick huschte aufmerksam hin und her, während er die parkenden Wagen passierte, die mir als Schutz dienten.

Lautlos wie eine Katze eilte ich ihm hinterher. Um meine Schuhe hatte ich Stoff gewickelt, der jedes Geräusch verschluckte. Außerdem schützte es sie, denn sie waren verdammt teuer gewesen. Echte Handarbeit und der neuste Trend aus Veneria.

Meine Zielperson bog in eine dunkle Gasse, in der es keine Straßenlaternen gab. Für ein paar Sekunden stand er im Dunklen, dann glimmte etwas in seinen Händen auf. Eine Leuchtkröte. Sie waren die einfachsten biologischen Lichtquellen unserer Welt. Es gab sie überall und sie spendeten Licht, wenn man sie fütterte. Im gelben Schein der Kröte setzte mein Ziel seinen Weg fort.

Jetzt war ich mir sicher. Er wollte zur Gracht, um mit einem der Wassertaxis oder einem wartenden Boot zu verschwinden. Ich musste es also durchziehen, bevor er das Wasser erreichte und verschwand.

Schnell schnappte ich mir eine Schnapsflasche, die neben einer Parkbank lag und in der jemand einen Rest undefinierbare Flüssigkeit gelassen hatte.

Dann sprintete ich los, in eine Parallelstraße, einmal um das Haus herum, bis ich die dunkle Gasse erreichte, in die mein Ziel verschwunden war. Kurz rang ich nach Atem, bevor ich in die Dunkelheit trat. Sofort fing ich an zu schwanken und torkelte auf den Mann zu, der dank seiner Leuchtkröte gut auszumachen war. Dabei wedelte ich so sehr mit meiner Flasche, dass sich der Inhalt über die Straße verteilte. Die gute alte »Betrunkenen«-Masche.

Die Gasse war so eng, dass wir einander kaum ausweichen konnten. Perfekt also. Mein Ziel blieb stehen und drückte sich etwas an die Wand, um mir Platz zu machen. Ich wurde weder langsamer, noch gab ich mir Mühe auszuweichen. Rücksichtslos rempelte ich ihn an und pöbelte: »Pass doch auf!«

Mein Opfer verengte die Augen, als er mich musterte. Ich prostete ihm mit der Flasche zu und machte Anstalten weiterzugehen, aber ehe ich auch nur einen Schritt gehen konnte, schnellte seine Hand nach vorne und packte mich am Kragen. Mit erstaunlicher Kraft hob er mich hoch und riss mir den Boden unter den Füßen weg. Ich schnappte nach Luft und zappelte.

»Sag mir, Kleiner«, knurrte mein Gegenüber. Seine Stimme war tief und bedrohlich. Außerdem hatte er einen deutlichen, hart klingenden Akzent, der verriet, dass er nicht von hier stammte. »Was macht man mit Dieben in Amsterlock?«

»Dieben, mein Herr?«

Das kam darauf an, wer einen erwischte. Einige einfallslose Gesellen schlugen einem die Hand ab. Andere hängten einen kopfüber über dem Meer auf, bis man Salzwasser spuckte. Keine Strafe war sonderlich erstrebenswert.

»Wie kommt ihr darauf, dass ich etwas klauen will?«, hakte ich unschuldig nach und schwenkte erneut die Flasche, die er mir ungeduldig aus der Hand schlug. Mit einem Klirren zerbrach sie auf dem Kopfsteinpflaster und mit ihr meine Hoffnung, heil aus dieser Nummer herauszukommen.

»Beantworte meine Frage, Bursche!«

»Man lässt sie schwören, es nie wieder zu tun, und gibt ihnen einen guten Rat mit auf den Weg?«, keuchte ich mit meinem herzallerliebsten Lächeln.

Ein trockenes Lachen drang aus der Kehle meines Gegenübers. »Was wolltest du stehlen?«

»Geld«, log ich und drückte mir dabei Tränen in die Augen. Auf Anhieb weinen zu können, war etwas, das ich bereits als kleiner Junge gelernt hatte. »Wir sind arm, Herr, und ich muss meine drei Geschwister mit durchfüttern.«

Mit der freien Hand hielt er mir die Leuchtkröte vor das Gesicht, um mich besser zu betrachten. Er musterte meinen Haarschnitt, den teuren Mantel aus bestem Stoff, die vergoldeten Knöpfe am Ärmel, meinen Hut, welcher der neusten Mode entsprach und aus einer der teuersten Boutiquen des Seidenbarons kam.

Ja, ich stand auf Designerkleidung. Außerdem war es in einer Stadt, die von Geld regiert wurde, verdammt wichtig, gut auszusehen, wenn man ernst genommen werden wollte.

»Du willst arm sein?«, hakte er nach. Natürlich glaubte er mir kein Wort, aber das musste er auch nicht. Er musste mir nur noch etwas zuhören.

»Das ist alles gestohlen«, wimmerte ich. War es nicht. Als Angestellter von Daan Knox verdienten Diebe oder professionelle Beschaffer – wie wir uns nannten – nicht schlecht. »Ich hatte heute ein Vorstellungsgespräch, mein Herr. Das war meine Hoffnung, endlich von der Straße wegzukommen und ein ehrliches Leben zu beginnen. Leider hat es nicht geklappt …«

Und leider war ein ehrliches Leben nichts für Menschen, die in Amsterlock wohnten …

Ich wollte, dass das Gespräch weiterging, denn ich war ihm nahe. So nahe, wie es sich ein Beschaffer nur wünschen konnte. Er hielt mich am Kragen fest, dabei waren es meine flinken Hände, die er im Auge behalten sollte.

Mein Gegenüber kam zu dem richtigen Schluss. »Ich glaube, du bist nicht nur ein Dieb, sondern auch ein dreister Lügner.«

»Schuldig im Sinne der Anklage«, gab ich zu und schenkte ihm ein letztes herzliches Lächeln. Ich hatte ein sehr schönes Lächeln und das sollte das Letzte sein, was er sah, bevor ich ihm eine Ladung Pfefferpulver ins Gesicht warf. Er schrie auf. Gleichzeitig rammte ich ihm meinen Oberschenkel in die Weichteile. Stöhnend sackte er in sich zusammen. Das Glas mit der Leuchtkröte fiel scheppernd zu Boden und das Tier erlosch mit einem Schlag.

Ich löste mich aus seinem Griff und rannte um mein Leben. Den Beutel fest umschlossen.

Verfluchter Daan Knox! Das war knapp gewesen!

Was um Himmels willen konnte so viel Geld wert sein? Nicht, dass ich ihm persönlich besonders viel bedeutete, aber ich war sein bester Dieb.

Zumindest der, der am längsten überlebt hatte …

Nicht zuletzt wegen meiner Fähigkeiten zu lügen, zu rennen und zu klettern. Und weil ich ein verdammter Charmeur sein konnte, wenn ich wollte. Daan nannte mich »Quasselstrippe«, doch meine goldene Zunge hatte mich schon aus so einigen Schwierigkeiten gerettet.

Schlitternd kam ich zum Stehen. Meine Hände umschlossen ein Regenrohr und ich zog mich aufs Dach eines Hauses hinauf. Hier oben, einige Meter über der Straße, wo mir der Wind um die Nase wehte, fühlte ich mich sicherer. Ich ließ mir den salzigen Wind ins Gesicht pusten und schlich geduckt im Schutze der Dunkelheit weiter. Mit jedem Schritt beruhigte sich mein Herz, und der Gedanke, dass ich es wirklich geschafft hatte, wuchs in mir.

Ich gehörte zu einer Gruppe an Dieben unter der Führung von Daan Knox. Allerdings waren wir keine Straßengang, sondern eine angesehene, etablierte Gruppe, welche sich selbst die »Goldhandschuhe« nannte. Man kannte uns, schätzte uns. Daan verstand es, große Kunden an Land zu ziehen, die uns damit beauftragten, ihnen Dinge zu besorgen. Diskretion war hierbei natürlich das oberste Gebot, darum erzählte er uns nie mehr, als wir wissen mussten.

Das hielt mich aber nicht davon ab, eigene Nachforschungen anzustellen. Wissen war schließlich Macht. Nicht nur in Amsterlock, sondern an jedem Ort auf der Welt.

Als ich mir sicher war, dass mich niemand verfolgt hatte, kauerte ich mich hinter einen Schornstein und untersuchte den Beutel, der mich beinahe mein Leben gekostet hatte, genauer.

Daan hatte sehr deutlich gemacht, dass dieser Auftrag so geheim war, dass ich nicht einmal selbst wissen durfte, um was es ging. »Wie soll ich etwas klauen, wenn ich nicht weiß, was es ist?«, hatte ich gefragt. Trotzdem musste ich bei allen Göttern und Dämonen schwören, nicht in den grauen Beutel zu sehen, den meine Zielperson immer um den Hals trug. Dumm nur, dass ich kein sonderlich großes Vertrauen in Götter oder Dämonen hatte. Also würden sie mich auch nicht bestrafen, wenn ich einen kleinen Blick wagte.

Der Stoff war fest, steif und blickdicht. Mein Finger schob sich zwischen die Lederschnüre, um sie zu lockern. Für einen Moment schlug mir eine seltsame Hitze entgegen und ich zog den Finger zurück.

War das etwa ...?

Hin und wieder wurden wir damit beauftragt, etwas vermeintlich Magisches zu stehlen. Solche Dinge liefen immer gut. Schuppen einer Undine, Haare von Hexen oder der Nebel vermeintlicher Geisterwesen. Das meiste davon war dummer Aberglaube. Natürlich gab es Flüsterwesen, Kreaturen, die durch die Essenz von Dämonen entstanden waren, aber meiner Erfahrung nach machten einen die Schuppen einer Undine nicht hübscher und die Haare einer Hexe wendeten kein Unheil ab.

Erneut steckte ich die Finger in den Beutel, um die Schnüre zu lockern. Als er weit genug offen war, lugte ich hinein. Mondlicht fiel mir über die Schulter und wurde von dem Inhalt des Beutels reflektiert.

Ein goldenes Schmuckstück!

Ich nahm es zwischen Zeigefinger und Daumen und zog es heraus. Vorsichtig legte ich das Artefakt auf meine Handfläche, um es genauer zu überprüfen.

Ein Auge. Das Symbol kam mir bekannt vor, aber mir wollte nicht einfallen, woher. Es war nicht aus Gold, wie ich zuerst dachte. So ein Material hatte ich noch nie gesehen. Es war warm und glühte wie Bernstein, der Licht anstelle von Mücken in seinem Inneren einschloss. Das Schmuckstück wurde warm und wärmer, bis ich schließlich fürchtete, dass es mich verbrennen würde. Ich wollte es loslassen, aber es klebte an meiner Hand. Erschrocken schüttelte ich sie, doch je mehr ich mich bewegte, desto heißer wurde das Artefakt.

Heilige Scheiße!

Ich riss an dem Auge, aber es saugte sich in meiner Haut fest. Ja, es *versank* in ihr. *In* meiner Hand! Dabei ging eine Hitze von dem Artefakt aus, die meinen ganzen Arm zu verbrennen schien. Ich riss die Lederhandschuhe aus der Manteltasche und biss hinein, um nicht die ganze Stadt zusammenzuschreien. Meine Zähne gruben sich tief in das feste Material. Speichel lief an meinem Kinn herunter, aber ausnahmsweise war es mir egal, dass er meinen Designermantel ruinierte.

Endlich ließ der Schmerz nach und ich blinzelte. Erst sah ich nur verschwommen, weil Tränen meine Sicht verschleierten. Dann wurde das Bild klarer und ich erstarrte.

Das Auge war mit mir verschmolzen.

Panisch kratzte ich mit meinen Fingern darüber, versuchte es zu greifen, aber es saß fest.

Verdammt!

Ich war mit einem Artefakt verwachsen.

Fassungslos starrte ich auf meine Handinnenfläche, in der nun das goldene Auge lag. Unschuldig, als wäre es schon immer da gewesen, schaute es zu mir empor.

Was sollte ich jetzt Daan geben?

Ich konnte ihm kaum beichten, dass das Artefakt, welches ich stehlen sollte, nun *in* meiner Hand war! Am Ende würde er sie mir noch abschlagen und dem Kunden überreichen. Es wäre ihm zuzutrauen, denn Daan Knox war ein Mensch, der auch seine eigene Mutter verkaufen würde, wenn der Preis stimmte.

Ich musste also lügen, was kein Problem sein sollte, denn ich war nicht nur ein Meister im Stehlen, sondern auch ein Meister im Verdrehen der Wahrheit …

Laurelin de Jong

»Ich will, dass du herausfindest, wer hinter diesem unerhörten Anschlag steckt.« Meine Mutter hatte mich, wie immer, wenn es um einen geheimen Auftrag ging, in ihr Schlafzimmer zitiert. Während sie wie ein wütender Tiger auf und ab ging, saß ich auf ihrem Himmelbett, das mit einer roten Seidenbettwäsche bezogen war. Goldene Ranken schwangen sich um Holzbalken zum Baldachin empor, von dem aus zarte Tücher das Bett umspannten. Meine Mutter hatte einen teuren und ausgefallenen Geschmack. Und sie mochte es nicht, wenn ich auf ihrem Bett saß.

Weshalb ich es tat.

»Wäre nett gewesen, wenn du mich vorgewarnt hättest.« In meiner Hand lag ein Dolch, den ich kreisen ließ. »Woher wusstest du überhaupt, dass es passieren würde?«

»Ich *wusste* gar nichts. Für was hältst du mich?«

»Für skrupellos …«

Ruckartig blieb sie stehen und funkelte mich wütend an. »Skrupellos? Ich würde niemals das Leben meiner Kinder riskieren.«

»Nein?« Das wäre beruhigend zu erfahren.

»Jetzt hör auf mit dem Unsinn und mach dich auf die Suche.«

»Das werde ich, Mutter«, brummte ich. »Hast du denn einen Verdacht, wer das getan haben könnte?«

»Machst du Witze?«, rief sie. »Die halbe Stadt will mich tot sehen. Wütende Geschäftspartner. Gekündigte Mitarbeiter. Die

Konkurrenz. Enttäuschte Liebhaber. Ich habe aufgehört, sie zu zählen …«

»Wenn du netter wärst, hättest du vielleicht weniger Feinde.«

Sie schnaubte. »Nett sein ist etwas für Verlierer, Laurelin. Ich bin eine Baronin und ich habe die letzten Jahre sehr viel investiert, um unsere Macht zu vergrößern.«

»Okay. Gibt es jemand, der dich mehr hasst als andere?«, versuchte ich es erneut.

»Die anderen Barone natürlich. Allen voran die beiden Mächtigsten. Die Herren des Glücks und der Magie. Bei allen Göttern. Ich hoffe, sie ersticken an ihrem Abendessen.«

»Reizend …«

»Sie fürchten meine Macht, Laurelin. Darum würden sie alles tun, um mich aufzuhalten, aber ein Anschlag auf meine Kinder? Das passt nicht zu ihnen … Wir Barone intrigieren vielleicht gegeneinander, aber unsere Gesetze verbieten es uns, einander direkt anzugreifen.« Es gab nicht viele Gesetze in Amsterlock, aber eines war nahezu unantastbar, um den Frieden zu wahren: Die Barone durften einander nicht physisch schaden. »Es muss etwas anderes dahinterstecken. Jemand anderes …«

»Nun gut, ich werde mich umsehen.«

»Erstatte mir regelmäßig Bericht.«

»Ja, Mutter.« Ich erhob mich und machte mich auf den Weg zur Tür. Als ich auf den Gang trat, lief ich Richard in die Arme, der wie immer vor der Tür meiner Mutter Wache schob. Sein Hundeblick landete auf mir und er stellte mir die Frage, die ich mir von ihr gewünscht hätte. »Alles in Ordnung?«

»Natürlich«, erwiderte ich bissig. *Warum musste er immer so verständnisvoll sein?* »Hätte deine Hilfe nicht gebraucht.«

»Das weiß ich.« Er nickte ernst. Manchmal fragte ich mich, ob er von mir wusste. Von dem Geheimnis, das Mutter und ich versteckten. Aber nein. Das konnte nicht sein. Mutter vertraute niemandem. Nicht einmal ihm und seinen treuen, besorgt dreinblickenden Augen.

Fast väterlich legte er mir eine Hand auf die Schulter und drückte sie. »Ich bin froh, dass dir nichts passiert ist.«

Er war so verflucht nett, dass es wehtat. Netter, als meine Mutter je sein würde, und besorgter. Was hatte so einen netten Menschen ausgerechnet hierher verschlagen? In die Arme der Baronin der Liebe. Anders als ihr Name vermuten ließ, war sie nicht liebenswürdig und hatte mit echter Liebe nichts am Hut.

»Wo ist der Tote?«, wechselte ich das Thema und schüttelte seine unerträglich fürsorgliche Hand ab.

»Unten. Er soll obduziert werden.« Er musterte mich weiterhin. »Sollst du Ermittlungen anstellen?«

»Natürlich. Ich bin die Beste.«

»Das stimmt. Beatrice kann froh sein, dich zu haben.« Ich zuckte zusammen, wie immer, wenn er meine Mutter vertraulich beim Vornamen nannte.

»Pass auf dich auf«, flüsterte er.

»Pass du lieber auf meine Geschwister auf. Ich will nicht, dass noch ein de Jong verletzt wird. Auch wenn es nur ein Kratzer ist.« Um Mutter machte ich mir kaum Sorgen, sie konnte wie ich auf sich aufpassen.

»Natürlich«, bestätigte Richard ernst. »Die Sicherheit der Baronessas und Baronessos liegt mir ebenso am Herzen wie die der Herrin selbst.«

»Gut.« Ich nickte und machte mich auf den Weg nach unten, um noch einen Blick auf den Attentäter zu werfen, bevor Mutters Ärzte ihn aufschneiden würden. Die Räume des Pathologen waren im Keller. Wie könnte es auch anders sein? Gruselige Dinge fand man immer im Keller.

Die Wachen ließen mich ohne Nachfrage passieren. Das war der Vorteil, wenn man Mutters Bluthund war. Meine Geschwister hätten nicht so einfach Zutritt bekommen.

Vincent Verhoeven trug eine Brosche, die eine Nadel vor einem Hut darstellte, das Zeichen des Seidenbarons. Er gebot über die Boutiquen und Laufstege der Stadt. Auf seiner Gehaltsliste standen Designer, Näher, Weber. Kurz gesagt alles, was mit Stoffen und Mode zu tun hatte. Soweit ich wusste, hatte er mit meiner Mutter keinen größeren Zwist. Sie trug sogar seine Kleider, die in ganz Amsterlock verdammt angesagt waren.

Die Bohnenstange war jung. Goldene Locken fielen ihm in die Stirn und umrahmten ein feines Gesicht. Ich untersuchte seine Hände, die zart waren. Nicht wie bei jemandem, der mit Waffen geübt umgehen konnte. Eher wie jemand, der goldene Einhörner mochte …

»Warum, Vincent? Warum hast du das gemacht?«, murmelte ich. Erneut betrachtete ich das Gesicht des Jungen, der kaum älter war als ich. Er sah nicht wie ein Mörder aus. Andererseits wusste ich besser als jeder andere, dass das nichts hieß. Man konnte den Menschen nur vor die Stirn gucken. Die dunklen Geheimnisse lauerten dahinter.

Ich drehte ihn zur Seite, um einen Blick in den teuren Mantel zu werfen. Auch der trug das Zeichen des Seidenbarons eingenäht im Kragen. Anschließend durchsuchte ich seine Taschen. In seiner linken Brusttasche konnte ich eine Haarsträhne finden, die von einem goldenen Faden zusammengehalten wurde. Hexenhaar. Das brachte angeblich Glück.

Ich knöpfte sein Hemd auf und erstarrte. Über dem Herzen trug er ein kleines, frisches Tattoo, welches unspektakulär wirkte. Doch das war der kleine schwarze Ring keineswegs. Er bedeutete den Tod.

Na großartig!

Womöglich doch ein Auftragsmörder. Das hatte uns gerade noch gefehlt. Noch dazu einer vom Schwarzen Ring, was einer Sackgasse für jegliche Ermittlungen gleichkam, denn sie lebten nach zwei Regeln.

1. *Verlässlichkeit: Wenn wir einen Auftrag annehmen, führen wir ihn aus.*
2. *Diskretion: Unsere Auftraggeber werden unter keinen Umständen enthüllt.*

Da wollte jemand ganz sicherstellen, dass wir ihn nicht erwischten. Denn für gewöhnlich kannte niemand die Identität der sogenannten Phantome. Und für gewöhnlich konnte man sie nicht so einfach töten …

In meinem Zimmer streifte ich mir das Jackett ab und pfefferte es in die Ecke. Dicht gefolgt von Hose, Hemd, Schuhen und meinen Waffen. Dann huschte ich nackt zum Badezimmer und stellte mich unter die Dusche. Heißes Wasser floss auf mich herab und schwemmte die letzten Reste der Gänsehaut hinfort, die nach dem Anschlag meinen Körper überzogen hatte, ebenso wie das mittlerweile getrocknete Blut.

Auch wenn ich es vor Mutter nie zugeben würde, hatte ich Angst gehabt. Um das Leben meiner Schwestern und auch um mein eigenes. Ich schloss die Augen und sah wieder die Klinge aufblitzen. Dann fiel der Schuss.

Das war knapp gewesen. Verdammt knapp.

Vor meinem inneren Auge sah ich Seraphines panischen Blick, als sie das Blut entdeckte und begriff, wie knapp sie entkommen war. Ich hörte ihr Schluchzen, als sie von den Ärzten meiner Mutter versorgt wurde. Spürte Gerlinas Finger, die sich in meinen Arm krallten. Und ich hörte das Wimmern des armen Kerls, den ich mit meinem Messer erwischt hatte. Er war mittlerweile von seiner Familie abgeholt worden. Ohne Nachfragen. Ohne Beschwerden. Niemand von seinen Leuten wollte es sich mit meiner Mutter verscherzen.

Aber um unsere Hand anhalten würde er wohl auch nicht mehr.

Schnell hielt ich mein Gesicht unter den dampfenden Strahl, bis die Bilder verschwanden. Erst als meine Haut rot und aufgeweicht war, trat ich heraus und griff nach einem weichen Handtuch, das ich mir um den Körper wickelte. Ein weiteres band ich mir um die triefenden Haare, bevor ich mich vor den Spiegel stellte. Dunkle Augen unter geraden, schwarzen Augenbrauen starrten mir entgegen.

Weiße Flecken überzogen meine Haut wie kleine helle Inseln. Sie schlängelten sich den Hals empor und besprenkelten die linke Seite meines Gesichtes. Das Ohr. Die Schläfe und die Haut um das linke Auge. Eine Komposition aus warmer Bronze und blassem Perlmutt. Vitiligo, eine Pigmentstörung. Oder, wenn es nach meinen Geschwistern ging, Kälbchenhaut. Sie machte mich einzigartig, genau wie das Erbe meines Vaters.

Eingewickelt in Handtücher ging ich zurück ins Zimmer. Einer der Diener hatte alle Geschenke der Junggesellen auf meiner Kommode aufgereiht. Ich warf einen Blick darauf, konnte aber außer einer Schachtel edler Pralinen nichts Nützliches entdecken. Also riss ich die Packung auf und warf mir eine der sicher lächerlich teuren Schokoladenkreationen in den Mund.

Dann fiel ich auf mein Bett, hob die Decke an und kuschelte mich in sie hinein. Unter dem Kopfkissen lag ein Messer, aber eigentlich brauchte ich hier keine Waffe, denn ich fühlte mich sicher. Vor allem, wenn die Nacht kam und mit ihr die Dunkelheit, hatte ich das Gefühl, mein Vater selbst würde über mich wachen und seine Hände über mich legen, um mich zu beschützen. Zumindest hatte ich mir das früher gerne so vorgestellt.

Plötzlich ging die Tür auf und eine zierliche Gestalt schob sich herein.

»Lauri?« Es war meine Schwester Gerlina, die, mit einem rosafarbenen Schlafanzug bekleidet, vor mir stand. »Kann ich hier schlafen?«

»Wenn Mutter das erfährt ...«, erinnerte ich sie. Die Baronin fand das ein Zeichen von Verweichlichung. Früher hatte sich Gerlina vor der Dunkelheit gefürchtet und war regelmäßig in mein Bett geschlichen, bis Mutter uns erwischt hatte. Danach musste Lina nächtelang im finsteren Keller ausharren, bis sie ihre Furcht vor der Dunkelheit überwunden hatte.

»Ist mir egal ... Im Moment habe ich mehr Angst vor einem weiteren Attentäter als vor ihr.« Eh ich mich's versah, schlüpfte sie zu mir unter die Decke. »Ihhh! Bist du wieder nackt?«

»Ich hab ein Handtuch an«, verteidigte ich mich.

»Das ist keine anständige Schlafbekleidung«, schimpfte sie mit gespielter Empörung. »Das gehört sich nicht für eine Baronessa.«

»Als ob mich das kümmert«, schnaubte ich und sie kicherte.

Eine Weile schwiegen wir.

»Du findest die Verantwortlichen doch, oder, Lauri?«, hakte sie nach und ich hörte die Angst in ihrer Stimme mitschwingen. Sofort wurde mein Blick weich und ich griff nach ihrem Kinn.

»Ich werde mein Bestes geben«, versprach ich, auch wenn ich noch keine Ahnung hatte, wo ich meine Suche beginnen sollte. Der Schwarze Ring war überall und nirgends. »Bleib hier, wenn du willst.«

Mit diesen Worten drehte ich mich um. Sofort schlangen sich

dünne Arme um meinen Körper und ich spürte Gerlinas heißen Atem zwischen meinen Schulterblättern. »Danke.«

Ich knurrte.

»Es ist nicht deine Schuld«, fuhr Gerlina fort und drückte mich.

Sofort hatte ich wieder Seraphines entsetzten Blick vor Augen und den Unschuldigen mit der Glasrose, der sich stöhnend auf dem Boden wand.

Doch! Es war meine Schuld …

»Du wolltest uns nur beschützen«, flüsterte meine Schwester weiter. Auch wenn ich nur allzu gerne die Unnahbare spielte, schien sie immer genau zu wissen, was in mir vorging. »Das ist es, was du tust. Und dafür liebe ich dich.«

Ja, das wollte ich. Sie beschützen. Vor den Gefahren da draußen, aber auch vor dem, was in mir lauerte.

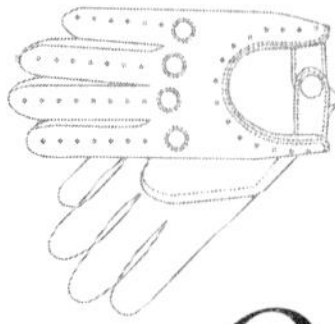

Quintus

Als ich unser Quartier, ein rötliches Grachtenhaus mit Glockengiebeln, betrat, ging gerade die Sonne auf. Die ersten Strahlen tanzten über die Dächer der Stadt und die Grachten, die sie durchzogen. Zur Straße hin stand in großen, leuchtenden Buchstaben *Die goldenen Handschuhe* über unserer Tür. Man hätte ebenso gut »Diebe zu vermieten« hinschreiben können, denn jeder in Amsterlock wusste von der Tätigkeit, die wir anboten.

Wir besorgten Dinge ... Auf jede erdenkliche Art und Weise.

Vor vielen Jahren gab es in Amsterlock einmal eine Monarchie, bis die Leute rebellierten und den damaligen König stürzten. Danach herrschte Chaos. Chaos, das die Gangsterbarone der Zeit nutzten, um das Machtvakuum zu füllen. Jetzt folgte die Stadt ihren Gesetzen.

»Willkommen zurück, Quintus«, sagte Yasha, unsere Türsteherin. An ihrer Seite bauten sich zwei Undinen auf. Sie waren größer und stärker als normale Menschen, hatten schuppige Haut, Schwimmhäute und Kiemen, die es ihnen ermöglichten, auch unter Wasser zu leben. Außerdem hatten sie Furcht einflößende Mäuler. Alleine deswegen benutzte man sie gerne als Wachen, denn keiner wollte freiwillig in die Nähe ihrer Zähne kommen.

Auch wenn sie durch ihre Erscheinung Furcht einflößend wirkten, hatte ich Mitleid mit ihnen. In ihren Augen lag eine Traurigkeit, die etwas tief in mir zum Schwingen brachte. Als Kind hatte ich einmal eine Gruppe freier Undinen im Meer vor der Stadt gesehen. Ihr Gesang hatte die Bucht erfüllt und die salzige Luft zum Schwingen gebracht. Ihre Haut hatte in den verschiedensten Blau- und Grüntönen geschimmert und war mit der Farbe der Wellen verschmolzen. Sie hatten so ausgelassen und wild gewirkt, wie sie durch das Wasser gejagt waren.

Die Undinen, die man hier in der Stadt traf, waren anders. Ihre Haut war blass und schuppig, weil sie zu selten ins Wasser gelassen wurden. Sie bewegten sich langsam, oft gebeugt und ihre betörenden Augen hatten jeglichen Glanz verloren.

»Daan erwartet dich«, informierte mich Yasha, während sie gelangweilt an einer Zigarette zog. »Beeil dich.«

Meine Finger schlossen sich um den Beutel, während ich die quietschenden Stufen zu dem Zimmer unseres Bosses erklomm. Ich klopfte an der Tür und wartete, bis ich ein herrisches »Herein« hörte. Dann drückte ich den Griff nach unten.

Im Inneren erwartete mich ein mit Teppich ausgelegter Raum. Bilder in verschnörkelten Goldrahmen hingen an den Wänden und pflasterten den Weg zu einem breiten Schreibtisch aus Mahagoni, der vor den Fenstern stand. Dahinter saß Daan Knox. Er war nicht allein. Eine wichtig aussehende Gestalt saß ihm gegenüber. Alles an ihm strahlte »Ich bin reich« aus. Seine Haltung, das erhobene Kinn und vor allem sein Aussehen. Der Kunde war eingekleidet von der *Seidenraupe*, wie ich auf den ersten Blick erkannte. Das war die teuerste Boutique des Stofffürstentums und alles dort war von ausgezeichneter Qualität. Er trug einen schwarzen Anzug und ein weißes Hemd, klassisch. Einzig die blutroten Manschettenknöpfe verliehen dem Ganzen etwas Farbe. Er hatte einen Gehstock in der Hand, der ebenfalls mit einem roten Stein verziert war.

Er wurde von zwei weiteren ganz in Schwarz gekleideten Männern begleitet, die an der Wand Stellung bezogen hatten. Ihre Gesichter waren verhüllt unter Hüten mit breiter Krempe und einem Schal. Allerdings verrieten die Kurzschwerter an ihrer Seite, von denen jeder zwei hatte, dass sie zu den »gekreuzten Klingen« gehörten, einer Gruppe, die man ähnlich wie uns anheuern konnte. Allerdings nicht, um Dinge zu beschaffen, sondern als Personenschutz.

»Setz dich, Quintus.« Daan deutete auf einen freien Stuhl neben dem Kunden. Es war ungewöhnlich, dass ich auf Klienten traf. Noch ungewöhnlicher war, dass ich sogar mit ihnen Worte austauschen sollte. Trotzdem folgte ich dem Befehl, bemüht, meine Nervosität hinter einem professionellen Lächeln und einem lässigen Gang zu verstecken.

»Was hast du mit deiner Hand gemacht?«, wollte Daan wissen und deutete auf den Verband, den ich mir notdürftig angelegt hatte. Er schenkte mir einen beinahe väterlichen Blick, auch wenn ich wusste, dass er sich nicht wirklich Sorgen um mich machte. Ich war eine seiner Hände, ein Beschaffer, ein Dieb, und auch wenn ich der Beste war, war ich entbehrlich. Ihn interessierte nur, dass ich meine Arbeit erledigen konnte.

»Nicht der Rede wert«, winkte ich ab. »Diese Dinge passieren. Vor allem, wenn die Opfer paranoid sind …«

Mein Blick huschte zu den anderen Anwesenden und eine dunkle Vorahnung stieg in mir empor. Auch wenn der reiche Schnösel mich fröhlich anstrahlte, war ich mir sicher: Irgendetwas stimmte hier nicht. Warum wollten sie mich kennenlernen? Warum ließen sie zu, dass ich sie sah, und setzten damit ihre hochgeschätzte Anonymität aufs Spiel?

»Und? Hast du es bekommen?«, fragte Daan angespannt.

»Klar.« Ich übergab ihm den gestohlenen Beutel, woraufhin er zufrieden nickte. »Ich wusste, ich kann auf dich zählen.« Er wandte sich an den reichen Kunden. »Seht ihr, die Goldenen Handschuhe erfüllen immer ihre Mission.«

»Was ist mit der Diskretion?«, fragte der Schnösel und etwas an seiner Stimme versetzte mich in Alarmbereitschaft. Seine behandschuhten Finger schlossen sich um den roten Knauf des Gehstocks.

»Die ist selbstverständlich«, winkte Daan Knox ab. »Die Goldenen Handschuhe sind für zwei Dinge bekannt: Effizienz und Diskretion. Richtig, Junge?«

»So ist es, Boss.«

Der Auftraggeber nickte, schien aber noch nicht ganz überzeugt und wandte sich direkt an mich. »Hast du wirklich mit niemandem hierüber gesprochen?«

Meine Nackenhaare stellten sich auf und das ungute Gefühl verstärkte sich. »Natürlich nicht.«

Ausnahmsweise keine Lüge.

»Gut. Es ist von entscheidender Bedeutung, dass nichts von diesem Auftrag das Zimmer verlässt«, erklärte der Auftraggeber und legte einen Beutel auf den Tisch. Dem Geräusch nach zu urteilen, das er beim Aufsetzen auf der Tischplatte machte, war da viel Geld drin. »Natürlich sind wir bereit, für alle Unannehmlichkeiten zu bezahlen.«

Daan schnappte sich den Beutel und sah hinein. »Das ist mehr, als wir ausgemacht haben. Viel mehr.«

»Für *alle* Unannehmlichkeiten, um Diskretion zu *garantieren.* Wir gehen ungern ein Risiko ein.«

Daan nickte. »Ich verstehe.«

Danach ging alles so schnell, dass ich es nicht kommen sah. Mein Chef griff unter seinen Tisch und zog eine Bolzenschusswaffe. Schon hörte ich einen Schuss und spürte einen Schmerz in der Brust, der mich von innen zu zerreißen schien und mir die Luft zum Atmen nahm. Mein Körper erschlaffte und ich sank zu Boden.

Das Letzte, was ich sah, waren Daans viel zu teure Lederschuhe unter dem Schreibtisch. Auch wenn es schöne Schuhe waren, hätte ich mir ein denkwürdigeres Bild zum Abschluss gewünscht.

Das Letzte, was ich hörte, war ein »Ich hoffe, nun ist alles zu ihrer Zufriedenheit?«. Und das Letzte, was ich dachte, war: »Scheiße. Das ist also der Lohn für treue Mitarbeiter wie mich ...«

Ich erwartete Dunkelheit, denn irgendwie hatte ich mir das Sterben schwarz, kalt und ruhig vorgestellt. Dunkelheit und Ruhe. Ja. Vielleicht sogar Frieden, denn immerhin würde ich die chaotische, laute Welt nun verlassen. Ich kämpfte nicht, da ich nicht sonderlich an meinem Leben hing, wenn ich ehrlich war. Dafür hatte ich bereits zu viel verloren. Also ließ ich los, ließ mich fallen. Für einen Moment schwebte ich, doch statt Dunkelheit sah ich ...

Licht!

Helles, strahlendes Licht. Es umschloss mich warm und beruhigend. Anstelle von Angst, die mich die letzten Jahre so oft begleitet hatte, spürte ich neue Kraft. Anstelle von Schmerz spürte ich kribbelndes Glück, dem ich folgte.

Hey! Sterben war gar nicht so übel!

In diesem Moment dröhnte ein Schrei. Ich riss die Augen auf und starrte in Daans ungläubig verzerrtes Gesicht.

Verdammt! Doch nicht tot? Was passierte hier?

Ich fuhr in die Höhe. Auch die anderen Männer sahen mich entsetzt an. Erst jetzt sah ich, dass das Licht von mir ausging, genauer gesagt von meiner verbundenen Hand. Ein goldgelber Schein, der mich umhüllte und den ganzen Raum ausfüllte. Fasziniert beobachtete ich die tanzenden, goldenen Partikel, wie winzige Staubkörner, die sich auf meine Wunde legten. Vor meinen Augen hörte sie auf zu bluten und die Wundränder verschlossen sich von selbst.

Ich sollte tot sein. Stattdessen fühlte ich mich so gut wie nie zuvor.

Magie …

Echte, wahrhafte Magie!

»Er hat das Artefakt!«, zischte der Auftraggeber mit Gehstock und wandte sich an seine Bodyguards. »Schnappt ihn euch.«

Ich wartete nicht, bis meine Gegner aus ihrer Starre erwachten und einen weiteren Versuch unternahmen, mich umzubringen. Mit einem Satz war ich auf Daans Schreibtisch, sprang von dort auf die Fensterbank und riss das Fenster auf.

Ein guter Dieb kennt immer einen Fluchtweg!

Das war zum Überleben essenziell. Schon vor Jahren hatte ich mir angewöhnt, jeden Raum, jedes Gebäude nach Möglichkeiten abzusuchen, einen schnellen Abgang zu machen. Aus diesem Grund kannte ich unser Quartier wie meine Westentasche. Ich schwang mich nach rechts. Meine Hände umschlossen eine Regenrinne, an der ich mich hinabließ. Meine Füße landeten in dem Moment auf dem Kopfsteinpflaster, als Yasha und ihre Undinen aus der Tür preschten.

»Hey!«, riefen sie.

Wer weiß, welche Lügen Daan ihr gerade zugerufen hatte. Sicher nicht, dass er versucht hatte, seinen besten Mitarbeiter der Diskretion wegen zu lynchen. Ich blieb nicht, um es herauszufinden, sondern duckte mich zwischen den geparkten Wagen hindurch. Dann nahm ich die Beine in die Hand und rannte. Rannte um mein Leben. Wie zu oft in den letzten 24 Stunden. Das sollte wirklich nicht zur Gewohnheit werden.

In einer Gasse ging ich hinter Mülltonnen in Deckung und blieb mit klopfendem Herzen sitzen.

Was war da gerade passiert?

Meine Hand brannte und juckte an der Stelle, wo das Auge saß, und ich riss den Verband herunter. Das Material glühte warm wie Bernstein, genau so, wie ich es in Erinnerung hatte.

Es hatte mir das Leben gerettet. So viel war klar. Und es war definitiv magisch. Also echt magisch und nicht Undinenschuppen-Hexenhaar-magisch.

Als ich erkannte, was das bedeutete, wurde mir übel. Von nun an würde man mich jagen, und wenn sie mich in die Finger bekamen, würden sie mir das Auge aus der Hand schneiden. Im besten Fall. Im schlechtesten würden sie meine Hand abhacken, nachdem sie mir die Kehle durchtrennt hatten.

Oh Quin, wo bist du da nur wieder reingeraten?

Ich zuckte zusammen, als ich Schritte hörte, die über das Kopfsteinpflaster näher kamen. Sie waren schwer. Folglich musste die Person, zu der sie gehörten, groß und schwer sein. Vielleicht Yasha, die den Körper einer Bodybuilderin hatte? Oder eine ihrer Undinen?

Instinktiv duckte ich mich tiefer in die Schatten und betete zu allen Göttern und Dämonen, an die ich normalerweise nicht glaubte, aber sicher war sicher.

Bitte dreh dich um …

Tat er oder sie natürlich nicht. Unbarmherzig kamen die Schritte immer näher.

Okay, es bringt nichts, in Embryostellung liegen zu bleiben. Renn, Quin!

Ich sprang auf, den Rumpf nach vorne gebeugt, und rannte los, nur um im nächsten Moment gegen eine Mauer aus Muskeln zu krachen. Keuchend prallte ich zurück und drehte mich zur Seite.

»Hab ich dich, Bursche!«

Verdammt.

Gerade wollte ich mich aufrappeln, als zwei Pranken vorschossen, mich am Kragen packten und gnadenlos an die Wand pinnten.

Ich zappelte. Keine Chance. Mein Gegenüber hatte die Stärke eines Walrosses.

Los, Auge, mach das, was du vorher gemacht hast, flehte ich, aber das seltsame Artefakt in meiner Hand rührte sich nicht.

Kein Licht! Keine Wärme!

Vorsichtig blinzelte ich und hob meinen Blick. Ich sah in kalte, blaue Augen unter breiten Brauen.

Oh nein …

»Du hast etwas, was mir gehört, Dieb«, brummte eine Stimme mit hart klingendem Akzent.

Ich glaube, heute war wirklich nicht mein Tag …

Zori

Ich tanzte über den Ast eines Baumes. Den Wind in meinen Armen. Das Mondlicht in meinem Gesicht. Meine nackten Füße bewegten sich wie von selbst, als ich auf den Stamm der mächtigen Weide zusteuerte. Meine Finger glitten über die Rinde.

»Wo bist du, Vater?«, flüsterte ich und die Blätter der Weide raschelten.

Nah …

Er war nah. Für einen Moment glaubte, ich seinen Blick auf mir zu spüren, und wirbelte herum, doch da war niemand. Mein Herz zog sich zusammen und ich unterdrückte ein Schluchzen. Plötzlich zerfiel der Baum unter meinen Füßen zu Asche, ebenso wie der Rest des Waldes um mich herum, und ich fiel. Stürzte in die Tiefe …

Verschwitzt riss ich die Augen auf. Der Wald war verschwunden. Stattdessen sah ich die Dächer und Lichter von Amsterlock um mich herum. Zwischen Backsteinhäusern lagen die Grachten, deren Wasser sich in den Laternen spiegelte. Bei Nacht sah die Stadt beinahe friedlich aus, aber der Schein trog, denn die Fürstentümer von Amsterlock waren kein Ort, an dem man als Flüsterwesen sein wollte. Seine Gier verschlang alles und jeden, der sich nicht wehren konnte. Und gerade uns Flüsterwesen ereilte es besonders hart. Wenn man uns fing, legte man uns eine Fessel um den Hals und zwang uns, dieser Stadt zu dienen.

Auch um meinen Hals lag eine unnachgiebige Spange aus Eisen, eine Erinnerung an meinen alten Herrn, dem ich vor einiger Zeit entwischt war. Seitdem jagten mich die Bilder und seine Leute, da war ich mir sicher. Ich sollte dieser Stadt entfliehen, aber das war nicht so leicht. An den Stadtgrenzen gab es strenge Kontrollen. Flüsterwesen war es ohne menschliche Begleitung nicht gestattet, Amsterlock zu verlassen. Wen sie dabei erwischten, hängten sie zur Abschreckung an die Mauern. Aber selbst wenn ich einen Weg finden würde, konnte ich nicht gehen. Nicht ohne meinen Vater, dem Einzigen, der mir von meinem Volk geblieben war. Den Einzigen, den ich noch hatte ...

Jetzt kauerte ich auf einem Schieferdach, dicht an einen Schornstein gepresst, die Kapuze meines Mantels tief ins Gesicht gezogen, und bewegte mich nicht. Neben mir stand ein Glas mit einer Leuchtkröte darin. Wenn ich den kleinen Kerl fütterte, begann er zu glühen. Bald würde ich ihn freilassen und mir eine neue Kröte fangen müssen, denn wenn sie zu lange in Gefangenschaft waren, verloren sie ihre Leuchtkraft.

Nur zufriedene Kröten spendeten Licht.

Das traf leider nicht auf Elfen zu. Wir glitzerten, auch wenn wir unglücklich waren. Auch wenn man uns in Ketten legte und einsperrte. Unsere schimmernde Haut war unsere Waffe und unser Fluch zugleich, denn sie war ein weiterer Grund, warum die Menschen es auf uns abgesehen hatten.

Elfenglitzer, eine der wertvollsten Kostbarkeiten in Amsterlock.

Nur im Schutz der Dunkelheit traute ich mich aus meinem Versteck, um mir etwas zu essen zu besorgen, denn nachts waren alle Katzen grau. So sagte man doch ... Und in meinem Fall würden die Menschen, denen ich begegnete, hoffentlich nicht die verräterische grüne Farbe meiner Haut bemerken. Oder die spitzen Ohren, die ich sorgsam unter meinen Haaren und der Kapuze verbarg.

Ich warf der Kröte einen Wurm hin, woraufhin sie sich träge in Bewegung setzte und ihr Maul öffnete. Kaum war das Abendessen verschlungen, begann der Rücken des Tieres zu glühen. Fluoreszierende Spiralen und Kreise, die sich über die braune, ledrige Haut zogen. Jede Kröte unterschied sich anhand ihres Leuchtmusters. Es war so einzigartig wie ein Fingerabdruck bei Menschen.

Mit dem Glas in der Hand tänzelte ich über die Dächer der Stadt. Einen Fuß vor den anderen, leicht wie eine Feder. Der Schimmer der Kröte leuchtete mir den Weg. Ich summte, ganz leise. Nur für mich. Und mein Körper bewegte sich im Takt der Klänge.

Ein schwarzer Kater schmiegte sich an mich, drückte seinen Körper gegen mein Bein und schnurrte. Ich erkannte ihn sofort an den weißen Spitzen seiner Ohren, die kurz aufglimmten, ebenso an dem weißen Fleck auf seiner Stirn, der die Form eines Halbmondes hatte.

»Hey Glückspilz«, begrüßte ich ihn und beugte mich herunter, um ihm übers Fell zu streichen.

Er schnurrte.

Glückspilz war ein besonderer Kater, denn im Gegensatz zu den anderen Straßenkatzen konnte er leuchten. Das war ungewöhnlich, denn normalerweise glühten Säugetiere nicht, ihnen fehlte die Lumineszenz, die Kröten, Oktopussen und einigen Insekten unserer Welt innewohnte. Allerdings gab es immer wieder verrückte Menschen, die versuchten, diese Fähigkeiten in andere Tiere zu implementieren, um sie dann für viel Geld an diejenigen zu verkaufen, die es sich leisten konnten. Vielleicht war Glückspilz in der Vergangenheit einmal einem solchen Experiment zum Opfer gefallen.

Ich drückte ihn vorsichtig mit meinem Fuß beiseite, bevor ich zum nächsten Hausdach sprang. Hier vollführte ich eine Pirouette und noch eine. Meine Kapuze fiel nach hinten und meine Haare wirbelten um meinen Kopf. Für einen Moment überließ ich mich ganz den Tanzschritten. Glücksgefühle rauschten durch meinen Körper. Ich fühlte mich schwerelos, während ich mir vorstellte, über die verschlungenen Äste meiner Heimat zu tanzen. An meinen Füßen steckten rosafarbene Ballettschuhe, die es mir ermöglichten, auch auf meinen Zehenspitzen zu tanzen.

Tanzen.

Das war es, was wir Elfen angeblich so gut konnten. Tanzen und die Menschen glücklich machen. Teilweise war das richtig. Ich tanzte gerne, nur nicht für die Menschen. Lieber tanzte ich allein im Mondlicht über die Dächer von Amsterlock, wenn keiner hinsah. Für mich. Für Glückspilz. Für meinen verlorenen Vater und für den Wald, dem man mich entrissen hatte. Und solchen Momenten fühlte ich mich meinem Volk, von dem ich so gut wie nichts kannte, näher.

Ich drehte weitere Pirouetten, wurde immer schneller und schneller bis ich auf den Höhepunkt zusteuerte. Dem Ende des Hausdaches. Aber ich bremste nicht ab. Stattdessen sprang ich ab, streckte meine Beine und flog über die Spalte auf das gegenüberliegende Haus. Lautlos landete ich, streckte meine Arme und drehte mein Gesicht dem Mond zu, als würde ich auf seinen Applaus warten.

Es waren diese kleinen Momente, in denen ich mich unbeschwert fühlte, beinahe frei. Momente, die viel zu schnell verstrichen, aber die ich mir gönnte, um nicht wahnsinnig zu werden, denn wenn man sich der Angst hingab, wurde sie zu einem neuen Gefängnis.

Ein Geräusch unten auf der Straße ließ mich innehalten. Schnell ging ich in Deckung, versteckte die Leuchtkröte unter meinem Mantel und lugte hinab. Meine Ohren zuckten vor Anspannung, als ich hinunterstarrte.

Es war bloß eine Gruppe Feiernder, die vorbeizogen, glückstrunken von Alkohol. Ich wartete, bis sie vorbeigezogen waren, bevor ich mich an einem Regenrohr herunterhangelte. Meine Füße landeten auf der Straße und eilten weiter. Dank der ledrigen Sohle meiner Ballettschuhe war ich lautlos. Schwerelos.

Ich erreichte eine Mülltonne, in der ich nach etwas Brauchbarem suchte. Kleidung, Feuerzeuge, Kerzenstummel, Lampen … Die Menschen warfen alles Mögliche weg. In dieser Tonne stapelte sich jede Menge Technikkram. Unter anderem erkannte ich Teile eines alten Oktölpus. Ich war so vertieft, dass ich die Schritte, die sich mir von hinten näherten, nicht wahrnahm.

Als ich herumwirbelte, war es bereits zu spät. Einer der Männer hatte sich von der Gruppe getrennt und baute sich nun direkt vor mir auf. Neugierig legte er den Kopf schief und seine kleinen runden Augen beäugten mich gierig.

»Hey, Süße. Komm her«, lallte er und der Geruch von Alkohol schwappte mir entgegen. Schnell versuchte ich, wieder auf das Dach zu fliehen, aber er war schneller. Wurstige Finger schlangen sich um meinen Arm und rissen mir die Kapuze herunter. »Sei doch nicht schüchtern. Was …« Als er meine Haut sah, zuckte er zusammen. »Was zum … Bist du nicht so ein … Flüstermonster?«

Er war offenbar zu betrunken, um zu begreifen, was das bedeutete.

»Was schleichst du hier rum? Willst du abhauen? Rede!«

Ich warf einen Blick über seine Schulter, um sicherzugehen, dass wir allein waren. Dann streifte ich einen meiner Handschuhe ab und strich ihm über die Wange, ganz flüchtig. Als die glänzenden Partikel meiner Fingerkuppen seine Haut berührten, blieben sie darauf haften. Verheißungsvoll funkelten sie im Licht der Straßenlaternen, so als würden sie auf meinen Befehl warten. Ich musste ihn nicht aussprechen. Eigentlich musste ich gar nichts tun. Nur darauf warten, dass sich der Ausdruck in seinem Gesicht änderte.

Der Ärger wich Erstaunen und gleich darauf einem verklärten, glückstrunkenen Ausdruck. Ein dümmliches Lächeln schlich sich auf seine Lippen. »Du bist so wunderschön. Das schönste Wesen, was ich je gesehen habe …«

»Dann lass mich los und geh nach Hause, ja?«, säuselte ich ihm zu.

Er nickte eifrig. »Ich mach alles, was dich glücklich macht.«

»Das würde es.«

Er ließ mich frei, aber starrte mich weiterhin an. Als wäre ich die Erfüllung all seiner Wünsche, von der er sich nicht trennen konnte. Das war die Macht meines Glitzers, die Macht, die die Menschen so sehr fürchteten. Wenn die Partikel von ihrer Haut absorbiert wurden und in den Blutkreislauf schwemmten, machte ich sie glücklich. Und nicht nur das. Für einen Moment dachten sie, mich zu lieben.

Erneut sah ich mich um und stellte sicher, dass niemand uns beobachtet hatte. Dann zog ich mir die Kapuze wieder tief ins Gesicht und kletterte auf das Dach, wo Glückspilz bereits wartete. *Glück gehabt*, schien er zu sagen und ich nickte, die Lippen fest aufeinandergepresst. Das war in der Tat knapp gewesen.

Verflucht knapp.

Geduckt huschte ich weiter über die roten Platten, darauf bedacht, keinen Laut von mir zu geben, bis ich ein geöffnetes Dachfenster erreichte. Eigentlich nichts Besonderes, und so wäre ich vermutlich weitergezogen, wenn Glückspilz nicht plötzlich zu besagtem Fenster getrottet wäre. Seine Ohren ebenso wie der Halbmond auf seiner Stirn leuchteten kurz auf, als er hinabsah.

»Komm«, flüsterte ich, aber er bewegte sich nicht.

Neugierig geworden legte ich mich auf den Bauch, robbte über die Dachpfannen und sah nach.

Dort unter mir auf dem Fußboden saß ein Junge mit rotem Haar. Er trug gute Kleidung, sodass man ihn fast für einen reichen Sprössling halten konnte, der entführt worden war, um Schutzgeld zu erpressen. Allerdings verriet ihn eine kleine Brosche als Beschaffer. Er war also ein Dieb!

Nicht meine Angelegenheit, schoss mir durch den Kopf. Trotzdem blieb ich liegen und beobachtete ihn. Er hatte etwas an sich, das mich neugierig machte. Nicht zuletzt, weil er mit sich selbst sprach und dabei schlimmer fluchte als jeder Seemann.

»Große Klasse, Quin! Ganz große Klasse ... Wie hast du es nur wieder geschafft, dich in so eine Scheißsituation zu bringen?«

Meine Ohren zuckten belustigt. Ihm dabei zuzusehen, wie er mitten in dem Raum saß und vor sich hin schimpfte, hatte etwas Unterhaltsames.

»Wie konnte das passieren? Im Ernst! Du wusstest, dass es eine schlechte Idee ist, ihn zu beklauen, und trotzdem konntest du es nicht lassen.«

Die Schnurrhaare von Glückspilz zuckten und für einen Moment leuchteten seine Ohren auf.

»Du magst ihn«, stellte ich fest. Der Körper des Katers vibrierte kurz, als er zu schnurren begann und seinen warmen Körper an mich drückte. Ich hob meine Hand, um ihn im Nacken zu kraulen, während ich weiter den seltsamen Jungen im Auge behielt.

Der Kater biss mir sanft in die Schulter und ich wusste, was er dachte.

»Sicher?«, flüsterte ich skeptisch und wagte einen weiteren Blick nach unten. Die Hände des Jungen waren hinter seinem Rücken gefesselt. Er hatte schlanke Finger, die er sicherlich schnell in den Taschen seiner Opfer verschwinden lassen konnte. Er war trainiert. Vor allem seine Beine und Schultern, soweit ich es von hier oben beurteilen konnte. Beides war nicht verwunderlich, denn als Dieb musste man schnell sein und gut klettern können.

Er hatte aufgehört zu schimpfen und seinen Kopf stöhnend auf den Knien abgelegt. Die roten Strähnen seiner Haare kräuselten sich im Nacken. Aber da war noch etwas. Feine Narben, die sich unter dem Hemd den Hals emporschlängelten. Sie erinnerten mich an verschlungene, rötliche Baumäste.

Erneut rieb sich Glückspilz an meinem Bein. Er konnte es nicht leiden, wenn jemand gefangen und gefesselt war. Mir ging es genauso.

»Na schön«, gab ich nach. »Ich sehe mir diesen Menschen aus der Nähe an.«

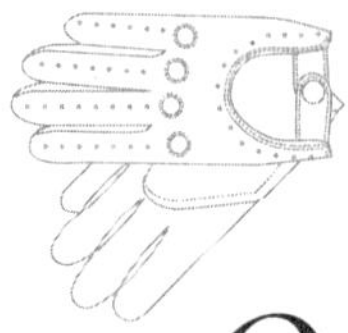

Quintus

Gerade suhlte ich mich in Selbstmitleid, als über mir ein Geräusch ertönte. Ich hob den Kopf und sah, wie ein wunderschönes Wesen leichtfüßig vor mir auf dem Boden landete. Sie hatte braunes Haar, welches mit grünen Strähnen durchzogen war, ein herzförmiges Gesicht, volle Lippen und Rehaugen, die von dichten Wimpern umrandet waren. Unter ihrem breiten, löchrigen Mantel trug sie die Kleidung einer Ballerina, allerdings war der Rock zerschlissen und so von Schmutz bedeckt, als hätte sie schon sehr viel Zeit darin verbracht.

Ich starrte sie an, nicht wissend, ob ich halluzinierte.

»Warum bist du gefesselt?«, wollte sie wissen, aber ich hatte die Frage im nächsten Moment bereits wieder vergessen.

Die Haut des Mädchens glitzerte grün im Mondlicht und ich konnte an nichts anderes denken als daran, wie schön sie war.

Und wie viel Geld mir ihre Haut bringen würde …

Bei allen Wesen! Das ist eine Elfe, Quin! Eine Elfe! Und sie glitzert! Du bist vom Regen in die Traufe gekommen …

Ich kannte die Gefahr, die von ihrer Haut ausging. Nicht umsonst hieß es: »Wenn du eine Elfe glitzern siehst, bist du so gut wie tot.« Ich wusste also, dass ich in akuter Lebensgefahr war, und doch starrte ich sie weiter an, als wäre sie das Schönste, was ich je gesehen hatte.

Elfen waren selten. Sehr selten, nachdem das Elfenfieber vor

Jahren vielen von ihnen das Leben gekostet hatte. Die wenigen Verbliebenen hatten sich die Reichsten unter den Nagel gerissen. Ich hatte noch nie eine von Nahem gesehen, da sie sicher verwahrt wurden. Vor allem vor Beschaffern wie mir.

Diese hier sah genauso bezaubernd aus, wie man munkelte. Aber wenn das stimmte, waren die anderen Dinge, die man sich über sie erzählte, vermutlich ebenfalls wahr. Und das wäre weniger bezaubernd.

Ihre Haut glitzerte nur, wenn sie ein bestimmtes Sekret produzierte. Und das konnte einem bei direktem Kontakt übel zusetzen. Es machte Menschen vor Liebe und Glück hilflos, und genau diesen Zustand nutzten die Elfen, um ihr Opfer bei lebendigem Leib zu verspeisen.

»Willst du mich fressen?«, entfuhr es mir. Ich hatte Todesangst und gleichzeitig wollte ich ihr nahe sein. Wollte sie berühren. Meine Finger über diese wunderschöne Haut fahren lassen. Von ihr berührt werden. Ihre Lippen berühren … Allein bei dem Gedanken stieg mir die Röte ins Gesicht.

Wenn ich von jemandem gefressen werden will, dann von ihr …, dachte ich.

»Fressen?« Die Elfe zog ihre Stirn in Falten, bevor sie schallend loslachte. Dabei entblößte sie kleine, spitze Eckzähne, die an die einer Katze erinnerten. »Keine Sorge. Ich hatte schon Abendbrot …« Grinsend schob sie ein »Dreizehn rohe Herzen. Die esse ich am liebsten« hinterher.

War das Sarkasmus?

»Was willst du dann von mir?«, fragte ich verwirrt.

»Ich war neugierig und mein Freund Glückspilz scheint dich zu mögen.« Sie deutete nach oben zum Dachfenster, aber ich konnte niemanden entdecken. »Was machst du hier? Und warum bist du gefesselt?«

»Ich wurde von einem griesgrämigen Kerl erwischt, der es mir übel nimmt, dass ich ihn bestohlen habe.«

»Ist das nicht etwas, womit man in Amsterlock rechnen muss?«, fragte die Elfe.

»Das hab ich ihm auch gesagt«, stimmte ich ihr zu. »Jeder weiß, dass es uns Beschaffer gibt. Genau genommen zeigen wir den anderen Menschen doch nur, dass sie nicht genug auf ihre Sachen aufgepasst haben.«

»Du könntest ihm einfach zurückgeben, was du geklaut hast.«

»Wenn das so einfach wäre«, seufzte ich. »Das Ding hat sich als recht anhänglich herausgestellt.«

»Oh? Mit anhänglichen Haustieren kenn ich mich aus.«

»Eher ein magischer Gegenstand.« So ehrlich war ich schon lange nicht mehr gewesen. Für gewöhnlich formte meine Zunge automatisch Lügen. Sie waren für mich wie ein Schutzwall, aber hier vor diesem Wesen, das ich gar nicht kannte, sagte ich mehr ehrliche Worte als im vergangenen Jahr. Warum sollte ich sie auch anlügen? Jemanden, der so schöne Augen hatte wie sie …

Verdammt! Ich schüttelte mich, um einen klaren Kopf zu bekommen. Hatte sie mich bereits verzaubert?

Mit einer eleganten Bewegung setzte sich die Elfe im Schneidersitz vor mich hin. Dabei fiel mein Blick auf ihre Fessel, die jedes Flüsterwesen in Amsterlock erhielt. Die Haut darunter war abgeschürft und wund. Das war so falsch! Klar, Undinen, Hexen und Elfen mochten gefährlich sein, aber Menschen waren das auch … Und in uns floss nicht einmal Dämonenblut. Wir waren einfach so fies.

»Was ist mit dir?«, fragte ich vorsichtig. »Bist du abgehauen?«

»Ja«, bestätigte die Elfe leichthin. »Mein Herr hat mich nicht zu schätzen gewusst.«

»Mein Boss auch nicht«, berichtete ich. »Er wollte mich umbringen, obwohl ich eine Auszeichnung als Mitarbeiter des Jahres verdient hätte. Kannst du das glauben?«

Ihre Mundwinkel zuckten belustigt.

»Aber ich werde nicht zulassen, dass es so endet«, fuhr ich fort.

Sie legte den Kopf schief. »Willst du ihn töten?«

»Ja, aber das würde nur neue Probleme mit sich bringen. Ich denke, ich werde ihm stattdessen ein Kündigungsschreiben vor die Tür legen«, überlegte ich, woraufhin sie den Kopf in den Nacken legte und lachte.

»Du bist lustig«, kicherte sie. »Glückspilz hatte recht.«

»Ich meine es ernst«, sagte ich. »Sobald ich die Fesseln losgeworden bin, schreibe ich ihm. Und ein bisschen Pfefferpulver schick ich auch mit …«

»Wie wirst du deine Fesseln los?«

Ich versuchte es mit meinem charmantesten Lächeln. »Na ja … Jetzt, wo du schon mal da bist und mich nicht fressen willst, könntest du mir vielleicht helfen?«

»Das könnte ich …« Sie hielt inne. »Und was bekomme ich im Gegenzug?«, fragte sie provokativ.

Die Frage war nicht ungewöhnlich, denn in Amsterlock hatte alles einen Preis, aber sie wirkte nicht so, als würde sie es ernst meinen.

»Ich hab im Moment nicht wirklich etwas bei mir, aber ich könnte dir etwas beschaffen.«

»Auch Informationen?«, fragte sie.

»Was für welche?«

»Ich suche jemanden … einen Elf.«

»In Amsterlock gibt es nicht mehr viele und die meisten gehören dem Baron des Glücks.« Um seinen Glitzer herzustellen, benötigte er Elfen, aber wie genau er es anstellte, war ein streng gehütetes Geheimnis. Natürlich hatten viele versucht, dahinterzukommen. Und die meisten hatten den Verstand verloren oder waren gestorben. »Ich schätze, du findest deinen Elf dort. Allerdings ist seine Villa eine Festung. Da kommst du nicht so einfach rein.«

»Ich weiß …« Sie nagte an ihrer Unterlippe.

»War das dein ehemaliger Herr?«

»Nein. Als ich als Kind nach Amsterlock kam, wurde ich an einen reichen Opernhausbesitzer verkauft. Er hat mich für seine Gäste tanzen lassen, bis ich irgendwann weggelaufen bin.«

»Dem Baron des Glücks wärst du möglicherweise nicht so leicht entwischt … Darum ein guter Rat: Halte dich von diesem Ort fern. Er sammelt Elfen und er stellt sicher, sie nicht zu verlieren …«

»Ein Grund mehr, einen Weg hineinzufinden.«

»Hast du nicht zugehört? Willst du dein Glück wirklich dermaßen herausfordern?«

Sie grinste und deutete erneut auf das Fenster über uns. »Das Glück ist meistens auf meiner Seite … Also? Könntest du herausfinden, ob der Elf wirklich dort ist?«

»Möglich …« Wahrscheinlich. Eigentlich blieb ich der Villa des Glücks aufgrund unschöner Momente in der Vergangenheit lieber fern, aber für meine Freiheit und dieses entzückende, wenn auch leichtsinnige Elfenmädchen würde ich eine Ausnahme machen. »Ich werde mein Bestes geben.«

»Das reicht mir.« Sie kam näher, woraufhin ich zurückwich.

»Pass bloß auf. Du glitzerst«, erinnerte ich sie.

Sie verdrehte die Augen und zeigte auf ihre behandschuhte Hand. »Keine Sorge. Du wirst schon nicht auf meiner Snackplatte landen.«

»Gut … Ich vertraue dir.« Das tat ich überraschenderweise wirklich und es war genau so dumm, als würde ein Lamm einem Löwen vertrauen. Egal wie hübsch sie war, sie war eine Elfe und Elfen fraßen ihre Opfer bei lebendigem Leib auf. »Moment mal! Hast du mich bereits verzaubert?«

Meine Gefühle und mein Verstand lieferten sich ein bitteres Duell, und während ein Teil von mir in sie verschossen war, befürchtete ein anderer Teil, manipuliert und verspeist zu werden.

Die Elfe verharrte, legte erneut ihren Kopf schief und musterte mich mit ihren goldbraunen Rehaugen, die so aussahen, als könnten sie niemandem etwas zuleide tun.

»Solange ich dich nicht berühre, bist du sicher.«

»Aber ich fühle es bereits«, stotterte ich. »Dieses Kribbeln im Bauch ... Dieses warme Gefühl, wenn ich dir in die Augen sehe ... Nein! Ich weiß es besser, als einer Elfe zu vertrauen.«

»Keine Angst. Ich fresse nur Jungfrauen. Bist du etwa eine?«

»Nein!«, antwortete ich schnell. »Ich habe eine feste Freundin. Ihr Name ist Mascha und wir lieben uns ... Auf jede erdenkliche Weise.«

Da waren sie wieder. Die Lügen, die mir wie selbstverständlich über die Lippen sprangen.

»Die arme Mascha«, seufzte die Elfe. »Sie macht sich bestimmt schreckliche Sorgen ... Sicher, dass ich dich nicht befreien soll?«

Sie zog einen Dolch aus ihrem Gürtel. Die Klinge war winzig, kaum länger als mein kleiner Finger.

»Woher weiß ich, dass du mich damit nicht zu Tode piksen willst?«, fragte ich misstrauisch.

»Wenn ich dich töten wollte, hätte ich es bereits getan. Aber ich kann auch wieder gehen und du versuchst dein Glück mit dem Kerl, der dich gefangen hat.«

»Nein. Warte. Tut mir leid.« Ich drehte mich um, um ihr die auf den Rücken gebundenen Hände hinzuhalten. Es dauerte nicht lang, da lösten sich die Fesseln und fielen zu Boden.

»Danke.«

»Gerne.« Ein weiteres Lächeln huschte über ihre Lippen. »Ich bin Zori.«

»Winfried ...« Ich hielt inne. Irgendwie hatte ich den Drang, sie nicht anzulügen, etwas, das ich schon jahrelang nicht verspürt hatte. Das war der Beweis. Sie hatte mich definitiv verzaubert. »Quin. Mein Name ist Quin.«

Sie grinste. »Ich weiß. Glückspilz und ich haben dich belauscht.«

»Und was jetzt? Durch die Tür können wir nicht ...«

Sie nickte vielsagend zum Fenster empor, bevor sie leicht wie eine Katze emporsprang. Ihre Finger schlossen sich um den Rahmen und sie zog sich aufs Dach. Dann drehte sie sich um, um mir ihre behandschuhte Hand entgegenzustrecken. Ich eilte zu dem Stuhl, der in einer Zimmerecke stand, und schob ihn unters Fenster, bevor ich daraufkletterte und mich streckte. Unsere Finger berührten sich, nur um uns gleich darauf wieder zu entgleiten. Ich holte tief Luft, ging in die Hocke und sprang. Meine Hand schloss sich um ihre und sie hievte mich mit erstaunlicher Kraft, die man ihrer Gestalt gar nicht zutraute, in die Höhe. Fast hatte ich das Fenster erreicht, da sah ich hinter ihr auf dem Dach eine Bewegung. Mein Blick huschte in die Richtung und ich erschrak.

»Vorsicht!«

Alarmiert fuhr sie herum, aber es war schon zu spät.

Ein Schlag erwischte Zori am Kopf. Sie fiel nach vorne, kippte durch das Fenster mir entgegen. Ich landete auf dem Stuhl, der unter meinem Gewicht zerbrach. Die Elfe auf mir drauf. Sie stöhnte, aber regte sich nicht. Gerade wollte ich sie von mir schieben, um mich dem Angreifer zu stellen, da bemerkte ich, dass unsere Arme sich berührten.

Verfluchte ...!

Ich versuchte mich zu befreien, aber es war schon zu spät. Auf meiner hellen Haut klebten glitzernde Partikel, die unheilvoll im

Licht des Mondes schimmerten. Ich versuchte, sie wegzuwischen, aber verteilte sie bei dem kläglichen Versuch noch mehr. Ein heißes Kribbeln ging von ihnen aus und sank in meine Haut. Es zog durch meinen Arm und breitete sich weiter aus.

Das musste es sein! Das berauschende Glücksgefühl, welches alle Sorgen, allen Widerstand davonschwemmte, bis man nur noch eins spürte. Liebe. Unaufhaltsame, verzweifelte Liebe.

Nun hatte er mich getroffen. Der berüchtigte Elfenzauber, der einen in eine willenlose Marionette verwandelte.

Nun ja, immerhin würde ich glücklich zugrunde gehen.

Mit einem Lächeln auf den Lippen verdrehte ich die Augen.

Laurelin de Jong

Noch vor Sonnenaufgang machte ich mich auf den Weg, um mehr über den Attentäter und seine Auftraggeber herauszufinden. Gerade als ich aufbrechen wollte, erblickte ich meine Schwester Seraphine. Sie stand am Balkon und sah auf den Garten hinaus. Ihr Arm lag in einer Schlinge, um die verletzte Schulter zu entlasten.

Trotzdem sah sie wie immer bezaubernd aus. Ihr weinrotes Nachtkleid schmiegte sich um ihren kurvigen Körper und die im Vergleich zu den restlichen de Jongs recht hellen Haare waren zu einem losen Zopf geflochten. Sie war mit Abstand die schönste unter meinen Geschwistern, die Perle, wie meine Mutter sie immer nannte.

Seraphine verstand es, die Rolle zu spielen, die von ihr erwartet wurde. Nur selten ließ sie die Maske sinken und zeigte ihr wahres Gesicht. Traurige Augen, die sehnsüchtig in die Ferne blickten. Unruhige Finger, die sich auf der Suche nach Halt mit dem Stoff ihrer Kleider verhakten. Und Zehen, die sich krümmten, wenn sie eigentlich schreien wollte. Manchmal fragte ich mich, was sie sich vom Leben wünschte. Wahrscheinlich das Gleiche wie wir alle.

Frei zu sein. Eigene Entscheidungen zu treffen. Etwas, das Baronessas und Baronessos nicht gestattet war.

»Alles okay?«, fragte ich und stupste sie aufmunternd mit meiner Schulter an.

Sie blinzelte, so als hätte sie meine Anwesenheit bis gerade gar nicht bemerkt, und wandte sich mir zu. »Ja, alles okay …«

Es klang überzeugend, aber ich kannte sie gut genug, um zu wissen, dass etwas nicht stimmte. Also hakte ich nach. »Du nennst mich nicht ›Kälbchen‹ … Was stimmt nicht? Bist du krank?«

»Nein. Mein Arm schmerzt bloß etwas.« Sie fröstelte und ihre Finger krallten sich am Geländer fest.

»Du solltest den Arzt aufsuchen.«

»Nein. Nein. Das wird schon. Immerhin ist es bloß ein Kratzer, nicht wahr? Nicht der Rede wert …«

Mir entging nicht, dass ihre Hand zu einer feinen Kette hochzuckte. Wenn sie für sich war, trug sie keine Kristalle oder Diamanten, nur einen feinen, silbernen Seerosenanhänger. Fast unscheinbar. Trotzdem wirkte das Schmuckstück im Vergleich zu den Kostbarkeiten, auf die sie sonst Wert legte, echt. Wie ein kleiner Einblick hinter die Fassade, die Seraphine so sorgfältig aufgebaut hatte.

»Ich finde die Drahtzieher. Bis zu deiner legendären Hochzeit ist die Sache geklärt«, versprach ich ihr und griff nach ihrem Arm. Er war kalt. Wie der Rest ihres Körpers. Wie lange stand sie hier schon? »Hast du einen Verdacht, wer das getan haben könnte?«

»Ich soll Lord Ambrosa heiraten. Den reichsten Mann im Viertel. Ich nehme an, das zieht Neider an.«

»Hat er sich bereits gemeldet?«

»Noch nicht …« Sie kaute auf ihrer Unterlippe.

»Was? Letztens, als er hörte, dass du dir deinen Fuß verstaucht hast, hat er dein gesamtes Zimmer mit Rosen dekorieren lassen und einen Geigenspieler vorbeigeschickt. Und jetzt gibt es einen Mordanschlag und er lässt sich Zeit?«

»Ich bin sicher, der Geigenspieler kommt noch. Oder er plant etwas Größeres …«

»Mhm …«

»Zumindest will er die Hochzeit vorverlegen. Hab ich von Mutter gehört.«

»Oh! Hat er Angst, dass du stirbst und er seine Chance, in die Familie der Baronin einzuheiraten, verliert?«

Sie riss entsetzt die Augen auf. »Lauri!«

»Was? *Ich* heirate den Zuhälter sicher nicht.«

Zu meiner Überraschung rümpfte sie nicht die Nase, sondern kicherte bloß. »Ihr wärt ein schreckliches Paar. Du hast wohl recht. Ich bin seine einzige Chance, wenn sich Gerlina nicht erbarmt. Nicht, dass er es nötig hätte.«

»Er hat vielleicht Geld. Aber Mutter hat die Krone. Mit dir hat er beides.«

»Und ich ebenfalls«, ergänzte Seraphine lächelnd.

Wir machten uns nichts vor. Die Verbindungen, die Mutter für uns arrangierte, waren keine des Herzens, sondern der Politik.

»Ist es das, was du willst?«

»Natürlich. Du kennst mich doch. Einer muss Mutter ja stolz machen.« Ja. Sie war immer schon die Ehrgeizigste von uns gewesen. »Sorg einfach dafür, dass ich nicht vorher erstochen werde.«

»Klar. Das ist schließlich mein Job.«

»Dann versag nicht wieder dabei, Kälbchen.«

Sie war die Einzige, die es wagte, mich noch bei diesem Spitznamen zu nennen. Meistens um mich zu provozieren oder aufzuziehen.

»Ich verspreche dir, bis Ende der Woche wird er oder sie tot sein.«

»Wirklich?«

»Hast du Zweifel, dass ich ihn finde?«

»Nein, aber du hast ein zu großes Herz. Darum hast du den armen Kerl mit der Glasrose auch nur verwundet, anstatt ihn gleich zu töten.«

»Ein Glück, denn er war unschuldig.«

»Du bist zu weich«, stichelte sie.

»Ich habe nur strategisch gedacht. Mein Herz ist so schwarz wie dieser überteuerte Mantel«, brummte ich und zupfte an meinem Lieblingskleidungsstück. Er war ein Designerstück aus der *Seidenraupe*, einem der teuersten Läden des Seidenbarons, aber er hatte Panzerungen und verdammt viele Taschen, in denen man Waffen verstecken konnte.

Seraphine hob ihren schlanken Zeigefinger und stupste mir gegen die Nase. »Wir wissen beide, dass das nicht stimmt. Du bist nicht wie Mutter. Im Gegensatz zu mir ...«

»Du bist definitiv genauso unausstehlich«, stimmte ich ihr zu.

»Darum werde ich auch die nächste Baronin.«

»Dann kündige ich!«

»Nein, weil ich dich vorher rauswerfen werde.« Sie schenkte mir ein überhebliches Grinsen und verschwand, den Geruch von Veilchen hinter sich herziehend.

Erneut machte ich Anstalten aufzubrechen und kam keine drei Schritte weit, da stellte sich mir Estelle in den Weg.

»Hallo Lauri!«, rief sie über beide Ohren strahlend. »Nein, sag nichts. Ich weiß, was du sagen willst ...«

Ihre Gabe war es, drei Sekunden in die Zukunft zu sehen, was sie zu einem wertvollen Besitz meiner Mutter machte. Außerdem machte sie diese Eigenschaft zu einer ganz schrecklichen Nervensäge.

»Hey Estelle«, sagte ich. »Ich wollte sagen, dass für diese frühe Uhrzeit verdammt viele Leute unterwegs sind. Braucht ihr alle keinen Schlaf?«

»Doch, aber solange die Baronin im Bett liegt, habe ich Freizeit. Das muss ich ausnutzen.«

Für gewöhnlich musste sie in der Nähe der Liebesbaronin sein, um sie vor möglichen Angriffen zu warnen. Meine Mutter behandelte sie den Umständen entsprechend gut, aber das änderte nichts an der Tatsache, dass sich unter ihrem Schal eine Fessel versteckte. Obwohl sie eine Dienerin war, gab es kaum etwas, dass Estelles Laune trüben konnte. Im Gegensatz zu mir war sie eine Person, die in einfach allem etwas Positives sah. Eine Eigenschaft, die ich bewundernswert und nervtötend zugleich fand.

»Soll ich dir aus den Händen lesen?«, fragte sie mit großen Augen.

»Du kennst die Antwort doch bereits ... Kein Bedarf.«

»Ach, komm schon. Das haben wir ewig nicht mehr gemacht und ich bin viel besser geworden.« Sie zog mich die Treppe herunter zu einer Marmorbank im Garten. Das Anwesen meiner Mutter strotzte vor Prunk und Reichtum, damit auch ja jeder daran erinnert wurde, wie erfolgreich die Establishments der Baronin waren. »Außerdem weiß ich eh schon, dass du dich erweichen lässt, damit ich Ruhe gebe. In 3 ... 2 ...«

»Schon gut.« Als ich mich neben ihr niederließ, ging auf Estelles Gesicht die Sonne auf.

Sie drehte meine Hand um und runzelte die Stirn, während sie die Linien darin genau studierte. So zuverlässig sie darin war, drei Sekunden in die Zukunft zu sehen, so miserabel war sie in allen anderen Versuchen, Magie zu wirken.

Wenn sie wüsste, was ich wirklich war, würde sie mich vermutlich im Schlaf ermorden. Dass sie es nicht wusste, war für mich der Beweis, dass die Hexen wirklich ihre Stärke verloren hatten und kurz davor waren, von dieser Welt zu verschwinden. Durch das Schwinden des dunklen Schimmers in ihrem Körper verloren sie immer mehr das, was sie zu Flüsterwesen machte. In ein paar Jahren wären sie nur noch Menschen.

»Du wirst schon in naher Zukunft einen jungen Mann treffen

und aus Liebe wirst du dich Hals über Kopf mit ihm verloben«, verkündete Estelle nun, während ihre Finger über die Linien in meiner Hand glitten.

Ich warf den Kopf in den Nacken und brach in Gelächter aus. »Nur über meine Leiche.«

»Es steht hier!«

»Also wegen deiner Fähigkeiten, Hände zu lesen, behält dich meine Mutter nicht. So viel ist klar.«

Das war die unwahrscheinlichste Zukunft, die sie mir hätte präsentieren können.

»Sieh hin«, protestierte Estelle. »Du hast eine sehr ausgeprägte Liebeslinie. Hier an der Seite ... Und dein Venusring. Holla! Da geht einiges!«

»Es müsste schon ein Wunder geschehen, bevor ich mich verliebe. Geschweige denn verlobe ...«

»Es geschehen öfter Wunder, als man denkt«, sagte die Hexe ein wenig beleidigt und legte den Kopf schief. »Wenn Licht und Dunkelheit sich verbinden, ist nichts unmöglich ... Denk an Juna Morgenstern.«

Juna Morgenstern war das Wunder von Hansewall und wie die meisten Flüsterwesen sah Estelle in ihr eine Art Schutzpatronin, die über diejenigen, die Schimmerblut in sich trugen, wachte. Sie trug sogar ein Bild mit sich herum, das die ehemalige Priesterin darstellen sollte. Zusammen mit einer goldenen Locke, die angeblich von ihren Haaren stammte. Ich war mir ziemlich sicher, dass sie verarscht worden war.

»Sieh dich um, Estelle. In Amsterlock gibt es keine Wunder. Nur Dunkelheit«, entgegnete ich.

»Nein.« Estelle schüttelte den Kopf. »Ich glaube fest daran. Wunder gibt es überall!«

Natürlich hoffte sie das. Wahrscheinlich wäre sie schon durchgedreht, wenn sie es nicht täte. Als Angestellte – oder Kind – meiner Mutter hielt man es nur aus, wenn man darauf hoffte, irgendwann frei zu sein. Wie konnte ich ihr da diese Hoffnung nehmen?

»Irgendwann werden wir diesen Ort verlassen«, fuhr sie fort. »Vielleicht gehe ich nach Hansewall.«

Ich legte den Kopf schief. »Vielleicht ...«

»Oh, du musst los? Deine Familie retten? Deiner Mutter Ehre bringen?«, erinnerte mich die Hexe, drei Sekunden bevor ich selbst daran dachte.

Ich nickte.

»Und viel Erfolg mit deinem Verlobten!«

Ich stieg in den roten Wagen ein und teilte meinem Fahrer die Adresse mit. Er nickte knapp und fuhr los. Das Viertel der Liebe teilte sich fächerförmig um unser Anwesen auf und erstrahlte in rotem Licht. Rote Lampions und Schaufenster, in denen leicht bekleidete Frauen und Männer tanzten. Das war unser Fürstentum. Das Fürstentum der käuflichen Liebe. Nicht nur der körperlichen, sondern auch der freundschaftlichen. Hier konnte jeder eine Begleitung für den Abend kaufen, ebenso wie eine Partnerin oder einen Partner für immer. Na ja, jeder der es bezahlen konnte.

Der Wagen raste ohne Rücksicht über die gepflasterten Straßen. Unsere Fahrer waren es gewohnt, dass andere den blutroten Fahrzeugen der Baronin auswichen, denn niemand wollte einen Unfall und damit Ärger mit den de Jongs riskieren.

Der Wagen ließ die purpurnen Geschäfte der Liebe hinter sich und erreichte einen deutlich weniger beleuchteten Teil der Stadt. Es war noch früh und nur wenige Menschen und Flüsterwesen waren auf den Beinen.

Ich ließ den Fahrer ein paar Straßen vor meinem Ziel halten und lief den Rest des Wegs, bis ich ein kleines Geschäft erreichte. Es war noch geschlossen, also setzte ich mich auf einen Ölkasten, der von einem Schwarm mechanischer Oktölpusse belagert wurde. Ächzend und stöhnend näherten sie sich den Tanklöchern und steckten ihre Fangarme herein, um das Öl, das ihnen als Energiequelle diente, aufzusaugen. In ihren gläsernen Körpern brannte eine Flamme, mit der sie nachts für Licht sorgten.

Ich hatte gehört, dass andere Städte nicht mehr auf das Öl der Seefahrergilden angewiesen waren, sondern es geschafft hatten, sich das Licht der Sonne zu eigen zu machen. Tatsächlich gab es auch hier an der Küste erste Versuche, unsere Leuchtopusse mit Wind statt Öl zu betreiben. Einer meiner Brüder hat mal einen mitgebracht, auf dessen Körper ein Propeller gebaut war. Allerdings konnte er nicht fliegen, nur jede Menge Staub aufwirbeln.

Gerade als einer der Leuchtopusse meine Schulter streifte, fuhr eine türkisblaue Markise über dem Laden hervor und signalisierte, dass es so weit war. Zwei Mitarbeiter stellten zwei schwere Blumenkübel mit Nachtschattengewächsen vor das Geschäft und schalteten ein gelb blinkendes Schild ein, auf dem »Jetzt geöffnet« stand.

Ich sprang vom Ölkasten, woraufhin die Oktölpusse empört brummend auswichen, und ging auf die Tür zu.

Der Laden war vollgestopft mit Touriartikeln. Andenken an einen vermeintlich schönen Trip nach Amsterlock, auch wenn ich keine Touristen kannte, die unsere Stadt besuchten. Soweit ich wusste, wurden wir eher gemieden. Ein gefährlicher krimineller Ort, an den man lieber keinen Fuß setzen sollte, denn hier gab es keine Vertreter der Götter und keine Verfechter des Friedens, sondern nur die Gangsterbarone.

Frieden, Glück, Harmonie und Fortschritt … Das waren keine

Schlagworte, die man mit Amsterlock verband. Zumindest nicht im herkömmlichen Sinne, denn die Barone hatten einige der Begriffe neu interpretiert.

Ich passierte ein Regal, auf dem eine goldene Flüssigkeit in Gläsern verkauft wurde. »Mit echtem Elfenglitzer« stand darauf. *Von wegen!* Der war zu kostbar, um ihn hier verstauben zu lassen ...

Allerdings war ich nicht wegen der Andenken hier, sondern ging direkt zu dem Spiegel im hinteren Teil des Geschäfts, der ebenfalls mit Nachtschattenpflanzen behangen war. Ich nickte dem Inhaber kurz zu, der hinter dem Tresen saß und seltsame Figürchen untersuchte. Er kannte mich und würdigte mich daher kaum eines Blickes, als ich vor dem Spiegel stehen blieb.

Heute trug ich unter meinem Mantel eine enge Hose und eine Corsage, die mir wirklich gut stand. Die obere Partie meiner Haare hatte ich zu einem lockeren Dutt zusammengefasst, in dem ich eine silberne Nadel versteckte. Die weiße Haarsträhne und die auffällige Musterung auf meiner Haut führten meistens dazu, dass ich schnell erkannt wurde.

Aber heute war mir das egal.

Ich schob den Spiegel zur Seite. Auf der anderen Seite wartete ein enger Fahrstuhl, der hinunter zum *Markt der hundert Wünsche* führte, einem Ort, der dem Baron der Magie gehörte. Hier wurde seltene Ware angeboten, ebenso wie Flüsterwesen. Ein Grund, warum ich diese Märkte am liebsten mied.

Aber hier hielt sich auch die Kontaktperson auf, nach der ich suchte.

Der Markt war größtenteils unterirdisch. An der Seite gab es eine Gracht, auf der beleuchtete Boote ankerten. Stände und Buden bedeckten den Rest des Platzes. Breite, mit Leuchtkröten gefüllte Glasbehälter sorgten für das notwendige Licht. Die günstigste Lichtquelle in den meisten Küstenstädten, da es genug Salzwasserfrösche in den Grachten und Kanälen gab, die die Stadt nachts zum Leuchten brachten.

Ich war eine der Ersten auf dem Markt, darum war es noch recht überschaubar. Auf einer Seite stand ein Flüsterhändler, der seine Ware gerade an Metallringen an der Wand festmachte. Hochgewachsene Undinen mit Maulkorb. Zwei menschlich aussehende junge Frauen, wahrscheinlich Hexen ... Und eine Elfe, die mir sofort auffiel, weil sie etwas abseits der anderen an die Wand gefesselt worden war. Aber das war nicht der einzige Grund, warum sie ins Auge stach. Während Menschen der Elfenglitzer nur als Schimmer auf der Haut auffiel, sah ich ihn durch das Erbe meines Vaters viel intensiver. Wie Tausende schwarze Diamanten funkelten die Partikel auf ihrer grünen Haut, ein Meer aus Millionen Sternen, welches im gedimmten Licht des Marktes wie eine schwarze Sonne blendete. Deshalb nannte man Götter oder Dämonen auch die Schimmernden. Sie glühten, glänzten, funkelten. Die einen golden, die anderen schwarz, aber das war meiner Meinung nach auch der einzige Unterschied. Mächtig waren beide. Unerreichbar. Und ob die Götter nun wirklich moralisch ehrenwerter handelten, konnte ich beim besten Willen nicht beantworten, da ich keine kannte. In Amsterlock interessierte man sich wenig für ihre Absichten. Hier zählte nur eins: Konnte man Geld mit ihnen verdienen?

Und mit Flüsterwesen konnte man das.

Man hatte die Elfe in einen durchsichtigen Plastikoverall gezwängt, zweifellos, um ihre Haut zu bedecken, und dennoch war die Macht der Schimmernden deutlich spürbar.

Ich konnte nicht anders, als stehen bleiben und staunen. Während das Dämonenblut den Hexen magische Kräfte geschenkt hatte und den Undinen die Fähigkeit, unter Wasser zu jagen, hatte es bei den Elfen einen funkelnden Schutzschild kreiert.

Als hätte sie meine Anwesenheit gespürt, hob sie ihren Blick und sah mich an. Goldbraune Augen, die sich in meinen Verstand bohrten. Ich musste blinzeln und mich für einen Moment abwenden. An ihrem Ausdruck erkannte ich, dass sie es ebenfalls bemerkt haben musste. Den dunklen Schimmer, der mir anhaftete. Im Gegensatz zu Hexen waren Elfen viel sensibler, was diese Dinge anging.

Ich drehte an einem meiner Siegelringe, auf dem das Bild einer Totenkopfmotte zu sehen war. Wenn ich an ihm schraubte, fuhr eine kleine Nadel aus der Mitte, mit der ich mir in die Fingerkuppe stach, bis ein Tropfen Blut hervorquoll. Ich machte einen Schritt vor, so als würde ich mir das gefesselte Flüsterwesen näher ansehen wollen, und streifte den Overall der Elfe, woraufhin eine Spur Blut zurückblieb.

»Fräulein!«, hörte ich die warnende Stimme des Händlers hinter mir. Ich trat von der Elfe zurück und wandte mich ihm zu.

»Was gibt es?«, forderte ich mit herrischer Stimme zu wissen.

»Diese Elfe steht Ihnen nicht zum Verkauf.«

»Ich kann zahlen.« Auch, wenn Mutter mir sicher den Hals umdrehen würde, wenn ich so viel Geld für ein Flüsterwesen ausgeben würde.

Der Händler rang mit den Händen, als wäre es ihm unangenehm, jemandem wie mir einen Wunsch auszuschlagen. »Ich weiß. Ich weiß. Aber sie wurde bereits verkauft, Baronessa. Das Fürstentum des Glücks ist ganz versessen auf Elfen und Joris Jonker hat bereits eine hohe Summe geboten, um sie in die Finger zu bekommen. Ich fürchte, da könnt Ihr nicht mithalten.«

»Kann man da wirklich nichts machen?« Ich hatte noch nie die Gelegenheit gehabt, mit einer Elfe zu sprechen. Nachdem das Elfenfieber so viele von ihnen das Leben gekostet hatte, hüteten ihre Besitzer sie wie ihren eigenen Augapfel.

»Nein. Nichts.«

»Bedauerlich«, verkündete ich und warf dem Flüsterwesen einen letzten Blick zu. Dann drehte ich mich um und verschwand, ohne noch einmal zurückzusehen.

Im Moment konnte ich nichts tun, aber ich würde sie wiedersehen …

Die Person, die ich gesucht habe, saß wie immer an einem Stand, an dem frittiertes Zeug verkauft wurde. In seiner Hand hielt er einen Pappbecher mit billigem Kaffee. Vor ihm stand ein Teller, auf dem man noch die letzten Spuren der roten, scharfen Soße sehen konnte, für die der Stand bekannt war.

Ich zögerte nicht und setzte mich neben mein Ziel.

Er musterte mich, als würde er einschätzen wollen, ob ich über das nötige Kleingeld verfügte, um mir die Dienste des Rings leisten zu können. Sein Blick blieb an meinen Fingern hängen, wo er das Wappen meiner Familie entdeckte.

»Was machst du hier, Baronessa?«

»Ich will zum Ring.«

»Wofür brauchst du seinen Dienst?«, hakte er geschäftig nach. »Willst du etwa einen ehemaligen Liebhaber umbringen lassen? Oder sollen wir einen verhassten Lehrer verschwinden lassen, ohne das es deine Mutti erfährt?«

»Nein. Solche Dinge übernehme ich selbst«, antwortete ich ungerührt. Gleichzeitig zog ich einen Dolch hervor und ließ ihn um mein Handgelenk kreisen. »Um anzugeben«, sagte Seraphine immer. Es stimmte. Ich machte gerne Eindruck mit meinem Können.

»Mhm. Was dann?«, fragte mein Gegenüber, ohne meine Waffe aus den Augen zu lassen. Ich war mir sicher, dass sie ihn nervös machte. Er hatte bestimmt Verstärkung dabei, die in diesem Moment ihre Schusswaffe auf mich richtete, aber sicherlich zögerte, einer Baronessa wehzutun.

»Ich habe keinen Auftrag für euch. Ich brauche nur Informationen«, entgegnete ich. Es war unmöglich, den Ring persönlich zu treffen, da sie nur über Mittelsmänner agierten, und die waren ihnen treu bis aufs Blut. Oder tot …

Wenn ich diesen Kerl hier schnappen würde, würde er sie nicht verraten, egal, was ich ihm androhte. »Ich will herausfinden, wer sie beauftragt hat, einen Anschlag auf meine Familie zu verüben.«

»Das kann ich euch nicht sagen.«

»Meine Schwester wurde verletzt.« Ich stach mit dem Messer in den Tisch und sah dem Kerl tief in die Augen. Er erwiderte den Blick, ohne mit der Wimper zu zucken. »Ich will wissen, wie es dazu kommen konnte.«

»So funktioniert das nicht«, entgegnete er leise, während ich erneut an dem Siegelring mit der Nadel drehte. »Diskretion steht bei uns über allem.«

»Das hab ich mir gedacht«, sagte ich, während ich mir die Spitze erneut in den Finger stach.

»Du solltest das nicht persönlich nehmen, Baronessa«, fuhr er fort. »So ist das Geschäft. Es geht um Geld. Mehr nicht …«

»Das weiß ich«, entgegnete ich und zog das Messer aus dem Tisch. »Aber für mich ist es sehr persönlich …«

Ich steckte die Waffe zurück in ihre Halterung. Dann legte ich ihm eine Hand auf die Schulter und wischte den Blutstropfen an ihm ab. »Wir werden uns wiedersehen.«

Mit diesen Worten stand ich auf und ging, wohl wissend, dass er mir nicht entkommen würde, denn alles, was mein Blut berührte, war meins.

Das war das Erbe meines Vaters.

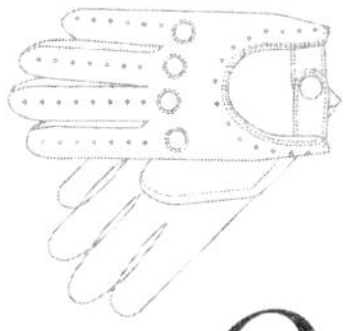

Quintus

Mit dröhnendem Kopf wachte ich auf. Okay, immerhin lebte ich, aber zu leben fühlte sich gerade verdammt scheiße an.

Vor einem Moment noch war ich in einem Strom aus Glück geschwommen, hatte eine leuchtende Welt der Zufriedenheit erkundet und mich von der Sorglosigkeit mitreißen lassen. Aufzuwachen fühlte sich wie der Fall in ein endloses, kaltes und dunkles Loch an. Stöhnend massierte ich mir die Stirn, während die Erinnerungen langsam wieder zurückkamen.

Amulett.

Flucht.

Glitzernde Elfe.

Beim Herrn aller Goldmünzen!

Ich riss die Augen auf und stellte fest, dass ich nicht gefesselt war. Ich lag immer noch unter dem Dachfenster, durch das ich sehen konnte, dass mittlerweile die Sonne aufgegangen war. Ihre Strahlen brannten mir unbarmherzig in den Augen.

»Gut. Du bist wach.«

Ich fuhr herum und entdeckte den Mann, den ich bestohlen hatte. Er hatte seine Kapuze und den Mantel abgelegt. Blonde Haare fielen ihm auf die breiten, durchtrainierten Schultern. Er trug eine graue Uniform, auf deren Brust ein Sonnenemblem prangte. Der Mann stützte sich auf den Kolben seines Gewehrs, während er mich beobachtete. Seine Stirn grimmig zerfurcht. Sein Gesicht kantig, breites Kinn, krumme Nase, bestimmt schon einige Male gebrochen.

»Mein Name ist Tormod Bard. Wer bist du, Bursche?«

»Matthias. Freunde nennen mich Matti«, kam mir automatisch über die Lippen. »Was ist mit der Elfe passiert?«

Er musterte mich mit seinen hellen Augen. »Was kümmert es dich?«

»Sie war …« *Nett.* Das wollte ich eigentlich sagen, aber mitten im Satz brach ich ab und korrigierte mich. »Nur so …«

Tormod schien mich durchschaut zu haben. »Ihr Glitzer hat dich verzaubert. Alles, was du glaubst, gefühlt zu haben, war eine Illusion. Elfen mögen im Gegensatz zu den Undinen nicht wie Monster aussehen, aber sie sind weitaus gefährlicher.«

»Ja, ich weiß.« Meine Gefühle mochten vielleicht verrücktgespielt haben, aber das änderte nichts an der Tatsache, dass sie mich retten wollte. Noch nie hatte jemand für mich sein Leben riskiert, aber sie hatte es getan.

Für mich, einen Fremden …

»Du kannst froh sein, dass ich gekommen bin. Andernfalls hätte sie dich vermutlich gefressen.«

»Sie hat mir versprochen, es nicht zu tun.«

»Du solltest keinem Flüsterwesen vertrauen. Sie stammen von Dämonen ab und tragen dunkle Essenz in sich«, fuhr Tormod unbeirrt fort, bevor er ein Messer aus dem Gürtel zog und begann, langsam und konzentriert einen Apfel zu schälen.

Warum schält der Kerl sich jetzt einen Apfel?

»Ja. Total. Gut, dass Sie mich vor der bösen Elfe gerettet haben«, stimmte ich ihm zu.

Ich hatte davon gehört, dass religiöse Gruppen rumerzählten, dass Flüsterwesen allgemein von Dämonen abstammten. Keine Ahnung, ob das stimmte. In Amsterlock spielte ihr Blut keine große

Rolle. Dass sie sich von uns Menschen unterschieden, reichte als Grund, um sie zu kontrollieren und auszubeuten.

Ich teilte Tormods Meinung zwar nicht im Geringsten, sah aber keinen Vorteil darin, mit ihm zu streiten. Dafür war ich nicht in der Position und er wirkte nicht wie jemand, den man leicht umstimmen konnte.

»Habt ihr sie … getötet?«, fragte ich scheinbar beiläufig nach.

Tormod sah nicht von seinem Apfel auf. »Das wäre das Beste gewesen, aber das stand mir nicht zu. Ich habe ihren Besitzer informiert.«

Ich wusste nicht, ob ich darüber erleichtert sein sollte. Wahrscheinlich wäre der Tod gnädiger gewesen als das, was sie dort erwartete.

»Ja. Sicher. Das war das Beste. Der wird sicher wissen, wie mit so einem gefährlichen Wesen zu verfahren ist«, bestätigte ich eifrig nickend. »Wer ist ihr Besitzer? Muss ein sehr reicher Mann sein, wenn er sich eine Elfe leisten kann.«

»Nicht mehr. Nachdem sie geflohen ist, ging es für ihn bergab. Darum hat er sie nun an seinen Baron verkauft. Joris Jonker.«

Das wunderte mich nicht im Geringsten. Und was für ein Zufall, dass Zori zu eben diesem wollte. Allerdings hatte sie sich die Umstände sicherlich anders vorgestellt.

Mein Herz zog sich zusammen, als ich daran dachte, was ihr dort bevorstand. Ein Gefühl, das ich schon lange nicht mehr für jemanden empfunden hatte. Tormod musste recht haben. Die Elfe hatte mich verzaubert. Anders konnte ich mir nicht erklären, dass ich mich immer noch um sie sorgte. Dabei hatte ich genug eigene Probleme. Ich strich über das goldene Auge in meiner Hand.

»Was passiert nun mit mir, mein Herr?«

Ohne den Blick von seinem Apfel zu nehmen, fragte er: »Weißt du, was du da gestohlen hast, Bursche?«

Ich schüttelte vehement den Kopf. »Ich bin bloß ein kleiner Dieb. Eine ausführende Hand, die keine Fragen stellt. Das meiste würde mein schlichtes Gemüt eh vollkommen überlasten.«

Er musste ja nicht wissen, dass ich die Nummer eins war, wenn es um schwere Aufträge ging. Wobei, genau genommen war ich das nicht mehr, denn ich würde ja kündigen.

Tormod fuhr sich über seinen Dreitagebart. »Das ist ein Auroculum.«

»Mhm.« Fachbegriffe sagten mir nichts. Viel wichtiger war, wie ich es loswurde, denn solange es in meine Hand eingebrannt war, musste ich um genau diese fürchten.

»Es ist aus der Essenz einer Göttin geformt und verleiht den Trägern besondere Kräfte.«

»Einer Göttin?« Skeptisch betrachtete ich das Auge in meiner Hand, welches golden schimmerte. Manchmal kribbelte es noch und erinnerte mich so an seine Anwesenheit, aber die meiste Zeit spürte ich es kaum. So, als wäre es immer schon da gewesen. Ein Teil von mir.

»Sagen dir die Sanktiner etwas?«

Ich schüttelte den Kopf.

»Sie regierten Hansewall vor vielen Jahren im Namen der Göttin des Lichts und erhielten die göttliche Essenz als Geschenk für ihre Treue, bis sie vertrieben wurden.«

Je nachdem, wem man fragte, würde er die Geschichte von Hansewall anders erzählen. Für die einen war Juna eine Heldin, für die anderen ein Bösewicht und für die meisten in Amsterlock vollkommen uninteressant, denn was interessierten uns schon die Märchen aus anderen Ländern?

Allerdings erklärte das Tormods hart klingenden Akzent und ich würde meine Manschettenknöpfe darauf verwetten, dass er ursprünglich von dort stammte.

»Diejenigen, die im Besitz eines Auroculums sind, sind nun in höchster Gefahr«, fuhr Tormod fort. »Man jagte sie, um an die Essenz der Göttin zu kommen. Viele entfernten sich die goldenen Augen selbst, um sie zu zerstören oder weiterzureichen … Jedenfalls gibt es nicht mehr viele dieser heiligen Objekte, was dich zur Zielscheibe macht.«

Er hatte recht. Man würde alles versuchen, mir diese Kostbarkeit und damit meine Hand und vielleicht sogar mein Leben abzunehmen.

»Es hat mich gerettet«, erinnerte ich mich. »Ich wurde erschossen, aber anstatt zu sterben, lebe ich.«

Tormod nickte bedächtig. »Es kann heilen, aber auch nützliche Illusionen heraufbeschwören. Richtig eingesetzt ist es eine äußerst starke Waffe.«

»Woher habt Ihr dieses Auroculum, Herr?«, fragte ich. »Habt Ihr es auch gestohlen?«

Er schnaubte verärgert.

»Ich habe es geerbt. Mein Vorfahre war ein Priester des Lichts, aber seit dem Fall der Sanktiner widmet sich meine Familie einer neuen Aufgabe. Wir gehören nun zu den Lichtgängern und setzen dieses göttliche Geschenk für das Gute und gegen die Finsternis ein. Das Auroculum in deiner Hand war eigentlich für einen würdigen Schüler bestimmt.« Er deutete auf das strahlende Auge auf seiner Brust. »Den hätte ich unseren Traditionen gemäß ausgebildet, damit wir gemeinsam die Unschuldigen vor den Gefahren der Dämonen verteidigen und vor ihren Abkömmlingen, den Flüsterwesen.«

In Amsterlock ist niemand unschuldig …

»Ihr seid ein Dämonenjäger«, verstand ich und musterte ihn genauer. Mir waren Geschichten zu Ohren gekommen, die man sich über seinesgleichen erzählte. Sie waren in schlichtes Grau gekleidet und trugen das weiße Symbol der Sonne auf ihrer Brust. Um in der Lage zu sein, einen Dämon zu töten, reichte es nicht, ein guter Kämpfer zu sein. Man musste herausragend sein. Nur die stärksten überlebten die Ausbildung und zogen durch die Welt.

Niemand legte sich mit ihnen an. Nicht mal ein Daan Knox ...

»Ist es das, was Ihr hier tut? Einen Dämon jagen?«, flüsterte ich, während gleichzeitig Kälte in mir aufzog. Tief in mir drinnen erwachte sie zum Leben und breitete sich aus.

Tormod nickte.

»Aber warum ausgerechnet hier? Jede andere Stadt würde Euch mit Handkuss empfangen.«

»Ich kümmere mich nicht um Anbetung oder Geld. Alles, was zählt, ist meine Aufgabe. Darum reise ich dorthin, wo ich am meisten gebraucht werde.«

»Nach Amsterlock?«

»Genau. Ich weiß, dass die meisten ihre Augen vor der Gefahr verschließen, aber es gibt sie ... Sie sind da draußen, leben im Verborgenen, oft unentdeckt, obwohl das Blut der Toten ihren Weg pflastert. Opfer, die in kriminellen Städten wie hier nicht weiter auffallen. Aber wenn man einmal in die Dunkelheit geblickt hat, dann ...« Er verstummte und für einen Moment war er in Erinnerungen verloren, während mich meine eigenen jagten. Bilder, die ich vor vielen Jahren weggeschlossen hatte, fest entschlossen, sie zu vergessen.

Ich öffne eine Tür, der Geruch von Blut strömt mir entgegen und jagt mir die Magensäure auf die Zunge. Meine Eltern liegen auf dem Boden und über ihnen kauert dieses Monster. Er hält den Arm meiner Mutter an seine Lippen und trinkt. Ich schreie. Sein Kopf zuckt empor. Rot glühende Augen finden mich. Augen, die zu keinem Menschen oder Flüsterwesen gehören. Ich drehe mich um und renne davon.

In meinem Nacken sein Atem. Er ist hinter mir. Ich spüre Schmerz, brennenden Schmerz, der mir den Rücken zerreißt. Ich falle …

»Ich habe einen gesehen …«, flüsterte ich, nun am ganzen Körper zitternd. Selbst jetzt noch, Jahre später, konnte ich mich an den Geruch des Blutes erinnern. Und das schmatzende Geräusch, mit dem sich das Monster an den Leichen meiner Eltern bediente. Meine Finger krallten sich auf der Suche nach Halt in meinen Arm, so fest, dass es schmerzte.

Tormod musterte mich. »Wie sah er aus, Bursche?«

»Ich erinnere mich nur an die Augen.« Nie würde ich sie vergessen. »Glühend rot. Und er … er trank das Blut meiner Eltern.«

Ein Schatten breitete sich auf Tormods Gesicht aus und sein Blick rückte kurz in die Ferne, als würde er mit eigenen Erinnerungen kämpfen. »Du bist nicht der Einzige, der liebe Menschen an die Dunkelheit verloren hat … Dämonen leben von Tod und Leid. Oft bleiben sie so lange an einem Ort, bis sie alles Gute ausgesaugt haben wie eine Zecke. Es ist also wahrscheinlich, dass dein Dämon noch hier ist.«

»Dann hoffe ich, dass Ihr ihn töten werdet«, sagte ich ehrlich und schlang meine Arme um mich. Mein Rücken schmerzte, als hätte die Erinnerung an das Monster die alten Wunden zum Leben erweckt.

Seit jenem Tag war mein Leben nicht mehr dasselbe gewesen, denn an diesem Tag hatte ich alles verloren. Ich hatte nur einem von diesem Monster erzählt. Daan Knox. Und der hatte mich ausgelacht, bevor er mir zwei Backpfeifen verpasst hatte.

Tormod Bard schnitt den Apfel in zwei Hälften und trennte das Gehäuse heraus. Dann warf er mir die eine Hälfte des Apfels zu, während er seine aß.

Moment!

Wenn er mir zu essen gab, plante er nicht, mich zu töten. Oder sollte das meine Henkersmahlzeit sein? Skeptisch musterte ich ihn.

»Keine Sorge, Bursche. Er ist nicht vergiftet«, lachte der Dämonenjäger. »Ich hätte genug Chancen gehabt, dich zu betäuben oder zu töten ... Also iss. Es wird dir guttun.«

Ich biss hinein. Sofort breitete sich der süße Geschmack in meinem Mund aus und vertrieb einen Teil der Kälte, die die Erinnerungen heraufbeschworen hatten.

»Was habt Ihr dann mit mir vor, Herr?«, fragte ich. »Es ist nicht so, als könnte ich Euch das Auroculum zurückgeben. Zumindest nicht freiwillig ...«

»Wohl wahr.« Er trat auf den Stuhl zu, der bei meinem Sturz zu Bruch gegangen war, und brach ihm kurzerhand die Beine ab. Ich schluckte schwer. Eh ich mich's versah, warf er mir eines zu. Ich fing es auf, wobei ich mich beinahe am Apfel verschluckte.

»Was soll ich damit?«, keuchte ich verwirrt. Die Antwort ließ nicht lange auf sich warten. Er hob seines wie ein Schwert und griff mich damit an. Ich riss meins hoch und blockte seine Attacke, aber der Schwung zwang mich in die Knie.

»Wartet, Herr!«, rief ich erschrocken.

»Zeig mir, was du draufhast«, knurrte er und holte erneut aus.

Entgeistert starrte ich ihn an. Der Kerl war zwei Köpfe größer als ich und gut doppelt so breit. Wie um Himmels willen sollte ich dem irgendwas zeigen? Ich hob unmotiviert meinen Stock, der mir im nächsten Moment aus der Hand geschlagen wurde. Egal, ich hatte nicht so lange überlebt, weil ich ein geschickter Kämpfer war, sondern laut Daan wegen meiner goldenen Zunge und der flinken Hände.

Als Tormod seinen Holzstock nach mir stieß, sprang ich zur Seite, rollte mich ab und floh zur Tür. Schon legten sich meine Finger um den Griff und ich warf mich dagegen.

Abgeschlossen.

Fluchend wich ich zur Seite aus, nur Sekunden bevor Tormods massiger Körper gegen das Holz krachte und er die Tür aus den Angeln hieb.

Da war er.

Mein Fluchtweg.

Jetzt musste ich nur noch an diesem Hünen vorbeikommen. Ich langte in meine Tasche und fand ihn. Einen kleinen Metallkäfer und meinen persönlichen Retter in der Not. Ich schleuderte ihn Tormod entgegen, der mir nachhechtete. Das Gehäuse traf den Hünen im Gesicht. Sofort entfaltete der Käfer seine Flügel und stieß einen ohrenbetäubenden Schrei aus.

Der Dämonenjäger ließ den Stock fallen. Seine Hände schossen an die Ohren, um das Trommelfell vor der zerreißenden Lautstärke zu schützen. In dem Moment, als er desorientiert zur Seite wankte, schob ich mich an ihm vorbei und drückte die Tür auf.

»Unterschätze niemals den Meisterdieb von Amsterlock«, gluckste ich schadenfroh und nahm die Beine in die Hand. Gerade sprintete ich die Stufen herunter, als mich ein Messer streifte und meinen Mantel an die Wand nagelte.

Erschrocken fuhr ich herum. Tormod hatte meinen Schreikäfer unter seinen Stiefeln zermahlen. In seiner Hand hielt er eine weitere Klinge, die auf mich gerichtet war. Mit schnellen Schritten war er ebenfalls im Gang.

Verzweifelt zerrte ich an dem Messer und versuchte mich zu befreien, aber ehe ich es lösen konnte, hatte er mich erreicht.

»Du hast die Wahl, Junge«, schrie er, lauter als notwendig. Wahrscheinlich klingelten ihm noch die Ohren von meinem Käfer.

Er presste mich an die Wand und hielt mir die Klinge an die Kehle. »Entweder schneiden wir dir das Auroculum aus der Hand …«

Keine gute Option … Für einen Beschaffer waren seine Hände essenziell. »Oder?«, krächzte ich.

»Du wirst mein Schüler und ich bilde dich zu einem Dämonenjäger aus. Dann kannst du selbst Rache üben. An dem Dämon, dessen Bekanntschaft du machen musstest.«

»Klingt … verlockend«, murmelte ich. »Rache ist etwas Tolles!«

War sie nicht, denn in Amsterlock brachte sie einen meistens um. Außerdem spürte ich, wie mein Körper alleine bei den Erinnerungen an jene Nacht gefror. Wenn ich je wieder einem Dämon gegenüberstehen würde, würde ich sicherlich nicht kämpfen. Ich würde rennen.

»Hey! Was geht denn hier ab?«, fragte eine Frau mit rundem Gesicht und Pittbullaugen. Sie hatte die Hände in ihre Hüften gestemmt und funkelte uns wütend an. »Prügeleien kosten extra. Und ich verlange, dass Ihr für den Schaden aufkommt.«

Ich sah an ihr vorbei aus dem Fenster, wo *Die letzte Ruh* auf einem leuchtenden Schild stand. Tormod packte mich am Kragen und schob mich zurück in sein Zimmer, während er der Wirtin gleichzeitig ein Säckchen mit Geld zuwarf.

»Also, Bursche?«, flüsterte er mir ins Ohr. »Was soll es sein?«

»Ich werde sicherlich ein unglaublicher Dämonenjäger«, verkündete ich. *Unglaublich gut aussehend zumindest.*

Laurelin de Jong

Ich öffnete das Fenster und sah hinaus. Der Wind des Abends streifte mir mit kalten Fingern durch das Haar. Ich trug bequeme Kleidung. Schwarz wie die Dunkelheit, die sich gerade über die Stadt legte. Mit leichten Panzerungen an Brust, Bauch und Schulterpartien.

Noch eine Stunde bis Sonnenuntergang. Ich beschloss, die Zeit sinnvoll zu nutzen. Mit Stricken.

Seufzend ließ ich mich auf den Sessel neben meinem Bett fallen. Auf dem kleinen Porzellantisch neben mir stand eine Tasse mit Tee, der mittlerweile nur noch lauwarm war. Ich griff zu meinen Stricknadeln und meinem neusten Projekt. Pinke Socken.

»Lauri?« Die Stimme meiner Schwester ließ mich aufsehen. Neben Gerlina stand der jüngste von uns Geschwistern. Benjamin. Er war schmal, hatte lockiges Haar, wohl von der Seite seines Vaters, und große Augen. Heute waren seine Arme übersät mit blauen Flecken.

»Woher hast du die?«, fragte ich und spürte Wut in mir aufsteigen.

Die beiden huschten in mein Zimmer und schlossen die Tür hinter sich.

»Fechtunterricht«, antwortete Benjamin zerknirscht. Auch ich war bereits in den Genuss von Mutters Fechtlehrer gekommen und wusste, dass er einem die Lektionen förmlich einprügelte.

»Kannst du dem nicht einen Besuch abstatten? Niemand würde ihn vermissen«, murmelte Benjamin nur halb scherzend. Er wusste natürlich, dass ich ihm den Wunsch nicht erfüllen konnte, auch wenn ich besagten Lehrer zu meiner Zeit zu gerne selbst ausgeschaltet hätte. Meine Mutter bestand darauf, dass alle Baronessas und Baronessos in der Kampfkunst ausgebildet wurden. Keiner von uns kam drum herum.

Außer Gerlina.

»Ich bin echt froh, dass ich damit aufhören durfte«, sagte sie. »Brich einfach jedes Mal in Tränen aus, dann gibt er vielleicht auf, einen Kämpfer aus dir machen zu wollen.«

»Glaubst du, ich würde nicht bereits jede Stunde heulen? Es bringt nichts … Mir fehlt wirklich jegliches Talent. Und jede Koordination. Beides hält meinen Lehrer nicht ab, mir die Lektionen einzuprügeln«, berichtete Benjamin. Mein kleiner Bruder liebte es, sich in der Bibliothek zu verstecken, wo er stundenlang las. Niemand wusste so genau, wer sein Vater war. Vielleicht Richard. Zumindest erinnerten mich die großen, treu dreinblickenden Augen an den Leibwächter meiner Mutter. Ich war mir sicher, dass er sich ihn als Vater wünschte, da er ihn sehr mochte. Und das schien auf Gegenseitigkeit zu beruhen, denn ich hatte die beiden schon mehr als einmal in der Bibliothek beim gemeinsamen Lesen erwischt.

Jetzt wanderten seine Augen zu den Stricknadeln in meinem Schoß. »Findest du nicht, dass bereits genug deiner Socken im Umlauf sind?«

»Man kann nie genug Socken haben«, entgegnete ich.

»Wie viele hast du schon gestrickt?«

Zur Antwort ging Gerlina zu einer Kommode und riss eine Schublade auf. Socken in allen Größen und Farben quollen daraus hervor. »Zu viele …«

»Sie sind praktisch und warm«, rechtfertigte ich mich. Wie zum

Beweis krempelte ich meine schwarze Hose hoch und enthüllte violette Wollsocken mit gelben Sternchen an meinen Füßen. Auch wenn ich farbige Kleidung hasste, meine Socken durften gerne bunt sein. »Außerdem hilft es mir, Stress abzubauen. Ihr solltet es auch mal probieren.« Ich ging ebenfalls zur Schublade und zog ein paar blaue Socken mit schwarzen Punkten hervor, die ich Benjamin überreichte.

»Du solltest aufhören, uns jeden Monat Socken zu schenken«, protestierte er, woraufhin ich die Schultern zuckte.

»Sieh es als Geschenk deiner dich liebenden Schwester.«

»Die kratzen immer so …«

»Stell dich nicht so an. Ich habe die kuscheligste Wolle in ganz Amsterlock ersteigert.«

»Musst du heute Abend los?«, wechselte Gerlina das Thema und musterte meine Kleidung. Sie wussten, dass Mutter mich auf geheime Missionen schickte, aber sie wagten nicht, näher danach zu fragen. Wir alle wussten, wie sehr es die Baronin schätzte, dass ihre Geheimnisse geheim blieben.

Als ich nickte, wurden meine Geschwister still. Gerlina blickte mich besorgt an.

»Wenn ich wiederkomme, schaue ich bei dir vorbei«, versprach ich. Seit einigen Jahren forderte Gerlina, dass ich mich bei ihr von meinen Missionen zurückmeldete. Nicht selten blieb sie so lange an ihrem Fenster sitzen, bis ich daran emporkletterte.

»Gut.« Sie biss auf ihre Unterlippe und nickte. »Ich schlafe heute bei Ben.«

Offenbar saß ihr die Angst wegen des Attentates noch tief in den Knochen. Ein Grund mehr für mich, die Auftraggeber schnell ausfindig zu machen.

»Auch wenn der mich mit seinen kläglichen Fechtfähigkeiten kaum beschützen kann«, fügte sie grinsend hinzu.

»Wenn jemand einbricht, erschlag ich ihn mit meinen Büchern«, versprach Ben, während er versuchte, mein Geschenk unauffällig zurück in meine Sockenschublade zu schieben.

»Macht euch keine Sorgen«, sagte ich. »Ich werde mich um die Sache kümmern.«

»Mutter traut dir zu viel zu. Auch wenn du stark bist, bist du nicht unverwundbar.« Gerlina kaute auf ihrer Unterlippe herum. »Sie sollte dir zumindest Verstärkung mitschicken.«

»Allein bin ich besser dran, glaub mir.«

Die beiden wussten wie meine anderen Geschwister nichts von meinen Fähigkeiten oder meinem Vater. Manchmal fragte ich mich, ob das etwas zwischen uns verändern würde. Ob sie mich dann mit anderen Augen sehen würden. Ja vielleicht sogar Angst vor mir hätten.

»Pass auf dich auf …«

»Mach ich. Versprochen.« Ich zog sie an mich heran.

»Gruppenkuscheln!«, rief Benjamin und schlang seine Arme um uns, während ich ihm heimlich die Socken zurück in die Jackentasche stopfte. Dann verschmolzen wir zu einem festen, warmen und pulsierenden Haufen. Umarmungen mit meinen Geschwistern waren die besten. Danach wusste ich wieder, wofür ich all das tat. Wofür ich stark sein wollte.

»Ich muss los«, sagte ich und löste mich von den beiden. Plötzlich öffnete sich die Tür. Wir hoben unsere Köpfe und sahen Seraphine, die mit blassem Gesicht ins Zimmer taumelte. In dem Moment, wo ich sie sah, wusste ich, dass etwas nicht stimmte. Eine düstere Vorahnung jagte mir wie eine Gänsehaut über den Rücken.

»Kälbchen«, stöhnte sie. Mit drei Schritten war ich bei ihr, gerade rechtzeitig, um sie aufzufangen. Sie sank in meine Arme und ich spürte, dass sie kalt wie ein Eisblock war.

»Phine!« Ich drehte mich zu meinen Geschwistern um und rief: »Ben! Lina! Holt Hilfe! Schnell!«

Die beiden sahen sich an, dann setzten sie sich in Bewegung. Ich konnte ihre Schreie auf dem Gang hören, die bereits die ersten Wachen anlockten.

»Was ist mit dir?«, wimmerte ich. »Phine? Was ist?«

»Alles wird gut, hörst du?«, flüsterte sie schwach und ergriff meine Hand. Instinktiv tastete ich nach ihrem Puls, der schwach wie ein verletztes Vögelchen unter meiner Fingerkuppe flatterte.

Ich zerriss den Stoff ihres Kleides. Fluchend entdeckte ich, dass die Wunde an ihrem Arm nicht länger nur wie ein harmloser Kratzer wirkte, sondern bläulich und aufgeschwollen aussah. Gift ... Offenbar hatte Vincent Verhoeven auf Nummer sicher gehen wollen.

»Lauri ...« Zu sprechen fiel ihr offenbar schwer und mein Name war kaum mehr als ein Hauch.

»Halte durch, Phine. Hörst du?« Ich schüttelte sie, aber ihre Lider wurden schwerer. Ihr Blick verlor den Fokus, wanderte in die Ferne. »Phine! Phine?«

Sie antwortete nicht, sondern drückte mir etwas in die Hand. Dann wurde ihre Atmung flacher und flacher. Ihr Herz hörte auf zu schlagen und meins zersprang in tausend Scherben.

Als die Hilfe eintraf, war es bereits zu spät. Die Ärzte versuchten ihr Bestes, um Seraphine ins Leben zurückzuholen, aber es half nichts. Ihre Augen blieben geschlossen. Meine Hände waren zu Fäusten geballt, während mir heiße Tränen über die Wangen rannen. Ich konnte meinen Blick nicht von Seraphines blassem Gesicht wenden. Sie sah so friedlich aus. Fast so, als würde sie schlafen, aber ich wusste es besser.

Im Gang hörte ich das Geschluchze meiner Geschwister, welches von energischen Schritten unterbrochen wurde. Sekunden später wehte die Baronin in mein Zimmer. Sie trug einen feuerroten Schlafanzug aus Seide. Ihre schwarzen Haare fielen ihr über die Schulter, zurückgehalten von einem Samthaarreif. Als ihr Blick auf meine Schwester fiel, sah ich für einen Moment Schmerz über ihr Gesicht zucken. Sie drängte sich an den Umstehenden vorbei, kniete neben Seraphine nieder und drückte ihren leblosen Körper an sich.

»Was ist passiert?«, fragte sie. Für einen Moment meinte ich, ein Zittern darin zu hören, aber im nächsten war es verschwunden und sie legte ihre Tochter behutsam zurück auf den Boden.

»Die Baronessa wurde vergiftet«, informierte sie der Arzt.

»War es das Messer? Wieso ist das nicht früher aufgefallen?«

Das Gesicht des Arztes wurde bleich. »Wir ... wir haben sie untersucht, aber da war nichts zu sehen. Die Baronessa schien sich gut zu fühlen.«

»Was für ein Gift ist es?« Die Fragen meiner Mutter kamen wie Peitschenhiebe und jedem hier Anwesenden musste klar sein, dass heute noch Köpfe rollen würden.

»Das wissen wir nicht ... Noch nicht.«

»Meine Tochter ist tot. Wenn euch nicht dasselbe Schicksal ereilen soll, liefert ihr mir besser Ergebnisse.«

Die Bediensteten stürmten aus dem Zimmer, vermutlich ohne richtigen Plan, sondern nur um Mutters Zorn zu entkommen, der ihre Umgebung spürbar auflud. Sie erhob sich schwungvoll und packte mich am Oberarm, so fest, dass ich aus meiner Starre erwachte.

»Jetzt ist nicht die Zeit zu trauern«, zischte sie. »Geh.«

Ich wusste, was sie von mir erwartete, und nickte. Wortlos eilte ich aus dem Raum und wich meinen trauernden Geschwistern aus. Den Schmerz in ihren Augen zu sehen, würde ich im Moment nicht ertragen. Er würde mich zerstören, aber um Seraphines und ihretwillen musste ich funktionieren.

Also schob ich meine Gefühle mit aller Macht beiseite und nahm die Treppen nach oben aufs Dach. Erst auf dem Weg bemerkte ich, dass das, was Seraphine mir gegeben hatte, immer noch in meiner Hand lag. Es war die silberne Kette mit der Seerose. Erneut stiegen mir Tränen in die Augen, die ich wütend beiseitewischte. Mutter hatte recht. Jetzt war keine Zeit für Trauer, ich musste handeln. Also drehte ich den kleinen Anhänger auf der Suche nach Hinweisen in meinen Händen, aber es gab keine. Es war bloß eine silberne Kette, überraschend einfach für Seraphines sonst sehr exquisiten Geschmack. Seerosen waren ihre Lieblingsblumen und sie hatte die Kette immer bei sich getragen. Oft hatte ich beobachtet, dass ihre Finger danach griffen, als würde es ihr Kraft geben, den Anhänger zu berühren.

Aber warum hatte sie ihn mir gegeben?

Kurz entschlossen legte ich mir die Kette um den Hals und stieß mit dem Fuß die Tür zum Dach auf.

Die Sonne war bereits untergegangen und mit der Nacht erwachten meine Kräfte. Also trat ich ans Geländer, drehte an meinem Siegelring und stach mir in den Finger. Meine Fingerkuppen waren bereits wund und teilweise vernarbt, aber für meine Fähigkeit brauchte ich Blut. Nicht viel. Ein Tropfen genügte.

Ich ließ ihn vor mir auf den Stein tropfen, wo er sich im Licht des Mondes spiegelte. Dann steckte ich den Finger in den Mund. Der metallische Geschmack breitete sich auf meiner Zunge aus. Ich saugte an der Fingerkuppe, bis die Blutung verebbte.

»Erwache«, flüsterte ich dem Blutstropfen zu, der immer noch vor mir lag, und die rote, träge Flüssigkeit begann sich zu bewegen. Zu strecken. Zwei blutrote Flügel wuchsen empor. In der Mitte

Antennen, gefolgt von einem schlanken Körper und sechs Beinen. Der gesamte Tropfen verformte sich zu dem zarten Körper einer Motte.

Sie schlug mit den Flügeln, erst zögernd, dann immer schneller, bis sie schließlich abhob und lautlos um mich herumschwirrte. Ich streckte meinen Finger aus und sofort landete das purpurne Tier darauf und wartete gehorsam auf meinen Befehl.

Ich beschwor das Bild des Mittelhändlers, den ich auf dem *Markt der hundert Wünsche* getroffen hatte, vor meinem geistigen Auge herauf.

»Finde ihn.«

Die Antennen der Motte zuckten und sie streckte ihre Flügel, als sie die Spur aufnahm. Solange noch etwas von meinem Blut an ihm klebte, konnte er mir nicht entkommen. Mein kleiner Späher hob ab und verschwand lautlos in der Nacht.

Zori

»Willkommen in deinem neuen Zuhause.«

Zwei Männer hatten mich abgeholt. Dass mein neuer Herr selbst sich nicht herbemüht hatte, wunderte mich keineswegs. Für ihn war ich nichts weiter als ein äußerst wertvolles Investment. Nichts, mit dem man sich persönlich abgab.

Der Baron des Glücks wohnte in einem Anwesen auf einem Hügel, von dem aus man den Rest der Stadt überblicken konnte. Seine Villa, welche grün angestrahlt wurde, lag direkt an einer Klippe, ja sie schien sogar an der Rückseite mit dem dunklen Stein verwachsen zu sein. Legenden zufolge stieß er diejenigen, die bei ihm in Ungnade gefallen waren, vom Dach seines Anwesens über die Klippe ins Meer.

Etwas, was mir nicht bevorstand, denn durch meinen Glitzer war ich zu wertvoll, um zu sterben. Mein Schicksal würde für immer in den Steinen dieser Villa liegen. Im schlimmsten Fall eingesperrt in einen Keller, ohne die Chance, das Sonnenlicht je wiederzusehen.

Was ist? Du wolltest doch herkommen, schnurrte Glückspilz, der ein paar Meter entfernt von mir über die gemähte Wiese trabte.

»Nicht unbedingt so«, flüsterte ich und für einen Moment glaubte ich, dass der Kater seine Augen verdrehte.

Du bist aber auch schwer zufriedenzustellen, brummte er und verschwand in einer Hecke.

Ich wurde den Weg zum Anwesen emporgeschleift. Der Weg war gepflastert mit Straßenlaternen, die die Form von Pilzen hatten, das Wappen des Glücks. An jeder Ecke waren Wachen, die das Haus schützten und dafür verantwortlich waren, dass niemand floh.

Mit hängendem Kopf folgte ich meinen Wachen über den knirschenden, beleuchteten Kiesweg. Jeder Stein war grün, die Lieblingsfarbe des Barons. Beschäftigte Diener huschten durch den Garten, um ihn zu dekorieren. Vermutlich für eine Feier. Der Baron war für seine ausschweifenden Feste und Bälle bekannt, zu denen gerne ganz Amsterlock erschien, um sich von seinem Glück erfreuen zu lassen.

Kurz hob ich den Kopf, als uns eine junge Frau entgegenkam. Sie hatte goldblonde Locken, mit einzelnen grünen Strähnen, passend zu dem ausgestellten Kleid, das sie trug. In ihrer behandschuhten Hand hielt sie einen Stock, auf den sie sich stützte. Ihr linkes Fußgelenk schien steif zu sein, jedenfalls zog sie es bei jedem Schritt ein wenig nach. In der anderen Hand hielt sie eine Lampe, in der eine dicke Leuchtkröte saß.

Meine Begleiter verbeugten sich ehrfürchtig vor ihr. »Baronessa Ophelia Jonker. Wir haben die Elfe.«

Ophelia Jonker. Die einzige Tochter des Barons.

Hinter vorgehaltener Hand wurde sie in Amsterlock auch gerne »Die Eiskönigin« genannt, denn sie war nicht gerade für ihr sonniges Gemüt bekannt.

»Bringt sie in mein Labor«, sagte sie mit kühler Stimme. »Ich werde direkt mit der Extraktion anfangen.«

Sie folgte uns zu einem Nebeneingang für die Diener und schließlich hinunter in den Keller. Der Raum, in den man mich führte, war nur spärlich eingerichtet und wirkte beinahe steril. Der Geruch von Alkohol und beißendem Reinigungsmittel schwappte mir entgegen.

Panik überkam mich und ließ mich erstarren, aber es half nichts. Die Männer zerrten mich einfach weiter, direkt auf die Liege, die in der Mitte des Raumes stand. Sie drückten mich darauf. Metallspangen legten sich um meinen Bauch, meine Arme und Beine. Erst als sie sicher waren, dass ich mich nicht mehr wehren konnte, trat Ophelia heran. Sie hatte sich einen weißen Kittel übergeworfen und feste Gummihandschuhe, die ihren kompletten Unterarm bedeckten. Mit emotionslosem Gesichtsausdruck und einer Schere in der Hand trat sie an die Liege, um ihre Arbeit zu beginnen.

Ich widerstand dem Drang, zu betteln, da ich wusste, dass es nichts bringen würde. Ophelia sah nicht so aus, als würde sie sich für meine Gefühle und Wünsche interessieren. Ich wusste nicht, ob die Extraktion zu ihren töchterlichen Pflichten gehörte oder sie einfach Spaß daran hatte, denn wenn sie eins beherrschte, dann war es dieser genervte, säuerliche Gesichtsausdruck, dem man nichts entnehmen konnte.

Ich biss mir auf die Unterlippe und betete, dass es schnell ging.

Ophelia setzte die Schere an und zerschnitt routiniert den raschelnden Stoff des Plastikoveralls, der die Wachen vor meinem Glitzer geschützt hatte. Dann meine Kleidung darunter. Vorsichtig löste sie alles nach und nach, bis meine schimmernde, grüne Haut freilag. Die Kleidung wurde in eine Kiste gestopft und verbrannt, damit der Glitzer daran keinen Schaden anrichten konnte.

Ophelia wandte sich kurz ab, um eine Nadel zu holen, die sie mir mit einer gekonnten Bewegung in den Arm stach. Allerdings nicht, um mir Blut abzunehmen.

»Die Infusion«, befahl sie und einer der Wachen rollte einen metallenen Ständer heran, an dem ein Beutel mit goldgelber Flüssigkeit befestigt war.

Was war das? Ein Medikament? Eine Droge?

Ophelia griff den kleinen Schlauch und verband ihn mit der

Nadel in meinem Arm. Panik schnürte mir die Kehle zu, als ich sah, wie die Flüssigkeit hinablief und in meinem Körper verschwand. An der Stelle ging eine seltsame Hitze aus. Brennendes Kribbeln zog meinen Arm empor und breitete sich in meiner Brust aus. Mir wurde abwechselnd heiß und kalt. Eine Welle von Übelkeit überkam mich, als immer mehr von dem Zeug – was auch immer es war – in mich hineinfloss. Auch wenn ich Extraktionen bereits kannte, hatte ich nie zuvor ein solches Mittel bekommen. Sollte ich dadurch gefügiger werden?

»Ich komme in einer Stunde wieder«, verkündete Ophelia. »Passt auf, dass nichts danebenläuft.«

So blieb ich liegen. Splitterfasernackt auf die Bahre gefesselt, während die Infusion meine Sinne vernebelte. Ich versuchte mich zu konzentrieren, aber meine Gedanken brachen ständig ab wie dünne Äste im Sturm.

Gleichzeitig stiegen Hunderte Ängste in mir empor. *Was, wenn du hier nie wieder wegkommst, Zori? Was, wenn dieses Haus dich für immer verschlingt?*

Ich versuchte mich an den Geruch der Bäume zu erinnern, etwas, das mir eigentlich immer Kraft gab, aber heute erinnerte es mich nur an das, was ich verloren hatte, und der Schmerz wurde nur noch größer.

Plötzlich spürte ich etwas Kühles an der Wange. Verschwommen sah ich, wie sich jemand über mich gebeugt hatte, um meine Tränen aufzufangen. Ich blinzelte und sah die Wache mit dem Reagenzglas verwirrt an.

Zufrieden drehte er sich zu seinem Kollegen um. »Elfentränen bringen eine Menge Geld.«

»Du musst den Herrn um Erlaubnis bitten«, entgegnete der. »Das Flüsterwesen gehört ihm und alles, was sie produziert, auch. Einschließlich ihrer Tränen. Oder willst du rausfliegen?«

Fluchend stellte die Wache das Reagenzglas ab und warf mir einen bösen Blick zu, so als wäre ich schuld daran, dass er mit meinen Tränen kein Geld verdienen konnte. Für sie war ich bloß ein seelenloses Ding, dabei waren sie diejenigen, die außerstande waren, Mitgefühl zu empfinden.

Gefangene Elfen mussten sich regelmäßig einer Extraktion unterziehen, einem Verfahren, bei dem man uns unser Glitzersekret abzapfte. Danach dauerte es knapp zwei Wochen, bis unser Körper das Sekret nachproduzierte.

Auch mein letzter Besitzer hat mich regelmäßig extrahieren lassen und den Glitzer dann verkauft. Auch damals gab es schon mehrere Abnehmer, aber er hatte noch keinen Nutzen, denn auch losgelöst von der Haut war er gefährlich. Zu viel von ihm konnte Menschen lähmen oder vor Glück wahnsinnig machen. Also verkaufte man ihn als Accessoires oder Glücksbringer. Erst als die Jonkers daraus eine Droge entwickelt hatten, wurde er wirklich kostbar.

Nach einer Stunde, die mir wie eine Ewigkeit vorkam, kam Ophelia wieder. Die goldene Flüssigkeit war mittlerweile komplett in meinem Körper verschwunden. Ich fühlte mich, als würde ich in Flammen stehen. Meine Haut brannte und glitzernder Schweiß lief an mir herab.

Ich war mittlerweile so erschöpft, dass ich nicht einmal mehr die Kraft hatte zu weinen. Meine Lider waren schwer und es kostete mich all meinen verbliebenen Willen, die Augen offen zu halten.

Ophelia setzte sich eine Gesichtsmaske auf. Dann griff sie vorsichtig zu einem Schwamm und fuhr mit ihm über meine Haut.

»Das wird eine reichliche Ernte«, murmelte sie, als sie die glitzernden Rückstände auf dem Schwamm begutachtete.

Ophelia nahm eine Vorrichtung, die ein bisschen an eine Bürste erinnerte, aber anstelle von Borsten hatte sie feine Nadeln und am Griff war ein Schlauch befestigt.

»Je weniger du dich wehrst, desto weniger wird es wehtun.«

Selbst wenn ich gewollt hätte, hätte ich mich nicht mehr wehren können. Ihr Gift sorgte dafür, wie sie zweifellos wusste.

Ophelia setzte die Nadeln auf meine Haut. Ich zuckte zurück, konnte aber nicht fliehen. Die feinen Spitzen bohrten sich in mich. Es tat nicht wirklich weh, da sie nur in die oberen Hautschichten drangen. Es war mehr ein unangenehmes Brennen und Ziehen an der Stelle und doch zog sich in mir alles zusammen, denn ich wusste, was nun passieren würde.

Die Bürste ruckelte und im gleichen Moment sah ich, wie funkelnde Partikel durch den Schlauch in einen Glasbehälter gesaugt wurden. Mit meinem Elfenglitzer nahmen sie mir einen Teil von mir. Und als ich mit ansehen musste, wie das glitzernde Sekret in den Behälter tropfte, stiegen mir erneut Tränen in die Augen. Der Glitzer gehörte zu seiner Elfe, er machte uns aus, verband uns mit den Bäumen und Tieren um uns herum, schenkte uns Macht, die uns die Menschen einfach raubten, um sie für ihre Zwecke zu missbrauchen.

Die Extraktionsprozedur dauerte Stunden. Stück für Stück wurde mir mein Glitzer genommen, bis meine Haut nur noch einen blassgrünen Farbton hatte.

Dann zogen sie mich von der Liege. Mir wurde ein Hemd über den Kopf gezogen, da mir die Kraft fehlte, es selbst zu tun. Mein Kopf dröhnte und ich kämpfte mit der Übelkeit. Danach schleiften sie mich in ein Zimmer oder viel mehr eine Zelle. Hier gab ich der überwältigenden Müdigkeit nach und schloss die Augen.

»Glückspilz?«, flüsterte ich. Mit ihm würde ich mich weniger einsam fühlen, aber der Kater antwortete nicht.

Laurelin de Jong

Auf dem winzigen Balkon eines roten Hauses blieb ich sitzen, lehnte mich gegen den kalten, rauen Stein und schloss die Augen. Das Fenster stand offen. Nur einen Spaltbreit, aber mehr brauchte ich nicht. Meine Motte zwängte sich durch die Öffnung und flatterte lautlos ins Zimmer hinein. Ich sah und hörte alles, auch wenn ich nicht selbst anwesend war. Die Motte war mein zusätzlicher Sinn und mit ihm erkundete ich das Gebäude. In der Küche fand ich den Mittelsmann. Er saß zusammengesunken in einer Sitznische vor einem leeren Teller mit Abendessen.

Bei den Schimmernden. Ist er tot?

Meine Motte näherte sich ihm mit lautlosen Schwingen, umkreiste seinen Kopf und landete schließlich auf seiner Schulter. Sein Körper bewegte sich regelmäßig auf und ab. Er schlief also bloß.

Warum gehst du immer gleich vom Schlimmsten aus, Lauri?

Seufzend legte ich den Kopf in den Nacken. Ich hatte gehofft, dass mein Besuch bei ihm etwas spektakulärer ausfallen würde. So oder so war er vorerst meine einzige Anlaufstelle und ich musste Geduld haben. Etwas, für das ich nicht unbedingt bekannt war, vor allem nicht nach dem, was mit meiner Schwester passiert war.

Phine … Allein bei dem Gedanken daran zog sich mein Herz schmerzhaft zusammen. Ich wollte jemanden büßen lassen. Am liebsten sofort!

Meine Motte landete im Schatten der Wohnung, ihre Fühler zuckten, während sie mein Opfer im Blick behielt. Ich befahl ihr, mir Bescheid zu geben, wenn sich etwas tat. Dann zog ich mich auf das Dach des Hauses und eilte weiter.

Die Nacht war noch jung und mir kribbelte es in den Fingern. Die Unruhe ließ mich nicht los und ich hatte das Gefühl zu platzen. Während ich rannte, tauchte immer wieder das Bild meiner Schwester vor meinem geistigen Auge auf. Erneut stiegen mir Tränen in die Augen und das Monster erwachte in mir zum Leben. Ich wollte jemanden verprügeln.

Ganz dringend.

Also fischte ich eine Maske aus meiner Tasche, die die Form einer blutroten Motte hatte, und setzte sie mir aufs Gesicht. Es war wichtig, meine gescheckte Haut zu verstecken, um unerkannt zu bleiben, denn mit Merkmalen wie diesen fiel man schnell auf. Meine Hände und die Siegelringe verbarg ich unter roten Handschuhen. Die Haare unter einer Kapuze.

Dann rutschte ich ein Dach hinunter. Meine Hände schlangen sich um die Regenrinne und ich schwang auf einen schmalen Balkon, auf dem nicht mehr als ein Stuhl und ein Aschenbecher standen. Von hier aus ging es weiter abwärts, bis meine Füße auf dem Pflasterstein aufkamen. Dann folgte ich der Straße zum Hafen. Als mir salzige Meeresluft entgegenschlug, hob ich den Kopf.

Vor mir lag ein Steg, an dem gerade mehrere Boote hielten. Mit klopfendem Herzen drückte ich mich in den Schatten und spannte meine Fäuste an.

Bewaffnete Männer zerrten eine Gruppe Undinen aus dem Inneren der Boote heraus und zogen sie an Ketten über den Steg zu einem Lagerhaus. Die Männer gehörten zum Baron der Magie. Meinem persönlichen Erzfeind, auch wenn er höchstwahrscheinlich gar nicht wusste, dass ich ihm den Krieg erklärt hatte.

Ich hatte den Tipp bekommen, dass heute eine Fuhre Flüsterwesen eintreffen würden, um ihre Fesseln zu erhalten und verkauft zu werden. Nach dem, was Seraphine widerfahren war, hatte ich den dringenden Wunsch, etwas wiedergutzumachen. Um mir selbst zu beweisen, dass ich nicht nutzlos war, dass ich etwas verändern konnte. »Lästiger Helferkomplex« nannte es meine Mutter. Vielleicht hatte sie recht.

Ich stellte sicher, dass die Maske festsaß, bevor ich auf den Steg trat und mich den Flüsterschmugglern entgegenstellte. Die Männer hielten inne und langten nach ihren Bolzenschusswaffen.

»Verschwinde!«, rief einer.

»Nicht, bevor ihr die Undinen freigelassen habt.« Meine Stimme war ruhig, aber drohend. Meine Muskeln spannten sich an und ich konnte es kaum erwarten, sie zu benutzen, um für einen wunderbaren Moment all meinen Kummer zu vergessen.

»Du hast sie wohl nicht mehr alle, Mädchen!«, rief der Mann. »Wir sind acht Mann und bewaffnet. Du bist allein.«

»Ich bin niemals alleine«, sagte ich und nickte in Richtung der Undinen. »Ich bin der Nachtfalter.«

Dann stürzte ich mich in den Kampf.

Es dauerte nicht einmal acht Minuten und die Schmuggler waren erledigt. Die Undinen hatten mir dabei geholfen, als sie erkannten, dass ich ihr Ticket in die Freiheit war. Ihre Chance, nicht für immer von dieser Stadt verschlungen zu werden. Sie hatten Glück, noch keine der Metallspangen bekommen zu haben, die sie ihrer Freiheit berauben sollten, denn die Dinger zeichneten sie als Besitz der Stadt und waren nur schwer wieder loszuwerden.

Die Undinen, die vor mir standen, strotzten vor Stärke und Stolz. Gefangene Undinen wurden ihrer Kultur beraubt, indem man ihre Haare gänzlich abschor, sie von ihrer Körperbemalung reinigte und sie in grobe Kleidung zwängte. Doch diese Undinen trugen ihr Haar lang, zu Zöpfen gebunden. Ihre muskulösen Körper, die meinen überragten, waren mit glänzenden Blautönen bemalt und bis auf ein paar geknüpfte Seile, in die Muscheln und Algen eingeflochten war, die das Nötigste bedeckten, waren sie nackt.

Ich versetzte der Kiste mit Metallspangen einen Tritt und versenkte sie im Wasser.

»Danke für deine Hilfe«, sagte eine der Undinen.

»Nicht der Rede wert«, winkte ich ab.

Sie musterte mich mit Augen wie ein tiefer Ozean und blinzelte. »Du bist kein Mensch.«

»Nicht ganz«, gab ich zu und über ihr breites Maul huschte ein Lächeln des Verstehens. Sie spürte die dunkle Essenz, die durch mein Blut floss, ebenso wie ich die ihre spürte. Es war anders als bei der Elfe. Ihr Schimmer war nicht wie schwarze Diamanten, sondern wie dunkles Wasser, das sie durchströmte. Wild wie der Ozean.

Jedes Flüsterwesen hatte seine eigene Geschichte. Während die Hexen sich ihre Schimmeressenz gewaltsam angeeignet hatten, erzählte man sich, dass die Undinen aus der Verbindung eines Wasserdämons mit einem Menschen entsprungen waren.

»Was bist du?«, fragte die Undine verwundert.

Ja, was war ich?

Ich war einzigartig. Vielleicht der Ursprung von etwas gänzlich Neuem? Der Beginn einer neuen Art Flüsterwesen. Die nur leider mit mir enden würde, denn ich konnte mir nicht vorstellen, je Kinder zu bekommen.

»Ich bin ich.«

Die Antwort reichte der Undine vorläufig. »Können wir auch etwas für dich tun?«

Ich schüttelte den Kopf. »Wenn ihr anderen in Amsterlock helfen wollt, sucht die *Sleepy Siren* auf. Die brauchen immer neue Crewmitglieder. Ansonsten kehrt zu euren Familien zurück und meidet diese verfluchte Stadt.«

»Es ist nicht nur diese Stadt«, knurrte die Undine. »Wir Flüsterwesen sind nirgends wirklich sicher.«

Da hatte sie recht. Die Menschen hatten etwas gegen Andersartigkeit und fühlten sich nur allzu schnell bedroht von solchen, die nicht so waren wie sie. Nur die wenigsten reagierten mit Neugierde, war es doch so viel einfacher zu verurteilen.

Als die Undinen verschwunden waren, sah ich hinauf in den Sternenhimmel. Meine Wange pochte, ebenso wie meine Schulter, aber die Blutergüsse lenkten mich von einem viel schlimmeren Schmerz ab. Das war es wert gewesen.

Für einen Moment blieb ich auf dem Steg liegen, genoss die Weite des Sternenzeltes über mir und die Freiheit, die sie versprach. Dann drehte ich mich zur Seite und zog die roten Handschuhe aus. Ich stach mir erneut in den Finger. Ein Tropfen Blut perlte hervor und eine zweite Motte erwachte auf meinen Befehl hin.

Ich zeigte ihr das Bild der Elfe, doch dieses Mal flog die Motte nicht los. Ihre Flügel zuckten. Ihre Antennen wippten, aber sie erhob sich nicht in die Luft.

Mist!

Ich versuchte es erneut, aber die Motte sah mich nur an. Das bedeutete, dass die Blutspur verschwunden war. Entweder war die Elfe zu weit weg oder man hatte die Kleidung mit meinem Blut verbrannt und es mir so unmöglich gemacht, der Spur zu folgen. Zum Glück wusste ich, wer sie gekauft hatte, aber so hatte ich keine Chance, ihren Aufenthaltsort im Vorfeld auszuspionieren. Und die Villa des Glücks war wie die Residenzen aller Barone gut gesichert.

Natürlich nicht gut genug für den Nachtfalter.

Sollte ich es wagen? Nein. Ein Unterfangen wie dieses würde mehr Vorbereitung benötigen. Selbst für mich.

Ein Geräusch ließ mich herumfahren. Sofort war ich auf den Beinen und starrte in die Dunkelheit. Kisten und Container stapelten sich um das Lagerhaus und boten zahlreiche Versteckmöglichkeiten. Dazu gab es einige Bäume, die den Weg an der Gracht säumten, und die Lagerhäuser. Dies war kein sicherer Ort. Ich sollte lieber schnell verschwinden.

Ein letztes Mal tastete mein Blick die Umgebung ab, ohne etwas oder jemanden zu entdecken. Dann entschied ich mich, lautlos in den Schatten zu verschwinden, dorthin, wo ich hergekommen war. Meine Stiefel flogen über die gepflasterten Straßen und überquerten mehrere Brücken, bis ich mich schließlich an einer Häuserwand emporhangeln konnte, um auf den Dächern weiterzueilen. Erst als ich mir sicher war, nicht verfolgt zu werden, wagte ich, meine Maske abzusetzen und die Handschuhe in die Tasche zu stopfen.

Dann warf ich die Kapuze meines Mantels zurück und sprang zurück auf die Straße. Der Nachtfalter war verschwunden. Nun war ich wieder Laurelin de Jong, Baronessa der Liebe.

Ich pustete mir die verirrte, blasse Haarsträhne aus dem Gesicht und wollte gerade nach Hause zurückkehren, als die Blutmotte, die ich zur Kontaktperson des Rings geschickt hatte, herbeiflatterte. Sie presste ihren weichen Körper an mein Ohr und wisperte mir zu, dass unsere Zielperson noch immer schlief. Er hatte keinen Besuch bekommen und auch keine Nachrichten. Es gab keine Spur, der ich folgen konnte, um mehr zu erfahren.

Verdammt!

Ich hatte befürchtet, dass sich der Ring als Sackgasse herausstellen würde. Das war es schließlich, was sie so beliebt machte. Wenn man sie beauftragte, stellten sie sicher, dass man keine Spuren zu den Drahtziehern zurückverfolgen konnte.

Gerade als ich in das rot angestrahlte Viertel der Liebe einbog, bemerkte ich im Blickwinkel eine Bewegung, die auf mich zukam. Blitzschnell fuhr ich herum, aber es war bereits zu spät. Etwas Kaltes, Feuchtes klatschte gegen meinen Hals. Und es *lebte*!

Ein Litteraal.

Er war schwarz bis auf eine feine Spur, die seinen Rücken und den Schlund in neongrünes Licht tauchte. Mit dem sollte man möglichst nicht in Kontakt kommen …

Ich packte den glibberigen Körper und warf ihn zu Boden, doch die Stelle, an der mich seine giftige Haut berührt hatte, begann bereits zu brennen.

Oh nein!

Ich griff in meinen Ärmel nach einer Klinge und fuhr zu dem Angreifer herum. Sein Gesicht war unter einer breiten Kapuze versteckt. Ich wankte einen Schritt vor, um ihm mein Messer in die Brust zu rammen, aber mitten in der Bewegung erschlaffte mein Körper und ich fiel frontal auf den kalten Pflasterstein der Straße.

Das Letzte, was ich hörte, war eine kalte, säuselnde Stimme. »Der Schwarze Ring lässt grüßen, Laurelin de Jong.«

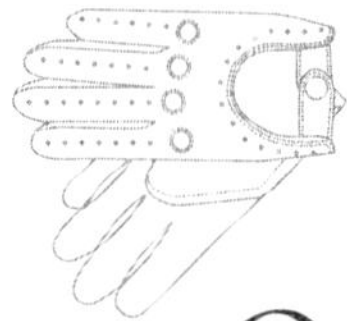

Quintus

»Warum brauch ich diese Uniform?«, protestierte ich.

»Weil du jetzt mein Schüler bist.«

»Auch als zukünftiger Dämonenjäger sollte es kein Verbrechen sein, gut auszusehen.«

Tormod verzog belustigt den Mund.

»Was?«, hakte ich gereizt nach.

Er verschränkte die Arme. »Du siehst aus wie ein Betrüger mit deinem überteuerten Mantel und den glänzenden Manschettenknöpfen. So kann ich dich auf keinen Fall mitnehmen.«

»Amateur …«, murmelte ich fassungslos. »Ich sehe aus wie ein gut aussehender Betrüger. Wenn ich das hier anziehe, wird man mich für einen Bettler halten. Warum müssen wir überhaupt grau tragen?«

Ich zupfte an einer Jacke aus dem Haufen mit gepanzerter Funktionskleidung.

»Früher hatten wir Rüstungen in den Farben des Lichts. Weiß und Gold«, berichtete Tormod. »Allerdings waren die zu auffällig und haben Diebe und Halunken angelockt. Außerdem sind Blutflecken ziemlich hartnäckig und wir können es uns nicht leisten, ständig neue Kleidung anfertigen zu lassen. Oder sie in die Reinigung zu geben.«

»Verstehe …« Deprimierende Geschichte. Eine weiß-goldene Rüstung hätte mir weitaus besser gefallen. Ich hielt mir das gepanzerte Hemd an. »Trotzdem kann ich das nicht tragen. Ich sehe in Grau blass und kränklich aus.«

»Du bist zu eitel, Bursche. Bist du ein Mann oder eine Memme?«

»Ein Mann. Allerdings ein kultivierter.« Und einer, der von dieser Art toxischer Männlichkeit ziemlich genervt war. »Der erste Eindruck ist wichtig. In Amsterlock wird man nur ernst genommen, wenn man nach Geld aussieht.«

Mit einem herablassenden Grinsen, das ich ihm am liebsten aus dem Gesicht gewischt hätte, sagte er: »Das Einzige, was du gerade wollen solltest, ist, *nicht* aufzufallen. Immerhin hat es ganz Amsterlock auf deine Hände abgesehen.«

Verdammt! Der Punkt ging an ihn.

Zerknirscht nahm ich die Handschuhe entgegen, die er mir hinhielt, damit ich unter ihnen das Auroculum verstecken konnte. Dann legte ich meine geliebte Designerkleidung ab, um in den rauen Funktionsstoff zu schlüpfen. Zuletzt kamen viel zu klobige Schuhe. Als ich mich im Spiegel betrachtete, verzog ich das Gesicht, das Schlimmste erwartend.

»Mhm.« Ich drehte und wendete mich. Zugegebenermaßen war es nicht so katastrophal wie befürchtet. Vielleicht hatte ich der Farbe »Grau« bisher unrecht getan.

»Hast du dich genug bewundert?«, fragte Tormod ungeduldig, während er sein Gewehr auf dem Rücken festschnallte.

»Noch nicht ganz.« Gerade wollte ich meine ansehnliche Rückseite betrachten, da packte er mich und zog mich vom Spiegel weg.

»Hey!« Meine Proteste nützten nichts.

»Du bist schlimmer als … alle, die ich je kennengelernt habe«, brummte er.

»Kennt Ihr denn viele Leute, Dämonenjäger?«

»Eigentlich nicht.« Tormod zog seine Stirn in Falten. »Muss an meinem Charme liegen …«

Oder dem ach so männlichen Körpergeruch, dachte ich.

Bevor wir das Gasthaus *Zur letzten Ruh* verließen, zog Tormod mir die Kapuze über die roten Haare und so tief ins Gesicht, dass ich kaum etwas sehen würde. So würde nicht mal Daan Knox seinen Meisterdieb wiedererkennen.

»Wohin gehen wir?«, verlangte ich zu wissen, den Blick auf die Spitzen meiner klobigen Stiefel gerichtet. Ach, wie ich das weiche Leder meiner Designerschuhe aus Veneria vermisste! In ihnen hatte sich jeder Schritt leicht angefühlt, während ich mir in diesen Dingern sicher Blasen laufen würde.

»Wir haben einen Auftrag«, knurrte Tormod und deutete vage die Straße hinunter.

Mein Kinn fuhr in die Höhe, um ihn ansehen zu können. »Einen dämonischen Auftrag?«

»Möglicherweise.«

»Aber ich weiß doch noch gar nicht, wie dieses Auroding in meiner Hand funktioniert«, stotterte ich. »Vielleicht bleibe ich besser hier. Ich würde Euch nur im Weg rumstehen.«

»Du würdest bei der ersten Gelegenheit abhauen …« Tormod schleifte mich weiter. »Also werde ich dich keine Sekunde aus den Augen lassen, aber keine Sorge. Ich pass auf dich auf.«

»Beruhigend … Wohin müssen wir?«

»Ins Fürstentum der Magie.«

»So weit? Hoffentlich nicht zu Fuß!«

»Betrachte es als Training.«

Entgeistert starrte ich ihn an. »Können wir kein Taxi rufen?«

Mir war klar, dass ich der nervtötendste Schüler sein musste, den Tormod hätte finden können, aber es machte mir einfach zu großen Spaß, andere Menschen in den Wahnsinn zu treiben. Musste an meinem schrägen Sinn für Humor liegen.

»Nein. Wir laufen«, verkündete Tormod, ohne anzuhalten.

»Bis wir da sind, ist es Nacht und meine Füße sind voller Blasen …« Ich hielt inne. »Gebt es zu. Ihr habt kein Geld, um Euch ein Taxi leisten zu können.«

Ohne meine Frage zu beantworten, marschierte er weiter. Ein Grinsen huschte über mein Gesicht. Ich hatte also ins Schwarze getroffen. Mister-Ruhm-und-Geld-sind-mir-nicht-wichtig hatte offenbar nicht bedacht, dass in unserer Welt Geld eine entscheidende Rolle spielte. Das war es, was Türen öffnete, und nicht der Glaube oder eine wichtig aussehende Uniform.

Während er fest entschlossen schien, den Weg bis zum Viertel der Magie zu Fuß zurückzulegen, näherte ich mich zwei Damen, die Kaffee tranken und sich dazu eine Tüte Poffertjes teilten. Sie waren noch ganz frisch. Heißer Dampf stieg von ihnen auf und brachte meinen Magen zum Knurren.

»Verzeihung, die Damen.«

Ihr Blick huschte skeptisch über meine graue Uniform und ich streckte die Schultern durch, um mein neues Outfit bestmöglich zu präsentieren.

»Könnten Sie mir sagen, wie spät es ist?«

»Nein. Verschwinde!«, sagte die eine unwirsch und wandte sich wieder ihren herrlich duftenden Poffertjes zu. Die Reaktion wunderte mich nicht. Amsterlock war nicht gerade für seine hilfsbereiten Bürger bekannt. Aber das war nicht schlimm. Ohne Uhrzeit, aber um eine Geldbörse reicher, rannte ich hinter Tormod her.

»Was sollte das?«, fragte der Dämonenjäger.

Zur Antwort winkte ich eines der Taxis herbei, die am Seitenstreifen parkten und zu dieser Stunde noch nicht viel zu tun hatten. Unter Tormods finsterem Blick stieg ich in den blauen Wagen, auf dessen Dach ein geflügeltes Nilpferd saß. Das Auto gehörte wie alle öffentlichen Fahrzeuge auf den Straßen, im Wasser und in der Luft der Baronin der Wege.

»Kommt Ihr, Meister? Oder wollt Ihr laufen? Dann fahr ich schon mal vor.«

Ich war mir sicher, dass er mir gerne den Hals umgedreht hätte. Trotzdem stieg er kommentarlos neben mir ins Fahrzeug und nannte dem Fahrer, einem griesgrämigen Kerl, der so aussah, als würde er alles an seinem Job hassen – vor allem die Uniform mit der geflügelten Kappe –, die Adresse.

»Wartet«, zischte ich ungläubig. »Ihr wollt in die Villa der Magie?«

Tormod nickte bloß.

»Seid Ihr irre?«

»Der Baron hat um eine Audienz gebeten und wir werden uns anhören, was er zu sagen hat.«

»Es könnte eine Falle sein«, gab ich zu bedenken. »Der Baron der Magie handelt mit magischen Artefakten und zufällig wurde ich beauftragt, Euch zu bestehlen. Klingelt da was? Vielleicht steckt er dahinter! Und selbst wenn nicht, wird er mir höchstwahrscheinlich die Hand abhacken, wenn er es herausfindet …«

»Du bist jetzt mein Schüler und er wird es nicht wagen, die Dämonenjäger herauszufordern, indem er einem von ihnen schadet«, sagte Tormod und tippte auf meine Uniform. »Wir sind die Lichtgänger, weit bekannt als mächtige Kämpferinnen und Kämpfer.«

»Nun, er hat Mittel und Wege, uns zu schaden, *ohne* dass es jemand erfährt. Immerhin sind wir in Amsterlock, dem schwarzen Loch der Welt.«

»Ich pass schon auf dich auf, Schüler.«

»Wie überaus *männlich* von Euch.«

Das Taxi fuhr durch das Viertel des Glücks, in dem grüne Lampen und neonfarbene Schilder die Nachtclubs, Casinos und Theater der Stadt anpriesen.

Aber wir ließen all das hinter uns und steuerten in einen anderen Teil der Stadt. Hier waren die Straßen von silbernen und goldenen Lichtern verzaubert. Verwinkelte Gassen, Buchhandlungen, Geschäfte, vollgestopft mit magischen Artefakten, so weit das Auge reichte.

Dies war das Viertel der Magie, das dem Schmugglerbaron gehörte.

Er wohnte nicht in einer Villa, sondern in einem imposanten Segelschiff, welches am Hafen ankerte. Hinter einem breiten, schwer bewachten Tor lag der Steg, der auf das Schiff führte. Davor brannten Feuerstellen, um die sich die Mannschaft des Schmugglerbarons sammelte. Die Feuer glänzten silber-golden. Magie, behaupteten manche Händler, aber es lag an einer seltenen und teuren Algenmischung, die dem Feuer beigefügt wurde, damit es geheimnisvoller wirkte.

Als wir da waren, bezahlte ich den grimmigen Taxifahrer mit dem Geld aus der gestohlenen Geldbörse. »Ich halte das ja immer noch für eine dumme Idee. Findest du nicht auch?«, raunte ich ihm zu, erhielt aber keine Antwort.

»Ja, hab ich mir schon gedacht, dass sich niemand für mein armes, bedauerliches Leben interessiert …« Ich verzichtete aufs Trinkgeld und stieg aus. Mein Meister schritt bereits an den Feuerstellen vorbei zum Eingang und ich musste mich beeilen, um Schritt zu halten.

Du bist bloß Matthias, der Schüler eines Dämonenjägers. Nichts weiter, beruhigte ich mich und zog mir die graue Kapuze tief ins Gesicht. *Niemand wird dich erkennen!*

Laurelin de Jong

Mit dröhnendem Kopf erwachte ich und sah mich um. Ich lag auf dem Rücksitz eines Wagens. Die Fenster waren abgedunkelt. Nur von vorne drang etwas Licht herein und sorgte für eine schummrige Atmosphäre.

»Na, Prinzessin! Bist du wach?«

Ich stob so schnell in die Höhe, dass mir schwindelig wurde. Sofort schossen mir Schmerzen wie einschlagende Blitze durch den Kopf. Es fühlte sich an, als hätte ich die ganze Nacht durchgemacht und nun einen verdammten Kater. Genau so hatte ich mich nach meinem sechzehnten Geburtstag gefühlt, als ich mit Seraphine, Gerlina und einer Schale Bowle in meinem Zimmer verschwunden war.

»Verf...afft ...«, fluchte ich undeutlich. Meine rechte Seite fühlte sich steif und unbeweglich an, so als hätte ich eine ganze Weile auf ihr gelegen. Trotzdem versuchte ich mich so würdevoll, wie es mit auf den Rücken gefesselten Armen nur irgendwie möglich war, aufzusetzen und die vermummte Gestalt vor mir anzusehen.

Sie sah aus wie aus Schatten geformt. Die Kleidung war aus einem glänzenden, schwarzen Stoff, der an Satin erinnerte und an dem Flüssigkeiten wie Wasser oder Blut – vor allem Blut – einfach abperlten. Das Gesicht war komplett unter einer Maske versteckt, die nicht einmal Konturen erahnen ließ. Selbst die Augen waren hinter dem verdunkelten Glas einer Schutzbrille versteckt, sodass ich keine Ahnung hatte, wer da vor mir saß. Ich wusste nur, sie oder er war im Vorteil, und das strahlte die Körperhaltung auch aus.

Es war ein Mitglied des Schwarzen Rings in der legendären Phantomrüstung.

»Laurelin de Jong«, fuhr die Gestalt fort und legte die behandschuhten Finger zusammen. Sie benutzte einen Stimmenverzerrer, sodass mir nicht einmal das einen Anhaltspunkt für ihre Identität gab. »Das Mädchen, das unsere Aufmerksamkeit wollte.«

»Ich will nur mit euch reden«, brachte ich stoßweise hervor. Meine Zunge lag mir immer noch schwer im Mund und mein Kopf fühlte sich so an, als würde jemand darin eine Trommel schlagen.

»Normalerweise lassen wir uns nicht zu Audienzen zwingen.«

»Normalerweise interessiert es mich auch nicht, was ihr macht …«

»Es endet in der Regel tödlich, wenn man uns droht.«

»Es endet *sicher* tödlich, wenn man meine Familie bedroht.«

Ich blickte das Phantom ruhig an, während meine Gedanken rasten.

Ich hatte mal einen Lehrer. Nicht den fiesen Fechtlehrer, sondern einen anderen, der mich im Nahkampf ausgebildet hatte. Leider hatte Mutter ihn viel zu früh gefeuert, aber er hatte mir einen guten Ratschlag gegeben:

Wenn du in einer gefährlichen und möglicherweise ausweglosen Lage bist, tue nicht das, was dein Gegenüber von dir erwartet. Verwirre ihn. Drehe durch. Sei unberechenbar.

Sei unberechenbar, Laurelin!

Also beschloss ich, genau das zu tun, und fing aus vollem Halse an zu schreien. Gleichzeitig warf ich mich zur Seite und strampelte mit den Beinen, als wäre ich von Sinnen. Tatsächlich hörte ich ein Fluchen, als sich mein Entführer duckte, um meinen Fußtritten auszuweichen.

Okay, offensichtlich wollte sie oder er mich nicht töten … Zumindest noch nicht.

Ich presste mich mit dem Rücken an die Seite, tastete nach dem Türgriff und zog daran. Die Tür ging auf und ich plumpste auf die Straße. Sofort rappelte ich mich auf, schloss die Tür mit einem Fußtritt und rannte los. Gleichzeitig riss ich an meinen Fesseln, um sie zu lösen. In meinem Gürtel hatte ich eine Klinge versteckt.

Wenn ich die erreichen könnte!

Aber egal wie ich mich verbog, ich bekam das dumme Ding einfach nicht zu fassen. Schlitternd bog ich um eine Kurve und wäre fast mit einem Undin zusammengestoßen, der Kästen mit Getränken in einen Wagen verlud. Seine Haut war schuppig und seine Kiemen sahen ausgetrocknet aus. Offenbar war er schon längere Zeit nicht mit Wasser in Berührung gekommen.

Als er mich sah, hielt er mitten in der Bewegung inne und sah mir in die Augen. Wie so oft, wenn ich auf Undinen traf, war da dieser Moment der stillen Verbundenheit. Wir wussten, dass wir etwas teilten.

»Du hilfst mir und ich dir«, flüsterte ich.

Ein Pakt der Verzweifelten.

Er überlegte nicht lang und nickte. Ich drehte mich um und er beugte sich herunter, um meine Fesseln mit seinen rasiermesserscharfen Zähnen zu zerreißen. Ich verlor keine Zeit und flüsterte ihm eine Adresse ins Ohr.

Fragend sah er mich an.

»Auf der *Sleepy Siren* erhältst du Hilfe«, versprach ich ihm und rannte weiter.

Als ich in die nächste Gasse abbog, blieb ich ruckartig stehen. Vor mir lehnte mit verschränkten Armen mein Entführer an der Wand. Als er mich sah, stieß er sich locker ab und kam auf mich zu. »Ganz ruhig, Prinzessin. Ich will nur reden.«

Okay, er war einer von der hartnäckigen Sorte.

»Wer bist du?«, fragte ich, auch wenn ich die Antwort darauf bereits ahnte.

»Ich bin nur einer von vielen. Eine Maske in einer Welt, in der sich jeder hinter einer Maske versteckt. Ein Namenloser in einer Welt, in der Namen wie Staub im Wind verwehen«, sagte mein Gegenüber und auch, wenn ich sein Gesicht nicht sehen konnte, spürte ich förmlich sein überlegenes Grinsen hinter der Maske, als er sich vorbeugte und ergänzte: »Aber mit Masken kennst du dich aus, oder?«

Ein kalter Schauer lief mir über den Rücken. Wusste er von dem Nachtfalter? Kannte er mein Geheimnis? Ich verengte die Augen. »Was willst du von mir?«

»Eigentlich bin ich hier, um zu erfahren, was *du* von *uns* willst. Eine hartnäckige Baronessa, die unsere Aufmerksamkeit erregen will. Da waren wir natürlich neugierig. Also hier ist sie: deine so höflich erbetene Audienz.«

Ich versuchte mich zu konzentrieren, was nicht leicht war, denn mein Kopf fühlte sich immer noch so an, als würde jemand darin eine Trommel schlagen. »Wenn du nur reden willst, warum hast du mich dann mit dem Litteraal außer Gefecht gesetzt?«

»Ein kleiner Denkzettel muss sein. Immerhin wollen wir ernst genommen werden ...«

Der Ring war mächtig. Also musste ich mir meine nächsten Worte gut überlegen, wenn ich mehr herausfinden wollte. Keine Beleidigungen! Und keine Drohungen!

Doch die Nachwirkungen des Litteraals sorgten dafür, dass sich alles drehte. Außerdem war mir nach dem kleinen Sprint speiübel und ich betete, dass ich mir nicht vor dem Phantom auf die Stiefel kotzen würde.

Ach. Scheiß auf gut überlegte Worte.

»Ihr Drecksäcke habt meine Schwester ermordet. Ich werde den ganzen Ring dem Erdboden gleichmachen, wenn ihr mir nicht sagt, wer euch beauftragt hat. Das schwöre ich.«

Mein Gegenüber lachte belustigt, während ich mich an der Wand festhalten musste, um nicht umzukippen.

»Ich meine es ernst, wenn ich wollte, könnte ich dich töten. Hier und jetzt …« Ich hielt inne. »Du müsstest mir nur meine Waffen zurückgeben.«

Und dich, wenn möglich, nicht bewegen …

Wieder drang ein Lachen unter der Maske hervor. »Ich mag dich, Laurelin de Jong. Du hättest das Zeug, eine von uns zu werden. Ein namenloses, gesichtsloses Phantom.«

»Kein Bedarf. Ich mag mein Gesicht und ich zeige es gerne«, erwiderte ich. »Also? Wer hat euch beauftragt, meiner Familie zu schaden?«

Mein Gegenüber setzte sich betont entspannt auf eine der vielen Mülltonnen, die die Straße säumten. Er klopfte neben sich, als würde er mich zu einem gemütlichen Kaffeekränzchen einladen, aber ich verschränkte nur meine Arme und rührte mich keinen Meter.

»Der Bursche, der deine Schwester mit dem Messer angegriffen und vergiftet hat …«

»Vincent Verhoeven?«, fragte ich.

»Ja. Der. Glaubst du wirklich, er war einer von uns?«

Überrascht hielt ich inne. »Er hatte euer Tattoo.«

»Und?«

Ich dachte nach. »Es war frisch. Die Haut darum war noch geschwollen.«

»Richtig. Er oder jemand anders hat es gefälscht, offenbar um euch auf eine falsche Spur zu lenken.«

Das klang tatsächlich logisch. Jeder wusste, dass Ermittlungen gegen den Ring eine Sackgasse waren. Wenn man also jemanden beschuldigen wollte, dann sie.

»Wäre er wirklich einer von uns gewesen, wäre er klüger vorgegangen. Es beleidigt uns, dass du wirklich dachtest, so ein … *plumpes* Vorgehen wäre unserer würdig.«

»Jeder hat schlechte Tage.«

»Wir nicht.«

»Aber meine Schwester ist tot …«, presste ich zwischen den Zähnen hervor und alleine das auszusprechen, sorgte dafür, dass sich meine Eingeweide verkrampften.

»Mein Beileid, aber ich versichere dir: Der Schwarze Ring hat nichts mit ihrem plötzlichen Ableben zu tun. Du solltest dich anderweitig umsehen.«

»Wo?«

Das Phantom lehnte sich zurück. »Wir hassen es, wenn man uns droht. Aber noch mehr hassen wir es, wenn man unser Zeichen stiehlt, um sich als einer von uns auszugeben. Noch dazu, wenn dieser jemand dabei so schlampig vorgeht, dass er den Ruf von uns allen in den Dreck zieht. Darum werde ich dir nun einen Rat geben, Baronessa de Jong.« Das Phantom hielt inne, um die Spannung zu schüren. »Die Antwort auf deine Frage liegt im Blut.«

»Im Blut?«

»Ja.«

»Was redest du da? Meinst du das Gift?« Meine Gedanken rasten. Was, wenn Vincent Verhoeven dasselbe Gift im Körper hatte wie meine Schwester? War er erpresst worden, sie anzugreifen?

Verflucht!

Vor dem Anschlag hatte er das Gespräch mit mir gesucht, aber ich hatte ihn abgeschmettert. Hatte er mich warnen wollen?

»Das musst du schon selbst rausfinden.«

»Warte! Woher weißt du überhaupt davon?« Ich machte Anstalten, das Phantom aufzuhalten, aber er wich meiner Berührung und damit dem kleinen, glänzenden Blutstropfen an meinem Finger aus.

»Viel Erfolg, Laurelin de Jong«, sagte er und kletterte ein Regenrohr empor. »Ich behalte dich im Blick.«

Quintus

Das Innere des Schiffs war geräumig. An jeder Ecke gab es Prunk, der Gäste beeindrucken sollte. Zahlreiche Gemälde in verschnörkelten Goldrahmen säumten die Gänge. Sie zeigten magische Wesen und Pflanzen. Einige waren bezaubernde Darstellungen von erotisch aussehenden Meerfrauen, die sich auf Felsen rekelten und nichts mit ihren Vorbildern, den Undinen, zu tun hatten. Andere zeigten Klabautergeister, ebenfalls dargestellt als nackte, grüne Frauen, die in einer Rumflasche lebten. Oder wahlweise darauf ritten. Es war paradox, dass die Menschen Flüsterwesen einerseits fürchteten und andererseits ihre erotischen Fantasien mit ihnen auslebten.

Ich musste wieder an Zori denken und für einen Moment hätte ich das Bild einer anzüglich tanzenden Elfe gerne in zwei Hälften zerrissen und dem Künstler eine gescheuert.

Vielleicht hatte Tormod recht. Vielleicht war die Elfenmagie schuld, dass meine Gefühle durchdrehten, wenn ich an sie dachte, aber es fühlte sich anders an. Ich spürte eine Wärme, tief in mir drin, die ich schon lange nicht mehr gewagt hatte zu spüren.

Wir wurden in einen Raum im hinteren Teil des Schiffes gebracht, an dessen Wänden sich überfüllte Regale voller Bücher, Figuren und Vasen entlangzogen.

»Bitte wartet hier. Ihr werdet gleich reingeholt«, sagte eine der Wachen und zog die Tür hinter uns zu. Neugierig wollte ich mir die ausgestellten Sachen aus der Nähe ansehen, aber Tormod zog mich zurück.

»Wehe, du stiehlst etwas«, raunte er mir drohend zu.

»Werde ich nicht«, beruhigte ich ihn. »Ich bin doch ein ehrenwerter Dämonenjäger in Ausbildung.«

Natürlich hatte ich schon die kitschigen Kristallkronleuchter ausgespäht, die den Raum erhellten, und auch wenn sie wertvoll waren, rechtfertigte es nicht das Risiko, sie zu klauen. Im Gegenteil war ich im Moment eher darauf fixiert, dass mir nichts gestohlen wurde. Meine Hand. Mein Leben.

An alldem lag mir recht viel. Immer wieder nestelte ich an dem Stoff meines Handschuhs, unter dem sich das Auroculum verbarg, und hoffte, dass mein neuer Meister recht behielt und wir nicht geradewegs in eine Falle liefen.

In diesem Moment öffnete sich eine versteckte Tür, und zwei weitere Wachen bedeuteten uns hindurchzugehen. Dahinter erwartete uns eine geräumige Kapitänskajüte, in der ein breiter Schreibtisch vor einer Fensterfront aus buntem Glas stand. Davor, in der Mitte des Raumes, lag der kitschigste Teppich, den ich je gesehen hatte. Darauf war eine Art goldenes Monster oder Drache mit spitzen Zähnen zu sehen, dessen Schuppen glitzerten.

Definitiv ein Eyecatcher!

Hinter dem Schreibtisch saß Lucius van Vliet, der Baron der Magie, der gerade in ein Buch vertieft war. Als wir eintraten, legte er es beiseite und erhob sich, ein breites Lächeln auf seinen Lippen.

»Willkommen, Dämonenjäger. Es freut mich, dass Ihr es einrichten konntet.« Er sah aus wie ein Geschäftsmann mit seinem dunklen Anzug. Die Krawatte glänzte in Silber und Gold, den Farben der Magie. Nur seine etwas lächerlich aussehende Augenklappe, die mit Strasssteinen bestickt war, fiel aus dem Rahmen. Man munkelte, dass er jahrelang den Seefahrergilden angehört hatte, bevor er sich in Amsterlock niedergelassen hatte. Hier verdiente er sein Geld mit dem Handel von magischen Artefakten und Flüsterwesen, die er aus aller Welt importierte.

Mein Meister reichte ihm die Hand und stellte uns vor. »Mein Name ist Tormod Bard. Das ist mein Schüler Matthias.«

Gut, dass ich ihm nicht meinen echten Namen verraten hatte. Falsche Namen machten es so viel leichter, neue Identitäten wie eine zweite Haut überzuwerfen und ganz in die neue Rolle zu schlüpfen. Jetzt in diesem Moment war ich nicht länger Quintus, der geniale Beschaffer, sondern Matthias, der pflichtbewusste Lehrling. Ich streckte meine Schultern durch, wie es ein Dämonenjäger meiner Meinung nach tat, und guckte grimmig, aber der Baron würdigte mich keines Blickes.

»Ich habe schon viel über Euch gehört und hoffe, dass wir ins Geschäft kommen.«

»Was für ein Geschäft?«, hakte Tormod Bard nach.

»Ich möchte Euch anheuern. Als persönlichen Bodyguard.«

»Ich bin in diese Stadt gekommen, um einen Dämon zu töten.« Mein Meister runzelte die Stirn. »Personenschutz ist nicht meine Sparte. Außerdem habt Ihr doch sicher genügend Leute, die Eure Sicherheit gewährleisten können.«

»Aber die sind nicht so berühmt wie Ihr«, schmeichelte der Baron.

Aha. Ich konnte mir denken, was dahintersteckte. Lucius van Vliet wollte Eindruck schinden. Und so ein Dämonenjäger als persönlicher Bodyguard würde die anderen Barone sicher vor Neid erblassen lassen.

»Tut mir leid. Ich habe mich dem Kampf gegen dunkle Mächte verschrieben und habe keine Zeit für andere Verpflichtungen …«

»Dann wird es Euch freuen zu hören, gegen wen ich Euren Schutz benötige … In letzter Zeit wurde ich des Öfteren beraubt«, fuhr der Baron ungerührt fort, der es offenbar nicht gewohnt war, dass man seine Bitten ablehnte. Er erhob sich von seinem Schreibtisch, um auf uns zuzukommen.

Instinktiv spannte ich mich an, während mein Blick auf der Suche nach potenziellen Gefahren und Fluchtwegen durch den Raum huschte. »Meine Schmuggler wurden überfallen und Flüsterwesen, die sich in meinen Händen befanden, gestohlen. Wer auch immer dahintersteckt, muss gut vernetzt sein.«

»Was habe ich damit zu tun?«, brummte Tormod.

»Da kommen wir zum Kern der Angelegenheit, dem Punkt, an dem unsere Interessen möglicherweise zusammenlaufen. Beim letzten Überfall gab es einen Zeugen, der die Täterin beobachten konnte. Zuerst konnte ich nicht glauben, was er mir erzählte. Er meinte, eine Einzelperson wäre dafür verantwortlich gewesen. Eine junge Frau, die sich selbst der Nachtfalter nennt und es mit meinen schwer bewaffneten Schmugglern aufnehmen konnte. Und das war nicht alles, was er erzählte. Er berichtete, dass die Täterin seltsame Kräfte hatte. Dunkle Kräfte.«

Ich stand hinter meinem Meister und konnte sehen, wie sich seine Schultern anspannten.

»Inwiefern?«

»Nachdem sie mit meinen Leuten fertig war, hat sie sich selbst in den Finger gestochen und etwas mit ihrem Blut angestellt. Darin herumgewischt und mit ihm gesprochen. Genau konnte er es nicht erkennen, aber für ihn sah es nach bösartiger Magie aus.«

»Könnte auch einfach schizophren gewesen sein«, bemerkte ich trocken, was mir einen bitterbösen Blick von meinem Meister einbrachte. Okay, er hatte recht. Für einen kurzen Moment war ich wieder Quintus gewesen, der vorlaute Dieb, aber vielleicht war Matthias ja auch frech? Wer sagte denn, dass Schüler immer brav waren?

Der Baron beachtete mich weiterhin nicht, sondern fuhr an Tormod gewandt fort: »Dieses dämonische Mädchen hat etwas mit den Flüsterdieben zu tun. Wer weiß, vielleicht ist sie sogar deren Anführerin? Ich will, dass sie aufgehalten wird. Ihr seht also: Wir haben die gleichen Interessen. Und ich wäre sogar bereit, Euch gut dafür zu bezahlen.«

»Das ändert die Dinge.« Tormod strich sich durch seinen Bart und nach kurzer Zeit nickte er. »Einverstanden. Ich werde dem nachgehen.«

Lucius van Vliet strahlte. »Wie erfreulich.«

»Da wäre nur noch eins. Jemand wurde beauftragt, mich und meinen Schüler zu bestehlen. Sie wollen unser Auroculum, das Geschenk der Gottheit Sol.«

Ich erstarrte. Was tat er da?

»Wer würde denn so etwas Wahnsinniges tun?«

»Das wüsste ich auch gerne!«

»Ich kann mich gerne umhören, mein Freund.«

»Gut, denn die Waffen der Dämonenjäger kann man nicht stehlen. Sie gehorchen einzig und allein den Dienern des Lichts. Darum sind solche Versuche überaus dumm. Ganz abgesehen davon, dass Diebe ihr Leben mit sofortiger Wirkung verlieren.« Grimmig starrte er den Piratenbaron an, der eifrig nickte.

»Ich versichere Euch, ich habe keinerlei Interesse, Euch zu bestehlen. Ihr seid deutlich wertvoller als all Eure Waffen.«

»Gut. Dann denke ich, wir haben einen Deal.«

»Sehr schön!« Erneut erstrahlte ein breites Lächeln auf dem Gesicht des Barons und er klatschte in die Hände. Sofort öffnete sich die Tür und eine junge Frau sah herein. »Bringt Wein für mich und meine Gäste. Wir müssen anstoßen!«

Während die Dienerin davonhuschte, kam Lucius van Vliet gleich zu einem weiteren Punkt. »Morgen Abend gibt es einen Ball, abgehalten vom Baron des Glücks, und wie es sich gehört, will ich ihn mit einer Schiffsladung neuer Undinen für Schaukämpfe erfreuen. Es muss sichergestellt werden, dass sie gut dort ankommen und nicht dieser Diebesbande in die Hände fallen. Da unser Dämon ein Herz für diese Wesen zu haben scheint, könnte sie möglicherweise Schwierigkeiten machen. Und wer weiß, vielleicht plant sie sogar ebenfalls, die Feierlichkeiten zu besuchen.«

»Dann werden wir ebenfalls da sein.«

Als wir das Schiff verließen, war mein Meister in Gedanken versunken.

»Ich bin froh, dass wir nicht kopfüber über dem Wasser baumeln«, sagte ich, als wir den Steg hinabschritten.

»Ich auch«, bestätigte Tormod.

»Moment, das heißt, es hätte wirklich passieren können?«

Tormod nickte. »Es hätte mich nicht gewundert, wenn die Einladung eine Falle gewesen wäre. Vor ein paar Jahren war bereits ein anderer Dämonenjäger in Amsterlock und verschwand. Später fand man ihn tot im Wasser treibend. Jemand hatte ihm sein Auroculum aus der Hand geschnitten.«

»Heilige und unheilige Scheiße!«

»Wir müssen äußerst vorsichtig sein, Matthias.«

Vor allem musste ich dieses Ding in meiner Hand loswerden. »Und Ihr verdächtigt Lucius van Vliet etwas mit der Ermordung Eures Ordensbruders zu tun zu haben?«

»Möglich. In dem Punkt hattest du recht. Der Baron ist dafür bekannt, ein Faible für magische Artefakte zu haben. Und das Auroculum ist in Sammlerkreisen heiß begehrt.«

Ich starrte ihn fassungslos an. »Und wir sind trotzdem hingegangen? Ohne Plan B? «

Der Dämonenjäger grinste. »Ich war neugierig. Außerdem hatte ich einen Plan B.«

»Und zwar welchen?«

»Kämpfen.«

»Ihr seid verrückt. Das hätten wir nicht überlebt«, widersprach ich aufgebracht. »Glaubt Ihr ihm denn?«

»Es hat zumindest niemand versucht, uns die Hände abzuhacken.«

»Meister, Ihr sagtet, dass niemand die Waffen der Dämonenjäger benutzen kann außer ausgewählte Diener des Lichts. Warum kann ich dann das Auroculum benutzen?«

»Weil das offensichtlich nicht der Wahrheit entsprach.« Tormod zuckte mit den Schultern. »Ich wollte uns weitere aufdringliche Diebe vom Leib halten.«

»Oh. Ich wusste nicht, dass Ihr so ausgezeichnet lügen könnt.« Selbst mich, einen Meisterlügner, hatte er damit hinters Licht geführt. Vielleicht hatte ich ihn doch ein wenig unterschätzt und er war klüger als gedacht. »Was habt Ihr jetzt vor?«

»Wir werden herausfinden, ob es sich bei diesem Nachtfalter wirklich um eine Besessene handelt.«

»Und wenn schon.« Ich zuckte mit den Schultern. »Wenn sie Flüsterwesen befreit, ist sie mir hundert Mal sympathischer als dieser Baron.«

Tormod blieb ruckartig stehen und packte mich an den Schultern. »Dämonen sind gefährlich. Alles, was sie hinterlassen, ist Tod und Zerstörung. Als Dämonenjäger ist es unsere heilige Pflicht, die Welt von ihnen zu säubern und die Menschen zu beschützen.«

»Das weiß ich«, presste ich zwischen zusammengekniffenen Lippen hervor. »Immerhin habe ich einen überlebt, aber ...«

»Was aber?«

Mein Dämon war kein Mädchen, das Undinen befreite. *Mein*

Dämon war ein Monster mit Klauen, spitzen Zähnen und roten Augen gewesen. Eine Kreatur, wie sie nur dunkelsten Albträumen entspringt.

»Ich will nur sichergehen, dass es die Richtige trifft.«

Laurelin de Jong

Müde, ausgehungert, aber immerhin nicht mehr in Fesseln erreichte ich das Anwesen meiner Mutter. Ich ging auf direktem Weg in die Küche, allerdings kam ich nicht zum Essen. Bevor ich meinen ersten Bissen nehmen konnte, erschien Richard, um mich zu Mutter zu bringen. »Unverzüglich«, lautete ihre Anweisung.

Zu meiner Überraschung war sie nicht allein. Schon auf dem Flur vor ihrem Empfangszimmer hörte ich eine laute Stimme, die mir bekannt vorkam. Fragend sah ich Richard an, der nur die Augen verdrehte. Während er wie gewohnt vor der Tür stehen blieb, um meiner Mutter Privatsphäre zu gönnen, lugte ich hinein und entdeckte einen Kerl mit langem blondem Haar, welches er in einen Pferdeschwanz zusammengefasst hatte. Er nahm den gesamten Raum bis hin zum Flur mit seinem schweren Parfüm ein. Außerdem trug er einen roten Anzug, den er mit einem roten Hemd und roten Schuhen kombiniert hatte. Rot war die Farbe unseres Fürstentums, aber er trug zu viel davon. Es gab dazu zwar keine offizielle Regel, aber jeder wusste, dass es nur der Baronin und ihrer Familie gestattet war, sich komplett in Rot zu kleiden. Offenbar war Lord Ambrosa selbstbewusst genug, sich ebenfalls dieses Privileg zu gestatten.

»Meine Braut ist tot. Natürlich bin ich aufgebracht«, sagte er gerade. »Ich und meine Familie haben uns so auf das Fest gefreut. Es war bereits alles geplant. Wen soll ich denn jetzt heiraten?«

»Offensichtlich nicht Seraphine«, entgegnete meine Mutter kühl.

»Offensichtlich. Aber Ihr müsst verstehen, in welcher Zwickmühle mich das zurücklässt. Ich bekomme viele Angebote. Die Baronin der Wege hat mir vor Kurzem sogar ihren Sohn angepriesen. Eigentlich bevorzuge ich Frauen, aber er ist schon ein hübscher Kerl und das Fürstentum der Wege hat sich gemacht. Auch die Jonkers haben ein ansehnliches Mädchen im richtigen Alter. Sie hat diesen bedauerlichen Klumpfuß, aber ...«

»Der Status der Jonkers als Barone ist zweifelhaft.«

»Ja, aber sie haben großen Einfluss in der Stadt. Immerhin ist Glitzer das beliebteste Produkt unserer Tage.«

»Ihr Imperium bröckelt bereits. Sobald ihnen der Nachschub ausgeht, werden sie fallen, und wenn man den Gerüchten glaubt, ist diese Zukunft eher nah als fern.«

»Versteht mich nicht falsch, Baronin«, säuselte Lord Ambrosa. »Ich will damit nur sagen, ich bin ein sehr gefragter Mann. Der Termin der Hochzeit steht noch ... Nur brauche ich eine neue Braut.«

Meine Schwester war gerade erst tot und er wagte es, hier herzukommen und derart dreiste Forderungen zu stellen? Ich verstand nicht, warum Mutter diesen Mistkerl nicht hier und jetzt einen Kopf kürzer machte. Alles, was sie tat, war, ihre Augenbraue zu heben.

Lord Ambrosa hob beschwichtigend die Arme. »Natürlich bin ich auf Eurer Seite.«

»Ich bin ja auch Eure Baronin oder plant Ihr, dem Fürstentum der Liebe zu entsagen?«, fragte sie lauernd.

»Keineswegs. Darum wäre ich als treuer und nebenbei bemerkt sehr reicher Untertan natürlich einverstanden jemand anderen aus Eurer Familie zu heiraten. Ihr habt doch genug Kinder. Wie wäre es mit der Kleinen – Gerlina? Sie ist auch ganz ansehnlich. Nicht so wie ihre Schwester, aber …«

Das ging zu weit. Wütend stieß ich die Tür ganz auf, ignorierte Richards geflüsterte Warnung und marschierte schnurstracks in den Raum.

»Gerlina steht Euch nicht zur Verfügung, Lord Ambrosa«, verkündete ich.

Er sah mich mit einer Mischung aus Schock und Unglauben an. Meine Mutter kniff ihre Augen zusammen, eine Drohung, die ich ebenfalls ignorierte.

»Sie ist zu jung«, ergänzte ich.

»Sie ist fast sechzehn«, sagte Mutter langsam, jede Silbe betont.

Ich verschränkte die Arme. »Sag ich doch. Zu jung.« *Und viel zu gut für diesen eingebildeten Sack.*

»Lord Ambrosa. Vielleicht lasst Ihr mich kurz allein mit meiner Tochter sprechen«, schlug Beatrice de Jong mit lieblicher Stimme vor.

»Lasst Euch Zeit. Ich mache mich auf den Rückweg und erwarte Eure Antwort.«

»Sicher. Ich werde über Euer großzügiges Angebot nachdenken, Lord Ambrosa«, versprach meine Mutter.

Er schritt aus dem Raum, eine schwere Parfümwolke zurücklassend, die noch lange an seine Anwesenheit erinnern würde.

»Mutter. Das meinst du doch nicht ernst«, rief ich wütend.

»Er ist zu reich, um ignoriert zu werden, Laurelin. Wenn er in ein anderes Fürstentum heiratet, fließt auch sein Geld dorthin, was wir uns nicht leisten können.«

»Dann beschlagnahme sein Geld.«

»Das würde ohne gute Gründe für erhebliche Unruhe sorgen …«

»Dann erfinde Gründe!«

»So einfach ist das nicht.«

»Wenn du Gerlina an ihn verschacherst, wirst du es bereuen. Ich werde nicht zulassen, dass du ihr das antust.«

Ihre Hände schossen vor und packten mich am Kragen. Ruckartig zog sie mich zu sich vor. »Wage es nicht, mir zu drohen, Tochter. Ich lasse dir viel durchgehen, aber deine Respektlosigkeit reicht mir langsam.«

Mein Instinkt riet mir, den Blick zu senken, aber mein Trotz verbot es. Ich reckte mein Kinn vor. »Was willst du tun, Mutter? Mich auch zwangsverheiraten?«

»Wenn du unserer Familie schadest, verpass ich dir eine Fessel und verkaufe dich an den Höchstbietenden.«

»Ich bin sicher, dass dich das finanziell für eine geplatzte Hochzeit entschädigen würde«, entgegnete ich. »Aber was wäre mit dem Ruf der de Jongs? Dämonenblut in der Familie? Die anderen Barone würden diesen Skandal sicher nutzen, um dich abzusetzen.«

Für einen Moment war ich mir sicher, dass diese Worte mir eine Ohrfeige einfangen würden, aber zu meiner Überraschung ließ Mutter mich los. Seufzend sank sie auf ihren Thron, einen Sessel in Form eines Herzens.

Ich holte tief Luft und versuchte meine Wut zu zähmen. Mit ruhigerer Stimme fuhr ich fort. »Seraphine wurde getötet, vielleicht sogar, um diese Hochzeit zu verhindern. Wir können Gerlina nicht demselben Risiko aussetzen.«

»Dann finde lieber schnell heraus, wer dahintersteckt, denn ich bin fest entschlossen, Lord Ambrosa zu geben, was er verlangt.«

»Verräterin.«

Für diese Beleidigung fing ich mir doch noch die erwartete Ohrfeige ein. Ich zwang mich, mir nicht die glühende Wange zu reiben oder die Tränen, die mir in die Augen geschossen waren, wegzuwischen.

»Also? Was hast du herausgefunden?«, fragte Beatrice de Jong ungerührt.

»Der Ring war eine Sackgasse. Offenbar haben die nichts damit zu tun.«

»Das ist alles?«, hakte sie nach und zog ihre Augenbraue hoch.

»Eigentlich sind das gute Neuigkeiten, denn wenn sie dahintergesteckt hätten, wäre es deutlich schwerer, an die Auftraggeber zu kommen. Du weißt, wie sie ihre Klienten schützen«, berichtete ich.

Meine Mutter senkte ihre Stimme bedrohlich. »Das sind nicht genug Informationen. Ich will, dass die Verantwortlichen auf dem Grund des Meeres verrotten.«

»Ich bin dran …«

Ihre Finger legten sich um mein Handgelenk. »Was hast du heute Nacht gemacht?«

Sie deutete auf meine Blutergüsse und Schrammen, die von den Schmugglern stammten.

»Ich habe versucht, Kontakt zum Ring aufzunehmen, und dann war ich damit beschäftigt, nicht von ihnen umgebracht zu werden. Mir geht es übrigens gut. Danke der Nachfrage.«

»Denkst du, ich weiß nicht, was du machst, wenn du dich unbeobachtet fühlst? Dein kleiner Akt der Rebellion? Du hältst dich für privilegiert. Für unantastbar. Aber das bist du nicht. Du gehörst mir und du tust, was ich dir sage. Und nur das. Verstanden?«

Ich versuchte, meine Hand zu befreien, aber es gelang mir nicht. Unnachgiebig wie ein Schraubstock hielt sie mich umklammert, so fest, dass bereits meine Finger taub wurden. Ich war stark. Vielleicht stark genug, um mich zu wehren, wenn ich es wirklich drauf anlegen würde. Aber meine Mutter kannte Mittel und Wege, um mir wehzutun.

»Verstanden?«, wiederholte sie ungeduldig.

»Ja, Mutter«, sagte ich.

»Ich will Antworten! So schnell wie möglich. Deine oberste Priorität ist herauszufinden, wer hinter Seraphines Tod steckt, und dann wirst du jeden einzelnen Verantwortlichen von dieser Erde wischen. Also wage es nicht, dich anderen *Freizeitbeschäftigungen* zu widmen. Und wage es nicht, mir unter die Augen zu treten, bevor du Namen hast. Verstanden?«

»Ja, Mutter. Verstanden.«

Ruckartig ließ sie mich los und ich widerstand dem Drang, meine taube Hand zu reiben.

»Gut, denn wenn du mich enttäuschst, werde ich nicht zögern dir dasselbe anzutun wie deinem Vater.« Sie sprach es nicht aus. Das tat sie nie, damit niemand von unserem Geheimnis erfuhr. Nur einmal hatte sie mir von ihm erzählt. Einmal, um mir zu sagen, wie ich entstanden war. Sie hatte es geschafft, einen Dämon zu verführen. Im Anschluss hatte sie ihn angeblich aus unserer Welt gefegt. Keine Ahnung, ob und wie sie es getan hatte, aber wenn ich es jemandem zutrauen würde, dann ihr. Sie mochte nicht meine Stärke haben, aber sie war gerissen und sie bekam immer, was sie wollte. Wenn nicht einmal ein mächtiger Dämon wie er etwas gegen sie ausrichten konnte, wie sollte ich? Wie sollte irgendjemand?

»Jetzt verschwinde und mach deine Arbeit.« Aufgebracht scheuchte sich mich hinaus. Kaum fiel die Tür hinter mir ins Schloss, atmete ich auf. Die Gegenwart meiner Mutter konnte beengend wirken. Mit klopfendem Herzen rang ich nach Luft, als plötzlich eine Gestalt aus dem Schatten trat.

»Sie meint es nicht so«, sagte Richard, der offenbar jedes Wort mitbekommen hatte.

»Sie meint es genau so«, widersprach ich. »Wir sind für sie bloß Schachfiguren, mit denen sie verfahren kann, wie sie will.«

»Sie ist in Trauer.« Es war klar, dass Richard sie verteidigte. Das tat er immer.

»Das sind wir alle.« Ich biss mir auf die Zunge und der Schmerz sorgte dafür, dass sich die Tränen, die auszubrechen drohten, wieder auflösten. Auch wenn der körperliche Schmerz der Ohrfeige bereits nachließ, hallte er noch in mir wider. Eine innere Narbe, die nicht so schnell verheilte. Ich hatte nichts anderes von meiner Mutter erwartet und trotzdem tat es jedes Mal aufs Neue weh, zu erleben, wie wenig sie sich um unsere Gefühle scherte.

»Was hast du jetzt vor?«, fragte Richard.

»Ich geh noch einmal zum Pathologen.«

»Dann werde ich dich begleiten.«

»Tu, was du nicht lassen kannst.«

Schweigend gingen wir in den Keller hinunter. Richard klopfte kurz an die Tür, wartete die Antwort aber nicht ab. Ähnlich wie ich durfte er sich überall im Anwesen frei bewegen, denn alle Angestellten wussten, dass wir die engsten Vertrauten von Beatrice de Jong waren.

Das erste Zimmer war das Arbeitszimmer des Arztes, Dr. Schneiderlein, aber hinter dem Schreibtisch sah ich die Tür, die zu dem Raum mit den Kühlzellen führte. Sofort wurde mir übel. Alleine der Gedanke, dass Seraphine dort lag, ganz stumm und reglos, zerriss mir das Herz.

Dr. Schneiderlein war nicht da. Dafür stapelten sich an seinem Schreibtisch ein Mikroskop, Schalen, Ampullen und Bücher über Gifte. Außerdem entdeckte ich beschriftete Reagenzgläser, in denen ich eine rote Flüssigkeit erkennen konnte.

Blut. Möglicherweise *Seraphines* Blut.

»Dr. Schneiderlein?«, fragte Richard und sah sich in dem Raum um. Niemand antwortete. »Er ist wahrscheinlich bei deiner Schwester. Du … du kannst hierbleiben.«

»Schon gut«, winkte ich ab und versteckte meine zitternden Hände hinterm Rücken.

»Ich kann verstehen, wenn du sie so nicht sehen möchtest«, versuchte es Richard erneut.

»Du meinst, so *tot?*« Meine Stimme zitterte kaum merklich, aber ich schüttelte den Schauer ab und ging auf die Tür zu, die in den hinteren Teil führte. Zu den Kühlzellen. Und zu dem Untersuchungsbereich.

Dahinter lag sie.

Meine Schwester.

Meine Seraphine.

Ich wollte schreien, weinen, gegen die Wände schlagen, aber das durfte ich nicht. Man erwartete von mir ein starkes Auftreten. Wenn Mutter erfuhr, dass ich ihren Angestellten gegenüber Schwäche zeigte, würde sie mich erneut bestrafen. Also legte ich mit erhobenem Kinn und durchgestrecktem Rücken meine Hand auf die Klinke und drückte sie hinunter.

Ich spürte Richards Blick im Nacken und zögerte nicht länger. Etwas zu schwungvoll stieß ich die Tür auf. Sofort schlug mir kalte Luft entgegen und für den Bruchteil einer Sekunde erstarrte ich erneut. Etwas, das Richard, dem selbst erklärten Beschützer der de Jongs und Held der Stunde, nicht entging.

»Lass mich vorgehen«, sagte er und legte besorgt eine Hand auf meine Schulter, aber ich schüttelte sie ab und trat herein, zwang mich, anzusehen, was mich dort erwartete.

Es war nicht das, was ich gedacht hatte.

»Ich hab Doktor Schneiderlein gefunden«, keuchte ich und deutete auf die reglose Gestalt, die neben einem Untersuchungstisch am Boden lag.

Zeitgleich zückten wir unsere Waffen und stürmten vor. Richard begann damit, Schränke und Kühlräume aufzureißen, während ich neben dem Pathologen in die Hocke ging und ihn untersuchte.

»Er lebt«, verkündete ich und hob den Blick. Richard sah für seine Verhältnisse blass aus, sehr blass, während er sich um die eigene Achse drehte und auf die Untersuchungsliege starrte. »Was ist?«

»Seraphines Körper … Er ist weg.«

Quintus

Ich drehte mich auf dem Bett um, was bei jeder Bewegung ein fieses Quietschen von sich gab. Ein verdammter Grund, warum ich die halbe Nacht kein Auge zugetan hatte. Der andere Grund waren die Albträume. Dämonen mit Zähnen und Klauen, die mich jagten. Darum zog ich es für gewöhnlich vor, meine Vergangenheit in eine Kiste zu sperren und diese geschlossen in den Tiefen meiner Erinnerungen verstauben zu lassen. Selbst wenn man nur kurz hineinsah, raubten einem die Bilder der Vergangenheit wochenlang den Schlaf.

Gerade schloss ich die Augen, um noch etwas Ruhe zu bekommen, da klatschte mir etwas Nasses ins Gesicht.

»Guten Morgen, Sonnenschein«, verkündete Tormod.

»Ich bin müde«, brummte ich und warf den Waschlappen aus dem Bett, bevor ich mich umdrehte und mir die Decke bis zum Kinn zog.

»Keine Ausreden. Es ist Zeit fürs Training.«

»Träum weiter.« Draußen hatte die Morgensonne endlich die Schatten meiner Albträume verjagt und versprach mir etwas Frieden. Ich war fest entschlossen, meine Wange noch ein paar Stunden in dieses weiche Kissen zu drücken.

Leider sah Tormod das anders. Kurz verließ er das Zimmer, dann riss er mir in einem Akt der Grausamkeit die Bettdecke weg und eh ich mich's versah, regnete eiskaltes Wasser auf mich herunter.

Während ich fluchend aus dem Bett sprang, grinste er mich selbstgefällig an.

»Du!« Wutschnaubend ging ich auf ihn los, aber er wehrte meinen Angriff mühelos ab und verpasste mir eine Backpfeife, die mich zurück aufs durchnässte Bett warf.

»Wenn du schon jemanden angreifst, behalte immer die Deckung oben«, sagte er und hob seine Arme. »Los! Gleich noch mal.«

»Vorm Frühstück mach ich gar nichts«, brummte ich und rieb meine schmerzende Wange. Das war mit Abstand der anstrengendste Ausbilder, den ich je hatte. Und ehrlich gesagt auch der Einzige, denn das Stehlen hatte ich mir nach dem Tod meiner Eltern selbst beigebracht.

»Was bist du? Ein angehender Dämonenjäger oder ein verweichlichter Baronesso?«, forderte Tormod mich heraus.

»Im Moment bin ich müde und hungrig«, entgegnete ich.

Zur Antwort schnappte er sich mein Bein und zog mich aus dem Bett. Ungalant landete ich auf dem Hosenboden, aber Tormod ließ mir keine Zeit zu klagen, sondern griff erneut an.

Na schön! Zeig ihm, was du kannst, Quin!

Ich langte unter die Matratze und zog einen weiteren Schreikäfer hervor, aber dieses Mal war Tormod vorbereitet und schlug ihn mir aus der Hand, bevor ich ihn aktivieren konnte. Damit hatte ich gerechnet. Seine Abwehr verpasste mir genug Zeit, um einen Beutel Pfefferpulver hervorzuziehen und ihm entgegenzuschleudern.

Fluchend wich Tormod zurück und ich schoss vor, um ihn von den Beinen zu reißen. Schnaufend fiel er zu Boden. So schnell, wie es mir ohne morgendlichen Kaffee im Blut eben möglich war, sprang ich auf, als mich plötzlich gleißendes Licht überrollte und all meinen Ärger mit sich riss. Ich hob die Hand vor mein Gesicht, versuchte zu blinzeln, aber ich war wie geblendet. Es war das gleiche Leuchten wie in Daan Knox' Büro, nur dass es dieses Mal nicht mein Auroculum war, das zum Leben erwacht war, sondern das von Tormod.

Das Licht kitzelte auf meiner Haut, strich sanft über meine brennende Wange und nahm mir den Schmerz. Süße Wärme durchfloss mich, riss den letzten Schauer der Albträume mit sich und erfüllte mich mit Glück. Zufriedenheit. Ich wollte auf die Knie gehen und die Sonne preisen.

Aber etwas fühlte sich nicht richtig an. Wie ein Schleier, der sich über einen legte und durch den man alles gedämpft wahrnahm. Oder ein Traum, von dem man wusste, dass er nicht real war. Also bohrte ich meine Fingernägel in die Handfläche und blinzelte. Der Schleier zerriss und ich erwachte.

»Ihr … ihr habt auch ein Auroculum?«, fragte ich.

»Natürlich. Was dachtest du denn? Jeder Dämonenjäger hat eins«, erwiderte Tormod und senkte seine Hand. »Das, was du gerade gespürt hast, war Sols Licht. Ihre Macht vermag es, zu heilen. Nicht nur von körperlichen Schmerzen, sondern auch von seelischen. Früher wurde diese Gabe *Wunderheilung* genannt.«

»*Gefügig machen* trifft es wohl eher.«

»Die Macht kann … überwältigend sein, für uns Beschenkte weniger als für normale Menschen.« Er hob erneut die Hand und sein Auroculum erstrahlte, dieses Mal schwächer. »Um die Macht zu aktivieren, musst du nur nach dem Licht in deinem Inneren tasten und Sol wird dir zur Seite eilen.«

Alles in mir verzehrte sich danach, dieses Gefühl der Wärme noch einmal zu spüren. Die Albträume erneut verschwinden zu lassen und im Glück zu baden. Also sah ich meine Hand an und befahl dem Auroculum »Strahle!«, aber nichts passierte. Nicht mal ein sanftes Kribbeln ging von dem Artefakt aus. »Es klappt nicht.«

»Versuche an etwas Positives zu denken. Wann warst du das letzte Mal zufrieden?«

Ich überlegte und erinnerte mich an den Moment, an dem ich den Feinkostladen des unausstehlichen Willi um einige Pasteten und sein Wocheneinkommen erleichtert hatte. Satt und zufrieden hatte ich auf den Dächern in der Sonne gelegen. Willis wütende Schreie waren Musik in meinen Ohren gewesen.

»Scheine!« Nichts passierte. »Funktioniert nicht.«

Tormod strich sich die blonden Haare zurück und zog die Augenbrauen zusammen. »Meine Verbindung zum Auroculum beruht auf dem Glauben. Den Glauben an das Licht und daran, dass wir damit die Dunkelheit verdrängen können.«

»Daran glaube ich nicht.«

»Du hast die Essenz einer Göttin in deinem Körper und weigerst dich zu glauben?«

»Oh, ich glaube, dass es sie gibt, aber nicht daran, dass wir diese Welt zum Besseren verändern können.« Denn ich *wusste*, was mit denen passierte, die sich für das Gute einsetzen. Sie alle gingen früher oder später drauf.

»Woran glaubst du dann?«

»Geld.«

»Ich glaube, dass da mehr in dir ist, als du zugeben willst. Es muss einen Grund haben, warum dich das Auroculum erwählt hat.«

»Ja, ich bin hoffnungslos neugierig.« Ich wurde nicht erwählt. Von keiner Göttin und keinem magischen Artefakt. Geschichten von Auserwählten sollten Menschen Hoffnung geben, aber in Wahrheit war jeder seines eigenen Glückes Schmied. Die Schimmernden mochte es geben, aber sie interessierten sich nicht für uns. Genauso wie die Dämonen die Flüsterwesen im Stich ließen, so ließen die Götter ihre Gläubigen zurück. »Gibt es vielleicht einen anderen Weg, das Ding zu beherrschen? Denn wenn wir nach Glauben oder Licht in mir suchen, sitzen wir hier noch in zehn Jahren.«

Tormod strich sich über den Bart. »Möglicherweise gibt es einen Weg, das zu beschleunigen … Setz dich.«

Ich gehorchte, woraufhin er in der Küche verschwand. Ungeduldig reckte ich meinen Kopf und lauschte den Geräuschen. Was hatte er vor? Kekse holen? Tee kochen?

Tatsächlich kehrte Tormod kurze Zeit später mit einer dampfenden Tasse zurück.

»Was ist das?«, fragte ich misstrauisch und lugte in die dampfende Flüssigkeit, in der Blütenblätter kreisten. Es roch so bitter, dass sich meine Nase kräuselte.

»Diese besonderen Blüten können dir dabei helfen, eine Verbindung zu dem Auroculum aufzubauen«, erklärte Tormod.

»Habt Ihr das schon mal gemacht? Ich spiele nämlich nur ungern das Versuchskaninchen.«

»Ich habe es beobachtet. Bei der Ausbildung kommt dieser Trank hin und wieder zum Einsatz, um den … Horizont zu erweitern«, sagte er.

Großartig! Er wollte mich unter Drogen setzen!

»Schön.« So schwer konnte es schließlich nicht sein, ein bisschen Tee zu trinken. Ich legte die Tasse an die Lippen und schluckte das Gesöff tapfer herunter. Dann blinzelte ich und sah auf das Auge in meiner Hand. Es fühlte sich genau so an wie vorher.

Kein Kribbeln.

Kein Leuchten.

»Es funktioniert nicht«, verkündete ich.

Der Raum drehte sich und ich saß plötzlich kopfüber an der Decke. Allerdings war ich nicht länger im Gasthaus Zur letzten Ruh. *Ich war an einem neuen Ort, dem letzten Ort, den ich besuchen wollte. Eh ich mich's versah, setzte die Schwerkraft innerhalb meines Traumes aus und ich fiel auf den Boden. Sofort spürte ich die harten Fliesen unter meinen nackten Füßen. Zu beiden Seiten flatterten die Vorhänge unheilvoll im Wind, aber die Nacht hatte kaum Abkühlung gebracht von dem heißen Sommertag und die schwere Luft vermengte sich mit dem bedrückenden Gestank von Blut. Ich machte einen Schritt nach vorne, dann noch einen. Auf die Tür zu, wohl wissend, was dahinter lauerte.*

Nein! Dieses Mal würde ich nicht den Fehler machen hineinzusehen.

Ich wirbelte herum und rannte in die entgegengesetzte Richtung. Unter meinen Füßen platschte das Blut. Ich versuchte den Toten, die meinen Weg pflasterten, auszuweichen. Nicht hinsehen, Quintus. Wenn du hinsiehst, verlierst du den Verstand.

Endlich erreichte ich eine Tür und riss sie auf. Vor mir stand das Monster mit den rot glühenden Augen. Es fletschte seine Zähne und seine Krallen fuhren in meine Richtung.

Schreiend und schweißgebadet erwachte ich im Gasthaus.

»Hat es geklappt?«, wollte Tormod wissen.

»Wonach sieht es denn aus?«, bellte ich wütend. Mein Rücken stand in Flammen, als die Narben sich an die Nacht erinnerten, in der ich beinahe von einem Dämon zerfetzt worden war.

»Was ist passiert?«

Als ich mich etwas beruhigt hatte, ergänzte ich: »Da war kein Licht. Nur Dunkelheit …«

»Das ist unmöglich. Die göttliche Essenz ist nun ein Teil von dir. Sie kann dich vor deinen Albträumen beschützen.« Tormod lugte in die Teetasse und mich beschlich der Verdacht, dass er doch nicht so genau wusste, was er da eigentlich zusammengebraut hatte. »Vielleicht sollten wir noch mal eine andere Dosierung probieren.«

»Auf keinen Fall«, schnaubte ich. »Ich bin durch.«

»Was hast du gesehen?«

»Sagte ich doch. Schmerz. Tod. Und einen Dämon.«

»Hast du versucht, ihn zu bekämpfen?«

»Womit denn?«

Tormod ergriff meine Hand und pochte mit dem Zeigefinger auf das Auge. »Damit. Du bist nicht mehr wehrlos gegen deine Ängste. Du hast jetzt eine mächtige Waffe auf deiner Seite.«

Ich starrte auf das Auge, das im Sonnenlicht glänzte. Es schien das Licht selbst in sich aufzunehmen und zu speichern. Es funkelte mich an. Beinahe zuversichtlich. Beruhigend. Als würde es mich davon überzeugen wollen, ihm zu vertrauen, aber ich vertraute niemandem.

»Wenn du lernst, deine neuen Kräfte zu kontrollieren, können wir deinen Dämon besiegen. Den inneren und den wahrhaftigen. Gemeinsam«, versprach Tormod. Er schien wirklich von seinen Worten überzeugt, aber ich hatte in meinem Leben schon zu viele Versprechungen bekommen, als dass ich sie einfach glauben würde.

Der Einzige, auf den ich mich verlassen konnte, war ich selbst.

Plötzlich klopfte es an der Tür und ehe wir etwas erwidern konnten, schob sich die Gastwirtin herein. »Das wurde gerade für euch abgegeben. Zusammen mit 'ner Karte.«

Sie drückte Tormod zwei Anzüge in die Hand und warf uns einen letzten missgelaunten Blick zu, bevor sie wieder verschwand.

»Was ist das?«, fragte ich aufgeregt. Der Anblick der teuren Hemden und Westen vertrieb die Kälte in meinem Inneren.

»Der Baron der Magie hat uns Kleidung geschickt. Für unseren Auftrag heute«, erklärte Tormod mit Blick auf die Karte. »Wir sollten die Sachen zurückschicken.«

»Auf keinen Fall! Ich werde das anziehen.«

»Du hast deine Uniform, Matthias.«

»Ihr könnt gerne das graue Ding tragen. Ich werde die Party des Glücks in angemessener Kleidung betreten.« Mit diesen Worten eilte ich, den teuren Anzug an mich gedrückt, ins Badezimmer. Ich genoss es, mich herauszuputzen und zu jemand anderem zu werden. Das war so viel einfacher, als der verängstigte Junge in dem Haus voller Leichen und Blut zu sein. Der Junge, der von Tod und Dämonen heimgesucht wurde und alles verloren hatte, was er kannte und liebte.

Laurelin de Jong

Nicht nur Seraphine war spurlos verschwunden, auch der Körper von Vincent Verhoeven und somit jede Chance, dem Rat des Phantoms nachzugehen. Für mich ein Hinweis darauf, dass er recht gehabt hatte. Im Blut der beiden hätten wir höchstwahrscheinlich einen entscheidenden Hinweis gefunden. Nur was? Dasselbe Gift und somit den Beweis, dass Vincent zu seiner Tat gezwungen worden war? Hatte man ihm vielleicht ein Gegengift versprochen? Oder steckte etwas ganz anderes dahinter?

Wütend drehte ich mich im Kreis. Ich war keinen Schritt weitergekommen.

»Warum sollte jemand eine Leiche stehlen?«, fragte Richard.

»Die viel wichtigere Frage ist, wie konnte das unbemerkt geschehen«, ergänzte meine Mutter, die in diesem Moment durch die Tür kam.

»Das werden wir herausfinden«, versprach Richard. Er wurde immer ruhiger, je wütender meiner Mutter wurde. Wie ein Gegenpol, ihr Ausgleich. Vielleicht mochte sie ihn deshalb so gerne. Er legte eine Hand auf ihre Schulter, aber dieses Mal wischte sie sie zur Seite und funkelte ihn an.

»Mein Anwesen ist eine verdammte Festung! Wachen, Diener. Wie will man unbemerkt mit zwei Leichen an denen vorbeikommen?«

Sie hatte recht: Wachpersonal, das meiner Mutter treu war, gab es an jeder Ecke. Zwei Leichen unbemerkt zu verstecken, würde bedeuten, dass sich jemand verdammt gut auskannte …

»Ich werde mich umhören. Sofort«, sagte Richard.

»Besser, du hältst dein Versprechen oder …« Ihr Finger zuckte vor und der lackierte Nagel bohrte sich drohend in die Haut unter seinem Kinn. »… dir kann auch dein schönes Gesicht nicht mehr helfen.«

Richard kniff die Lippen aufeinander und nickte langsam.

Meine Mutter tobte. »Es kann nicht sein, dass uns dieser Täter immer einen Schritt voraus ist.«

Immer einen Schritt voraus … Ein Gedanke nistete sich in meinem Magen ein und bereitete mir Bauchschmerzen. Aber es machte keinen Sinn? Oder doch? Erschreckenderweise machte es zu viel Sinn.

»Was ist, Laurelin?«, herrschte mich meine Mutter an. »Du bist ungewohnt still dafür, dass du sonst jeden Augenblick dazu nutzt, meine Nerven zu strapazieren.«

Das Drücken in meinem Magen breitete sich aus. Ich wollte niemanden, den ich mochte, in die Pfanne hauen. Aber meine Loyalität lag bei meiner Familie. Immer.

»Du hast recht, Mutter. Jemand, der unbemerkt mit zwei Leichen verschwinden will, muss uns wahrlich einen Schritt voraus sein.«

Ich ging zur Tür.

»Wo gehst du hin?«, fragte meine Mutter.

»Nachforschungen anstellen.«

Mit schnellen Schritten verließ ich ihr Zimmer, bevor ich im Laufschritt durch den Flur hastete, bis ich eine Wendeltreppe erreichte, die mich nach unten führte. Mein Ziel war nicht weit entfernt, denn meine Mutter verlangte oft nach ihr.

Estelle hatte zwei Zimmer. Eine kleine Kabine, direkt neben dem Schlafsaal meiner Mutter, da sie nicht nur als Flüsterwesen im

Anwesen meiner Mutter lebte, sondern auch als persönliche Dienerin bei alltäglichen Dingen half. Allerdings hatte sie sich den Luxus eines weiteren, etwas größeren Zimmers erkämpft, zu dem ich nun unterwegs war.

Ich musste mich beeilen, denn meine Mutter würde schon bald zu dem gleichen Schluss kommen und ich musste mit Estelle sprechen, bevor ... nun ja ... meine Mutter ihr mit dem Schlimmsten drohte und sie alles gestehen würde, nur um der angedrohten Folter zu entkommen.

Ich machte mir nicht die Mühe zu klopfen, denn Estelle würde wissen, dass ich kam. Mit allem rechnend stieß ich die Tür auf. Auch wenn ich die Hexe und ihre schrullige Art mochte, hieß das nicht, dass sie unschuldig war. Meine Mutter hatte recht. Am Ende konnte man niemandem trauen, denn jeder war käuflich, wenn der Preis stimmte.

Estelle erwartete mich auf ihrem Tisch sitzend, die Beine übereinandergeschlagen, und strahlte mich an. »Laurelin, wie schön ...« Ihr Lächeln fiel in sich zusammen. »Warum willst du das wissen?«

»Warum will ich was wissen?«

Dadurch, dass Estelle einem immer drei Sekunden voraus war, hatte sie oft das Gefühl, alle anderen würden hinterherhinken. Meistens versuchte sie es zu überspielen, aber manchmal konnte sie ihre Ungeduld über den Rest der Welt nicht verbergen. »Ich bin nicht zu schnell. Alle anderen haben bloß eine entsetzlich lange Leitung«, klagte sie oft.

»Du wolltest mich fragen, ob ich etwas mit dem Verschwinden deiner Schwester zu tun hätte, aber dann hast du es doch nicht gefragt, weil ich dir zuvorgekommen bin ... Egal ... Welche Schwester? Seraphine ist weg? Ich dachte, sie ist tot?«

Ich machte den Mund auf, um zu antworten, klappte ihn aber gleich wieder zu, weil Estelle aufsprang.

»Bei den Schimmernden! Wer klaut denn einen toten Körper?« Sie fuchtelte wild mit den Armen. »Und was soll ich damit zu tun haben?«

Wieder holte ich Luft, aber zu spät für Estelle.

»War ja klar. Die Schuld beim Flüsterwesen suchen. Die Hexe. Die war es bestimmt … Nicht etwa die Reinigungskolonne, die hier jeden Morgen mit riesigen Wägen durchrollt, in denen man fantastisch Leichen verstecken könnte und die nie jemand auch nur eines Blickes würdigt. Oder einer der Wachleute, die sich fantastisch auskennen und gerne mal einen trinken, wenn keiner hinsieht … Nein. Natürlich ist die Hexe die Verräterin!«

»Estelle. Ich …« Ich hatte keine Ahnung, dass unser Anwesen so unsicher war.

»Warte. Ich will mich gerade aufregen!« Mit erhobenen Fäusten marschierte sie durch das Zimmer. »Dass ich drei Sekunden in die Zukunft sehen kann, ist kein Beweis!«

»Estelle …«

»Wenn es so einfach wäre, hier zu verschwinden, hätte ich es getan. Zugegeben, ich weiß nicht, wohin ich mit dieser blöden Fessel gehen sollte, aber egal … Ich bin unschuldig!« Sie stieß einen wütenden Laut aus, aber im nächsten Moment erschlafften ihre Arme und sie strahlte wieder. »Okay. Jetzt geht es mir besser. Gefühle muss man rauslassen, weißt du. Sonst fressen sie einen auf.«

»Schön. Zurück zu unserem …«

Sie unterbrach mich. »Ich hab ein Buch darüber gelesen, wie man mit Toten spricht. Wenn du willst, kann ich es ausprobieren. Einfach weil ich eine nette Hexe bin und dir helfen möchte.«

Ich holte erneut Luft, aber sie war nicht in der Stimmung, mich zu Wort kommen zu lassen.

»Ich werde es trotzdem probieren. Für Seraphine.« Ihr Lächeln fiel wieder in sich zusammen. »Was soll das heißen? Deine Mutter wird mich verhören?« Plötzlich weiteten sich vor Schreck ihre Augen. »Warst du schon mal unten? Im Keller, wo die Verhöre stattfinden?«

Ja, war ich. Einmal. Und was soll ich dazu sagen, außer dass unser Keller ein wirklich gruseliger Ort war, den ich selbst gerne mied? Sowohl die Pathologie als auch die Zellen und Kammern, in denen Verhöre stattfanden, lagen dort. Ich war mir sicher, dass andere Familien freundlichere Räume hatten, in denen sie nette Dinge aufbewahrten. Wie Apfelsaft und Marmeladengläser ... Aber wir nicht. In unserem Keller lagerten nur die dunkelsten Geheimnisse.

»Hilf mir!«, flehte Estelle. »Ich habe damit nichts zu tun. Ich schwöre es. Bei unserer Hexenkönigin!«

»Jeder ist käuflich«, begann ich langsam. »Was, wenn dir Freiheit versprochen wurde?«

Estelle schüttelte so heftig den Kopf, dass ihre Locken flogen. »Für Flüsterwesen gibt es keine wirkliche Freiheit. Wo soll ich denn hin? Mein Clan ist schon lange verschwunden.«

»Was ist mit Dämonenblut?« Jeder wusste, dass Hexen alles dafür tun würden, denn nur damit hätten sie eine Chance, ihre Kräfte zurückzuerlangen und zu alter Stärke zurückzufinden.

»Das brauch ich nicht. Ich kann doch Karten lesen«, beteuerte Estelle. »Außerdem ist deine Mutter die unheimlichste Frau, die ich kenne. Niemand mit einem bisschen Verstand würde sie verraten.«

Jap, das letzte Argument fand ich sehr überzeugend und sie hatte recht. Niemand, nicht einmal ich, wollte meiner Mutter in die Quere kommen, aber ich wollte auch niemanden, der unschuldig war, in ihrem Keller wissen. Weder in dem Raum mit den fiesen Instrumenten noch in dem mit den Kühlkammern.

»Los. Komm mit!«, flüsterte ich und griff nach ihrem Arm. »In mein Zimmer. Da bist du vorerst sicher.«

Wir öffneten ihre Tür und schielten in den Gang hinaus. Da wir niemanden entdeckten, eilten wir zu einer weiteren Wendeltreppe, aber gerade als ich die erste Stufe nehmen wollte, zog mich Estelle zurück.

»Nicht da lang.« Sie deutete auf eine Tür, die sie aufriss. Dann stieß sie mich in eine überfüllte Besenkammer, in der es nach Putzmittel roch, und folgte mir. Kaum standen wir in der Dunkelheit, hörten wir die schweren Schritte der Wachen durch den Gang hallen. Estelles Locken kitzelten mir in der Nase. Ein Besen stach mir in den Rücken und ich hätte schwören können, dass sich gerade eine Spinne in meinen Nacken abgeseilt hatte.

»Warum kenn ich diese Kammer nicht?«, flüsterte ich, während ich versuchte, mich möglichst lautlos zu verrenken, um eine gemütlichere Position zu bekommen.

»Weil du noch nie putzen musstest?«, riet Estelle.

»Haha.« *Na gut …* Sie hatte recht.

»Ich sag doch, dass niemand den Reinigungsfrauen Beachtung schenkt. Wenn jemand etwas weiß, dann sie.«

Zori

Ich fühle das Glück auf mich herabscheinen, als ich den Kopf hebe und einatme. Die Sonne strahlt durch das Blätterdach und wärmt mein Gesicht. Ich laufe weiter, fühle mich frei. Unter meinen Füßen knacken die Zweige. Lachend strecke ich die Arme aus und eile weiter.

»Nicht so weit, Zoraia!«, ruft mein Vater irgendwo hinter mir.

Aber ich fühle mich übermütig, unverwundbar, wie es nur ein Kind vermag. Plötzlich senkt sich ein Schatten auf mich nieder. Ruckartig bleibe ich stehen und hebe den Kopf. Zwei große Gestalten ragen vor mir aus dem Boden und sehen zu mir hinunter. Sie sehen seltsam aus. Ihre Haut ist ganz rosig.

»Zoraia!«, ruft mein Vater. Ich höre Angst in seiner Stimme. Etwas stimmt nicht.

In dem Moment saust etwas auf mich herunter und ich stürze in Dunkelheit.

Ich kauerte in meiner Zelle. Einer überaus sauberen Zelle, wie ich anmerken musste. Allerdings recht dunkel, denn die einzige Beleuchtung kam von einer flackernden Röhre im Gang. Ihr Licht war kalt und ausladend, nichts, dem man sich gerne zuwandte. Selbst die Motten mieden seinen unangenehmen Schein.

Vor mir auf dem Boden stand ein Tablett mit Wasser und ein

Teller mit rohem Fleisch, welches ich nicht angerührt hatte, obwohl mein Magen knurrte. Zwar waren Elfen Fleischfresser, doch wir aßen kein totes Fleisch. Wir verschlangen unsere Beute ausschließlich lebend. Zumindest der Teil der zahlreichen Gerüchte um uns war wahr.

Neben dem Essen war mir neue Kleidung hineingereicht worden. Ein Kleid aus weißer Seide, dessen zarter Stoff so wirkte, als würde er bei der kleinsten Beanspruchung reißen. Außerdem war es freizügig geschnitten, um viel von meiner grünen, nun aber stumpf wirkenden Haut zu zeigen. Als ich es angezogen hatte, kam eine junge Dienerin, um meine Haare hochzustecken und mir klimpernde Armreifen um Füße und Arme zu schieben. Ich wusste, was das bedeutete.

Man würde mich heute noch vorführen. Die kostbare Elfe des Hauses Jonker.

Bei dem Gedanken schlug mein Herz schneller, denn möglicherweise war ich nicht die Einzige. Das war meine Chance, herauszufinden, ob es hier noch weitere Elfen gab. Ob *er* noch hier war. Wie immer, wenn ich versuchte, sein Bild vor meinem inneren Auge zu beschwören, entglitt es mir. Würde ich ihn überhaupt wiedererkennen? Es war Jahre her, dass ich ihn das letzte Mal gesehen hatte, gerochen hatte, berührt hatte. Ich war noch ein kleines Mädchen, als man uns trennte und mich an den Besitzer des Opernhauses verkaufte. Was auf jener Auktion mit ihm passiert war und wo er hinkam, hatte ich nicht mehr erfahren.

Ich hob den Blick und sah zum schmalen Fenster hinaus, dem einzigen Lichtblick in dieser kargen Zelle. Die Freiheit zum Greifen nah und doch so unerreichbar wie die Sonne, die gerade auf dem Weg zu ihrem Zenit war.

Ein Miauen lenkte meine Aufmerksamkeit auf den Schatten meines unfreiwilligen Quartiers. Ein Licht glühte auf, ganz anders als das der kalten und unfreundlichen Neonleuchte. Es erfüllte mich mit Wärme, Hoffnung an einem Ort, an dem jede Hoffnung nur allzu schnell zerquetscht wurde.

»Glückspilz«, flüsterte ich, als der Kater zu mir aufs Bett sprang. Sein Schnurren war wie Musik für meine Seele und ich hob ihn hoch, um mein Gesicht in sein Fell zu drücken.

»Ich wusste, dass du mich nicht im Stich lässt, alter Freund«, flüsterte ich in sein Ohr.

Der Kater befreite sich aus meinem Griff. Sein Schwanz schnellte in die Höhe und seine Ohren glühten erneut auf, so als wollte er mir sagen: *Nana. Übertreib mal nicht.*

»Wie bist du hier überhaupt hereingekommen?«, fragte ich ihn und musterte die schwere Eisentür. Er sah mich nur mit seinen geheimnisvollen Augen an, so als wäre für ihn rein gar nichts unmöglich. Dann trat er an die Tür und tippte mit einer Pfote dagegen.

Ohne Widerstand sprang sie auf.

»Was?« Ich war mit einem Satz auf den Beinen. Hatte dieser kleine Kater Zauberkräfte oder hatten die Wachen nach dem Besuch der jungen Dienerin vergessen abzuschließen? Sie war wirklich hübsch gewesen, weshalb der Blick des einen Kerls unentwegt auf ihr geruht hatte. Ich hätte ihm mit Leichtigkeit den Hals umdrehen können, wenn ich gewollt hätte. So schnell hätte er unmöglich reagieren können.

So war es immer. Die Menschen fürchteten die Elfen, solange sie schimmerten, aber sobald man uns unseren Glitzer nahm, hielt man uns für ungefährlich. Hübsche, teure Accessoires, die man gerne herumzeigte.

Ich huschte zur Tür und streckte meinen Kopf hinaus. Tatsächlich war weit und breit niemand zu sehen.

»So viel Glück kann man doch gar nicht ha…« Ich brach ab, als der Kater zu meinen Füßen miaute. »Okay. Dein Verdienst. Schon klar.«

Er biss mir ins Bein, damit ich das bloß nicht vergaß. Offenbar hielt er sich wirklich für den Glücksbringer schlechthin und insgeheim musste ich ihm recht geben. Wenn er in meiner Nähe war, liefen die Dinge leichter. Nützliche Gegenstände, die ich auf der Straße fand. Ein warmer und trockener Unterschlupf für die Nacht oder beim Opernhausbesitzer, ein offenes Fenster zur richtigen Zeit. Ohne Glückspilz wäre ich jetzt auch nicht hier, um nach meinem Vater zu suchen, aber das würde ich ihm gegenüber nicht zugeben. Er war schon eingebildet genug.

Auf Zehenspitzen huschte ich durch den Gang mit der flackernden Neonröhre, bis ich eine Tür erreichte. Meine Finger legten sich um den Griff und ich drückte ihn herunter.

Abgeschlossen.

Ich setzte meinen Weg fort, die Ohren gespitzt, aber ich hörte keine verdächtigen Geräusche. Bis auf das Flackern der trüben Leuchtröhre, die so klang, als würde sie jeden Moment den Geist aufgeben, war es still. Die nächste Tür war ebenfalls abgeschlossen, aber aus der nächsten schien Licht. An die Wand gedrückt schlich ich weiter, passierte den Extraktionsraum, dessen bloßer Anblick mir einen Schauer über den Rücken jagte, und schließlich die Tür, aus der das Licht gekommen war. Gedämpfte Stimmen drangen in den Flur und Worte nahmen Gestalt an, je näher ich kam.

Ich lehnte mich vor und lugte durch den kleinen Spalt.

Dort war sie.

Ophelia Jonker.

Sie trug immer noch den Kittel und die Arbeitshandschuhe, mit denen sie meinen Glitzer extrahiert hatte. Der Stock lag vergessen an der Wand, während sie durch das Labor humpelte und Gläser mit verschiedenen Flüssigkeiten ordnete.

Aber sie war nicht alleine. Neben ihr stand ein Mann, der so aussah, als würde er alle Luxusgüter, die Amsterlock zu bieten hatte, kennen und genießen. Er trug einen Anzug aus teurer grüner Seide und einen klobigen Siegelring, der ihn als den Baron des Glücks auswies.

»Du hast etwas gutzumachen, Tochter.«

»Du bist immer noch sauer wegen der geheimen Partys?« Ophelia seufzte.

»Ja. Du hast *meinen* Glitzer verkauft.«

»*Unseren* Glitzer. Es ist mein gutes Recht, ihn zu verkaufen, nach allem, was ich für dich tue.«

»Du kennst unsere Situation«, beharrte ihr Vater. »Die anderen Barone belächeln uns und der einzige Grund, warum sie uns auch nur ansatzweise akzeptieren, ist unser Glitzer.«

»Vielleicht sollten wir uns auf etwas Neues spezialisieren. Du weißt genauso gut wie ich, dass wir nicht ewig so weitermachen können.«

»Es gibt nichts Vergleichbares«, widersprach ihr Vater.

»Wir hatten dieses Mal verdammt großes Glück. Eine Woche länger und wir hätten die Lieferanten nicht mehr versorgen können.«

»Ich weiß … Wie lange haben wir dieses Mal?«

Ophelia dachte nach. »Zwei bis drei Monate? Wenn wir weiter Partys feiern, eher weniger.«

»Wir müssen unbeschwert wirken. Unsere Verbündeten sind schon misstrauisch und der Baron der Magie und die Baronin der Liebe strecken bereits ihre Finger nach unserem Fürstentum aus.«

»Es ist Jahre her, dass du den Job übernommen hast. Sie sollten so langsam akzeptieren, dass die Jonkers auf dem Thron sitzen. Oder nicht?«

Ihr Vater lachte auf. »Wir werden immer diejenigen sein, die diesen Platz unrechtmäßig erkämpft haben. Die, die Blut an ihren Händen haben.«

»Das haben sie doch alle.«

Ihr Vater ließ seinen Finger über die Geräte fahren. »Aber wir sind keine alteingesessenen Barone. Viel schlimmer. Wir haben bewiesen, dass sie ersetzbar sind, und darum fürchten sie uns umso mehr.« Er beugte sich vor und legte seiner Tochter die Hände auf die Schulter. »Darum müssen wir eine Lösung finden. Unser Geheimnis ist das Einzige, was uns an der Macht hält. Hörst du?«

»Natürlich, Vater.« Ophelia nickte, ihr Gesicht in einer eisernen Maske ohne jegliche Gefühlsregung verschlossen. »Aber zu welchem Preis?

»Es kostet, was es eben kostet.«

»Gibt es keinen anderen Weg?«

»Nun. Es wäre hilfreich, wenn du heiraten würdest.«

»Du weißt, wie ich dazu stehe ...«

»Eine Bindung zu einem anderen Fürstentum würde unsere Position stärken. Die Baronin der Wege hat einen Sohn, der ...«

»... unausstehlich ist.«

»Außerdem hat Lord Ambrosa sich nach dir erkundigt. Beatrice de Jong wäre außer sich, wenn wir ihn auf unserer Seite hätten.«

»Er ist ein illoyaler und schmieriger Mistkerl.« Ophelia betrachtete die Schale vor sich mit fachkundigem Blick, bevor sie meinen Glitzer in einen anderen Behälter voller Flüssigkeit kippte. Dann wandte sie sich den Geräten zu, drehte an Rädchen und erhitzte den Inhalt darin. »Wir können ihm auf keinen Fall trauen.«

»Denk wenigstens drüber nach ...«

»Das werde ich. Aber ...«

»Was aber?«

»Ach, manchmal frage ich mich nur, ob es so schlimm wäre, den

Thron zu verlieren. Das Leben, das wir vorher hatten, war auch nicht schlecht.«

»Dieses Leben wäre ebenfalls verschwunden. Wir würden so enden wie die letzte Baronin des Glücks. Das muss dir klar sein. Wenn wir unser Imperium verlieren, erwartet uns nur eins. Der Tod.«

»Ja, Vater.«

»Vergiss niemals: Ohne den Glitzer sind wir nichts.« Mit diesen Worten näherte er sich dem Flur und somit mir.

Schnell entfernte ich mich von der Tür und schlüpfte in das Nebenzimmer. Glückspilz presste seinen Körper an meine Beine und schnurrte beruhigend. Ich hörte, wie die Schritte des Barons verebbten, ließ aber sicherheitshalber noch ein paar Minuten verstreichen. Erst als ich mir sicher war, dass er nicht wiederkommen würde, wagte ich wieder zu atmen. Glückspilz löste sich von mir und begann den Raum zu erkunden. Dabei glühten seine Ohren und das Mal auf der Stirn vor Neugierde auf.

Auch dieses Zimmer gehörte offenbar zu Ophelias persönlichem Hobbykeller, denn es war voll mit Proben, Mikroskopen und Büchern. Ich schlich zu einem Schreibtisch, auf dem sich Berge an Zetteln häuften.

Meine Finger glitten über raschelndes Papier, auf dem mit fein säuberlicher Schrift etwas stand.

Versuchsobjekt 16
Extraktion: fehlgeschlagen, keine Glitzerpartikel vorhanden
Zusammensetzung Infusion verändern?

Mein Mund war mit einem Male staubtrocken. War Versuchsobjekt 16 ein anderer Elf? War er hier unten? In einer der Zellen? Und wo waren die anderen 15? So viele Elfen an einem Ort. Mit pochendem Herzen wühlte ich mich durch die Unterlagen. Die Hoffnung, andere Elfen zu treffen, war berauschend und das erste Mal seit Jahren greifbar.

Seit der Auktion war ich allein. Im Opernhaus war ich die einzige Elfe gewesen und auch nach meiner Flucht hatte ich nie wieder jemand von meinem Volk zu Gesicht bekommen. Zumindest nicht lebend. Einmal hatte ich eine Karre mit toten Elfen gesehen, die dem Fieber erlegen waren. Man hatte ihnen den Glitzer geraubt und sie dann irgendwo verscharrt.

Auch an meine Heimat konnte ich kaum noch erinnern. Da waren nur lose Bilder, die mir in meinen Träumen erschienen. Erinnerungsfetzen. Einer davon war der Geruch von Regen. Frischem Regen, der auf die Blätter der Baumkronen prasselte und die Welt reinwusch. Wenn es in Amsterlock regnete, war es nachher so schmutzig wie vorher, aber im Wald, ja im Wald entfachte der Regen eine neue Welt voller Wunder und Leben. Perlende Tropfen, funkelnd wie Glas. Blumen, die sich strecken, um etwas von dem klaren Wasser, das durch die Erde zieht, zu kosten.

Und inmitten dieser Welt voller Schönheit lag das Reich der Elfen. Meine Heimat, die ich so schmerzlich vermisste.

Glückspilz sprang neben mir auf den Tisch, eine schmale Akte zwischen seinen spitzen Zähnen. Ich nahm sie ihm ab und sah hinein. Ein Foto von mir prangte auf der ersten Seite und darüber stand »Versuchsobjekt 17«.

»Wo sind die anderen Akten?«, flüsterte ich ihm zu, aber er verschwand im selben Moment unter dem Schreibtisch. Zu spät erkannte ich weshalb.

»Was tust du hier?«

Ich wirbelte herum und entdeckte Ophelia, die auf ihrem Stock gelehnt im Türrahmen stand. Hitze explodierte in meiner Brust und ich ließ die angestaute Luft in einem Zischen entweichen.

»Was ist das hier?«, fragte ich und deutete auf die Zettel. »Sind wir für dich nur ein Hobby? *Objekte*?«

Was für eine Frage! Natürlich waren wir das. Diese Person hatte keinerlei Skrupel.

»Du musst jetzt wieder in deine Zelle«, entgegnete sie, aber ich verschränkte die Arme und funkelte sie an.

Wenn ich meinen Glitzer noch hätte, hätte ich gute Lust, ihr meinen gesamten Arm ins Gesicht zu reiben, um sie damit in einen Rausch aus Euphorie und Liebe zu versetzen. Dann würde ich sie zwingen, mir zu helfen, und sie würde es tun, denn ich wäre alles, was in dem Moment von Bedeutung wäre. Ich wäre die Sonne, um die ihre Welt kreiste. Mehr als das. Ihr gesamtes Universum.

»Wo sind die anderen Elfen?« Ich wedelte mit dem Zettel.

»Das geht dich nichts an!«

»Ich will sie sehen. Was macht ihr mit uns? Was ist das für eine Infusion?«

»Du solltest nicht so viele Fragen stellen ...«

»Ach nein?« Ich ging einen weiteren Schritt auf sie zu. »Das werde ich aber, um dich daran zu erinnern, dass wir denkende, atmende Individuen sind und das, was ihr hier tut, grausam und falsch ist!«

Sie antwortete nicht. Stattdessen verschwand ihre Hand in der Kitteltasche. Im selben Moment durchzuckte mich ein Schmerz. Ausgehend von der Halsfessel schoss er durch meinen Körper. Tausende brennende Blitze, die meine Nervenbahnen entlangjagten. Ich schrie auf und sank zusammen, aber noch ehe ich den Boden berührte, war der Schmerz verschwunden.

Was war das?

Ich blinzelte und sah gerade noch, wie Ophelia die Fernbedienung, mit der sie mir das angetan hatte, wieder in ihrem Kittel versenkte. »Tut mir leid. Ich habe mir erlaubt, deine Fessel etwas zu modifizieren«, verkündete sie. Dann winkte sie zwei Wachen herbei, die mich zurück in meine Zelle trugen.

»Vorsichtig«, sagte Ophelia. »Ruiniert ihr Kleid nicht. Sie muss heute Abend hübsch aussehen.«

Ich spürte die Tränen, die mir unaufhaltsam über die Wangen rannen, und mich überkam der brennende Wunsch, diese verfluchte Stadt zu Asche zu verbrennen.

Laurelin de Jong

Nachdem ich Estelle in mein Zimmer geschmuggelt und sie in meinem Kleiderschrank versteckt hatte, lehnte ich mich schwer atmend gegen die Wand und rutschte an ihr herunter. Auch wenn es das Richtige war, hinterging ich dennoch meine Mutter.

»Lauri?«

Ich hob den Kopf und erblickte Gerlina, die in mein Zimmer spähte, die Augen gerötet, als hätte sie geweint. Als sie mich so auf dem Boden sitzen sah, schlüpfte sie schnell herein und eilte auf mich zu. »Was ist passiert? … Mutter?«

Irgendwie schon.

Also nickte ich langsam.

Mehr Worte oder Erklärungen brauchte es nicht. Gerlina nahm mich fest in die Arme und so verharrten wir, bis ich mich besser fühlte. Wir alle wussten, wie unsere Mutter drauf sein konnte, wenn sie einen schlechten Tag hatte. Und sie hatte meistens schlechte Tage.

Sie hätte es lieber, wenn wir Kinder uns bekriegen würden, aber irgendwie war ihr Plan nicht aufgegangen, und anstatt zu konkurrieren und um ihre Anerkennung zu buhlen, waren wir füreinander da. Ich vergrub meine Nase in Gerlinas Haar, welches nach Sommerblumen roch, und mit jedem Atemzug beruhigte sich mein hektisch schlagendes Herz.

»Ich will es nicht wahrhaben«, murmelte ich. Damit meinte ich nicht mehr Mutter, sondern den Tod unserer Schwester. Mein Verstand wollte einfach nicht begreifen, dass sie fort war.

»Ich weiß«, flüsterte Gerlina mit tränenerstickter Stimme. »Ich erwarte auch jeden Moment, dass sie durch die Tür kommt und mich zur Rede stellt, weil ich eine ihrer Haarspangen geborgt habe. Es ist einfach so, als wäre sie noch hier …«

Ich wusste, was sie meinte. Ein Teil ihrer Seele verharrte in diesen Gemäuern und streifte uns, wann immer wir etwas sahen, das uns an sie erinnerte.

»Was ist mit dir?«, murmelte ich und löste mich.

»Oh, alles okay. Mutter will, dass ich den selbst ernannten Lord-aller-Kotzbrocken-Ambrosa heirate.«

»Das werde ich nicht zulassen.«

»Mach dir keine Sorgen. Ich komm schon klar, und wenn es meiner Familie hilft, werde ich es tun.«

»Das ist es nicht wert.«

»Ich bin stärker, als du denkst.«

»Ich weiß …«, wisperte ich.

»Glaubst du, mir könnte dasselbe bevorstehen?« Sie kaute nervös an ihrem Fingernagel, etwas, das Mutter ihr eigentlich ausgetrieben hatte. »Dass man mich töten will, meine ich?«

Ich sah die Angst in ihren Augen und drückte sie wieder fest an mich. »Ich werde alles tun, das zu verhindern … Mach dir keine Sorgen, ja? Alles wird wieder gut.«

Sie nickte tapfer. »Ich hole dir etwas Kuchen aus der Küche. Es gibt Lakritztorte.«

»Lina …«

»Keine Widerworte. So viel Zeit muss sein. Außerdem lassen sich Schlachten besser mit vollem Magen schlagen.«

»Könnte ich auch einen haben? Ich bin am Verhungern«, sagte der Schrank und Gerlina schrie auf.

»Ist da Estelle drin?«

»Nein«, sagte ich, aber in dem Moment lugte die Hexe heraus.

»Warum sitzt du in Laurelins Schrank?«

»Eure Mutter will mich foltern.«

»Verstehe.« Gerlina nickte, schien aber nicht verwundert. »Ich hole mehr Kuchen. Am besten auch etwas Tee. Für die Nerven. Und dann will ich alles wissen.«

Sie raffte ihre Röcke und huschte davon. Ich hatte ihr nicht von der Hexe erzählen wollen, aber nicht, weil ich ihr nicht vertraute. Ich wusste, dass sie uns nicht verraten würde. Sie würde schweigen wie ein Grab, doch ich wollte sie nicht in Gefahr bringen.

»Du hättest sie da nicht reinziehen sollen.«

Estelle zuckte die Schultern. »Auch wir Hexen leben nicht nur von Luft und Liebe.«

Wenig später saßen wir auf dem Boden in meinem Zimmer und aßen Lakritztorte.

»Ich könnte Karten legen«, schlug Estelle vor und zog aus ihrem schlichten Kleid ein Set Tarotkarten, mit dem sie bedeutungsvoll in der Luft wedelte. »Die könnten Licht in die Ermittlungen bringen.«

»Oh ja«, stimmte ihr Gerlina zu.

»Ich brauche keine Karten. Ich weiß, was ich als Nächstes tue.«

»Ach komm schon, Schwesterchen. Schaden kann es auch nicht.«

Stöhnend stand ich auf und begann durch den Raum zu tigern, während Estelle mit übertriebener Dramatik die Karten mischte. Wieso hatte ich angenommen, dass es eine gute Idee sei, die beiden einzuweihen?

»Okay, stell deine Fragen!«, forderte Estelle, während sie die Karten mischte und dann vor sich ausbreitete.

Als ich sie ignorierte, da ich mir ziemlich sicher war, dass sie so gut Tarot beherrschte wie Handlesen, wandte sie sich an meine Schwester und wusste sofort Bescheid.

»Aha … Du willst wissen, warum Seraphine gestorben ist …« Sie machte eine dramatische Pause, bevor sie eine Karte umklappte. »Tadaaaa … Das Herz für die Liebe.«

»Möglicherweise die Hochzeit mit Lord Ambrosa«, murmelte Gerlina. »Was sagen die Karten noch?«

Ich blieb vor dem Glitzereinhorn stehen, das mir Vincent Verhoeven geschenkt hatte. Es stand immer noch auf der Kommode zusammen mit den restlichen Geschenken. Nur die Pralinenpackung war mittlerweile verdächtig leer, als hätten sich meine Geschwister daran bedient.

»Zwei Vögel. Die stehen für ein heimliches Paar«, verkündete sie und schnappte nach Luft. »Das ist die Antwort. Seraphine und Vincent waren insgeheim zusammen.«

»Und warum hat er sie dann umgebracht?«

Estelle überlegte und prüfte ihre Karten erneut. »Die Vögel können auch für ein Geheimnis stehen. Oder für einen Neuanfang.«

»Das ist recht unkonkret«, bemerkte Gerlina enttäuscht.

Wütend packte ich das Einhorn und warf es schwungvoll gegen die Wand, um es zu zerschmettern. Allerdings war das Pferd recht robust, sodass es noch ganz war, als es auf dem Boden aufschlug, während in meiner Tapete ein unschönes Loch klaffte.

Großartig!

»Lauri!«, protestierte meine Schwester und eilte nach vorne. »Das Einhorn ist unschuldig.«

Seraphine war tot.

Sie war tot. Ein weiteres Mal überkam mich der Kummer wie eine gewaltige Welle, die mich von den Füßen riss, und ich warf mich schluchzend aufs Bett. Gerlina drückte Estelle das Einhorn in die Hand und kuschelte sich an mich.

»Lass es raus!«, flüsterte sie. »Es ist okay zu weinen.«

»Ich habe keine Zeit für Tränen«, widersprach ich und wischte mir mit einem Ärmel über die Augen. »Ich werde jetzt die Verhoevens aufsuchen und mit ihnen sprechen.«

Etwas, das längst überfällig war, auch wenn ich mich nicht darum riss. Immerhin war ihr Sohn in unserem Hause gestorben und sie würden mich sicherlich nicht mit offenen Armen empfangen.

»Die werden nicht zu Hause sein«, sagte Gerlina, woraufhin ich sie verwirrt ansah.

»Lauri ... Wohnst du hinter dem Mond? Dafür, dass du Mamas Topermittlerin bist, hast du wenig Ahnung von den *wirklich* wichtigen Dingen.«

Ich zog eine Augenbraue hoch.

»Na, Bälle. Partys. Spaß! Heute wird jeder, der etwas auf sich hält, beim Herrn des Glücks sein. Und die Verhoevens werden nach dem Vorfall definitiv da sein, in der Hoffnung, Bündnisse zu stärken.«

Ich nickte. »Du hast recht. Der Baron des Glücks wird sie definitiv eingeladen haben, um Mutter ans Bein zu pinkeln.«

Es war kein Geheimnis, dass sich die beiden nicht ausstehen konnten. Genau genommen mochte niemand Mutter.

»Okay. Dann gehe ich auf den Ball«, verkündete ich.

»Falsch«, korrigierte mich Gerlina. »*Wir* gehen!«

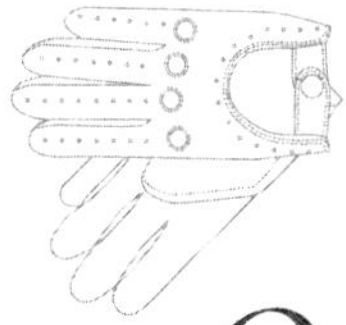

Quintus

»Ich habe mir den Job als Dämonenjäger anders vorgestellt«, verkündete ich, woraufhin mir Tormod Bard einen genervten Blick zuwarf.

Wir sahen dabei zu, wie Käfige in einen Transporter geladen wurden. Hinter den Gittern kauerten Undinen, die für die Feier verladen wurden. Wie immer hatte ich das Gefühl, dass der Anblick der majestätisch aussehenden Wesen in Ketten einfach nicht richtig war. Meine Eltern hatten eine ähnliche Einstellung gehabt. Auch wenn meine Erinnerungen mit den Jahren durch Ängste und Wunschvorstellungen verzerrt worden waren, meinte ich noch immer die Stimme meines Vaters im Kopf zu hören, die sagte: »Kein Wesen sollte für das Vergnügen eines anderen leiden. Aber so sind die Menschen, Quin. Ihr persönliches Vergnügen steht für sie an erster Stelle.«

Als die Undinen verladen waren, kam Lucius van Vliet. Der Baron grüßte uns kurz, wobei sein Blick an Tormods grauer Rüstung hängen blieb.

»Hat Euch mein Geschenk nicht gefallen?«, fragte er.

Tormod verzog keine Miene. »Doch. Vielen Dank. Aber ich bin nicht zum Vergnügen hier und diese Kleidung dient dem heiligen Zweck besser.«

Der Baron nickte und nahm in einer Limousine Platz, deren Schnitt an ein Boot erinnerte. Zuerst glaubte ich, dass wir ebenfalls dort einsteigen sollten, aber ein Wachmann winkte uns zu den Transportwagen und schon bald setzte sich die Karawane in Bewegung.

Mein Meister war kein Mann, der es gewohnt war zu entspannen. Sein Blick war starr aus dem Fenster gerichtet, seine behandschuhten Finger ruhten auf dem Griff seines Schwertes, während uns der Wagen durch die Stadt zum Anwesen der Jonkers brachte.

»Ich glaube, ich habe etwas gesehen«, flüsterte ich nach einigen Minuten krampfhafter Stille, woraufhin sich der Fahrer und Tormod noch mehr verspannten. Der Dämonenjäger kontrollierte zum wiederholten Mal seine Waffen und ich musste gestehen, dass ich ein bisschen neugierig war, ihn im Einsatz zu sehen.

»Ach, war bloß eine Katze«, erlöste ich die beiden.

»Das ist nicht lustig«, tadelte mich mein Meister, aber seine Aufmerksamkeit blieb auf die Welt jenseits des Fensters gerichtet, wo die Straßenlaternen silbernes und goldenes Licht versprühten, das magisch aussah. Selbst die Pflanzen hier hatten etwas Exotisches. Am besten gefiel mir allerdings das Wasser in den Grachten. Eine Alge sorgte dafür, dass es leuchtete, wenn Schiffe darüberfuhren. Ein Phänomen, welches viele verliebte Pärchen in das Viertel der Magie lockte. Mit Gondeln fuhren sie bei Nacht über die Kanäle und tauschten geheime Küsse unter den Brücken aus.

Wir bogen um eine Kurve und erreichten einen Grenzposten. Die Wachen hatten eigentlich nichts zu tun, da die Grenzen zwischen den Fürstentümern immer offen waren, und sahen gelangweilt aus. Einer ärgerte zum Zeitvertreib einen schnaufenden Oktölpus, in dem er ihm immer wieder in den Weg trat und sich kaputtlachte, wenn die mechanische Konstruktion nicht schnell genug ausweichen konnte. Es gab nicht mehr viele Oktölpusse in Amsterlock, weil sie viel Öl fraßen und häufig kaputtgingen. In anderen Städten hatte man sie schon ganz abgeschafft oder gegen moderne Solarpusse ausgetauscht, doch hier fühlte sich niemand für sie zuständig.

Ohne Zwischenfälle erreichten wir das Anwesen des Glücksbarons. Die Tore öffneten sich für die schiffsförmige Limousine, die unsere kleine Karawane anführte. Während sie zum Haupteingang steuerte, wurden wir hinter das Haus gelotst.

Die Feiern des Herrn des Glücks waren legendär. Der Garten war mit grünen Lampions verziert und Pilzen, die in derselben Farbe leuchteten. Musik dudelte leise über den Köpfen derer, die beieinanderstanden. Die Villa hatte sich seit dem letzten Mal, als ich hier war, kaum verändert. Sicher, mit der Dekoration sorgten die Jonkers jedes Mal wieder für Abwechslung, aber im Großen und Ganzen blieb alles so wie gehabt.

Alles außer der Arena, einem kreisförmigen Gebilde, welches früher mal eine Theaterbühne gewesen war. Nun hatte man in der Mitte Sand aufgeschüttet und einen Eisenzaun mit Stacheldraht zwischen Bühne und Zuschauerrängen hochgezogen. Der Anblick sorgte dafür, dass sich mein Herz zusammenzog. Leider war derart barbarische Unterhaltung immer noch beliebt. Vor allem, wenn man dort Flüsterwesen gegeneinander antreten ließ.

Der Transporter hielt wie erwartet direkt vor der Arena. Die Undinen wurden von den Wachen bereits erwartet und in Empfang genommen, während man uns ins Innere zu den Feierlichkeiten führte.

Die Villa war geschmackvoll eingerichtet, mit hellen Böden und Säulen aus Sandstein. An den Wänden hingen Gemälde, von deren Wert die Hausbesitzer vermutlich keine Ahnung hatten. Oder sie wussten es genau und präsentierten sie absichtlich so, um bei ihren Gästen Eindruck zu schinden.

Meine Finger glitten wie selbstverständlich über die goldenen Rahmen, woraufhin mir Tormod einen warnenden Blick zuwarf.

»Keine Sorge. Es könnte schwierig werden, mit einem Bild unterm Arm herauszumarschieren«, beruhigte ich ihn.

Schwierig, aber nicht unmöglich …

Der Baron der Magie war aus seinem Wagen gestiegen und schritt gerade in den Saal. Als Lucius van Vliet uns sah, winkte er Tormod heran und bedeutete ihm, den Platz an seiner Rechten einzunehmen.

Natürlich. Er hatte uns nicht nur aus Angst vor dem Dämon engagiert.

Für Barone galt wie für alle Gäste sehen und gesehen werden. Also nutzten sie Veranstaltungen wie diese, um sich und ihren Besitz zu demonstrieren. Mit einem Dämonenjäger an seiner Seite konnte der Baron der Magie Eindruck schinden und genau das wollte er.

»Viel Spaß«, rief ich Tormod hinterher.

Der hob misstrauisch seine Augenbrauen. »Wo willst du hin, Bursche?«

»Wir sind auf einem Ball, wo nur die Crème de la Crème eingeladen wurde«, erklärte ich und zwinkerte ihm zu. »Ich werde mir einen Champagner gönnen und tanzen.«

»Wir haben eine Aufgabe!«

»Jaja. Wenn ich ein unheimliches Dämonenmädchen sehe, lasse ich es Euch wissen.« Mit diesen Worten stürzte ich mich dem fröhlichen Stimmengewirr entgegen.

Laurelin de Jong

Ich betrat die Feierlichkeiten in einem schwarzen Kleid, das ich ziemlich atemberaubend fand. Es war weit ausgeschnitten und saß oben herum so eng, dass es kaum Raum für Fantasie ließ und »jeden um den Verstand bringen würde«. Das waren jedenfalls Gerlinas Worte. Der untere Teil war ein Rock aus schwarzer Spitze. Er war unpraktisch zum Kämpfen und Wegrennen. Eigentlich generell zum Laufen, aber immerhin konnte man darunter gut Waffen verstecken.

Auch beim Make-up hatte ich nicht gegeizt. Auf meinen Lidern schimmerte nicht nur dunkle Farbe, sondern auch glitzernde Steinchen. Meine Lippen hatte ich mit rotem Lippenstift hervorgehoben. Die Haare waren halb hochgesteckt und wurden von einer silbernen Haarnadel zusammengehalten, die man auch als Waffe nutzen könnte. Der Rest fiel in Locken gedreht über die Schulter.

»Baronessa de Jong. Wie schön, dass Sie kommen konnten. Wir hatten nicht mit Ihnen gerechnet«, empfing mich eine Dame am Eingang.

»War eine spontane Entscheidung«, entgegnete ich und drückte ihr meinen Mantel in die Hand, den sie wiederum einem Diener weiterreichte.

»Meine Schwester geht nicht gerne auf Partys. Sie hasst die Menschen dort«, erklärte Gerlina, die sich nicht davon hatte abhalten lassen mitzukommen. Sie ließ ihren pinken Mantel von der

Schulter gleiten und zupfte ihre Handschuhe zurecht. Sie trug ein Kleid in Zartrosa, welches perfekt zu ihren braunen Rehaugen und Haaren passte. Es war mit weißer Spitze besetzt, wodurch sie, im Gegensatz zu mir, wie die personifizierte Unschuld aussah.

»Darf ich Sie kurz einweisen?«, fuhr die Dame fort und eilte uns hinterher.

»Nicht nötig«, winkte ich ab und steuerte zielsicher die Bar an. Hier schnappte ich mir einen der Cocktails und beobachtete die Gäste. Ich war nie diejenige, die sich ins Getümmel stürzte wie meine Schwestern, sondern die, die alles aus sicherer Entfernung beobachtete.

»Ist das aufregend«, quietschte Gerlina und sah sich um. »Seraphine würde es lieben …«

Bei dem Gedanken an unsere Schwester war ihre Aufregung plötzlich erloschen. Jäh erinnerte sie sich daran, weshalb wir hier waren.

»Was kann ich tun?«, flüsterte sie entschlossen.

»Dich aus Ärger heraushalten?«

»Lauri! Bitte. Lass mich helfen. Dann habe ich wenigstens einen Grund, Lord Kotzbrocken, der zweifellos hier herumschwirren wird, aus dem Weg zu gehen.«

Ich nippte an meinem Getränk und überlegte kurz. »Ich werde mit den Verhoevens sprechen. Wenn du unbedingt etwas tun willst, hör dich etwas um. Alles kann weiterhelfen. Jedes Gerücht. Jedes Wispern. Zum Beispiel, ob jemand Spezielles etwas gegen die Hochzeit hatte. Oder ob Vincent Verhoeven sich in letzter Zeit anders verhalten hat.«

Gerlina nickte mit dem Kopf. »Verlass dich auf mich.«

»Versprich mir, kein Risiko einzugehen!«, forderte ich nachdrücklich.

»Ich werde mich zu den jungen Herren dort drüben gesellen

und ein bisschen Small Talk betreiben. Die sehen ganz nett aus«, verkündete sie und deutete auf eine Gruppe. Ich musste zugeben, dass Gerlina mich beeindruckte. Durch ihre süße, naiv wirkende Art wurde sie gerne unterschätzt. Man vergaß, dass auch sie eine de Jong war und Mutter uns alle geprägt hatte.

Während meine Schwester davonrauschte, sah ich mich erneut um. Dabei bemerkte ich eine Gruppe Gäste, die zu mir herüberblickte, aber vermutlich nicht, weil ich umwerfend sexy aussah. 98 % der Leute, die mir begegneten, starrten, als hätten sie noch nie einen Menschen wie mich gesehen.

»Seh ich so umwerfend aus?«, fragte ich herausfordernd und hob mein Glas. Die Gruppe murmelte etwas. Einige lächelten steif, aber niemand wagte, das Offensichtliche anzusprechen.

Bis auf eine junge Frau mit breitem Hut. »Was ist das? Ein Ausschlag?«

Bei den wenigen, die sich trauten, mich danach zu fragen, gab es drei Kategorien: die Neugierigen, die Mitleidigen und die Arschlöcher. Ich fragte mich, zu welcher der drei sie gehörte.

»Der letzte Schrei«, antwortete ich. »Hab mich extra so schminken lassen.«

Sie zog ungläubig eine Augenbraue hoch und wollte etwas erwidern, wurde aber von ihrer Freundin weggezogen.

»Man wird doch wohl fragen dürfen«, protestierte sie.

»Das ist Laurelin de Jong. Willst du sterben, oder was?«

Sie sah mich verunsichert an und ich konnte es nicht lassen. Blitzschnell zog ich eine Klinge aus meinem Rock hervor und ließ sie um meinen Finger kreisen. Kreidebleich wich sie zurück und ich beugte mich zufrieden über meinen Cocktail.

Nicht weit von mir entfernt scharrten sich mehrere Pärchen um eine Frau. Ihre Halsfessel verriet sie als Flüsterwesen, vermutlich eine Hexe. Nach einer Weile verstand ich, dass sie angeblich spüren konnte, ob Menschen miteinander harmonierten. Sie verteilte Kärtchen mit Zahlen von 1 bis 10, wobei 10 für eine Art Seelenverwandtschaft stand. Gerade entgleiste einem Mann das Gesicht, als seiner Angebeteten und ihm eine 4 ausgeteilt wurde. Unzufrieden schimpfend zogen die beiden von dannen. Zwei junge Männer bekamen eine 8, für die sie den Applaus der Umstehenden ernteten.

»Wollen wir uns bei der Hexe die Zukunft abholen?«, fragte plötzlich eine Stimme neben mir.

Ich drehte mich um und sah in ein paar funkelnder, grüner Augen. Sie gehörten zu einem jungen Mann, den ich noch nie zuvor gesehen hatte. Sein Kleidungsstil bewies Geschmack und dass er finanziell gut aufgestellt war. Allerdings waren seine Hände nicht so weich wie die der üblichen Edelmänner, die auf solchen Veranstaltungen nach Verbindungen suchten. Sie waren an Arbeit gewöhnt. Das Auffälligste an ihm waren seine dunkelroten Haare, die ein schönes Gesicht einrahmten. Seine Augen wirkten offen und ehrlich, aber nicht immer konnte man den Augen trauen.

»Ich bezweifele, dass wir mehr als eine 1 zustande kriegen würden«, entgegnete ich kühl, aber er ließ sich nicht abschrecken.

»Ich habe ein gutes Gefühl«, widersprach er mit charmantem Lächeln und reichte mir seine Hand.

»Und wer bist du?«

»Ich heiße Maxiliano Amadeus Constantinus … Und das sind nur meine ersten drei Vornamen. Warte, bis du die anderen hörst.«

Ein ungläubiges Lachen entschlüpfte mir. Er überging es, indem er die Augenbraue hochzog und mich mit seinen grünen Augen musterte.

»Was ist so lustig daran?«

»Mit Verlaub. So heißt du nie und nimmer«, verkündete ich und stellte meinen Cocktail ab, um mich von ihm auf die Tanzfläche führen zu lassen. Ich tanzte nicht gerne, aber dieser junge Mann hatte es geschafft, mich neugierig zu machen.

»Wie kannst du das wissen?«, fragte er, während er meine Hand ergriff und die andere an meine Hüfte legte.

Ich zuckte die Schultern. »Niemand heißt so.«

»Ich bin auch nicht niemand, sondern der Sohn einer Baronin«, verkündete er, während wir begannen, im Takt der Musik hin und her zu wiegen.

Jetzt war ich diejenige, die eine Augenbraue emporzog. »Du bist ein Baronesso?«

»Wäre gut möglich, oder?«, fuhr er selbstbewusst fort. »Soll ich führen oder willst du?«

»Mach ruhig«, sagte ich, was er sich nicht zwei Mal sagen ließ. Schon geleitete er mich sicheren Schrittes über die Tanzfläche. Taktgefühl hatte er, das musste man ihm lassen.

»Wenn du ein Baronesso bist, zu wem gehörst du dann?«, hakte ich nach, während ich kurz seine Hand losließ, um herumzuwirbeln. Kurze Zeit später landete ich wieder in seinen Armen. Durch den Schwung hatte sich eine Strähne seines perfekt sitzenden roten Haares gelöst und war ihm ins Gesicht gefallen. »Und wie kommt es, dass ich dich noch nie gesehen habe?«

»Manche Barone haben so viele Kinder. Da ist es schwer, den Überblick zu behalten. Ich könnte einer der vielen Söhne der Liebesbaronin sein«, entgegnete er, während wir uns langsam drehten.

»Das glaube ich nicht.«

»Warum nicht?« Er wirbelte mich erneut herum. Als ich wieder in seinem Arm landete, waren wir uns plötzlich ganz nahe. So nahe, dass ich ihn riechen konnte. Und er roch gut. Unter seinem wachen Blick verformten sich meine Lippen zu einem Grinsen.

»Dann wärst du mein Bruder und ich glaube, ich kenne alle

meine Geschwister. Auch wenn es in der Tat viele sind …« Ich machte eine Pause, um seine Überraschung auszukosten. »Gestatten. Laurelin de Jong.«

Für eine Sekunde geriet er ins Straucheln, aber ich übernahm kurzerhand die Führung und brachte uns wieder auf Kurs.

»Oh.« Er lächelte so verlegen, dass es fast süß war.

»Oh«, bestätigte ich.

Schnell zauberte er sich wieder sein einnehmendes, charmantes Grinsen ins Gesicht. »Dann bin ich lieber kein Liebes-Baronesso. Wäre schade, wenn wir Geschwister wären.«

»Wäre es das?« Ich führte uns zurück an den Tresen, wo ich nach meinem Cocktailglas griff. »Also, Maxiliano Amadeus Constantinus. Wer bist du wirklich?«

»Nenn mich Kilian.«

»So heißt du?«

Mit einem schelmischen Glitzern in seinen grünen Augen antwortete er: »Nein, aber ich mag den Namen. Er klingt so mysteriös, findest du nicht?«

Plötzlich stoppte die Musik und alle Aufmerksamkeit richtete sich auf die Empore, an der nun der Herr des Hauses erschien, um auf seine Gäste hinabzusehen. Er trug einen glitzernden, grünen Anzug und eine seltsame Hut-Konstruktion, die wie ein Pilz aussah. Dem Emblem der Glücksfürstentümer. Ich war mir nicht sicher, ob es ein neuer, gewagter Trend oder einfach nur Geschmacksverirrung war.

Ihm folgten seine Tochter, Ophelia Jonker, die ebenfalls Grün trug. Allerdings keinen Pilzhut. Hinter den beiden stand eine verloren aussehende Elfe, die ich sofort vom *Markt der hundert Wünsche* wiedererkannte. Sie war herausgeputzt, als wäre sie die Sensation des Abends. Das Highlight. Es war offensichtlich, dass der Baron Eindruck schinden wollte. Zweifellos wollte er auch mit den Gerüchten aufräumen, die hartnäckig die Runde machten. Gerüchte, die besagten, dass er Schwierigkeiten hatte, an Glitzer-Nachschub zu kommen, was seinen Stand bei den anderen Baronen erheblich gefährden würde.

Kilian an meiner Seite hatte sich verspannt, auch wenn ich nicht genau wusste, weshalb.

»Willkommen, liebe Gäste«, verkündete Joris Jonker mit einem Grinsen zum Reinschlagen. Ich konnte ihn nicht ausstehen. Seine Arroganz. Seine Gier. Seine Überheblichkeit. Nicht, dass meine Mutter da besser war, aber sie war nun mal … nun ja, meine Mutter. »Ich freue mich, dass ihr hier seid, um mit mir meinen Geburtstag zu feiern. Der Geschenketisch befindet sich im Nebenraum. Ich hoffe, ihr wart nicht knauserig.« Er hielt inne. »Das war nur ein Scherz. Ihr wisst doch, dass es für mich das größte Geschenk ist, dass ihr hier seid.«

»Außerdem hast du keinen Geburtstag«, ergänzte seine Tochter Ophelia trocken, woraufhin die Gäste in Gelächter ausbrachen.

»Seit deiner Geburt ist für mich jeder Tag wie ein Geburtstag«, verkündete der Baron und sein lächerlicher Pilzhut wippte.

»Haha.«

»Wie dem auch sei. Ich habe heute wieder einige Besonderheiten für euch, über die ihr noch lange reden werdet. Irgendwer muss eurem langweiligen Leben ja einen Sinn geben!«

Wieder Gelächter als Antwort.

»Ihr habt sicherlich schon Stella kennengelernt, die Hexe, die den Verliebten unter euch eine kleine Voraussage über eure Beziehung geben kann. Hab viel Geld für sie bezahlt. Aber als sie mir und meiner Frau eine 3 verpasst hat, wollte ich sie schon fast wieder umtauschen.«

»Er hat keine Frau«, erinnerte Ophelia an die Gäste gewandt.

»Nicht mehr. Und jetzt weiß ich auch warum.«

Wieder brach das Publikum in Gelächter aus, was der Herr des Glücks sichtlich genoss.

»Draußen wird es zudem noch einige Schaukämpfe geben, bei denen ihr auf eure Favoriten setzen könnt. Es sind einige beeindruckende Undinen dabei, die ich natürlich von unserem lieben Freund Lucius van Vliet, dem Baron der Magie, ersteigert habe.«

Freunde waren diese beiden sicher nicht. Vielmehr hassten sie sich, aber wenn es um Geld und Geschäfte ging, fanden sie offenbar einen gemeinsamen Nenner.

»Keine Sorge. Mich lässt er dieses Mal nicht antreten«, sagte seine Tochter.

»Sie würde definitiv gewinnen«, wandte der Baron ein, aber bevor das Publikum erneut in Gelächter ausbrechen konnte, öffnete sich die Flügeltür zum Saal ein weiteres Mal. Die Gäste drehten sich um, neugierig, wer so spät noch eintraf.

»Habt ihr etwa auf mich gewartet?«, fragte eine sehr vertraute Stimme.

Alle Köpfe drehten sich zur Eingangstür, wo die Baronin der Liebe in einem feuerroten, eng anliegenden Kleid stand. Ihre Haare fielen ihr in einem locker geflochtenen Zopf, in dem rote Edelsteine glitzerten, über die Schulter. Und ihre Lippen leuchteten in derselben Farbe wie das Kleid. Wie immer sah Mutter atemberaubend aus, aber das war nicht alles. Als sie sich der Aufmerksamkeit aller sicher war, hob sie ihren Arm und schnipste. Ein kleiner Laut, der trotzdem durch den gesamten Raum schallte.

Augenblicklich marschierten leicht bekleidete Tänzer, die besten, die ihr Viertel zu bieten hatte, an ihr vorbei und bildeten einen Gang, den sie nun entlangschritt. Auf ein Zeichen hin stoben die Tänzer auseinander, warfen einen Schwall Konfetti und tanzten verzückt aufschreiende Gäste an.

»Ist das …?«, flüsterte Kilian.

»Meine Mutter«, ergänzte ich.

»Ist sie …« Meinem Tanzpartner war der Mund offen stehen geblieben, was mich nicht wunderte. Den Effekt hatte meine Mutter meistens.

»… immer so? Ja«, vervollständigte ich seine Frage und sah zu Gerlina, die nur wissend mit ihren Augen rollte.

Wenn unsere Mutter jemandem die Show stehlen wollte, dann so richtig. Ein Blick auf den Baron des Glücks verriet, dass sie Erfolg hatte mit dem, was sie tat. Sein Gesicht war gerötet, aus seinen Augen quoll purer Zorn. Es sah ein bisschen so aus, als würde er platzen, aber seine Tochter legte ihm eine Hand auf den Arm, als ob sie ihn daran erinnern wollte, Contenance zu bewahren.

Während sich die Gäste von ihrem Auftritt erholt hatten, winkte Beatrice de Jong dem Baron des Glücks zu. »Verzeih mein spätes Erscheinen, aber du kennst mich. Das Beste kommt zum Schluss.«

»Kein Problem«, presste er zwischen seinen Zähnen hervor. Die Spannung zwischen den beiden war deutlich spürbar und lud den Raum auf. Jeder wusste über den Verlust meiner Mutter Bescheid. Dass sie nun hier war, musste etwas zu bedeuten haben und so wanderten die Blicke neugierig zwischen den beiden Baronen hin und her. Doch es war Ophelia, die schließlich das Wort ergriff.

»Wir freuen uns sehr, dass Ihr es trotz Eurer … ähm … Umstände geschafft habt zu erscheinen, Beatrice de Jong. Mein Beileid an dieser Stelle.«

Ich verstand, warum Mutter hier war. Die de Jongs hatten jemanden verloren, aber nicht an Altersschwäche, sondern durch Mord. Das machte uns in den Augen der anderen vor allem eins: verwundbar. Sie musste zeigen, dass wir es nicht waren. Denn dies war keine Spaßveranstaltung, es war ein Kräftemessen. Zwischen Mutter und Joris Jonker, aber auch allen anderen Baronen. Zwischen Lucius van Vliet, dem Baron der Magie, der wie immer im dunklen Anzug erschien und mit einem Kerl in grauer Uniform durch den Saal schritt, den ich noch nie gesehen hatte, Anna Mola, die Baronin der Wege, die keinen Schritt selbst ging und sich in einer kleinen Sänfte, die wie ein Nilpferd geformt war, herumtragen ließ, und Amadeus Graaf, der Baron der Seide, der mit einem Aufgebot an Models anwesend war, um seine neusten Kollektionen zu präsentieren. Nur die Baronin der Harmonie glänzte mit Abwesenheit. Wenn man den Gerüchten glaubte, verkostete sie am liebsten ihren eigenen Wein, sprich: Sie lag betrunken in ihrer Villa.

Ophelia stieß ihren Vater an, der aus seiner Starre erwachte und nach einem kurzen Räuspern seine Rede fortführte.

»Liebe Gäste, ihr wisst, wofür die Jonkers bekannt sind. Glück.« Er zeigte auf die Elfe hinter sich und die Anwesenden brachen in begeistertes Klatschen aus, dieses Mal wieder lauter. Dazu riefen sie »Glitzer! Glitzer! Glitzer!«. Ja, die Partys der Jonkers waren für ihre Ausschweifungen bekannt und daran wollte er die anderen Barone heute Nacht erinnern. Er wollte ihnen mit dem Auftritt seines kostbaren Besitzes zeigen, dass das Imperium des Glücks so mächtig war wie eh und je.

»In meiner Lounge im oberen Teil des Hauses gibt es frisch gezapften Glitzer zu kaufen. Die erste Portion geht aufs Haus, ihr gierigen Halunken.« Er lachte schallend, während er die Elfe weiter in Richtung seiner Gäste schob. »Dieses zauberhafte Wesen steht euch jetzt für einen Tanz zu Verfügung. Keine Sorge, sie ist nicht länger gefährlich. Meine Experten haben sichergestellt, dass jeder Partikel Glitzer aus ihrer Haut extrahiert wurde. Wobei … Sie könnte beißen! Nein, ich mach Witze. Sie ist zahm wie ein Lämmchen und genauso ungefährlich. Wenn ihr sie lieb bittet, wird sie später noch in der Lounge für einige ausgewählte Leute ein Solo aufführen. Ich wette, die meisten hier haben noch nie eine Elfe tanzen gesehen. Nur in ihren Träumen vielleicht.«

Mit diesen Worten gab er den Musikern ein Zeichen, wieder zu spielen, und scheuchte die Elfe eine Treppe hinunter. Er tat gerade so, als wäre es keine große Sache, dabei war ich mir sicher, dass ihn dieses Flüsterwesen ein Vermögen gekostet haben musste. Sofort fanden sich einige neugierige Interessierte, um das Angebot anzunehmen. Sie drängten auf die Elfe zu und umstellten sie neugierig. Einige wagten sogar, sie anzufassen.

»Mistkerl«, entfuhr es Kilian neben mir. Erst jetzt bemerkte ich, dass sich seine Hände angesichts der Jonkers zu Fäusten geballt hatten.

»Du kennst ihn?«, fragte ich neugierig und nippte erneut an meinem Cocktail.

In seinem Gesicht kämpften verschiedene Emotionen. Schließlich gewann ein charmantes, professionelles Lächeln.

»Wer kennt ihn nicht?« Er verneigte sich höflich vor mir. »Entschuldigt mich, Baronessa. Ihr seid wirklich bezaubernd, aber die Chance, mit einer Elfe zu tanzen, kann ich mir nicht entgehen lassen.«

Mit diesen Worten schob er sich durch die Gästen, bis er das Flüsterwesen, das gerade von einem Mann auf die Tanzfläche geführt wurde, erreicht hatte. Als sie ihn entdeckte, weiteten sich ihre Augen.

Interessant!

Das Flüsterwesen kannte er offensichtlich auch.

Ehe sich der Mann versah, schlang Kilian seinen Arm um die Elfe und tanzte mit ihr davon.

»Mach dir nichts draus«, sagte die Hexe, die sich unbemerkt neben mich gestellt hatte. »Er ist nicht dein Seelengefährte.«

»Ich weiß«, bestätigte ich.

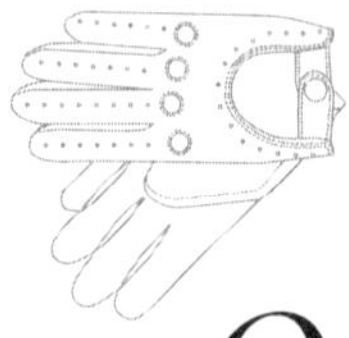

Quintus

Meine Hand ruhte auf Zoris Taille. Ich konnte nicht anders, als ihre grüne Haut anzustarren, die mir ohne den Glitzer zwar weniger Angst machte, aber gleichzeitig seltsam unvollständig wirkte. Sie trug ein weißes Kleid aus einem Stoff, der zart wie Spinnenweben aussah. Um ihren Hals trug sie eine lächerlich aussehende Kette, auf der »Glitzer« stand. Das war sie für den Baron.

Eine Geldquelle.

»Du hast es also ganz ohne meine Hilfe in die Höhle des Löwen geschafft«, flüsterte ich ihr zu, woraufhin sie grinste und die spitzen Eckzähne enthüllte.

»Reinkommen war überraschend einfach«, entgegnete sie.

»Hast du gefunden, wonach du gesucht hast?«

»Möglicherweise.«

Ich hob den Arm und sie wirbelte herum, nur um Sekunden später leicht wie eine Feder wieder in meinem Arm zu landen.

»Im Keller gibt es neben den Laboren viele Zellen mit stählernen Türen. Ich denke, die anderen Elfen sind dahinter.«

»Und du willst sie befreien.«

»Ja.«

»Hast du einen Plan?«

»Meistens bin ich eher spontan«, gestand sie und ich ließ ihre Hüfte los, damit sie eine weitere Drehung vollführen konnte.

»Dein Glitzer …«

»Ist mir abhandengekommen ... Aber mein Kampfgeist nicht.« Ein schiefes Lächeln huschte über ihr Gesicht. Sie war wirklich bezaubernd schön und gleichzeitig gefährlich wild, eine Kombination, die mich faszinierte.

»Nachdem ich deinen Arm berührt habe ...« Die Erinnerung daran jagte mir eine Hitzewelle durch den Körper und beschleunigte meinen Herzschlag. Ich hatte das Gefühl, plötzlich mit ihr allein zu sein. Alles, was ich sah, waren ihre goldbraunen Rehaugen, die fliegenden Haare, die sich in Zeitlupe bewegten, und ihre ... Lippen.

»Du hast mich verzaubert«, hörte ich mich sagen.

Sie hob ihre Augenbraue. »Verzaubert?«

So etwas hatte ich noch nie empfunden. Es war, als ob ich in ihrer Gegenwart fliegen würde, und gleichzeitig fühlte ich mich plump und steif wie ein Sack voller Goldbarren. Mühsam versuchte ich meinen Verstand wieder klar zu blinzeln und mich auf das Wesentliche zu konzentrieren. Die Wirkung dieser verfluchten Magie musste doch irgendwann nachlassen, warum also benahm ich mich immer noch wie ein Esel?

»Was ist mit dir? Warum bist du hier, Quin?«, fragte sie und ich richtete meine Aufmerksamkeit auf diese Frage.

»Der Typ, den ich bestohlen habe, ist nun mein neuer Meister ... Er will hier einen Dämon jagen und ich soll ihm dabei helfen.« Ehrlich zu ihr zu sein, fühlte sich so leicht an.

»Tatsächlich?« Sie streckte den Hals und sah in die Richtung, wo mein Meister mit dem Herrn der Magie stand. »Er sieht ziemlich spaßbefreit aus.«

»Das ist er.« Ich lehnte mich vor, so nah, dass ich sie riechen konnte. Meine Gedanken begannen sich erneut zu drehen und ich konzentrierte mich schnell wieder auf die Schritte. »Aber wo ich schon mal hier bin, könnte ich dir helfen.«

»Mir?«

»Diebstähle sind meine Spezialität. Und der Baron des Glücks versteckt seinen wertvollsten Besitz im Moment nicht gerade besonders gut.«

Ihre Augen weiteten sich. »Du willst *mich* stehlen?«

»Warum nicht? Ich habe gehört, du bist sehr kostbar.«

»Das bin ich wohl.« Sanft und zugleich kraftvoll wie eine Katze schmiegte sie sich an mich.

»Und ich bin der beste Dieb von ganz Amsterlock. Da muss ich es quasi tun.«

»Wurdest du nicht bei deinem letzten Auftrag erwischt?« Ihre honigbraunen Haare wippten im Takt der Musik hin und her. Ihre Füße flogen mühelos über den Boden.

»Musst du Salz in die Wunde streuen?«, stöhnte ich.

Sie kicherte. Es war glockenhell und ich wünschte mir, ich könnte sie öfter zum Lachen bringen. Viel zu schnell wurde sie wieder ernst.

»Warum willst du mich retten?«

»Weil ...« Mein Herz flatterte und meine Gefühle standen mir übers ganze Gesicht geschrieben. Aber die waren nicht echt, ermahnte ich mich. Nur Echos ihres Glitzers. Ich wusste es, aber mein Herz weigerte sich, das zu glauben. Wie konnte etwas, das sich so gut angefühlt hatte, falsch sein. »Ich schulde dir etwas. Wir hatten doch einen Deal. Du rettest mich und ich beschaffe dir Informationen.«

»Ich habe dich nicht gerettet«, erinnerte sie mich.

»Aber du hast es versucht und nun will ich es versuchen.«

»Was ist mit den anderen Elfen? Ohne sie gehe ich nicht.«

»Alles, was wir brauchen, ist eine Ablenkung.«

Sie zog ihre Augenbraue hoch, als wäre sie nicht überzeugt.

»Vertrau mir. Das kriege ich hin«, ergänzte ich zuversichtlich.

Ihr Blick wurde weich und ich führte sie an einer Gruppe vorbei, die gierig darauf wartete, endlich mit ihr zu tanzen. »Das klingt gefährlich. Du musst das nicht für mich riskieren.«

»Ich …« Sie hatte recht. Es war dumm, sich einzumischen.

»So, Junge. Du hast die Elfe lange genug beansprucht«, rief ein Mann und eine Hand landete auf meiner Schulter.

»Das alles hier … Es ist einfach nicht richtig«, flüsterte ich und plötzlich blieb sie stehen. »Du solltest nicht hier sein.«

»Ich komm schon klar, Quin. Wirklich …«

Die Art, wie sie meinen Namen sagte, wärmte mein Herz. Da war etwas zwischen uns, eine Verbindung, wie ich sie selten gespürt hatte. Und das war gefährlich, denn je mehr man jemanden mochte, desto mehr schmerzte es, ihn zu verlieren. »Du bist ein Meister im Stehlen und ich eine Meisterin im Wegrennen.«

»Zori …«

»Danke für den Tanz«, rief sie, während sie mir entrissen wurde.

Mir fehlten die Worte und das kam nicht sehr oft vor. Unglücklich stand ich da und sah dabei zu, wie ihr neuer Tanzpartner sie über die Tanzfläche führte. Ich spürte, wie etwas in mir zerriss. Egal, ob es Glitzer war oder wahre Gefühle, ich wollte sie retten.

Ich *musste.*

»Du musst sie vergessen«, sagte eine bekannte Stimme und Tormod tauchte an meiner Seite auf. »Flüsterwesen sind äußerst hinterlistige Kreaturen.«

Ich verspürte das Bedürfnis, ihm die Nase zu brechen.

»Solltet Ihr nicht an der Seite des Barons sein, damit er mit Euch angeben kann?«, hakte ich nach.

»Ich meine es ernst. Die Flüsterwesen sind vielleicht keine Dämonen, aber sie stammen von ihnen ab. Das macht sie gefährlich und unberechenbar.«

»Sind Menschen das nicht auch? Gefährlich und unberechenbar?«

»Matthias … Lass dich nicht von der Nacht verleiten, sonst verschlingt sie dich am Ende.«

Als Beschaffer war mir die Nacht schon immer mehr Freund gewesen als der Tag.

»Vielleicht habt Ihr recht, Meister.« Ich schenkte ihm ein beruhigendes Lächeln und riss meinen Blick von Zori los.

»Gut. Dann hör dich weiter um. Auf Veranstaltungen wie diesen wird immer viel getratscht. Versuch herauszufinden, was über den Nachtfalter und ihre Bande erzählt wird. Vielleicht gibt es noch mehr, die unter ihren Streifzügen leiden.«

»Ja, Meister. Ich versuche etwas herauszufinden«, sagte ich etwas zu gehorsam. Ich verbeugte mich sogar kurz, aber Tormod schien nicht misstrauisch zu sein.

Dabei sollte er inzwischen eines wissen: Ich machte mir nicht viel aus Befehlen.

Laurelin de Jong

Gerlina hatte zahlreiche Verehrer, die nicht müde wurden, sie über die Tanzfläche zu wirbeln. Sie kicherte und schien eine gute Zeit zu haben. Ich würde es ihr so sehr gönnen, aber ich kannte sie besser. All ihre Gedanken waren auf Seraphine gerichtet. Jeder Augenaufschlag, jedes Lachen sollte nur den Schmerz verstecken, den sie in ihrem Inneren fühlte.

Mutter saß mit ihren Männern an einem der Tische und tat so, als würde sie sich bestens amüsieren. Nur Richard, der etwas abseits stand, sah nicht so aus, als hätte er sonderlich viel Spaß. Mürrisch starrte er vor sich hin, während die Hand auf seinem Schwertknauf ruhte, allzeit bereit, vorzustürmen und seine Baronin heldenhaft zu verteidigen. Ich wusste nicht, ob er romantische Gefühle für meine Mutter hegte oder sich mehr versprach, aber in Momenten wie diesen musste ihm klar sein, dass ihr Herz nie nur einem Mann gehören würde. Sie mochte Geralt für seine Ruhe und seine Blumen-Passion. Leonardo hatte ein breites Lächeln und konnte tanzen. Magnus war nicht gerade für seine anregenden Unterhaltungen bekannt. Er sprach nie, dafür hatte er ein verdammt breites Kreuz. Fynn war ein guter Zuhörer und spielte begnadet Geige.

Und Beatrice liebte es, für ihre Männer beneidet zu werden. In Momenten wie diesen badete sie in Aufmerksamkeit, neidischen Blicken und Avancen derer, die sich ihre Zuneigung erhofften.

Ich ging um die Tanzfläche herum zu den Tischen, die etwas

abseits standen. Die Frau, die ich suchte, saß alleine und war in ein Cocktailglas vertieft. Für einen Moment beobachtete ich sie einfach nur. Ich spürte, wie sich mein Herzschlag beschleunigte und meine Hände anfingen zu zittern. So konnte ich ihr auf keinen Fall begegnen.

Beruhig dich, Laurelin.

Meine Finger griffen an meinen Hals und fassten auf der Suche nach Halt ins Leere. Jemand hatte mir meine Ketten gestohlen! Alle, auch die meiner Schwester. Wütend wirbelte ich herum.

Wer würde so dumm sein?

Kilian!

Wenn ich den in die Finger bekam!

Für einen Moment war ich mir unsicher, ob ich zu ihr gehen sollte oder erst diesem verfluchten Dieb eine Abreibung verpassen sollte. Doch die Frau nahm mir die Entscheidung ab, indem sie ihren Blick hob. Sie sah mich direkt an und wusste, wer ich war.

»Laurelin de Jong«, lallte sie und ich konnte den Alkohol in ihrer Stimme hören. »Die verfluchte Baronessa.«

Unwillkürlich zuckte ich zusammen, weil ich mich für einen Sekundenbruchteil ertappt fühlte. Allerdings meinte sie nicht das dunkle Erbe meines Vaters. Es gab einige Menschen, die glaubten, meine Haut würde aufgrund eines Fluches so aussehen, wie sie aussah. Es gab sogar Gerüchte, dass ich als Baby von einem Flüsterwesen gebissen wurde. Das war natürlich alles Quatsch. Es war weder Magie noch Krankheit, sondern schlicht und einfach Vitiligo, aber ich war nicht hier, um Aufklärung zu betreiben.

»Vivien Verhoeven«, entgegnete ich mit einem knappen Nicken und trat an ihren Tisch.

»Nehmt doch Platz, Baronessa. Hat Eure Mutter Euch geschickt, um mich zu quälen?«

Sie deutete auf einen freien Stuhl, auf den ich mich setzte. Ich war mir nicht sicher gewesen, was mich erwarten würde, aber blanker Hass wäre mir lieber gewesen als die Trauer, die in ihrem Blick mitschwamm.

»Ich will nur reden.«

Sie nahm einen weiteren Schluck aus ihrem Glas. Dann winkte sie einen Diener herbei und orderte Nachschub. Er eilte von dannen, um ihren Wünschen Folge zu leisten. »Davon kann ich Euch kaum abhalten. Also sagt mir, was Ihr zu sagen habt, und verschwindet wieder zu Eurer Hurenbaronin.«

Trotz ihrer Beleidigungen konnte ich ihr nicht wirklich böse sein. Immerhin war sie auch nur eine Mutter, die ihren Sohn verloren hatte, und ich ahnte, dass vor allem eins aus ihr sprach.

Der Schmerz.

»Wie Ihr Euch denken könnt, bin ich hier, um über den Anschlag zu sprechen«, begann ich, während meine Finger mit den Ringen spielten, wie so oft, wenn ich mich konzentrieren musste.

Vivien Verhoevens Blick musterte mich. »Wart Ihr es? Habt Ihr meinen Sohn getötet?«

Ich schüttelte den Kopf. »Aber ich hätte es getan, um meine Schwester zu retten.«

Sie schluckte. »Ist er schnell gestorben?«

Wieder nickte ich. »Er hat nicht gelitten … Hören Sie, ich möchte herausfinden, was passiert ist.«

Als sie nichts erwiderte, fuhr ich fort.

»Habt Ihr irgendeine Erklärung oder Idee, warum er das gemacht haben könnte?«

»Mein Sohn war nicht gerade bekannt dafür, kluge Entscheidungen zu treffen.«

»Was meint Ihr damit?«

»Nichts. Ich werde sicherlich nicht anfangen, schlecht über meinen toten Jungen zu sprechen.«

Der Kellner kehrte zurück und stellte das neue Glas auf den Tisch. Sofort schlossen sich ihre Finger darum. »Der einzige Grund, warum ich diese verfluchte Party aushalte«, murmelte sie und leerte es in einem Zug. »Auf den Gastgeber. Möge er im Schlaf ersticken! Und deine Mutter gleich mit. Ach, am besten all die verfluchten Barone.« Sie drehte sich zu mir und ihre Augen wurden klein. »Sind wir fertig?«

Ich ignorierte ihre abweisende Art. »Ich kann verstehen, dass Ihr nicht mit mir sprechen wollt, aber möglicherweise wurde Vincent gezwungen, meine Schwester anzugreifen. Was wisst Ihr, Vivien? Ihr könnt mir helfen, den wahren Schuldigen zur Rechenschaft zu ziehen.«

»In dieser Stadt gibt es keine Gerechtigkeit. Erst recht nicht für meinen Sohn.« Sie sah mich mit verhangenen Augen an. »Ich habe nur dieses eine Kind … Deine Mutter hat neun. Wo ist da die Gerechtigkeit?«

»Ich bin Ihre Chance auf Gerechtigkeit«, entgegnete ich. »Ob es Ihnen gefällt oder nicht, wenn Ihr Rache für Euren Sohn wollt, kann nur ich sie Ihnen geben.«

Sie zögerte, nestelte am ausgefransten Ärmel ihres Kleides. Sie hatte es definitiv schon öfter getragen. »Vincent … er … er hatte eine Schwäche für … falsches Glück.«

»Glitzer?«

»Erst dachte ich mir nichts dabei. Immerhin nehmen es viele gelegentlich, um einen guten Abend zu haben, aber bei Vincent war es anders. Er holte es sich immer öfter und irgendwann schien kaum ein Tag zu vergehen, an dem er es sich nicht besorgte. Schließlich schnitt ihm mein Mann den Geldhahn ab. Notgedrungen, denn wir waren pleite. Konnten die Diener nicht mehr bezahlen, drohten unser Haus zu verlieren. Mein Mann warf Vincent raus. Danach war er auf sich allein gestellt.«

Glitzer ... War es das, was wir in seinem Blut gefunden hätten? Das, was das Phantom gemeint hatte? Eine direkte Spur zum Baron des Glücks?

Ich sah zu Joris Jonker, der von Gästen belagert wurde. Vielleicht hatte er ihm Glitzer versprochen? Er hätte definitiv ein persönliches Motiv, aber würde er das wagen? Er schien mir wie jemand, der alles tun würde, um seine Macht zu stabilisieren, aber wie würde ihm der Tod meiner Schwester dabei helfen?

Vivien winkte den Diener herbei, der vorausschauenderweise in der Nähe geblieben war und ihr nachschenkte. »Im Herzen war mein Sohn ein guter Kerl. Er suchte mich vor ein paar Tagen auf, entschuldigte sich für seine Ausschweifungen und versprach mir, das Geld, das er uns gestohlen hatte, zurückzuzahlen. Natürlich Unsinn. Woher sollte er plötzlich so viel Geld bekommen, außer vielleicht durch eine Hochzeit? Allerdings bezweifle ich, dass eine lukrative Verbindung zustande gekommen wäre. Es ist nicht unbemerkt geblieben, dass wir finanziell nicht gut ausgestattet sind.«

Und doch war er irgendwie an ein mit Diamanten besetztes Glitzereinhorn gekommen, um uns zu imponieren.

»Glaubt Ihr, dass er sich wirklich ändern wollte?«

»Er hat uns schon hundert Mal versprochen, seine Verfehlungen gutzumachen, und er hat es jedes Mal ernst gemeint. Trotzdem sind wir immer noch pleite. Eine Lachnummer ... « Sie betäubte den Schmerz im Alkohol und stand auf. »Was mache ich hier? Niemand interessiert sich für das Schicksal der Verhoevens.«

»Danke für die Zeit«, sagte ich.

»Tut mir leid um deine Schwester. Sie war eine leuchtende Perle im Hause de Jong.«

Sie war mehr als das ...

»Ich werde die Verantwortlichen finden.«

»Das glaube ich dir.« Sie sah mich an und für einen Moment

klärte sich ihr Blick. »Immerhin ist Laurelin de Jong, die Verfluchte, berühmt-berüchtigt.«

Mit diesen Worten schwankte sie davon.

Ich blieb noch eine Weile sitzen, um nachzudenken.

»Und?«, fragte meine Mutter, die mich offenbar nicht aus den Augen gelassen hatte und sich nun auf den Stuhl setzte, auf dem zuvor Vivien Verhoeven gesessen hatte.

»Ich denke, er wurde manipuliert.«

»Natürlich wurde er das. Er wirkte nicht wie jemand, der fähig war, auch nur seine nächste Woche zu planen. Was nebenbei bemerkt auch der einzige Grund ist, warum ich seine Familie noch nicht dem Erdboden gleichgemacht habe ...«

Sie sah Vincents Mutter nach, die auf dem Weg zum Ausgang gestolpert war und nun von einem Diener, an dessen Arm sie sich krallte, hinausgeleitet wurde.

»Du hast Mitleid mit ihr«, stellte ich fest.

Meine Mutter rümpfte die Nase. »Sicher nicht. Nur ist ihr Leben ... Strafe genug. Tiefer fallen kann sie kaum und sie töten zu lassen, wäre zu einfach.«

»Ich habe Mitleid«, gestand ich.

»Reiß dich zusammen. Sie ist nicht dein Problem. Außerdem habe ich noch eine andere Aufgabe für dich.«

»Mutter ...«

Meinen Protest ignorierend, deutete sie mit dem Kopf auf einen mir wohlbekannten neuen Gast. »Lord Ambrosa ist gerade erschienen und du hast noch etwas gutzumachen.«

»Mutter!«

»Du wirst zu ihm gehen und ihm sagen, dass ich einer Hochzeit mit Gerlina zustimme.«

»Das wirst du nicht.«

»Es ist das Beste für unsere Familie.«

Ich konnte nicht glauben, was ich da hörte. Seit wann waren wir auf solche Mistkerle angewiesen? Wir waren de Jongs, *verdammt noch mal!*

»Was, wenn ihr das Gleiche passiert wie Seraphine?«

Mutter ließ nicht mit sich reden. »Sieh es als zusätzliche Motivation, den Drahtzieher schnell zu finden.«

»Mutter ...«

»Laurelin. Wenn du nicht gehst, verkünde ich es. Hier und jetzt. Vor allen Anwesenden.« Sie funkelte mich an und ich wusste, dass sie es ernst meinte.

Geräuschvoll schob ich den Stuhl beiseite und stiefelte zu Lord Kotzbrocken hinüber, der gerade von jungen Damen umschwärmt wurde, die sicherlich angetaner von ihm waren als meine Schwester.

Gerlina würde ihre Pflicht erfüllen. Sie würde ihn heiraten, da sie Mutter und ihre Konsequenzen fürchtete, aber ich konnte das nicht zulassen. Seraphines Tod zeigte mir, dass auch Mutter nicht alles wusste. Dass auch sie fehlbar war, und ich würde nicht noch eine Schwester verlieren.

»Lord Ambrosa«, unterbrach ich sein Gespräch unhöflich. »Wir müssen reden.«

Unter den schockierten Blicken seiner Fans zog ich ihn mit mir mit.

»Was gibt es?«, fragte er und rümpfte die Nase, als ich ihn aus dem Saal in den Garten schleifte, wo es ruhiger war. Unter einem Baum, in dem grüne Laternen hingen, blieb ich stehen.

»Ich mach es kurz und schmerzlos. Meine Mutter hat über Eure Worte nachgedacht und würde eine Bindung unserer Häuser sehr begrüßen.«

Die Falten auf seiner Stirn verschwanden und er erstrahlte. »Wie wunderbar. Wo ist Eure entzückende, kleine Schwester?«

»Oh, Ihr werdet nicht Gerlina heiraten …«

»Nein?« Das Lachen fiel in sich zusammen.

Ich schenkte ihm meinen liebsten Augenaufschlag. »Sondern mich.«

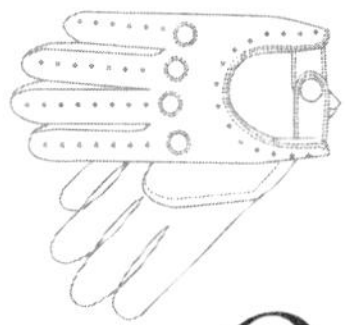

Quintus

Tormod musste nichts weiter tun, als mit grimmiger Miene dazustehen und die Arme zu verschränken, und schon wurde er von Frauen wie Männern umschwärmt. Sie wollten Geschichten hören über andere Länder, Dämonen und seinen Beruf als Jäger. Sie bewunderten sogar seine graue Rüstung und die unspektakuläre Sonne darauf, als wäre es eine Art Auszeichnung. Dabei war es einfach nur schlechter Geschmack. Die Strategie des Barons der Magie ging also auf und ich war dankbar, dass mein Meister auf diese Art beschäftigt war.

Ich hingegen konnte die Augen nicht von Zori wenden, die ununterbrochen zum Tanzen aufgefordert wurde. Unserer Blicke fanden sich noch ein paar Mal an diesem Abend und jedes Mal, wenn ich in ihre braunen Augen sah, wurde meine Entschlossenheit, sie zu befreien, weiter befeuert.

Es war nicht unmöglich. Vor allem nicht für jemanden, der die Grundrisse der Villa des Glücks in- und auswendig kannte.

Alles, was man dazu brauchte, war eine Ablenkung.

Eine verdammt große Ablenkung.

Während Zori von einer weiteren Gruppe tanzwütiger Gäste umzingelt wurde, verließ ich den Ballsaal, um zu einem Badezimmer zu eilen, welches etwas versteckt am Ende des Ganges lag.

Gerade als ich um eine golden schimmernde Ritterrüstung bog, stieß ich mit jemandem zusammen. Meine Brust zog sich zusammen, als ich in das herzförmige Gesicht sah, umrandet von goldenen Locken. Beinahe unschuldig, wären da nicht diese kalten, wasserblauen Augen gewesen, die mich nun ansahen.

»Verzeihung, Baronessa«, sagte ich und drängte mich schnell an ihr vorbei. Sie jedoch hielt mich mit ihrem Gehstock zurück, bevor ich verschwinden konnte.

»Kennen wir uns?«

Meine Kehle schnürte sich zu und für einen kurzen Moment drohte mich Panik zu übermannen.

»Nicht wirklich«, winkte ich ab. »Ich bin bloß ein Fan.«

»Ein Fan?« Sie glaubte mir kein Wort und musterte mich eindringlich.

Zum Glück wusste ich, wie ich sie vergraulen konnte. »Ihr habt nicht zufällig etwas Glitzer für mich?«

»Nein. Wenn du welchen willst, musst du in die Lounge.« Sie warf mir einen letzten Blick zu, bevor sie weiterging. Der beste Weg, jemanden loszuwerden, war, etwas zu wollen. In Amsterlock und auch sonst überall auf der Welt.

»Schöne Party!«, rief ich ihr hinterher und setzte meinen Weg fort. Das Licht im Badezimmer war dunkel und verriet, dass sich bisher nicht allzu viele Gäste hierherverirrt hatten. Wenig verwunderlich, denn es gab ein größeres, einladenderes in der Nähe des großen Saals.

Ich ging zur letzten der drei Toilettenkabinen und stieß sie auf. Allerdings nicht, um aufs Klo zu gehen. Stattdessen öffnete ich den Spülkasten an der hinteren Wand und zog an einem kleinen Schalter. Es klickte und der Mechanismus setzte sich träge in Gang, die Toilette drehte sich zur Seite und legte einen Eingang frei. Einen Tunnel, der nun von einem schmalen Lichtstreifen beleuchtet wurde. Schatten huschten davon, vermutlich Spinnen und Schaben, die es sich hier die letzten Jahre bequem gemacht hatten. Aber ich fürchtete weder das eine noch das andere, schließlich hatte ich, bevor die Beschaffer mich bei sich aufgenommen hatten, jahrelang auf der Straße gelebt. Da verliert man schnell die Angst vor den Tieren, die in der Dunkelheit lauern. Nur um meine Kleidung tat es mir leid, als ich mich auf die Knie ließ und in den Tunnel krabbelte. Ich spürte, wie der raue Stein an der teuren Seide kratzte und diese zweifellos ruinierte. *Ausgerechnet! Diese Hose betonte meinen Hintern doch so gut!* Trotzdem biss ich die Zähne zusammen und kroch weiter.

Endlich erreichte ich eine Leiter, die nach unten führte. Hier befand sich ein weiterer Schalter, den ich nun aktivierte. Ein paar Meter entfernt schob sich der Toilettensitz auf seinen alten Platz zurück und verwischte alle Spuren, dass ich dort gewesen war.

Schnell hangelte ich mich die Leiter herunter zu einem weiteren Gang, der mich zum Garten führte. Ich wusste, wo ich rauskommen würde. Direkt unter dem Theater, welches nun eine Arena war. Hier, in den unterirdischen Räumen, bereiteten sich nicht länger Schauspieler und Musiker auf ihren Auftritt vor. Aus den Zimmern waren Zellen geworden, in denen Undinen darauf warteten, im Sand um ihr Überleben zu kämpfen. Als ich sicher war, dass sich niemand in der Nähe befand, drehte ich an dem Gullydeckel und zog mich heraus. Ich landete inmitten einer Gruppe Undinen, die mich überrascht anstarrte.

»Meine Damen und Herren! Ich hoffe, ich komme nicht ungelegen«, begrüßte ich sie und klopfte mir Staub und Spinnenweben von meinem Anzug. Dann fuhr ich mir mit der Hand durchs Haar, um einigermaßen vorzeigbar auszusehen, und schaute mich um.

Eine Undine baute sich vor mir auf. Sie überragte mich um gut einen Kopf und sah beeindruckend aus. Ihre Muskeln. Das breite Maul mit den rasiermesserscharfen Zähnen. Und die lange Rückenflosse, die sich nun aufrichtete.

»Was tust du hier, Mensch? Hast du dich verlaufen?«

»Ich bin hier, um euch rauszuholen«, verkündete ich. »Allerdings nur aus diesem Käfig. Den Rest müsst ihr selbst schaffen.«

Die Undine musterte mich misstrauisch. Dann sah sie sich kurz zu ihren Mitgefangenen um und nickte. »Lieber sterben wir im Kampf gegen die Menschen, als gezwungen zu werden, gegeneinander anzutreten.«

»Gut. Versucht zum Teich mit den Leuchtfischen zu kommen. Da gibt es einen Zugang zum Kanalsystem.« Ich wollte zur Tür schleichen, um das Schloss zu knacken, aber die Undine hielt mich zurück.

»Warum hilfst du uns?« Ihr Blick bohrte sich in meinen. Augen so schön und unberechenbar wie das Meer, aus dem sie stammte.

»Ihr seid eine Ablenkung«, gestand ich, denn manchmal war es am besten, die Wahrheit zu sagen. »Ich will jemandem helfen. Einer Elfe.«

Die Undine verzog das lippenlose Maul zu einem wissenden Grinsen. »Sie hat dich verzaubert.«

»Möglicherweise«, brummte ich.

Das schien sie zu beruhigen, denn es war eine gute Erklärung, warum ein Mensch plötzlich auf ihrer Seite stand.

»Wenn ihr es schaffen solltet, werdet ihr ebenfalls auf der Flucht sein«, gab sie zu bedenken.

»Ja ….«

Ich wandte mich dem Schloss zu, das zwar beeindruckend stabil aussah, dem aber nur ein simpler Mechanismus innewohnte. Also zog ich meinen Dietrich aus der Tasche und schob ihn hinein. Es dauerte nicht lange, bis das Schloss mit einem Klacken aufsprang.

Sofort drängten sich Undinen an mir vorbei und stürmten zu einem Ständer mit Speeren und anderen Waffen, die eigentlich für die Arena gedacht waren. Die Geräusche ließen die beiden Wachen aufhorchen, die bis gerade in ein Kartenspiel vertieft waren. Als sie die Undinen sahen, sprangen sie auf, doch ehe sie ihre Bolzenschusswaffen ziehen konnten, flogen zwei Speere durch die Luft und brachten sie für immer zum Schweigen. Ungehindert eilten die Flüsterwesen die Treppe hinauf.

Die Undine, mit der ich gesprochen hatte, wollte ihnen folgen, zögerte aber kurz. »Danke, Mensch, und viel Glück.« Sie stürmte davon und ich fragte mich, ob ich sie je wiedersehen würde.

Nach ein paar Minuten folgte ich ihnen in den Garten. Während um die Arena herum das Chaos herrschte, hatten die Gäste vor der Villa noch nichts von dem Geschehen mitbekommen. Erst als Wachen mit gezogenen Waffen an ihnen vorbeieilten, reckten sie neugierige die Hälse. Einige erblickten die Undinen mit blutverschmierten Mäulern und drängten schreiend in das Anwesen.

Sehr gut.

Quin, du bist genial!

Nun würde ich in den Saal zurückkehren, um Zori zu helfen. Wir würden die allgemeine Unruhe nutzen, um in den Keller zu gelangen. Dort könnten wir die anderen Elfen befreien und dann hier herausspazieren. In meiner Vorstellung war es ganz leicht, aber das waren Diebstähle mit der richtigen Ablenkung immer.

Zusammen mit den aufgebrachten Gästen drängte ich in die Villa und entdeckte kurz darauf Zori. Mein Herz flatterte. Ein verschwitzter Kerl, der den Blick nicht von ihr lassen konnte, presste sie an sich.

Ruckartig blieb ich stehen. Ich lauschte dem verräterischen schnellen Schlagen meines eigenen Herzens, welches durch Glitzer an sie gefesselt war. Ich konnte nicht klar denken …

Komm zu Vernunft, Quin! Spiel nicht den Ritter in strahlender Rüstung.

In dem Moment drehte sie sich zu mir um und unsere Blicke trafen sich. In ihren Augen lag etwas, das mir so vertraut war. Der Wunsch, keine Angst mehr haben zu müssen. Ihre Lippen verzogen sich zu einem Lächeln und eh ich wusste, was ich tat, setzte ich mich wieder in Bewegung.

Sie brauchte vielleicht keinen Ritter in strahlender Rüstung, aber sie brauchte einen Freund. Und der wollte ich sein.

Du bist verzaubert! Was willst du mit Freunden? Du kamst jahrelang gut ohne welche klar und jetzt willst du ausgerechnet einer Elfe vertrauen. Einer Elfe, die Menschen bei lebendigem Leib frisst?

Wieder blieb ich stehen und horchte in mich hinein. Meine Gefühle zogen mich zu Zori, mein Verstand versetzte mir schallende Ohrfeigen dafür, dass ich auch nur daran dachte, ihr zu helfen.

Was sollte ich tun?

Die Entscheidung wurde mir abgenommen, als ich eine Hand auf meiner Schulter spürte. Jemand zog mich nach hinten, hinein in die Menge an Gästen.

»Haben wir dich«, säuselte mir eine vertraute Stimme ins Ohr.

Daan Knox!

Ich versuchte an mein Pfefferpulver zu kommen, aber jemand äußerst Starkes, vermutlich Yasha, drehte mir den Arm auf den Rücken. Ich keuchte vor Schmerz, als mir etwas Kaltes und gleichzeitig Brennendes an den Hals gedrückt wurde und ich das Bewusstsein verlor.

Laurelin de Jong

»Ich weiß nicht«, sagte Lord Ambrosa und sein Blick glitt an mir herunter. Er begutachtete den tiefen Ausschnitt meines Kleides und plötzlich schlich sich ein anzügliches Grinsen auf seine Lippen. »Habt Ihr Euch deswegen so herausgeputzt? Ihr wolltet mich beeindrucken, nicht wahr?«

»Nein. Ich habe es für mich ausgesucht«, stellte ich klar.

»Niemand zieht so einen Ausschnitt für sich selbst an.«

»Und warum nicht?«, fragte ich herausfordernd.

Sein Grinsen erlosch wieder und machte Verunsicherung Platz.

»Mein Körper, meine Wahl.«

Nun trat ein gequälter Ausdruck auf sein Gesicht, so als hätte er Verstopfungen. »Ihr seid so ganz anders, als man sich eine Baronessa der Liebe vorstellen würde.«

»Ich werde sicherlich nicht mit den Augen klimpern und für Euch tanzen.«

»Ich bin mir nicht sicher, ob wir zusammenpassen.«

»Das tun wir nicht, aber wie Ihr schon sagtet: Wir sind eine gute Partie. Also lasst uns in den sauren Apfel beißen und …«

In diesem Moment unterbrachen Schreie unser Gespräch.

»Was ist denn jetzt los?«, fragte Lord Ambrosa verwirrt, als mehrere Gäste vom Garten ins Innere der Villa drängten. Gleichzeitig eilten Wachen an uns vorbei hinaus. »Ist das eine Showeinlage?«

»Gerlina!« Ich ließ Lord Kotzbrocken stehen und lief auf einen zartrosa Fleck in der Menge zu, der nicht allzu weit entfernt war. Innerhalb weniger Sekunden war ich bei ihr und packte sie am Arm.

»Was ist los?«, fragte sie.

»Ich weiß es nicht.«

»Es heißt, ein paar Undinen hätten sich befreit«, sagte ein junger Mann, mit dem sie offenbar gesprochen hatte. Er schien nicht sehr besorgt, eher aufgeregt, dass endlich etwas Spannendes passierte.

»Wir gehen«, entschied ich.

Ihr neuer Bekannter verzog das Gesicht. »Bleibt doch. Die Wachen regeln das schon und die Bestrafung wird sicher unterhaltsam.«

»Wir gehen.« Ich zog meine Schwester hinter mir her zum Hauptausgang der Villa, wo die Fahrzeuge und Fahrer warteten. Die meisten Gäste schienen ähnlich unbesorgt wie der junge Mann. Sie reckten nur neugierig die Hälse, um mehr zu erfahren. Es passierte etwas und sie waren mittendrin. Um ihr Leben fürchteten sie nicht.

»Du fährst nach Hause«, wies ich Gerlina an und zog sie in Richtung der roten Limousine. »Ich bleibe hier und finde heraus, was los ist.«

»Willst du nicht wissen, was ich erfahren habe, Schwesterherz?«

Ich wusste, dass sie nicht abreisen wollte, aber ich würde sie keinem Risiko aussetzen. »Gerlina … Du wirst nach Hause fahren.«

»Jaja, Spielverderberin. Es wird zwar gerade interessant, aber ich werde brav sein.«

»Gut. Dann erzähl schnell.« Der Kies unter unseren Füßen verschluckte meine viel zu hohen Absätze und machte es nicht leicht vorwärtszukommen. Genervt schleuderte ich meine High Heels von mir und setzte den Weg barfuß fort.

»Baronessa Ophelia Jonker hat häufiger kleine private Veranstaltungen gegeben, bei denen sie ihre Freunde mit Glitzer versorgt hat. Offenbar war das ein kleines, überaus lukratives Nebengeschäft, von dem ihr Vater nichts wusste. Sie hat heimlich ihr eigenes Geld verdient, indem sie den Glitzer unter den anderen Baronessas und Baronessos verteilt hat«, berichtete sie.

Offenbar gab es auch im Hause Jonker Geheimnisse und die Beziehung zwischen Joris Jonker und seiner Tochter war nicht so harmonisch, wie sie uns auf der Feier weismachen wollten. Nicht weiter verwunderlich. Die meisten Baronessas und Baronessos versuchten sich von ihren Eltern mit kleineren Akten der Rebellion zu emanzipieren.

»Vincent Verhoeven gehörte zu diesen Freunden. Allerdings saß bei ihm das Geld nicht so locker, weshalb er versucht hat, sich durchzuschnorren.«

Eine Schwäche, die jemand genutzt haben könnte. Aber für Glitzer auf eine Suizidmission gehen? Nein, etwas derart Dummes machte man nicht für sein eigenes Vergnügen, sondern weil man ein schlechtes Gewissen hatte. Vielleicht um etwas gutzumachen …

»War das alles, Lina?«, hakte ich nach.

»Na ja … Was Phine betrifft …«

Erst jetzt sah ich, dass sie zitterte. Also ergriff ich ihre Hände und drückte sie. »Was?«

»Sie haben erzählt, dass … Seraphine …« Wieder hielt sie inne und kämpfte mit den nächsten Worten. »Unsere Schwester war auch ein paar Mal auf diesen privaten Veranstaltungen.«

Mit einem Mal war mein Mund trocken. Seraphine und Glitzer? Unsere perfekte Seraphine?

»Ich denke, ich muss mich mit dieser Ophelia unterhalten«, knurrte ich.

»Ich könnte mitkommen!«

»Nein. Du fährst nach Hause.«

In dem Moment sahen wir, wie weitere Menschen aus dem Garten flohen. Sie stoben wie ein Schwarm aufgescheuchter Vögel von der Arena weg. Mein Instinkt hatte mich nicht getäuscht. Einige von ihnen humpelten, andere waren blutüberströmt. Dies war kein kleiner Vorfall, sondern ein Schlachtfeld.

Die geflohenen Undinen – es waren viele! – lieferten sich einen erbitterten Kampf mit den Wachen und es sah ganz und gar nicht so aus, als würde sich diese Angelegenheit schnell klären.

Verdammt!

Ich riss die Tür unserer Limousine auf und schob Gerlina hinein. Jetzt waren wir nicht länger die einzigen Gäste, die sich für eine überstürzte Abreise entschieden hatten. Allen voran kamen die Barone. Der Herr der Seide sprang in einen wartenden Wagen, während seine Models panisch hinter ihm herrannten. Die Baronin der Wege wurde von verschwitzten Dienern in ihrer Sänfte in Sicherheit getragen und irgendwo im Getümmel meinte ich, meine Mutter und ihre Männer zu erkennen.

»Hier ist es nicht sicher«, sagte ich nachdrücklich und nickte unserem Fahrer zu.

»Dann komm mit!«

»Ich hab etwas zu erledigen.« Ich warf, Gerlinas Proteste ignorierend, die Tür zu. Ihre Hände trommelten gegen die Scheiben, als sich der Wagen in Bewegung setzte und die Auffahrt hinunterfuhr.

Im gleichen Moment erregte etwas anderes meine Aufmerksamkeit. Eine Gruppe dunkel gekleideter Gestalten nutzte die Ablenkung der anderen Gäste, um eine leblose Person auf die Ladefläche ihres Wagens zu hieven. Auch wenn das Gesicht ihres Opfers unter einem Sack versteckt war, erkannte ich den schicken Anzug sofort.

Kilian!

Der Dieb!

Verdammt!

Ich versteckte mich hinter einem Marmorpilz und beobachtete die Entführergruppe, die seltsamerweise nicht das Weite suchte. Stattdessen winkten sie eine Wache in grüner Uniform heran, die es offensichtlich nicht weiter seltsam fand, dass einer ihrer Gäste gerade im Begriff war, verschleppt zu werden. Er redete mit der Gruppe, nickte und verschwand im Haus.

Hier ging etwas vor und mein Instinkt verriet mir, dass alles irgendwie zusammenhing.

Das würde eine verdammt lange Nacht werden ... Und die würde ich definitiv nicht in diesem Kleid bestreiten.

Es war Zeit für den Nachtfalter.

Zori

Eigentlich liebte ich es, zu tanzen. Meinen Körper der Musik zu übergeben und mich mit ihrem Klang zu verbinden. An Tagen wie heute verging mir allerdings die Lust aufs Tanzen. Männer, die ihre verschwitzten Hände auf meine Hüfte pressten und keuchten. Dazu diese gierigen Blicke, als würde ich ihnen gehören. Als würde ich nur dafür existieren, ihnen das Leben angenehmer zu machen.

Meine Füße flogen nicht leicht dahin wie sonst. Sie fühlten sich schwer an, lahmten dem Takt der Musik hinterher, die sich in meinen Ohren schmerzhaft und schrill anhörte. Es hatte nur einen Lichtblick an diesem Abend gegeben, als Quintus mit mir über die Fläche geschwebt war. Es war, als ob uns das Schicksal seit der Nacht, in dem ich ihm begegnet war, immer wieder zusammenführen wollte, und auch wenn er ein typischer Mensch war, etwas eingebildet, selbstverliebt und ein notorischer Lügner, war da noch etwas anderes in ihm. Eine Seite, die etwas in mir zum Schwingen brachte. Vielleicht bloß die vertraute Einsamkeit in seinem Herzen, die er versuchte mit einem strahlenden Lächeln zu verstecken. Vielleicht seine grünen Augen, die mich an den Wald erinnerten. Oder die blassen Sommersprossen auf dem Nasenrücken, die wie Sterne aussahen. Oder die Tatsache, dass er gut tanzen konnte.

Im Gegensatz zu meinem aktuellen Tanzpartner, einem verschwitzten Kerl aus dem Fürstentum der Zufriedenheit. Und ganz wie das Wappen auf seinem Anzug versprach, hatte er immer ein Weinglas in greifbarer Nähe, weshalb seine Schritte schwer und schwankend waren. Grob riss er mich herum, sodass wir schon zum zweiten Mal in ein anderes Tanzpaar krachten.

»Ich war einer Elfe noch nie so nahe«, keuchte er. »Es ist aufregend.«

»Aufregend?«, fragte ich nach, auch wenn ich wusste, was er meinte.

»Ich hoffe nur, die waren gründlich bei der Glitzer-Extraktion, sonst werde ich dir wohl für immer verfallen.«

»Nicht für immer«, klärte ich ihn auf.

»Ich bin sicher, sie haben ein Körnchen vergessen. Darum bin ich schon verliebt.« Als er mir zuzwinkerte, lief mir ein kalter Schauer über den Rücken. Ich wünschte, es wäre so. Ein paar Körnchen würden mir reichen und ich würde sie ihm in sein gerötetes Gesicht reiben.

»Ist es wahr, dass Elfen Menschen fressen?«

»Ich habe noch keinen gefressen.«

»Das könnte ich mir auch gar nicht vorstellen. Bei so einem hübschen Gesicht.«

Ich rang mir ein Lächeln ab, auch wenn ich mich lieber übergeben hätte. Es gab viele Gerüchte über Elfen und die meisten waren nicht wahr. Zwar aßen wir nur lebendiges Fleisch, meistens jedoch kleine Tiere, die wir in einem Stück herunterschlucken konnten. Die Tatsache an sich schien jedoch verstörend genug, um Schauergeschichten über uns zu erfinden.

Plötzlich hörten wir ein Schreien und aufgebrachte Gäste drängten aus dem Garten in den Saal. Die Musik verstummte schlagartig und die Tanzenden hielten an, um nachzusehen, was passiert war.

»Was ist denn hier los?«, fragte mein Begleiter überfordert und zog mich an sich heran. Die Geste hätte fürsorglich wirken können, aber ich ahnte, dass er mich eher wie einen Schutzschild verwendete.

Ich blinzelte zu den Wachen hinüber, die mich auf Befehl ihres Barons bisher nicht aus den Augen gelassen hatten. Einige von ihnen zogen ihre Waffen und schoben sich in Richtung Garten, während andere versuchten, die Gäste zu beruhigen, die hektisch übereinanderstolperten.

Was auch immer hier los war, es lenkte sie ab.

War das etwa sein *Verdienst?*

Ich sah mich um und entdeckte ein Paar vertraute, grüne Augen in der Menge. *Quin!* Er zwinkerte mir schelmisch zu. Ich lächelte und er erwiderte es. Hatte dieser verrückte Dieb wirklich für die versprochene Ablenkung gesorgt? Meine Gedanken überschlugen sich vor Aufregung, während ich die Möglichkeiten, die sich mir boten, durchging. Vor allem müsste ich schnell sein.

»Wo willst du denn hin, kleine Elfe?«, brummte mein Tanzpartner und hielt mich fest.

Ich dachte nicht lange nach, sondern bleckte drohend meine Zähne, was ihm allerdings nur ein Kichern entlockte.

»Wie ein kleines Kätzchen«, säuselte er, woraufhin ich meine Geduld verlor und ihm kurzerhand in den Arm biss. Schreiend wich er zurück, aber angesichts der hysterischen, aufgeregt diskutierenden Gäste fiel er nicht weiter auf.

Ich drehte mich um, konnte Quin aber nirgends mehr entdecken. Ich schlängelte mich durch die Masse, aber der Meisterdieb war verschwunden. Enttäuschung machte sich in mir breit.

Du hast kein Recht, traurig zu sein, Zori. Er hat dir zu einer Chance verholfen. Jetzt musst du sie ergreifen.

In dem Moment erblickte ich den Dämonenjäger, der ebenfalls seine Waffen gezogen hatte und mit entschlossener Miene in

Richtung Garten drängte. Ehe er mich entdecken konnte, hastete ich zu einem der Ausgänge des Saals und schlüpfte in einen Flur.

Von rechts kamen mir weitere Wachen entgegen, aber ich sprang zu einem Bücherregal. Mit ein paar Handgriffen kletterte ich hoch und presste mich leise wie eine Katze in den Staub. Die grauen Körner wirbelten um mich herum. Dabei sahen sie selbst so elegant wie kleine Tänzer aus, die fröhlich vor meiner Nase herumtanzten zu einer Musik, die nur sie hören konnten.

»Lasst nicht zu, dass die Fischmäuler entkommen!«, rief einer. »Zur Not erschießt sie einfach. Dann gibt es später eben nur einen Hundekampf.«

Keiner der Wachen sah nach oben zum Buchregal. Sie eilten, die Hände an den Waffen, den Blick geradeaus gerichtet, weiter. *Puh, das war knapp gewesen!*

Als ich wieder allein war, erhob ich mich. Eine graue Schicht klebte an meiner feuchten Haut und dem weißen Kleid. Leichtfüßig wie eine Katze sprang ich und landete lautlos auf dem Boden.

Etwas streifte mein Bein. Als ich hinabsah, blickten glühende Augen zu mir empor. Glückspilz hatte wie selbstverständlich den Platz an meiner Seite eingenommen und deutete mit dem Kopf auf eine Treppe, die ins nächste Stockwerk führte. Mit etwas Glück befand sich dort ein offenes Fenster, durch das ich fliehen konnte.

»Das geht nicht«, flüsterte ich und schlug stattdessen den Weg zum Keller ein. Glückspilz biss mir ins Bein, aber ich ignorierte ihn und setzte meinen Weg fort. Dickköpfig, wie er war, zog er mir seine Krallen über das Bein und fauchte.

»Ich kann sie nicht hierlassen«, flüsterte ich ihm zu.

Ich musste tun, wofür ich gekommen war. Ich musste die anderen Elfen retten. *Und vielleicht würde ich …* Mein Herz machte einen Sprung … *meinen Vater wiedersehen.*

Glückspilz jedoch schien alles andere als begeistert. Fauchend stellte er sein Fell auf, fixierte mich mit seinen dunklen Augen und bewegte sich nicht vom Fleck.

»Du musst ja nicht mitkommen.«

Ich hatte den Keller noch nicht ganz erreicht, da hörte ich erneut Schritte. Glückspilz, der mich trotz unserer Meinungsverschiedenheit nicht im Stich lassen wollte, hechtete an mir vorbei auf einen Schrank zu. Ich riss die Tür auf und huschte mit ihm hinein. Gerade rechtzeitig versank ich zwischen Pelzmänteln in der Dunkelheit, der Kater ließ sich ein paar Zentimeter weiter nieder. Sein Mal leuchtete, aber er würdigte mich keines Blickes und schmollte.

»Sie haben ihn, Baronessa«, hörte ich eine Stimme sagen.

»Gut.«

»Es gibt da nur immer noch das Problem mit dem ... besagten Gegenstand. Er wird ihn nicht so leicht ... loslassen.«

»Bei allen Schimmernden. Muss ich mich um alles selbst kümmern? Siehst du nicht, dass ich gerade verdammt viel zu tun habe?« Die zweite Person war definitiv Ophelia Jonker. Ihre immer leicht säuerliche Stimme erkannte ich sofort.

»Doch schon, aber ...«

»Findet eine Lösung und bringt mir das verdammte Ding. Aber nicht hier. Hier ist genug los und das Letzte, was ich brauche, ist, dass die anderen Barone etwas mitbekommen.«

»Zu Befehl.«

Es wurde wieder ruhig und nachdem ich mir sicher war, dass die Luft rein war, schlüpfte ich aus dem Schrank. Glückspilz fauchte erneut und biss mir ins Bein. *Deine letzte Chance, den richtigen Weg zu nehmen*, schien er zu sagen.

»Ich werde sie nicht zurücklassen«, flüsterte ich und drückte die Klinke zum Keller runter, aber die Tür rührte sich nicht.

Verdammt! Abgeschlossen!

Das sollte mich nicht wundern. Immerhin ging es um Elfen, das kostbarste Gut der Jonkers.

»Was machst du hier?«

Ich fuhr herum und entdeckte Ophelia, die hinter mir stand. Dieses Mädchen hatte wirklich einen siebten Sinn!

»Mich vor aufdringlichen Verehrern verstecken?«, entgegnete ich unschuldig.

»Du wolltest fliehen.« Die Baronessa sah müde aus, etwas blasser als sonst. Und zum ersten Mal bemerkte ich die dunklen Schatten unter ihren Augen.

»Ich bin nicht gerade freiwillig hier. Also ja … Dieser Gedanke kam mir schockierenderweise.«

»Die Haustür ist in der anderen Richtung.«

»Danke für den Hinweis.«

»Aber ich denke, dass du nicht abhauen wirst, weil du nach jemandem suchst. Deinen Liebhaber? Mutter? Vater? Was ist es?«

»Geht dich nichts an.« Ich schob mein Kinn vor und ignorierte die Panik, die sich in meiner Brust breitmachte.

»Offenbar jemand, der dir sehr am Herzen liegt.«

Ich biss mir angesichts ihres wissenden Grinsens auf die Lippe. Was hatte sie vor?

»Leider kann ich nicht zulassen, dass du uns bereits verlässt. Du bist unser wertvollster Besitz und wir können es uns nicht erlauben, dich zu verlieren.« Ihre Hand glitt in ihre Handtasche und sie zog die verhasste Fernbedienung heraus. Meine Hand zuckte automatisch zu meiner Fessel empor und ich bereitete mich auf das vor, was nun folgen würde. Sekunden später versank meine Welt in kurzem Schmerz, gefolgt von Dunkelheit.

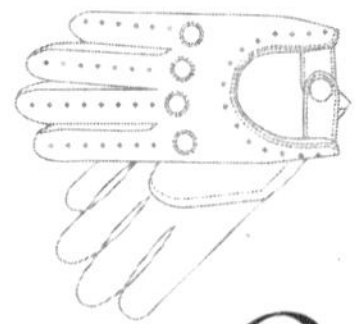

Quintus

Als ich mit dröhnendem Kopf erwachte, lag ich auf der Ladefläche eines Wagens, der übers Kopfsteinpflaster fuhr. Ich wagte nicht, meine Augen zu öffnen, konnte aber durch meine Lider grünes Licht erkennen. Wir waren also noch immer im Fürstentum des Glücks.

Meine Entführer saßen um mich herum auf der Ladefläche und schwiegen. Das machte es mir schwer einzuschätzen, wie viele es waren. Wahrscheinlich zu viele, um sie bekämpfen zu können. Vorsichtig spannte ich meine Muskeln an, aber die Seile, mit denen sie mich gefesselt hatten, gaben nicht nach. Und ich befürchtete, dass Tormod Bard nicht kommen würde, um seinen Schüler zu retten. Der hatte vermutlich gerade alle Hände voll zu tun, unseren Auftraggeber zu schützen.

Ich war auf mich allein gestellt.

Nach einer Weile blieb der Wagen stehen und einer meiner Entführer sprang heraus. Ich hörte das Rattern von etwas wie einem Garagentor, das geöffnet wurde. Kurz darauf setzte sich der Wagen wieder in Bewegung und fuhr ins Innere des Gebäudes. Als wir erneut zum Stehen kamen, wurde ich mit einem Fuß angestoßen, aber rührte mich nicht.

»Er schläft noch wie ein Lämmchen«, sagte die mir wohlbekannte Stimme von Daan Knox, deren schmierigen, nasalen Klang ich überall erkennen würde. Wenn er sich persönlich um eine Angelegenheit kümmerte, musste es ihm verdammt wichtig sein.

»Lassen wir ihn hier. Die Betäubung müsste noch eine Weile anhalten«, sagte eine Frau. *Yasha!* »Willst du ihm das Ding aus der Hand schneiden?«

»Nee. Mach du. Ich habe keine Lust, meine Weste zu ruinieren ...«

»Ich kann doch kein Blut sehen, Boss ...«

»Unsere Kundin verlässt sich auf uns.«

»Ich mach das auf keinen Fall! Bob, mach du.«

»Ich reiß mich auch nicht drum«, sagte Bob. »Meine Hände zittern doch immer so.«

Verdammter Mist!

Ich spürte, wie sich die Ladefläche unter ihren Schritten bewegte, als alle drei nacheinander abstiegen.

Dann war es still. Vorsichtig blinzelte ich. Das Licht im Inneren der Halle war gelblich verwaschen. Nur ein einzelner Oktölpus zog seine Kreise und verbreitete den beißenden Gestank von Benzin.

Vorsichtig versuchte ich mich zu strecken, aber die Fesseln saßen fest. Wer auch immer mich wie ein Paket verschnürt hatte – wahrscheinlich Yasha –, war ein Profi gewesen. Ich konnte nicht einmal meine Finger strecken, um an die versteckte Klinge zu kommen, von der ich mir nicht einmal sicher war, ob sie noch da war.

Verflucht, Quin!

Sich aus dieser Lage zu befreien, könnte verdammt kniffelig werden.

Plötzlich löste sich ein lautloser Schatten von der Decke und landete neben mir auf der Transportfläche. Der Neuankömmling huschte auf mich zu. Schon wurde ich an den Schultern gepackt und umgedreht. Ich hatte gerade noch die Chance, die Augen zu schließen. Doch ich war nicht schnell genug.

»Ich weiß, dass du wach bist«, zischte eine vertraute Stimme. Dann drückten mir zwei behandschuhte Finger die Lider auseinander. Überrascht sah ich in zwei wütende, dunkle Augen. So schwarz wie ein Fass Tinte, in dem man versinken wollte, um herauszufinden, welche Geschichten daraus entstehen könnten. Das Gesicht wurde von einer roten Maske verborgen, die die Form einer Motte hatte. Trotzdem erkannte ich das Mädchen, das dahintersteckte, sofort. Ihre feine Nase. Die schmalen Lippen, die noch genau so rot waren wie auf dem Ball.

»Baronessa! Was für eine erfreuliche ...«

Sie unterbrach mich. »Wo sind die Ketten, die du mir gestohlen hast?«

»Ganz schlechtes Timing gerade«, entgegnete ich. »Vielleicht ist es dir nicht aufgefallen, aber ich wurde entführt.«

»Ist mir aufgefallen.« Sie entblößte ihre Zähne. »Mein Timing ist also genau richtig.«

Dann beugte sie sich zu mir herunter. Etwas blitzte in ihrer Hand auf und schon spürte ich die Spitze einer Klinge, die sich mir in den Hals bohrte.

»Wo sind sie?«, knurrte sie drohend. Gleichzeitig fiel ihr Zopf aus der Kapuze vor und eine Strähne kitzelte meine Wange.

»Du bist wirklich hübsch, wenn du wütend bist.« Komplimente konnten wahre Eisbrecher sein, aber sie war offenbar immun gegen meinen Charme und drückte fester mit der Klinge zu. »Ich würde einen Deal vorschlagen. Du hilfst mir und ich gebe dir deine Ketten wieder.«

»Du bist nicht in der Position zu verhandeln, Dieb! Ich mach dir einen Gegenvorschlag: Ich lasse dir dein Leben und du gibst mir die Ketten.«

»Du brauchst mich«, versuchte ich es erneut, worauf ein bittersüßes Lächeln über ihre Lippen huschte.

»Und wofür?«

»Um wieder hier rauszukommen. Diese Männer sind gefährlich …«

Nun genehmigte sie sich ein leises, raues Lachen. »Ich bin gefährlicher.«

Offenbar hatte ich sie unterschätzt. Sie war nicht nur die verzogene Tochter einer Baronin, die auf der Suche nach einer guten Partie von einer Veranstaltung zur nächsten tingelte. Die Art, wie sie sich bewegte, wie sie die Klinge hielt, und die Furchtlosigkeit in ihrer Stimme zeigten, sie war eine Kämpferin.

Ich schluckte und versuchte eine neue Strategie. »Wenn du mich hierlässt, wird man mich höchstwahrscheinlich foltern. Lieber sterbe ich durch die Hand einer schönen Baronessa.«

»Das lässt sich einrichten«, entgegnete sie ungerührt, ohne ihre Klinge zu lockern. »Warum haben sie dich überhaupt mitgenommen?«

»Sie wollen etwas von mir …«

»Etwas, was du ihnen gestohlen hast?«, hakte sie wenig überrascht nach.

»Na ja …« *Seit wann war ich so leicht zu durchschauen?*

»Wo sind meine Ketten?«, wiederholte sie ihre Frage. Offenbar waren sie ihr persönlich wichtig, denn sie wirkte nicht wie jemand, der materielle Sorgen hatte. Dass sie ihr Leben für diesen Schmuck riskierte, konnte nur bedeuten, dass er einen sentimentalen Wert hatte.

»Hat dein Freund sie dir geschenkt?«, riet ich.

»Nein.«

»Da bin ich aber erleichtert.« Dieses Mal versuchte ich mit einem Augenaufschlag ihr Herz zum Schmelzen zu bringen. Es war offensichtlich tiefgefroren, denn es erweichte sich keinen Millimeter.

»Sie gehörten meiner Schwester«, zischte sie und für einen Moment sah ich den Schmerz in ihren Augen aufblitzen. Sie musste nicht mehr erklären, denn ich erkannte Verlust, wenn ich ihn sah.

»Verdammt. Das tut mir leid …«

»Ja, das wird es.«

»Okay. Ich geb sie dir. Ich bitte dich nur, meine Fesseln durchzuschneiden. Diese Männer dürfen das, was ich habe, auf keinen Fall in die Finger bekommen. Es ist zu mächtig, als das sie es bekommen sollten. Ich muss es beschützen. Zum Wohle von ganz Amsterlock.«

»Oh! Also bist du der Held?« Belustigt hob sie die Augenbraue.

»Ja«, bestätigte ich und fand, dass man das durchaus sagen konnte. Immerhin würde ich bald gegen Dämonen kämpfen. Zumindest wenn es nach Tormod Bard ging.

Schritte näherten sich, Stimmengemurmel wurde laut und ich meinte Yashas schwere Stiefel herauszuhören.

»Da hinten ist er«, verkündete Daan Knox und kurz darauf zerrissen Lichtkegel die trübe Dunkelheit der Garage. Offenbar hatten sie jemanden gefunden, der willig war, mir das Auroculum aus den Händen zu schneiden.

»Bitte«, flüsterte ich, nun beinahe flehend. »Die Ketten sind in der Tasche meiner linken Socke. Nimm sie und hilf mir.«

Ungläubig guckte sie mich an. »Bitte was?«

»Ich habe Socken mit Innentaschen.« Ich hatte sie selbst angenäht, um dort Diebesgut zu verstecken. Genau so wie in meiner Unterwäsche. Als Beschaffer musste man eben kreativ werden.

»Wenn das ein Trick ist, dann …« Sie tastete die angegebene Stelle ab und wurde fündig. Gerade als sie die Ketten herausfischte, beschleunigten sich die Schritte, die in unsere Richtung eilten.

»Hey!«, rief Yasha und ich konnte hören, wie sie ihre Bolzenwaffe zog. »Da ist jemand!«

Gleichzeitig durchtrennte Laurelins Klinge meine Fesseln. Blut schoss in die eingeengten Gefäße und sorgte für ein unangenehmes Kribbeln. Als ich mich ruckartig aufrichtete, wurde mir einen Moment schwummrig.

»Danke«, hauchte ich. »Ich wusste, dass du ein Herz hast.«

Sie ignorierte meine Worte und sprang leichtfüßig wie eine Katze von der Ladefläche des Wagens. Ich folgte ihr unbeholfen, stolperte erneut und legte mich der Länge nach hin. Nachdem die engen Fesseln meine Gefäße eingeschnürt hatten, fühlte sich mein Körper dumpf an und wollte mir nicht recht gehorchen.

»Wenn du überleben willst, nimm die Beine in die Hand, Dieb«, zischte Laurelin, zog sich die Kapuze tiefer ins Gesicht und eilte in Richtung des Ausgangs. Gleichzeitig hörte ich einen Schuss. Der erste traf den Oktölpus, der rauchend vom Himmel fiel und auf dem Boden zerschellte.

Laurelin beschleunigte, aber Yasha war nicht umsonst die Wächterin der Beschaffer. Sie war verdammt gut im Umgang mit Schusswaffen und so traf der zweite Bolzen. Laurelin stöhnte auf und knickte zusammen.

»Nein!«, fluchte ich leise, als Yasha und zwei weitere Männer auf sie zustürmten. Für eine Sekunde haderte ich mit mir.

Das war meine Chance, zu entkommen!

Alle Aufmerksamkeit von Daan Knox und seinen Begleitern war auf das maskierte Mädchen gerichtet, das nun seine Klingen zog. Keiner interessierte sich für den Truck, in dessen Schatten ich hockte. *Eine perfekte Ablenkung!* Mein Blick wanderte zum Fluchtweg. Ein paar Schritte und ich würde in der Dunkelheit verschwinden.

Nein, Quin! So bist du noch nicht. Du musst ihr helfen!, ermahnte mich mein Gewissen.

Bist du wahnsinnig? Dann gehst du auch drauf!, brüllte mein Überlebensinstinkt, der mich die letzten Jahre gelenkt hatte.

Willst du wirklich so eine Art von Mensch sein?

Feiglinge leben länger, hielt mein Überlebensinstinkt dagegen, und auch wenn er recht hatte, bewegten sich meine Beine von selbst, traten aus den Schatten und eilten in Laurelins Richtung. Ich schob Angst und Zweifel beiseite und konzentrierte mich ganz auf mein Ziel. Ruhe füllte meinen Körper aus, so als wüsste der genau, was nun zu tun sei. In diesem Moment spürte ich das Auroculum in meiner Hand. Ein heißes Kribbeln breitete sich nach innen aus und strömte durch meinen Körper, als ob es mich in meiner Entscheidung, Laurelin zu helfen, bestärken wollte.

»Tötet sie!«, rief Daan Knox.

»Nein!« Instinktiv riss ich mir den Handschuh von der Hand. Schon begann das Auroculum zu leuchten und ein strahlendes Licht schoss den Angreifern entgegen. Mit einem Schlag erstrahlte der Lagerraum heller als die Welt bei Tage. Geblendet rissen die Männer ihre Arme hoch, um sich die Augen zu schützen.

Gleichzeitig rannte ich auf Laurelin zu, die Hand wie einen Schild auf Yasha und die Männer gerichtet. Diese ließen ihre Waffen fallen und sanken beinahe ehrfürchtig in die Knie. Ich konnte hören, wie sie verzückt etwas murmelten, als der Zauber der Göttin sie umhüllte.

»Komm!«, rief ich Laurelin zu. Auch sie starrte auf das goldene Licht, das eine Barriere um uns bildete, und rührte sich nicht. Also packte ich sie und schleifte sie mit mir zum Garagentor. Hektisch versuchte ich, es zu öffnen, aber es bewegte sich keinen Millimeter.

Verdammt!

Nun kam sie doch zurück. Die Angst, die mein Leben so fest im Griff hatte. Panisch versuchte ich es erneut, aber das Tor gab nicht nach.

Du hättest rennen sollen, du Idiot!, beschwerte sich mein Überlebensinstinkt.

Gleichzeitig erlosch das Auroculum und mit einem Schlag war es wieder dunkel. Ich wartete nicht ab, langte in meine Tasche und warf den Männern einen meiner Schreikäfer entgegen.

Während der Schrei den Raum zum Vibrieren brachte, zerrte ich Laurelin hinter den Wagen in Deckung. Kaum hatten wir ihn erreicht, verstummte mein Käfer knirschend unter schweren Stiefeln.

»Macht Licht!«, befahl einer. »Sie müssen hier noch irgendwo sein.«

Verdammt!

Ich untersuchte Laurelin, die immer noch kein Wort gesagt hatte. Der Bolzen hatte ihre Schulter durchschlagen und unter ihr bildete sich bereits ein roter See.

»Du musst zu einem Arzt«, murmelte ich.

Zumindest, wenn wir hier lebend rauskamen.

»Ich komm klar ... Was war das? Was hast du da gerade getan?«, murmelte sie ihre Wunde ignorierend.

»Ich habe Superkräfte«, keuchte ich. »Allerdings befürchte ich, dass wir trotzdem draufgehen.«

In diesem Moment leuchteten Lichtkegel von Taschenlampen auf und die Männer begannen den Raum systematisch zu durchsuchen.

Laurelin griff nach meiner Hand. Ihre Finger fuhren über das Auge, zuckten allerdings sofort zurück, als hätte sie sich daran verbrannt.

»Du steckst voller Überraschungen, Dieb!«, flüsterte sie, während sie mich mit ihren dunklen Augen musterte.

»Ich weiß«, flüsterte ich.

»Du hättest mich nicht retten müssen.« Durch die rote Maske

wurden ihre Augen noch mehr hervorgehoben. Dunkel. Entschlossen. Und mutig.

»Ich sagte doch, ich bin ein Held.« Erneut schenkte ich ihr mein charmantes Grinsen und dieses Mal entlockte es ihr ein kleines Lächeln. Sie hatte wütend schon schön ausgesehen, aber wenn sie lächelte, strahlte sie förmlich.

»Tut mir leid wegen der Ketten«, flüsterte ich, als ein Lichtkegel über unsere Köpfe zuckte. Ich duckte mich über sie und drückte sie dabei zu Boden. Mit einem Mal war ich ihr so nah, dass ich ihren Atem an meinem Hals spürte. Wir sahen uns an und ich schluckte. Ihre Augen, die von dichten Wimpern umrahmt waren, weiteten sich vor Überraschung.

»Hast du etwa vor mich zu küssen?«, fragte sie.

»Nein!«, entgegnete ich, ohne mich zu bewegen. »Vielleicht ...«

»Wirklich?«

»Warum nicht? Wäre doch ganz schön, bevor wir draufgehen.« Ich zwinkerte, aber ehe ich mich weiter nähern konnte, schob sich ihr Finger auf meine Lippen.

»Hast du den Verstand verloren, Dieb?«, fragte sie und ich ahnte, dass sie mich vor Daan Knox töten würde, sollte ich ihren Lippen zu nahe kommen.

»Nein ... Nur mein Herz«, gab ich zu und rollte mich von ihr herunter.

Denn ich hatte mich in ein Flüsterwesen verliebt. Eine Elfe, die ich um jeden Preis vergessen musste, aber alleine die Erinnerung an sie sorgte dafür, dass ein Schwarm Schmetterlinge in meinem Körper erwachte.

»Ein Herz kann man nicht so einfach stehlen. Man kann es nicht kaufen, nicht ersteigern und nicht erpressen. Ein Herz ist etwas, das man nur geschenkt bekommen kann«, entgegnete sie.

»Oder mit Glitzer täuschen«, ergänzte ich bitter.

»Die Elfe?«

In dem Moment wurde unser tiefgründiges Gespräch unhöflicherweise unterbrochen, denn unsere Jäger nahmen leider keine Rücksicht auf meine Herzensangelegenheiten. *Solche Rüpel!*

»Hier sind sie!« Jeden Moment würden wir von Bolzen durchlöchert zu Boden sinken und es gab nichts, was wir tun konnten. Trotz der ausweglosen Lage lag auf Laurelins Gesicht ein Grinsen, das mir das Blut in den Adern gefror.

»Na endlich!«, begrüßte sie unsere Mörder.

»Jetzt bist du diejenige, die den Verstand verloren hat.«

»Ich denke ganz klar, Dieb. Wir werden heute nicht sterben. Jetzt sind meine Superkräfte an der Reihe.«

Laurelin de Jong

Ich schob Kilian, oder wie auch immer er heißen mochte, hinter mich und richtete mich auf. Eins gegen fünf. Meine Chancen hatten schon deutlich schlechter gestanden. Allerdings durfte ich meine Gegner nicht unterschätzen. Ich war verletzt, diese Frau war wirklich zielsicher und die Männer schienen ebenfalls kampferfahren. Weniger Sorge bereitete mir der Beschaffer im edlen Anzug, der sich im Hintergrund hielt. Er war ein typischer Feigling, bereit, bei dem geringsten Anzeichen einer Gefahr zu fliehen.

Meine Hand wanderte zur rechten Schulter, die von einem Bolzen durchbohrt worden war. Der Arm hing nutzlos herunter, während heißes Blut meinen Anzug durchtränkte. Ich begutachtete die rote Flüssigkeit, die an meinen Handschuhen klebte.

So viel Blut.

Und so viel Dunkelheit.

»Gebt auf«, sagte die Frau. »Ihr habt keine Chance!«

»Aufgeben?«, sagte Kilian und schob sich neben mich. »Wir beide wissen, dass das nicht unser Leben retten wird, Yasha!«

»Zumindest können wir euch einen schnellen Tod versprechen«, sagte die Frau mit den Schusswaffen.

»Würdest du das wirklich übers Herz bringen?« Kilian fasste sich an die Brust, als würde ihn das schwer treffen. »Und ich dachte, wir wären Freunde.«

»Das hättest du dir vorher überlegen sollen, Quin.«

Quin? Offenbar hatte der Dieb noch mehr Identitäten, als er bisher zugegeben hatte. Er versuchte es mit diesem einnehmenden Lächeln, das er so gut beherrschte. Mit weicher, säuselnder Stimme fuhr er fort. »Dann ist es der falsche Moment, dich auf Poffertjes der Vergebung einzuladen?«

»Ja.«

»Unser Quintus«, mischte sich der Mann ein, den ich für einen Feigling hielt. »Dieses Mal wird dich auch deine goldene Zunge nicht retten können.«

»Willst du wirklich deinen besten Beschaffer verlieren, Daan?«, fragte der Dieb mit den vielen Namen. Offenbar gehörte er zu den Menschen, die erst schwiegen, wenn man ihnen ein Messer durchs Herz gejagt hatte. »Denk drüber nach. Jemand wie ich ist mehr wert als das Ding in meiner Hand. Ich kann dir alles besorgen, was du willst.«

Für einen Moment schien Daan darüber nachzudenken, dann schüttelte er den Kopf. »Bedauere, Junge. Du weißt ja selbst: Unsere Kunden sind die Könige.«

Sein Zeige- und Mittelfinger zuckte kaum merklich in die Höhe, aber das reichte. Die Frau – Yasha – betätigte den Abzug und ein Bolzen schoss aus dem Lauf ihrer Waffe, direkt auf den Dieb zu. Ich drehte mich herum, sodass ich vor Kilian – oder Quintus – stand. Ein Schmerz zuckte durch meinen Rücken, als sich der Bolzen in mein Fleisch bohrte und Knochen zersplitterte. Ich kippte nach vorne, aber der Dieb fing mich auf.

»Nein!« Seine Augen waren vor Schreck geweitet. »Warum hast du das getan?«

»Keine Sorge.« Ich lächelte ihn bloß an, um ihn zu beruhigen, aber aus seiner Perspektive musste es ziemlich irre wirken. Langsam befreite ich mich aus seinen Armen und drehte mich um.

Diese Leute dachten, sie wären im Vorteil, dabei war ich in

meinem Element. Ich konzentrierte mich auf das pulsierende Blut, das aus mir heraussickerte. Die Tropfen, die auf den Boden klatschten, und die Blutlache neben mir, die nur darauf wartete zu erwachen. Und während sich meine Sinne schärften, schien die Zeit langsamer zu laufen.

Ich horchte in mich hinein und rief das Erbe meines Vaters. Meine dämonische Seite, einen dunklen Fleck auf meiner Seele. Als mein Geist ihn berührte, hörte ich sein vertrautes Säuseln, die Macht, die sie mir versprach.

Verführerisch.

Gefährlich.

Normalerweise unterdrückte ich sie, aber jetzt ließ ich sie frei. Sofort schoss meine dämonische Gabe durch meinen Körper, füllte mich aus. Ein dunkles Vibrieren. Kalt und doch beruhigend. Ich saugte die Dunkelheit um mich herum auf, atmete sie ein und hob die Arme.

»Erhebt euch.« Ich spürte, wie das Blut um mich herum zum Leben erwachte. Wie es sich erhob und Fühler daraus emporwuchsen, dicht gefolgt von zarten Flügeln. Als die Blutmotten emporstoben, ein purpurner Schwarm, hörte ich die überraschten Schreie meiner Angreifer. Ich hörte, wie sie mit ihren Waffen auf meine Tiere schossen. Sie schlugen um sich, versuchten sie abzuwehren.

»Was ist das?«

»Bei allen Schimmernden!«

In ihrer Panik ließen die Männer ihre Lampen fallen, die über den Boden rollten und unbrauchbar außerhalb ihrer Reichweite liegen blieben.

Gut! Licht konnte ich nicht gebrauchen, denn meine Motten blühten in der Dunkelheit auf. Je schwärzer die Schatten, desto stärker waren sie.

Ich wollte mich ebenfalls in den Kampf stürzen, aber meine Beine zitterten angesichts des Blutverlusts und ich sackte in die Knie. Meine Motten spürten sofort, dass ich ihre Hilfe benötigte. *Natürlich!* Sie waren ein Teil von mir. Schon hörte ich Flügelschlagen, spürte beruhigende Fühler über meine Wange streichen. Dann lag etwas in meiner Hand. Hart und schwer. Die Bolzenwaffe, die sie der Frau abgenommen hatten.

Sie flüsterten mir zu, sie zu benutzen. Also streckte ich meinen Arm aus und zielte.

Schuss.

Die Motten stoben in alle Richtungen und einer der Männer fiel zu Boden. Sofort wandten sich meine Motten von ihm ab und stürmten auf die Übrigen zu, die immer noch panisch und blind durch die Dunkelheit stolperten und mit ihren Waffen um sich schlugen.

Ich zielte erneut. Dieses Mal auf die Frau und drückte ab, aber sie wich aus und mein Bolzen streifte sie nur am Arm.

»Blut!«, kreischte sie. »So viel Blut.«

»Wage es nicht, ohnmächtig zu werden, Yasha!«, schrie der Chef der Bande. Sie zögerte, starrte auf die Motten, die über ihre Kollegen herfielen, und beschloss, dass sie leben wollte. Also ließ sie ihre Waffe fallen und floh. Ihr Boss bückte sich fluchend, hob sie auf und zielte selbst auf mich. Offenbar hatte ich seinen Mut unterschätzt.

Meine Motten stürzten sich ihm entgegen, aber es war zu spät. Ich hörte den dumpfen Schuss, gefolgt von explodierenden Schmerzen in meiner Brust.

Keuchend sank ich zusammen.

»Hab ich dich!«

Keine Schwäche zeigen, Laurelin! Ich biss die Zähne zusammen und richtete mich wieder auf. Meine Motten umgaben mich wie ein wütender Schwarm der Rache und ich spürte, wie die Dunkelheit nach mir rief. Sie wollte, dass ich meine Feinde verschlang.

In meinem Kopf drehte sich alles und ich wusste, dass mir nicht mehr viel Zeit blieb. Also rief ich einen Teil der verbliebenden Motten zu mir zurück. Sie landeten auf meiner rechten Schulter und krochen durch die Wunde zurück in meinen Körper, der sich keinen weiteren Blutverlust leisten konnte.

Ein Flügelschlag streifte mich an der Wange. Sanft. Drängend. *Warnend …* Ich riss meinen Kopf hoch und sah den Chef wutentbrannt auf mich zustürmen. Erneut riss ich die Waffe empor und schoss, aber nichts passierte. Mist. Kein Bolzen übrig.

Mein Gegner holte aus, bereit, die Klinge auf mich heruntersausen zu lassen.

Ich wusste, was zu tun war.

Mein letzter Trumpf. Das, was ich zu vermeiden versuchte, denn allein bei dem Gedanken lief mir ein Schauer über den Rücken.

Tue es, flüsterte die Dunkelheit.

»Los!«, befahl ich meinen Motten und sie waren da. Innerhalb eines Flügelschlags hatten sie meinen Angreifer eingekreist, purpurne Flügel überall, die ihren Feind unter sich begruben.

Ich wusste, was als Nächstes kam. Fühlte, wie sich ihre Saugrüssel in das Fleisch stachen. Hörte seine Schreie, als seine Haut von Hunderten Nadeln durchstochen wurde. Sofort überrollte mich eine Flut des Ekels, als ich spürte, wie meine Motten sein Blut tranken. Schluck um Schluck. Und in den Tropfen offenbarte sich die Vergangenheit meines Opfers. Ich spürte seinen Schmerz, sah Bilder von seiner Familie – sie waren zerstritten –, seinen Freunden – er hatte nicht viele –, und ich sah Ophelia Jonker. Aber sie war nicht die Einzige, die sich für das goldene Amulett interessiert hatte. Noch jemand hatte viel Geld geboten, es zu besorgen.

Ach du Scheiße …

Die Motten ließen von Daan Knox ab und stoben in alle Richtungen. Zurück blieb ein Körper, weiß, leer und still. Die Haut sah aus wie Wachs, unnatürlich blass spannte sie sich über den Schädel. Ich kämpfte immer noch mit dem Ekel, der mir die Gallensäure in den Magen trieb, während die Dunkelheit in mir lachte.

Jemanden auszusaugen war meine letzte Fähigkeit. Eine mächtige Waffe, die ich so gut wie nie einsetzte, weil ich sie einfach nur schrecklich fand. Unmenschlich. Und gleichzeitig so erfüllend, als ob etwas in mir genau das nur allzu gerne tat.

Mit einem Schwall erbrach ich mich auf den Boden, während die Motten besorgt um mich herumkreisten. Ihre Fühler kitzelten meine Haut, versuchten mich aufzumuntern. Einige beeilten sich, mir zu helfen, indem sie in die Wunden krochen und wieder zu dem Blut wurden, aus dem sie geformt waren, aber die Verletzungen waren tief. Ich spürte, dass zersplitterte Knochen im Gewebe feststeckten und bei jeder Bewegung mehr Schaden hinterließen.

Es würde Zeit brauchen zu heilen.

»Du!« Plötzlich stand Quintus, eine Laterne an sich gedrückt, vor mir und starrte mich an. Den hatte ich während des Kampfes ganz vergessen.

»Dich gibt es ja auch noch«, murmelte ich. »Dachte, du wärst ohnmächtig geworden.«

»Du bist …«

»Überraschung«, krächzte ich, während mein Körper aufgab und einfach zur Seite kippte.

Endlich fand der Dieb seine Sprache wieder. »Was war das? Bist du … bist du … ein Dämon?«

Ich konnte die Panik in seinen Augen sehen, aber auch die Wut, mit der er von oben auf mich hinabstarrte, und für einen Moment befürchtete ich, dass es ein schrecklicher Fehler war, ihn nicht auch zu töten.

Alle Zeugen müssen sterben, sagte meine Mutter immer. *Sie verstehen nicht, was du bist.*

Sauge ihn aus, stimmte die Dunkelheit zu. *Finde heraus, was er weiß.*

Nein. Genug Tote für einen Tag. Mehr würde mein Gewissen nicht verkraften.

Quintus verschwand aus meinem Gesichtsfeld, nur um kurz darauf wieder aufzutauchen, den Lauf einer Waffe auf mich gerichtet.

Ich versuchte, beschwichtigend meine Arme zu heben, aber sie bewegten sich keinen Millimeter. Für den Angriff hatte ich meine ganze Kraft aufgebraucht. Und nun lag selbst meine Zunge schwer und nutzlos im Mund.

»Ich … ich werde dich töten!«

So würde ich also sterben?

In einer Garage, die nach Benzin und Tod stank?

Die Waffe in seiner Hand zitterte kurz. Offenbar hatte auch er Skrupel, ein wehrloses Mädchen zu erschießen, aber diese Zweifel legten sich schnell und seine Hand beruhigte sich. »Für das, was du meiner Familie angetan hast.«

Seiner Familie?

»Sie wurden getötet von einem Dämon. Mutter. Vater. Und sogar meine Schwester.«

»Nicht von mir«, stöhnte ich. Ich tötete keine Familien.

Meine Welt drehte sich und der Lauf der Bolzenwaffe schwirrte um meinen Kopf, ebenso wie der Dieb. Ich versuchte gegen die Ohnmacht anzukämpfen, aber vergeblich. Sie überrollte mich wie eine unbarmherzige schwarze Welle der Stille.

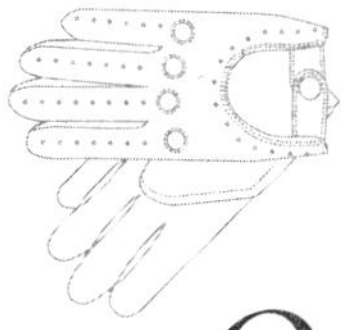

Quintus

Ich stolperte durch die Straßen. Das mysteriöse Mädchen, dem ich gerne einen Kuss gestohlen hätte, um eine gewisse Elfe zu vergessen, war zu dem Monster aus meinen Albträumen geworden. Für einen Moment hatte ich geglaubt, dass sie mich gefunden hatte, um zu beenden, was sie vor all den Jahren begonnen hatte.

Ich wollte ihr den Bolzen direkt durch das Gehirn schießen. Ich wollte es wirklich. Das war meine Chance gewesen, mich von meiner Angst zu befreien, aber als sie das Bewusstsein verloren hatte, hatte ich es nicht über mich gebracht. Ich hatte den Abzug nicht drücken können. In meinen Albträumen war das Monster eine Kreatur mit Klauen und Zähnen. Groß wie zwei Mann. Kein hübsches Mädchen mit dunklen Augen. Kein Mädchen, das mich Sekunden vorher noch gerettet hatte. Kein Mädchen, das mich zum Lachen gebracht hatte.

Kalter Schweiß bedeckte meine Stirn, als die Bilder der Vergangenheit mich erneut einzuholen drohten. Der Geruch von Blut stieg mir in die Nase und wie damals rannte ich schneller. Ich rannte, ohne Luft zu holen, bis meine Lungen brannten und meine Beine zitterten.

Nach Luft schnappend kam ich neben einer Tankanlage für Oktölpusse zum Stehen. Schnaufend lehnte ich mich dagegen und versuchte zu Atem zu kommen.

Laurelin war nicht meine einzige Sorge. Zwar war Daan Knox tot, und allein bei der Erinnerung an seinen leblosen Anblick wurde mir übel, aber Yasha war entkommen und sie würde sich für den Mord an ihrem Boss rächen wollen. Die Beschaffer würden mir die Schuld geben und nicht eher ruhen, bis ich tot war.

Verflucht!

Ich musste mir meine nächsten Schritte wohl überlegen. Abtauchen? Ich hatte entsprechende Vorbereitungen dafür schon vor Jahren getroffen. In einem Boot hatte ich Dosen mit Essen und Wasser gestapelt, um wochenlang zu verschwinden. Aber was dann? Für Beschaffer verjährte Verrat nicht, erst recht nicht, wenn der Verräter im Besitz wertvollen Diebesguts war.

Sollte ich die Stadt verlassen? Meine Heimat hinter mir lassen? Ich hatte Erspartes und Kontakte, das durchzuziehen, aber ein Leben auf der Flucht in der ständigen Angst, dass jemand mein Auroculum entdeckte, war ebenfalls keine einladende Aussicht.

Ich hasste es, das zuzugeben, aber die beste Chance zu überleben hatte ich im Moment bei Tormod Bard. Immerhin würde er mir zeigen können, wie man das Ding in meiner Hand richtig einsetzte. Die Mitgliedschaft bei den Dämonen jagenden Lichtgängern würde mir für den Moment Sicherheit verschaffen und es wäre dumm, diese aufzugeben.

Also humpelte ich in Richtung der Gaststätte *Zur letzten Ruh*. Ich war fast dort angelangt, als mich Scheinwerferlicht blendete. Ein Wagen hielt mit quietschenden Reifen vor mir, eine Tür wurde aufgestoßen und ich befürchtete, dass mich die Beschaffer erneut gefunden hatten. Oder jemand anders, der mich tot sehen wollte.

Mit zitternden Händen durchsuchte ich meine Taschen nach Schreikäfern oder Pfefferpulver. Irgendetwas. Ich fand die Bolzenschusswaffe, die ich immer noch bei mir trug, und zog sie heraus. Dann richtete ich sie auf den Mann, der aus dem Wagen stieg.

»Matthias?«

Ich war noch nie so erleichtert gewesen, diese Stimme zu hören.

»Meister …« Der Arm mit der Waffe erschlaffte.

»Was ist passiert?«

»Ich habe den Dämon gesehen …« Meine Beine gaben nach, aber starke Hände fingen mich auf und zogen mich in den Wagen.

»Alles wird gut, Junge. Du hast überlebt.« Er sprach beruhigend auf mich ein, aber vermochte es nicht, meine wirren Gedanken zu beruhigen.

Er brachte mich in das Gasthaus *Zur letzten Ruh*, wo er mich die knarzende Holztreppe in unser Zimmer emportrug. Die Falten auf dem Gesicht der dauergrimmigen Wirtin wurden noch tiefer und sie rief uns hinterher: »Blutflecken kosten extra!«

Oben angekommen ließ ich mich auf einem wackeligen Stuhl nieder, während Tormod Wasser aufsetzte. Er stellte die dampfende Tasse, in der ein kleiner Beutel Pfefferminztee trieb, vor mir ab und nahm auf dem Stuhl gegenüber Platz. Ich versuchte nach ihr zu greifen, aber meine Hände zitterten so stark, dass heiße Flüssigkeit über den Rand schwappte und mich verbrühte.

Ich spürte den Schmerz kaum, denn mein Kopf war voll von Bildern.

Ein lautes Krachen reißt mich aus dem Schlaf. Mein Fuß tritt in eine Pfütze. Ich wundere mich, ob etwas ausgelaufen ist, und sehe nach unten. Es ist kein Wasser, sondern Blut. Jetzt rieche ich es auch. Den metallischen, erstickenden Gestank, der in der Luft liegt. Ich sehe mich um. Tote Menschen auf den Gängen. Ich renne an ihnen vorbei zu der Tür. Wo sind meine Eltern? Wo ist meine Schwester?

Ich trete hinein und sehe das Monster. Der Schrei erstickt in meiner Kehle, als der Dämon seine Augen auf mich richtet.

Plötzlich spürte ich Wärme, die die Kälte aus meinen Gliedern treibt. Die Kreatur löst sich in Luft auf, die Leichen und das Blut verschwinden und Licht durchflutet die Räume. Ich atme auf.

Als ich blinzelnd den Kopf hob, kniete Tormod vor mir und hielt meine zitternden Hände. Sein Auroculum glühte und hüllte uns beide in einen sanften, goldenen Schein ein. Ganz langsam verschwand der Schmerz aus meinem Körper und die aufgerissenen Narben meiner Seele schlossen sich. Ich seufzte, als ich spürte, wie meine Kraft zurückkehrte. Mit einem Mal war ich so dankbar, dass er da war. Er war mein Freund und ich konnte ihm vertrauen, ihm alles sagen.

Moment! Ich vertraute niemandem!

Es war die Macht des Auroculums, die mich all mein Misstrauen vergessen ließ. Ich wollte mich fallen lassen, mich an seine starken Schultern schmiegen, mir alles von der Seele reden, all meine Sorgen in die Hände meines Meisters legen, aber wie beim ersten Mal fühlte sich etwas nicht richtig an. Die Wahrnehmung war verzerrt, wie in einem Traum, und sorgte dafür, dass das Auroculum in meiner Hand kribbelte. So als wollte es mich warnen, auf den Zauber hereinzufallen. Ich kniff mir in den Arm und erwachte aus dem Zustand der Glückseligkeit.

»Also? Was ist passiert?«, fragte mich Tormod und sein Auroculum erlosch wieder.

»Ich wurde von meinem ehemaligen Arbeitgeber gefunden. Daan Knox. Sie haben mich entführt und wollten mir das Auge aus der Hand schneiden.«

»Weißt du für wen sie arbeiten?«

»Nein.« Ich schüttelte den Kopf. »Als ich dachte, dass mein letztes Stündchen geschlagen hat, ist *sie* aufgetaucht und hat fast alle umgebracht …«

»Wer?«

»Der Nachtfalter«, erwiderte ich zögernd, als Bilder der roten Maske vor mir aufblitzten.

»Konntest du sie erkennen?« Tormods Stirn war gefurcht. Sein Blick aufmerksam auf mich gerichtet, und auch wenn er es kaum erwarten konnte, mehr zu erfahren, ließ er mir Zeit, meine Gedanken zu sortieren.

»Sie war maskiert.« Das war die Wahrheit, aber ich hatte sie trotzdem erkannt. Ihre dunklen Augen, schwarz wie die Nacht und doch voller funkelnder Sterne. Sie hatte mich von den Fesseln befreit und sich für mich einen Bolzen eingefangen. Tat so etwas ein durch und durch böses Wesen? Konnte ein Dämon um seine Schwester trauern? Konnte er sentimental sein, wenn es um eine Erinnerung wie Silberketten ging?

»Meister, wie genau erkennt man einen Dämon?« Meine Finger klammerten sich auf der Suche nach Halt an die Tasse. »In meiner Erinnerung war die Kreatur ein Monster … Und nicht so …« *menschlich.*

»Schimmerwesen können in unserer Welt nur wirken, wenn sie in einen menschlichen Körper fahren. Darum ist ihre wahre Gestalt ein Mysterium. Manche sagen, dass sie schimmern. Golden und hell, wenn sie uns wohlgesonnen sind wie die Götter. Schwarz und bedrohlich, wenn sie den Dämonen angehören. Aber für uns Menschen sehen sie ganz normal aus. Das macht sie so gefährlich.«

»Woher wissen wir, dass uns die Götter wohlgesonnen sind?«

»Das erkennst du doch bereits an ihren Gaben.« Er deutete auf das Auroculum in meiner Hand. »Sol hier gibt dir die Fähigkeit, zu heilen. Spürst du nicht den Frieden und die Wärme, die sie dir schenkt?«

»Der Glitzer der Elfe hat sich auch sehr gut angefühlt.«

»Sol heilt dich. Die Elfen versklaven deinen Willen, um dich zu fressen.«

Für Tormod gab es klare Seiten in diesem Kampf. Eine gute und eine böse, aber so einfach sah die Realität nur selten aus.

»Erzähl mir alles über die Person, die du gesehen hast.«

»Es war bloß ein Mädchen. Aber ... ihr Blut ... Es ist lebendig geworden und hat sich in Motten verwandelt, die Daan ausgesaugt haben.« Allein der Gedanke an den Klang von Flügelschlagen in der Luft jagte mir einen Schauer über den Rücken.

»Das klingt in der Tat so, als hättest du unseren Dämon gefunden. Und noch dazu einen Blutdämon.«

»Blutdämon?«

»Schattendämonen sind die mächtigsten Vertreter der dunkel Schimmernden. Die Quelle, aus der sie ihre Macht beziehen, ist Dunkelheit. Aber auch die Blutdämonen sind nicht zu unterschätzen. Sie regenerieren sich, indem sie anderen das Blut stehlen, und kämpfen, indem sie es manipulieren. Allerdings können sie diese Kräfte wie alle Dämonen nur im Dunkeln wirken, weshalb wir sie uns bei Tage schnappen müssen.« Tormod packte mich an den Schultern. »Was weißt du noch über dieses Mädchen? Konntest du irgendwas erkennen? Alter? Haarfarbe?«

Laurelin de Jong. Ein Name, den ich nicht vergessen konnte, aber er kam mir auch nicht über die Lippen.

»Sie hat eine Maske getragen. Die sah aus wie ein Schmetterling oder eine Motte.« Ich zögerte, Tormod mehr zu verraten. Bevor ich Laurelin de Jong den Dämonenjägern und somit dem sicheren Tod überließ, musste ich mehr herausfinden. »Tut mir leid, Meister. Aber es ging so schnell und ich hatte furchtbare Angst. Darum, fürchte ich, kann ich nicht wirklich weiterhelfen.«

»Mach dir keine Gedanken. Du hast überlebt, etwas, das nicht viele von sich behaupten können, die einem Blutdämon begegnet sind. Ich bin froh, dass du wieder hier bist, um mehr zu lernen«, sagte Tormod.

»Natürlich. Ich kann es kaum erwarten. Immerhin hat mir dieses ganze Dämonenjägerzeug gerade angefangen Spaß zu machen«, log ich.

»Gut, denn ich denke, dass Auroculum hat dich aus einem ganz bestimmten Grund gewählt.«

Ich sah es ihm an. Die Zuversicht. Den unerschütterlichen Glauben in so etwas wie göttliche Fügung, aber ich war weniger überzeugt. Ich hatte das goldene Auge, weil ich es gestohlen hatte. So einfach war das.

»Ja, Meister. Das erkenne ich nun.« Die Wahrheit war, ich hatte keine Alternative, wenn ich überleben wollte. »Also? Was machen wir jetzt?«

Hoffentlich nicht trainieren ... Das würde ich nicht überleben!

»Schlafen. Um einen Dämon zu jagen, braucht man all seine Kräfte.«

»Habt Ihr schon mal einen bekämpft?«

Ein Schatten breitete sich auf Tormods Gesicht aus. »Meine Schwester und ich haben viele düstere Kreaturen gejagt, aber Dämonen sind die schlimmsten von allen und fast unmöglich zu töten. Es gibt nur wenige Waffen, die einem einen Vorteil verschaffen können. Wie der heilige Dolch.«

»Habt Ihr den?«

»Nein, er ist vor Jahren verschwunden.«

»Mist.«

»Ja. Aber wir haben eine weitere Waffe ... Licht. Wenn wir den Dämon aus seinen Schatten locken können, kann er seine Kräfte nicht einsetzen. Das ist unsere Chance, den Körper zu zerstören. Bei einem Blutdämon ist es wichtig, dass wir jeden Tropfen in ihm vernichten, denn solange sich noch Blut in seinen Adern befindet, kann er sich regenerieren. Am besten schafft man das durch ein Feuer.«

»Und das habt Ihr schon mal gemacht?«

»Ja, meine Schwester und ich trafen vor Jahren hoch im Norden auf einen Erzdämon, der neben der Dunkelheit auf bestimmte Metalle und Minerale angewiesen ist. Unser Dämon bezog seine Kräfte aus Kupfer. Wir zahlten einen hohen Preis. Der Dämon führte uns in die Irre und tötete meine Schwester ...« Tormods Gesicht verhärtete sich. »Die Dunkelheit ist stark und hinterlistig. Wenn man sich einer Sache nie sicher sein kann, dann den Absichten eines Dämons.«

Ich kaute auf meiner Unterlippe, während ich über seine Worte nachdachte. Dämonen klangen definitiv nach etwas, um das ich einen weiten Bogen machen sollte. Ich hatte gesehen, wozu Laurelin imstande war. Ihre Blutmotten hatten die Männer auseinandergenommen.

Männer, die uns angegriffen hatten, säuselte eine leise Stimme in mir.

»Aber jetzt mach dir keine Gedanken mehr und ruh dich erst mal aus, Junge. Morgen geht die Sonne wieder auf und wir sehen weiter«, sagte Tormod und verschwand im Badezimmer. Auch ich sehnte mich danach, aus den Kleidern zu kommen, die mit einer Kruste an Blut und Schlamm bedeckt waren. Danach würde ich mir den Dreck von der Haut schrubben. Aber noch bevor das Bad frei wurde, war ich am Küchentisch eingeschlafen.

Schon bald träumte ich von Motten aus Blut, die über mich herfielen, um mich auszusaugen.

Laurelin de Jong

Nachdem ich den Ort niedergebrannt hatte, um keine Spuren zu hinterlassen, schleppte ich mich nach Hause. Jeder Schritt war eine Qual. Und mit jedem Meter, den ich mich weiterkämpfte, machte sich die Erkenntnis breit, dass ich es nicht bis nach Hause schaffen würde. Ich war zu schwer verletzt, und auch wenn meine Motten wahre Wunder wirken konnten, brauchten sie Zeit und … *Blut*.

Ich brauchte mehr Blut …

Nicht weit entfernt drang Musik aus einer der rot beleuchteten Gassen. Ich wusste, dass hier um die Ecke ein Club lag, und beschloss, mein Glück dort zu versuchen. Kurz hielt ich inne, um meine Nachtfaltermaske in einen Mülleimer zu stopfen, gefolgt von den roten Handschuhen, bevor ich meinen Weg fortsetzte und fast mit einem Pärchen zusammenstieß. Der Mann drückte die Frau an eine Hauswand. Ihre Hände hatten sich in seinen Locken verkrallt, während er an ihrem Hals knabberte. Den seufzenden Geräuschen nach zu urteilen, schienen beide Spaß zu haben.

Ich beobachtete sie. Ihr verwischtes Make-up, seine zerknitterte Kleidung. Dazu die Küsse, die auf ihrer Haut glänzende Spuren hinterließen. Meine Schwestern hatten unrecht. Ich konnte mir nicht vorstellen, *das* jemals prickelnd zu finden. »Mit dem Richtigen wirst du nicht genug davon bekommen«, sagte Gerlina immer, aber ich bezweifelte das stark.

Sie sind allein, flüsterte die Dunkelheit in mir. *Beschaffe dir das Blut, das du benötigst.*

Ich schüttelte den Kopf, den wachsenden Druck in meinem Körper ignorierend. Etwas Böses in mir wollte das Pärchen aussaugen.

»Was starrst du so?«, gurrte die Frau. »Willst du etwa mitmachen?«

Ich drehte mich schnell um. »Nein danke.«

»Du siehst auch eher aus, als könntest du einen Drink vertragen.«

»So fühl ich mich auch«, bestätigte ich und humpelte weiter.

Du hättest sie töten sollen! Seraphine hatte recht. Du bist weich. Viel zu weich.

Je näher ich der *Roten Perle* kam, auf desto mehr Leute traf ich. Allerdings interessierte sich kaum jemand für ein blutüberströmtes Mädchen und natürlich kam mir niemand zu Hilfe. In Amsterlock kümmerte sich eben jeder um seinen eigenen Kram.

Das Gebäude wurde rot angestrahlt. Zu beiden Seiten der Tür befanden sich übergroße Darstellungen von einem Mann und einer Frau, deren Scham von einer Muschel bedeckt wurde. In den Händen hielten sie eine Perle, die in regelmäßigen Abständen explodierte und Herzwolken hinterließ.

Vor dem Haus hatte sich eine Schlange an Gästen gebildet, die darauf warteten, an den breiten Türstehern vorbeizukommen. Als Tochter der Baronin sah ich es natürlich nicht ein, mich wie alle anderen einzureihen, dafür fehlte mir sowohl die Zeit als auch die Kraft. Also humpelte ich direkt auf den Eingang zu.

Ehe ich jedoch einen Fuß in die Tür setzen konnte, wurde mir der Weg versperrt.

»In dem Aufzug kommst du hier nicht rein, Kleine!«, sagte mein Gegenüber, ein Mann, dessen breite Schultern wohl seinen fehlenden Verstand wettmachen wollten. Ich versuchte mein Kinn zu heben, um ihm einen arroganten Blick zu schenken, der mich zweifellos als de Jong hätte ausweisen müssen, doch die Bewegung entlockte mir ein Stöhnen und ich verzerrte gequält die Miene. Angeekelt begutachtete er mein vermutlich ziemlich verquollen und zerschunden aussehendes Gesicht. »Verschwinde!«

Zur Antwort fletschte ich die Zähne und knurrte. »Ich geh hier jetzt rein.« Erneut versuchte ich mich an ihm vorbeizuschieben.

Er packte mich grob am Arm und hievte mich in die Höhe, zweifellos um mich vor den Augen der anderen Anwesenden auf die Straße zu werfen.

Ich nahm meine letzte Kraft zusammen, um ihm meinen Siegelring unter die krumme Nase zu halten. Er starrte auf das blutrote Herz und zurück in mein Gesicht. Plötzlich entglitten ihm die Gesichtszüge.

»Baronessa?«

»Die bin ich.«

»Ich bitte um Verzeihung!«

»Das will ich auch hoffen.« Die Kraft verließ mich endgültig und ich sank in seinen Armen zusammen.

»Ich werde mich sofort um Euch kümmern.« Mit diesen Worten stürmte er mich in seinen Armen tragend ins Innere der *Roten Perle*. Als ihm seine Kollegen fragende Blicke zuwarfen, rief er ihnen zu: »Informiert die Baronin! Schnell!«

Vorerst war ich in Sicherheit.

Als ich erwachte, stieg mir der Geruch von Blut in die Nase. Man hatte mich in eines der edelsten Zimmer der *Roten Perle* gebracht und mir ein heißes Rosen-Bad eingelassen. Neben dem heißen Wasser und den Blüten war auch noch Blut in die Wanne gegeben worden. Oder war es mein eigenes? Ich beobachtete träge, wie die feinen roten Wirbel an mir vorbeizogen.

Meine Motten landeten auf der sich kräuselnden Oberfläche, tauchten ihre Rüssel hinein und tranken das Blut, welches die dunkle Seite in mir stärkte. Ich konnte ihre Gier spüren, ihren Hunger. Wenn es nach dem Erbe meines Vaters ging, würde ich jeden Tag ein Blutbad nehmen. Gestärkt kehrten die Motten zu mir zurück und bedeckten meinen Körper wie ein Kleid. Ein Kleid, aus purpurnen Flügeln gewebt.

Wenn mich jemand so sah!

Mein Kopf zuckte nach oben, aber die einzige Anwesende war meine Mutter, die sich auf einem Samtstuhl die Fingernägel lackierte.

»Was ist passiert, Laurelin?«

»Ich bin einer Spur gefolgt ... Genauer gesagt einem Beschaffer namens Daan Knox. Klingelt da was bei dir?«

»Sollte es das?« Wie erwartet spielte meine Mutter die Ahnungslose.

»Er wurde von Ophelia Jonker beauftragt, ein Auroculum zu stehlen, aber meine Motten haben mir noch ein weiteres Geheimnis zugeflüstert. Wie es aussieht, war sie nicht die Einzige, die das goldene Auge wollte. Du hast ihn ebenfalls damit beauftragt.«

Sie runzelte ihre Stirn. »Was wollte Ophelia Jonker damit?«

»Mich interessiert eher, was *du* damit wolltest?«, knurrte ich so wütend, dass einige der Motten aufstoben. Sie wirbelten um mich herum, bevor sie wieder ihren Platz einnahmen. »Ist es wegen mir? Fürchtest du mich so sehr, dass du eine Waffe brauchst?«

Meine Mutter legte den Kopf schief. »Was meinst du?«

Meine Finger klammerten sich um den Rand der Keramikwanne. Ich versuchte mich hochzuziehen, aber die Schmerzen hielten mich davon ab und ich sank zurück in das heiße Wasser. »Dieses

Ding ist göttlichen Ursprungs. Eine Waffe gegen Dämonen. Oder gegen mich.«

Jetzt sah sie überrascht aus. Wobei man ihr die Überraschung nicht unbedingt glauben konnte. Meine Mutter war eine verdammt gute Schauspielerin. »Ich brauche doch keine Waffe gegen dich. Das ist absurd.«

»Ist es das?« Es war ein Gedanke, der mir schon öfter gekommen war.

Jetzt erhob sie sich und setzte sich neben mich an die Badewanne. Ihre dunklen Augen waren auf mich gerichtet, während sie den Wasserhahn aufdrehte, um sicherzustellen, dass man uns von draußen nicht belauschen konnte.

»Ich will dich nicht schwächen, Laurelin«, sagte sie eindringlich. »Ich will, dass du unverwundbar bist.«

Ich lachte ungläubig. Meine Mutter wollte alles und jeden kontrollieren. Wenn sie etwas ganz sicher nicht wollte, dann eine übermächtige Tochter, die sie nicht aufhalten konnte. »Damit ich zur Bedrohung werde?«

Zu meiner Überraschung schüttelte sie den Kopf. »Damit du mir folgen kannst, Tochter.«

Ich erstarrte. »Was meinst du?«

»Auch wenn ich mich ganz offensichtlich noch in der Blüte meines Lebens befinde, muss ich über mein Erbe nachdenken«, sagte sie. »Irgendwann wird eines meiner Kinder unser Fürstentum übernehmen. Wer soll das deiner Meinung nach sein?«

Ich hatte immer geglaubt, Seraphine wäre Mutters Favoritin, wenn es um die Nachfolge ging. Aber sie war tot.

»Die Aufgabe, zu führen, ist nicht leicht, denn mit der Macht kommt immer die Einsamkeit. Wer wüsste das besser als du? Man muss schwierige Entscheidungen treffen, um die zu schützen, die man liebt. Ebenfalls etwas, das ich dir nicht erklären muss.«

»Du willst mich auf deinen Thron setzen?«, hakte ich ungläubig nach.

»Du bist die Einzige, der ich es zutrauen würde«, bestätigte sie. War das einer ihrer Tricks? Ein Versuch, mich zu manipulieren?

»Seit wann?«

»Schon immer, Laurelin.«

»Ich bin nicht die Richtige.«

»Nein? Hast du dich deswegen verlobt?«

Ich verzog das Gesicht bei dem Gedanken an Lord Ambrosa. »Ich hab es nicht aus politischen Ambitionen heraus getan. Sondern für Gerlina.«

»Hast du?«

»Ja. Ich bin nicht wie du!«

»Wir werden sehen … Aber du siehst: Es liegt nicht in meinem Interesse, dir zu schaden. Ich will dich stärker machen, damit du eines Tages bereit bist, meinen Thron zu besteigen und unsere Familie zu schützen.«

Ich wusste nicht, was ich davon halten sollte. Bisher hatte ich mich immer für Mutters Klinge gehalten, ihr Mädchen fürs Grobe, aber nie für ihre Erbin. Ihre Nachfolgerin.

»Warum wolltest du das Auroculum dann?«, fragte ich nach.

»Ich wollte sichergehen, dass es nicht gegen dich eingesetzt werden kann.«

»Nun, dein Plan hat nicht geklappt.«

»Ich weiß. Der Dieb, der das göttliche Artefakt beschaffen sollte, hat sich dem Dämonenjäger angeschlossen. Beide stehen seit Kurzem im Dienste von Lucius van Vliet, wie meine Spione berichteten. Eine äußerst besorgniserregende Entwicklung.«

Kilian, Quintus oder wie immer er heißen mochte, war im Dienste des Barons der Magie? Mein Mund war mit einem Mal staubtrocken und ich versank tiefer in der Badewanne. Nun bereute ich doch, ihn nicht getötet zu haben, immerhin kannte er meine Identität und mein Geheimnis. Nicht auszudenken, was passieren würde, wenn er das Lucius van Vliet verraten würde.

»Keine Sorge. Ich kümmere mich darum.«

»Gut. Wenn sie herausfinden, wer du bist, sind wir alle in Gefahr.« Mutter zog ihre Stirn in Falten. »Allerdings frage ich mich, was Ophelia Jonker mit dem Auroculum wollte.«

»Mit der habe ich auch noch ein Wörtchen zu reden.«

»Warum?«

»Es wäre gut möglich, dass sie diejenige ist, die Vincent Verhoeven irgendwie angestachelt hat.«

»Das wäre angesichts unserer kleinen Fehde nicht überraschend«, sagte Mutter gedankenverloren.

»Wieso hasst du sie so?«

»Ich hasse die meisten Menschen.«

»Du hasst alle Menschen, die nicht vor dir im Staub knien«, korrigierte ich. »Aber bei den Jonkers gibt es noch mehr, oder?«

Sie schwieg, aber ich ließ nicht locker. »Mutter? Jetzt ist nicht die Zeit für Geheimnisse.«

»Vor den Jonkers saß eine Frau auf dem Glücksthron. Eine Darawick ... Sie war eine nervtötend charmante Person mit so etwas wie einem Gewissen. Ich konnte sie nicht ausstehen. Sie setzte sich sogar für Flüsterwesen ein.«

»Oh, das ist natürlich ungeheuerlich ...«

»Das war es, denn sie hätte durch ihr Verhalten beinahe eine Rebellion der Flüsterwesen ausgelöst, die alles ins Chaos gestürzt hätte. Wir warnten die Baronin des Glücks, aber sie war dickköpfig und machte weiter. Es blieb keine andere Wahl ... Sie musste sterben.«

»Aber kein Baron darf einem anderen schaden. Das sind die Gesetze unserer Stadt.«

»Es sei denn, alle Barone sind sich einig.«

»Was habt ihr getan?«

»Das, was getan werden musste, um Amsterlock zu stabilisieren.«

Ich kniff die Augen zusammen. »Du meinst, eure Macht!«

»So, wie du es bald tun wirst.«

»Ich werde niemanden töten, um an der Macht zu bleiben«, widersprach ich vehement.

»Doch, das wirst du. Wenn es darum geht, deine Familie zu schützen.«

»Was ist mit den Jonkers? Haben sie euch geholfen?«

»Sie haben ihre Chance gesehen und genutzt. Und wir haben es zugelassen.«

»Und nun gebt ihr euch große Mühe, sie daran zu erinnern, dass ihr ihnen jederzeit wieder nehmen könnt, was ihr ihnen einst schenktet.«

»So ist es. Es wäre besser, wenn sie nicht zu übermütig werden. Joris hatte leider schon immer einen … ungesunden Ehrgeiz. Aber er sollte niemals vergessen, wer die wahre Macht in den Händen hält. Wahres Glück findet man nur in der Liebe.«

Mir entwich ein trockenes Lachen, aber Mutter blieb dabei.

»Liebe vereint alles. Was ist schon Harmonie ohne Liebe? Was begleitet dich auf allen Wegen? Liebe! Was ist magischer als Liebe? Und sicherlich wird niemand ein teures Stück Seide der Liebe vorziehen.«

»Wow. Du siehst unser Fürstentum an der Spitze.«

»Ich sag nur, wie es ist.« Die Baronin lächelte. »Aber du hast recht: Die Jonkers haben am meisten zu verlieren und das macht sie gefährlich. Was auch immer sie planen, es ist sicher nichts Gutes. Also behalte sie im Auge.«

Mit einem Mal sah meine Mutter müde aus. Abgekämpft.

Augenringe schimmerten unter ihrem Make-up hindurch und verrieten, dass die letzten Tage nicht spurlos an ihr vorübergegangen waren.

Ich deutete auf das Blutbad, von dem meine Motten unablässig tranken. »Wen hast du geopfert, um mich zu heilen?«

»Sagen dir das deine kleinen Freunde denn nicht?«

Ich hob meinen Finger und eine der Motten setzte sich darauf. Die Flügel schimmerten feucht wie das Blut, das sie gerade aus der Wanne sammelten. *Wessen Blut?*, fragte ich. Die Fühler der Motte zuckten, als sie mir ein Bild übersandte.

»*Du* hast es gespendet?« Überrascht sah ich zu meiner Mutter. Erst jetzt bemerkte ich, dass sie ihren linken Arm in einer Schonhaltung hielt. Sie hatte sich geschnitten, um mir Blut zu schenken.

Schnell winkte sie ab. »Wer sonst? Du weißt, im Gegensatz zu dir hätte ich keine Skrupel, jemanden zu töten, aber auf die Schnelle war das nicht so leicht und ich wollte keine Aufmerksamkeit erregen.«

Geschichten über mich gab es auch so schon mehr als genug. Über die verfluchte, gezeichnete Tochter ...

»Danke.«

»Ich will nicht noch ein Kind verlieren. Das würde mich äußerst schwach dastehen lassen. Vergiss das nicht.« Meine Mutter drehte den Wasserhahn zu und stand auf. Bevor sie ging, hielt sie kurz inne. »Also pass besser auf dich auf. Verstanden?«

»Verstanden.«

Zori

Hoffnung … Sie gab einem Kraft, aber sie ließ einen mitunter auch dumme Dinge tun. Ich hatte gehofft, so sehr gehofft, dass ich die Elfen finden und befreien könnte. Und nun lag ich zusammengerollt in einer Zelle, in die mich die Wachen geschleift hatten, und starrte aus dem kleinen Fenster. Die Freiheit so nah und doch so fern. Plötzlich erschien es mir unmöglich, meinen Vater zu finden und diesen schrecklichen Ort mit ihm zu verlassen. Die Hoffnung, die gerade noch so stark in meiner Brust geschlagen hatte, war verstummt.

Man hatte mir meinen Schmuck und das dünne weiße Kleid abgenommen. Dafür trug ich jetzt eine grobe Hose und ein Hemd, bei denen man zumindest nicht befürchten musste, dass sie bei der geringsten Beanspruchung reißen würden. Und man hatte mir eine Decke in die Zelle gelegt, die ich mir nun über den Kopf zog. Elfen froren so gut wie nie, da unser Stoffwechsel anders funktionierte als bei Menschen, aber die Decke gab mir Geborgenheit. Hier unter dem dunklen, rauen Stoff versuchte ich nachzudenken.

Glückspilz war noch nicht aufgetaucht, dafür war eine kleine Maus in meine Zelle gehuscht, die sich über mein Essen – trockenes Brot – hermachte. Als sie satt war, lud ich sie zu mir unter die warme Decke ein, aber ohne meinen Glitzer waren die Tiere nicht so zutraulich wie sonst. Die Maus zögerte und betrachtete mich aufmerksam mit ihren dunklen Kulleraugen. Ich streckte meinen

Finger aus, um über ihren pelzigen Rücken zu streicheln, aber sie wich zurück und brachte wieder sichere Entfernung zwischen uns. Wieder einmal wurde mir deutlich, was mir fehlte. Mein Glitzer, der mich mit anderen Lebewesen verband. Jetzt fühlte ich mich allein, beinahe hilflos.

Und hungrig ...

»Würdest du es mir übel nehmen, wenn ich dich fresse?«, fragte ich das Mäuschen, welches zur Antwort alarmiert mit seinen Schnurrhaaren zuckte, bevor es Reißaus nahm und verschwand.

In diesem Moment ging die Tür auf und mein Herz sank, als sich zwei grimmig aussehende Wachen hineinschoben. Für einen Moment blieb ich bewegungslos unter der Decke liegen und gab mich der Vorstellung hin, dass sie mich dort nicht finden würden. Aber natürlich funktionierte es nicht und Sekunden später wurde ich vom Bett gezerrt.

»Komm mit, Grünling. Der Baron will dich sehen.«

»So spät noch?«

»Ja und er ist sehr wütend.« Die Wache grinste und mein Herz zog sich zusammen.

Was würden sie mit mir anstellen?

Würden sie mich bestrafen?

Ich hatte bereits viele Male gesehen, wie sie ungehorsame Undinen auspeitschen ließen, aber das würden sie mit mir nicht machen. Zu wertvoll war meine Haut, um sie mit Narben zu übersäen. Das letzte Mal, als mich mein alter Meister hatte bestrafen wollen, ließ er mich in Eiswasser tauchen, bis ich meinen Körper nicht mehr spüren konnte. Allein beim Gedanken daran begannen meine Knie zu zittern.

»Beweg dich!« Die Wachen zerrten mich hinter sich her.

Ich hasste meine Hilflosigkeit. Man hatte mir nicht nur meinen Glitzer geraubt, nun war auch Glückspilz verschwunden, was dazu führte, dass ich mich einsamer denn je fühlte. Vor einer weiteren Zelle blieben die Wachen stehen.

»Warte hier. Der Baron kommt gleich«, sagte der eine und stieß mich hinein. Die Tür fiel hinter mir ins Schloss und trübe Dunkelheit empfing mich. Einzig durch einen schmalen Fensterspalt drang etwas Licht herein, sodass ich eine Gestalt erkennen konnte, die auf der anderen Seite an der Wand kauerte, die Beine fest umklammert. Selbst im schummrigen Licht erkannte ich die Farbe seiner Haut und meine Kehle war mit einem Schlag wie ausgedörrt, während mein Herz vor Aufregung flatterte.

Ein Elf!

Zögerlich näherte ich mich ihm. Schritt für Schritt, so als könnte ich aus diesem Traum aufwachen. Seit Jahren hatte ich keinen mehr gesehen und nun stand ich plötzlich einem direkt gegenüber. Was sollte ich sagen?

»Ähm ... Hallo?«, stotterte ich unbeholfen.

Die Lider des Elfen flackerten. Dann öffneten sie sich und er hob langsam den Kopf. Braune Augen, dunkler als meine, weiteten sich vor Erstaunen, als er mich erblickte. Als sich unsere Blicke trafen, jagten mir Schauer wie Blitze durch den Körper und plötzlich roch ich den Wald. Feuchte Erde. Mit Tau benetztes Moos.

Ich sehe Licht durch die Baumkronen scheinen und in seinen Strahlen tanzen die Moskitos. Ein Bach plätschert. Vor mir, an einem breiten Baumstamm, schlängelt sich eine Treppe empor. Ich hebe den Kopf und erahne die Schemen unserer Stadt, die sich zwischen den Kronen hoch über dem Erdboden erhebt. Mein Herz zerreißt vor Sehnsucht nach den grünen Wäldern.

Ich blinzelte und wandte mich wieder an den Elfen. Er schien älter als ich zu sein und durch seine Gefangenschaft gezeichnet. Seine Wangen waren eingefallen und die Haut spannte sich über das Gesicht. »Ich bin Zori ... Wer bist du?«

»Nur noch ein verblassender Schatten.«

»Tut mir leid …« Ich wusste nicht, was ich sonst sagen sollte. Auch wenn ich ihn nicht kannte, ging mir sein Zustand nahe. Er war nicht so wie in meinen verblassenden Erinnerungen. Nicht so … *stark*. Nicht so verbunden mit dem Wald wie die Undinen mit dem Wasser. In meinen Träumen waren die Elfen trotz Gefangenschaft und Krankheiten im Herzen ungebrochen. Das hatte mich ermutigt, nie die Hoffnung aufzugeben und fest daran zu glauben, es irgendwann zurück zu meinem Volk zu schaffen. Gemeinsam mit meinem Vater. Zurück in die ewigen Waldreiche, in denen nicht die Menschen das Sagen hatten, sondern die Waldgeister.

Vorsichtig lehnte ich mich vor und berührte seine Hand mit meiner. Sie war nicht glatt, eher rau und trocken wie Rinde, die schon vor langer Zeit vom Stamm abgefallen war.

»Du bist lange von der Heimat fort gewesen«, flüsterte ich. »Ebenso wie ich.«

Sein Blick wanderte in die Ferne. »Ich wünschte, ich könnte sie noch einmal sehen. Die sonnendurchfluteten Wälder. Könnte den Wind spüren, der durch die Baumkronen pfeift. Nicht enden wollendes Grün, umgeben von der Musik unserer Vorfahren.«

»Ich kann mich leider kaum noch daran erinnern«, gab ich zu. »Überhaupt weiß ich nicht viel über das Leben, das ich verloren habe. Nur, dass ich es vermisse.«

Der Elf blinzelte und sah mich das erste Mal direkt an. »Du bist eine Elfe, Zori. Der Wald lebt in deinem Herzen.«

»In den letzten Jahren habe ich keinen von uns gesehen, bis jetzt. Weißt du, wie viele von uns noch hier unten sind?«

»Andere Elfen?« Seine Lider flatterten erneut.

»Ja.« Ich nickte eifrig. »Ich habe Unterlagen gefunden. Wir sind nicht die Einzigen, denen sie Glitzer rauben. Es gibt mehr.«

»Ich habe schon lange niemanden mehr gesehen.«

»Seit wann bist du hier?«

»Viele Jahre … Ich werde nur herausgeholt, wenn sie mich zur Extraktion bringen. Und selbst das nicht mehr.«

»Was meinst du?«

Etwas in seinem Blick brach und ein Schaudern lief durch seinen Körper. »Meine Haut produziert keinen Glitzer mehr.«

»Was?« Mir wurde allein bei der Vorstellung, meine Macht für immer verloren zu haben, schwindelig. »Wie ist das möglich?«

»Das Zeug, was sie uns geben, diese Infusionen, hat Nebenwirkungen. Sie vergiften unser Wesen und verändern uns. Mein Herz schlägt nicht länger mit den Bäumen im Gleichklang. Ich höre weder den Wind noch das Flüstern der Blätter. Die Geister des Waldes haben sich von mir abgewandt und da, wo mich einst ihr Lied erfüllte, klafft nun ein schwarzes Loch.«

Das klang schrecklich. Ich spürte eine Klaue der Furcht, die sich um meinen Hals legte. »Aber … Warum tun sie es dann? Warum vergiften sie uns, wenn sie doch unseren Glitzer brauchen?«

»Um unsere Gabe zu stehlen und für ihre Freude zu missbrauchen, müssen sie uns diese Infusionen verabreichen. Sonst können sie den extrahierten Glitzer nicht nutzen.«

Natürlich!

Mein alter Herr hatte mir diese Infusionen nicht verabreicht. Das musste das gut gehütete Geheimnis der Jonkers sein, der Grund, warum sie unseren Glitzer nutzbar machen konnten, während es sonst keinem gelungen war.

Tränen stiegen mir in die Augen, als mir bewusst wurde, zu welchem grausamen Preis sie uns vergifteten. Sie nahmen uns einen wichtigen Teil unserer Identität für immer weg. Das durfte ich nicht zulassen.

Ich musste sie aufhalten!

Ein Miauen ließ mich hochschrecken. Im selben Moment sprang Glückspilz auf meinen Schoß und ich vergrub mein Gesicht in seinem dichten Fell. »Wir werden sie aufhalten. Richtig?«

Ich tue, was ich kann, murmelte der Kater.

»Was meinst du?«, fragte der Elf. Sein Blick wanderte auf meinen Schoß, aber er schien den Kater nicht sehen zu können.

»Das ist Glückspilz«, stellte ich ihn vor, während ich das Tier hinter den Ohren kraulte.

»Ein Geist«, verstand der Elf.

»Was?«

»Wie lange siehst du ihn schon?«

Ich dachte kurz nach. »Seitdem ich in Amsterlock bin.«

»Er ist vermutlich ein Puck. Pucks sind Geister, die sich nur den Personen zeigen, denen sie beschließen zu folgen.«

Ich sah auf Glückspilz hinunter. »Du bist also ein Puck?«

Er schien die Augen zu verdrehen. *Na, du hast mich doch wohl hoffentlich nicht für eine normale Katze gehalten.*

»Meistens sind sie ein wahrer Segen, denn sie bringen Gesundheit, Glück oder Wohlstand. Außerdem wird Elfen, die von so einem Geist begleitet werden, eine bedeutende Zukunft vorausgesagt.«

Glückspilz begann wohlig zu schnurren und sich auf meinem Schoß zu putzen, so als würde er die Worte, die über ihn gesagt wurden, genießen. Natürlich hatte ich mich schon oft gewundert, wie Glückspilz mir an die unmöglichsten Orte folgen konnte oder wie es sein konnte, dass er von anderen nie bemerkt wurde, aber ich war nicht auf die Idee gekommen, dass er ein Geist sein könnte. Mit der Zeit war er mir so vertraut geworden, dass ich mir eingebildet hatte, mit ihm sprechen zu können. Aber vielleicht war es gar keine Einbildung …

»Du bist also wirklich etwas Besonderes.«

Natürlich. Danke mir auf Knien für meine Existenz.

»Sag mir deinen richtigen Namen«, forderte der Elf und sah mich an.

»Zori«, wiederholte ich, hielt aber inne und erinnerte mich. »Zoraia Wiesenwind.«

Es war ungewohnt, meinen vollen Namen zu sagen, aber der Klang erfüllte mich sogleich mit einem Summen, so als würde sich mein Körper an ihn erinnern.

»Zoraia Wiesenwind. Ich kannte einen Wiesenwind.«

Mit einem Mal schlug mein Herz schneller und ich griff nach seiner Hand. »Meinen Vater? Er wurde mit mir nach Amsterlock gebracht. Weißt du, wo er ist?«

»Wir wurden zusammen an Joris Jonker verkauft.«

»Dann ist er hier?«

»Anfangs sperrte man uns in einen großen Raum zusammen ein, aber dann brach das Fieber aus und sie isolierten uns. Seitdem habe ich niemanden mehr gesehen.«

»Ist mein Vater erkrankt?«

»Ich weiß es nicht mehr. Vermutlich.«

Ich erinnerte mich nur verschwommen an Bruchstücke.

Flüsterhändler hatten uns in einen Wagen gesperrt. Nur einer von vielen, die die Straße entlangrollen. Unsere vertrauten Wälder hatten wir schon lange hinter uns gelassen. Nun zogen Felder und Städte an uns vorbei. Man hatte uns in seltsame Overalls gezwängt, die unsere Haut vollständig bedecken, alles bis auf Augen und Mund. Die Kleidung knistert bei jeder Bewegung. Ich klammere mich auf den Schoß meines Vaters, vergrabe mein Gesicht an seiner Brust. Er streichelt mich unentwegt. Viele Elfen im Wagen husten. Sie sind schwach. Seit Tagen haben wir kein Wasser bekommen, kein Essen.

Wir sind auf einer Auktion. Ich will mich nicht von meinem Vater trennen, aber die Wachen reißen uns auseinander. Ich weine, schreie und schlage um mich. Mein Vater ruft mir hinterher, dass alles gut wird. Er sieht müde aus. Die Reise hat an seinen Kräften gezehrt.

Es war das letzte Mal, das ich ihn sah.

Der Elf drückte meine Hand. »Du solltest vom Schlimmsten ausgehen …«

»Nein.« Ich schüttelte den Kopf so heftig, dass mir die Tränen aus den Augen flogen. Die Hoffnung, die mich all die Jahre begleitet hatte, die mir Kraft gab, drohte zu zerfallen, aber ich wollte es nicht wahrhaben. Nie zuvor war ich ihm so nah. Wir waren beide hier. Im selben Haus.

Er durfte nicht tot sein.

Verzweifelt versuchte ich mich an sein Gesicht zu erinnern, welches ebenso verblasste wie die Bilder des Waldreiches. Ich versuchte mich an den Klang seiner Stimme zu klammern, aber sie wehte davon wie ein Blatt im Wind.

Plötzlich wurde die Tür geöffnet und die Wachen kamen zurück in den Raum. Ihnen folgte der Baron des Glücks mit grimmiger Miene.

»Ich hoffe, ihr habt die Zeit genutzt, denn es war eure einzige Chance«, sagte der Baron und gab den Wachen ein Zeichen.

»Wartet. Was habt ihr mit uns vor?« Verzweiflung stieg in mir empor und ich wollte mich wehren, aber einer der Männer verdrehte mir schmerzhaft die Arme auf den Rücken. Sie bugsierten uns aus der Zelle hinaus und stießen uns einen Gang entlang bis zu einem Fahrstuhl.

Die enge Kabine setzte sich mit einem Ruckeln in Bewegung und fuhr nach unten. Als die Türen sich erneut öffneten, wehte mir der Geruch von Blut entgegen und trieb mir die Magensäure in den Mund.

»Was soll das?«

Niemand machte sich die Mühe zu antworten. Stattdessen zerrten sie uns vor ein Gitter, welches den Raum unterteilte. Mit nervösen Fingern zog eine der Wachen einen Schlüssel hervor und öffnete das schwere Eisenschloss.

Auf das Geheiß des Barons hin wurde der Elf in die Dunkelheit, die wie eine trübe Suppe in dem Teil des Raumes hing, hineingestoßen. Was auch immer dort in der Dunkelheit wartete, musste den Wachen große Angst machen, denn sie schlossen das Tor hastig wieder und traten zurück.

»Nein. Was macht ihr da?«, flehte ich. »Lasst ihn raus!«

»Alles wird gut, Zoraia«, versprach der Elf, dessen Namen ich nicht einmal wusste. »Ich bin bereit, diese Welt zu verlassen. Und ich gehe mit der Gewissheit, dass du Großes vollführen wirst.«

»Nein! Ihr Monster! Lasst ihn raus.« Ich war wütend. So unsagbar wütend, dass ich gegen den Griff der Wachen ankämpfte, obwohl ich wusste, dass ich das, was nun geschehen würde, nicht aufhalten konnte.

»Lasst ihn! Bitte!«

Der Baron trat vor. In seinem Blick war nicht die kleinste Spur von Mitleid zu finden. »Das passiert mit Elfen, die keinen Nutzen mehr für uns haben. Ich hoffe, das ist dir eine Lehre, kleine Elfe. Wenn du noch einmal versuchst auszubrechen, werde ich dich wieder hier herunterbringen und dich erneut zugucken lassen, wie einer von deinesgleichen gefressen wird.«

»Gefressen?« Ich starrte ihn schockiert an. »Nein! Lasst das! Ich tue, was ihr wollt.«

Der Elf richtete seine Aufmerksamkeit auf das, was dort in der Dunkelheit lauerte. Ein dunkles Knurren zerriss die angespannte Stille und ließ nicht nur mich zusammenzucken, auch die Wachen fuhren merklich zusammen. Doch der Elf fürchtete sich nicht. Er ging zielstrebig auf die unsichtbare Gefahr zu und hieß sein Schicksal mit geweiteten Armen willkommen.

»Nein!«, brüllte ich, als er von der Dunkelheit verschluckt wurde.

Plötzlich hörten wir schwere Schritte, Klauen, die über den Boden schrappten. Ein weiteres Knurren, gefolgt von Kieferschnappen. Knochen zerbrachen, Blut spritzte und ich wusste es.

Es war zu spät.

Der Elf war tot.

Zerrissen von einem Biest, das sich der Baron offenbar zum Spaß in seinem Keller hielt. Ich sank zusammen, aber die Wachen verhinderten, dass ich auf den Boden stürzte.

Der Baron wandte sich an mich. »Es liegt in deiner Hand zu verhindern, dass du genauso endest wie er, Objekt 17.«

Ich spürte, wie Tränen meine Wangen benetzten. Allerdings waren es diesmal keine Tränen der Verzweiflung, sondern Tränen der Wut. Gerade erst hatte ich jemanden aus meinem Volk wiedergefunden, nur um ihn Minuten später auf so grausame Weise zu verlieren.

Ich spürte weiches Fell unter meinen Händen und vergrub meine Finger darin. Eine kalte Schnauze presste sich an meine Wange und ich hörte, wie Glückspilz beruhigend schnurrte. Er hatte recht.

Wir würden nicht aufgeben!

Jetzt erst recht nicht.

Laurelin de Jong

Als ich mich in mein Zimmer schleppte, war ich todmüde. Für einen Moment gönnte ich mir den Luxus, auf das Bett zu fallen. Aber kaum versank ich in den weichen Kissen, da sprang mir ein Schatten entgegen. Schreiend wich ich zurück und griff nach meinen Klingen. In letzter Sekunde erkannte ich den vermeintlichen Angreifer und hielt inne.

»Estelle!«

Die hatte ich ganz vergessen!

Jetzt legte sie den Kopf in den Nacken und lachte so sehr, dass ihre Locken tanzten.

»Warum hast du mich nicht gewarnt?«, knurrte ich. »Du musst doch gesehen haben, dass ich mich erschrecken würde.«

»Hab ich auch«, bestätigte sie. »Und ich fand es sehr lustig.«

»Großartig … Sei froh, dass ich dich nicht aufgeschlitzt habe.«

»Ich wusste, dass es nicht dazu kommen würde … Wie war der Ball?«, fragte sie immer noch kichernd.

Gerade als ich antworten wollte, wurde Estelle blass und wich zum Schrank zurück.

»Was zum …?«

In diesem Moment klopfte es an der Tür, doch anstatt endgültig in meinem Kleiderschrank zu verschwinden, breitete sich ein erleichtertes Grinsen auf dem Gesicht der Hexe aus und sie entspannte sich sichtlich.

»Ben und Lina«, flüsterte sie.

Tatsächlich standen kurz darauf meine Geschwister im Zimmer, beide bereits in Nachthemden. Benjamin wie gewohnt mit einem dicken Buch unterm Arm. Er war selten ohne etwas zum Lesen anzutreffen.

»Lina hat erzählt, ihr wart auf dem Ball des Glücks.« Er schob eine Unterlippe vor. »Wieso habt ihr mich nicht mitgenommen?«

»Weil du zu klein bist. Und wir auf streng geheimer Mission da waren. Da muss man mit allem rechnen.«

»Hey, seit wann gehst du mit Lauri auf Missionen?«, schmollte unser Bruder, der wie alle de Jongs ein schrecklicher Dickkopf war.

»Ich bin halt verdammt gut darin, Informationen zu beschaffen.« Gerlina lehnte sich verschwörerisch vor. »Zum Beispiel weiß ich, dass Lauri ziemlich intensiv mit einem gut aussehenden jungen Mann getanzt hat.«

»Uh!« Benjamins Augen wurden groß und er wandte sich an mich. »Wer war er?«

»Bloß ein Dieb, den ich vermutlich töten muss, wenn ich ihn das nächste Mal sehe.«

»Oh, wie schade«, seufzte Gerlina bedauernd. »Er sah so gut aus und kann bestimmt toll küssen.«

Ich verdrehte die Augen. Meine Geschwister dachten viel zu häufig über solche Dinge nach, aber mich interessierte das herzlich wenig. Sicher, auch ich war früher einmal neugierig gewesen, wie es sich wohl anfühlte, jemanden zu küssen. Darum habe ich mir vor Jahren Kjell, den Sohn eines Wächters, geschnappt, um Licht in diese Angelegenheit zu bringen, aber das legendäre Prickeln blieb aus. Ebenso wie das explodierende Feuerwerk im Bauch. Erst war es ein bisschen aufregend, dann aber überwiegend feucht. Während Kjell gar nicht genug davon bekommen konnte, wurde mir schnell langweilig und ich ging im Kopf meine To-do-

Listen für den Tag durch, während er mit seiner Zunge rotierte und mich an die Wand presste.

Ich dachte damals, dass dieses ganze Liebesgerede einfach übertrieben war, aber Seraphine und Gerlina beharrten darauf, dass ich einfach den falschen Partner hatte. Also versuchte ich es später noch einmal mit einem Tänzer meiner Mutter, der für seine Qualität, was das betraf, berühmt-berüchtigt war, und was soll ich sagen: Es war immer noch langweilig, feucht und vollkommen überbewertet.

»Tut mir leid, aber daraus wird nichts. Außerdem bin ich mit Lord Ambrosa verlobt.«

»WAS?« Meinen Geschwistern fielen bei dieser Nachricht fast die Augen raus.

»Mit Lord Ekelpaket? Warum?«, fragte Gerlina entsetzt.

Damit du ihn nicht heiraten musst …

»Lasst uns nicht drüber reden. Es gibt gerade Wichtigeres, wie zum Beispiel die Aufklärung von Seraphines Tod.« Gerade hatte ich wirklich keine Lust, mit ihnen über meinen zukünftigen Ehemann zu sprechen.

»Das musst du nicht tun. Du weißt, ich hätte ihn geheiratet«, flüsterte Gerlina.

»Du verdienst jemand Besseren.«

»Du doch auch.«

Wohlige Wärme stieg in mir empor und ich wusste, dass ich das einzig Richtige getan hatte. Als Schwester und zukünftige Baronin musste ich sie beschützen. »Ich komm schon klar. Glaub mir.«

Gerlina zögerte, dann lenkte sie zum Glück ein. »Gut. Was ist unser nächster Schritt?«

»*Ihr* geht zurück in eure Zimmer und *ich* kümmere mich um unsere anstehenden Probleme.«

»Und ich?«, fragte Estelle. »Natürlich … Ich geh zurück in den

Schrank … War ja klar … Die Hexe soll auf unbestimmte Zeit im Schrank wohnen. Ist ja so gemütlich.«

»Wir versuchen hier auch deine Unschuld zu beweisen«, erinnerte ich sie.

»Ich könnte helfen. Immerhin würde ich mich auch gerne retten.« Estelles Augen leuchteten, aber das Letzte, was ich brauchte, war noch jemand, der sich einmischte. Auch wenn ihre Fähigkeiten nützlich waren, würde sie viel zu viel Aufmerksamkeit auf sich ziehen. Alleine durch ihre Art, anderen immer die Worte vor der Nase wegzuschnappen.

»Die einzige Möglichkeit, dich zu retten, ist, den wahren Schuldigen zu finden …«

»Und wer könnte das sein? Wer könnte zwei Leichen einfach so verschwinden lassen«, fragte Gerlina, der die Sache mit dem Ermitteln entschieden zu viel Spaß machte.

»Jemand, der sich verdammt gut auskennt. Der sich frei in unserem Haus bewegen kann.«

»Die Putzkolonne. Das sagte ich schon einmal …«, erinnerte Estelle voller Ungeduld.

Ich nickte. »Die sollten wir definitiv überprüfen.«

»Was ist mit Richard? Ermittelt der nicht auch?«, fragte Benjamin. »Vielleicht bekomme ich ja etwas aus ihm raus.«

»Vielleicht ist er auch der, den wir suchen«, überlegte Gerlina.

»Niemals«, rief Benjamin aufgebracht. Wir alle wussten, dass er in ihm eine Vaterfigur sah, auch wenn er nicht wusste, ob er wirklich sein Erzeuger war oder nicht. »Richard ist Mutter treu ergeben.«

»Es sind immer die, von denen man es am wenigsten erwartet. Das müsstest du doch aus deinen Büchern wissen?« Gerlina seufzte.

»Richard würde uns das nie antun.«

»Schön, befragen wir als Erstes die Putzkolonne.«

Es war wenig überraschend, dass meine Geschwister keinerlei Anstalten machten, auf mich zu hören und in Sicherheit zu bleiben. »Ich sagte doch, *ich* kümmere mich darum. *Ihr* solltet ins Bett.«

»Du kannst nicht alles machen, Lauri.« Gerlina schüttelte den Kopf. »Du brauchst Hilfe. Wir übernehmen die Ermittlungen hier, damit du zu Ophelia gehen kannst.«

»Das gefällt mir nicht.«

»Sie war auch unsere Schwester. Wir wollen helfen.« Gerlinas Augen funkelten und ich wusste, es war unmöglich, sie von ihren Plänen abzubringen. Wenn es eine Eigenschaft gab, die uns Geschwister einte, dann unsere Sturheit. Hatten wir uns einmal etwas in den Kopf gesetzt, ließen wir uns nicht umstimmen.

»Schön«, gab ich nach. »Aber vorher schlaft ihr ein paar Stunden. Ausgeruht lassen sich bessere Pläne schmieden.«

Als meine Geschwister nach einigem Widerstand endlich gegangen waren und Estelle es sich mit Kissen und Decken in meinem Schrank gemütlich gemacht hatte, schlich ich mich hinaus und nahm die Treppen zum Turm hinauf. Hier oben hieß mich kalter Nachtwind willkommen. Über mir erstreckte sich ein funkelnder Sternenhimmel, der mich an die Schimmernden erinnerte. Natürlich wusste ich, dass es Sonnen waren, die da oben leuchteten, aber in ihrer Unbegreiflichkeit erinnerten sie mich an die Götter und Dämonen. Nur zu gerne würde ich sie einmal besuchen. Die Welt meines Vaters. Ob sie auch so aussah wie unsere? Mit Städten, Wäldern und Ozeanen, die sich bis zum Himmel erstreckten?

Meine Finger umschlossen den Balkon und ich holte tief Luft. Mein Blut war noch da draußen. Das konnte ich spüren. Es klebte an dem Dieb, der seine Kleidung glücklicherweise nicht gleich verbrannt hatte. Kurzerhand stach ich mir in den Finger.

»Erwache«, flüsterte ich in den Wind und eine kleine Motte wuchs daraus empor. *»Finde ihn!«*

Schon streckte sie ihre Flügel und verschwand in die Nacht, um nach Quintus zu suchen.

Es dauerte nicht lang, bis sie ihn gefunden hatte. Er befand sich in einem Gasthaus, dessen Name mir etwas sagte. *Zur letzten Ruh*. Gerüchten zufolge kochte die Hauswirtin ihren Eintopf aus Rattenfleisch. Vor ein paar Jahren bekamen alle Gäste, die davon gekostet hatten, eine Lebensmittelvergiftung, an der sie fast gestorben wären. Dieser Ort wollte so gar nicht zu seinem aufpolierten Äußeren passen, aber anscheinend hatte der Dieb noch mehr Geheimnisse.

Als sich meine Motte durch das Dachfenster quetschte, lag Quintus mit seinem Kopf auf dem Tisch und schlief. Ich sah mich im Zimmer um, welches glücklicherweise recht dunkel war, denn im Gegensatz zu echten Motten mieden meine das Licht.

In dem Gästezimmer brannte nur eine flackernde Öllampe auf dem Nachttisch und unter dem Türschlitz eines anderen Zimmers drang ein kleiner Lichtschein durch. Ich hörte das Rauschen von fließendem Wasser. Offenbar war der Dieb nicht allein. Ich wettete auf den Dämonenjäger, den Mutter erwähnt hatte, denn an der Tür standen schwere, dunkelgraue Stiefel mit einem Sonnensymbol darauf. Ich hatte noch nie einen Dämonenjäger gesehen, denn normalerweise blieben sie Amsterlock fern wie alle Leute, die bei Verstand waren.

Meine Motte landete auf Quintus' Schulter. Ihre Antennen zuckten und strichen über seine Wange. Er schlief, aber entspannt sah er nicht aus. Seine Stirn war zerfurcht. Meine Motte kletterte auf langen Beinen seinen Kragen empor.

Hab ich dich!

Denn bevor ich Ophelia aufsuchte, hatte ich ein weiteres Problem, um das ich mich dringend kümmern musste.

Ihn.

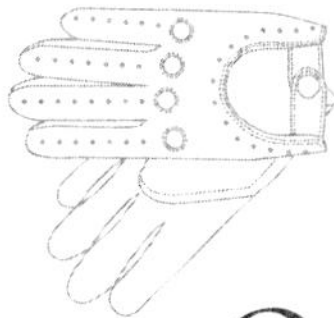

Quintus

Am nächsten Morgen erwachte ich mit steifem Nacken und Schmerzen am ganzen Körper. Eigentlich hatte ich erwartet, dass ich nach dem Vorfall im Lagerhaus kein Auge zubekommen würde, doch stattdessen war ich in einen Schlaf der Erschöpfung geglitten, angefüllt mit beängstigenden Bildern und Erinnerungen. Wirklich ausgeruht fühlte ich mich also nicht. Im Gegenteil. Meine Wirbelsäule knackte, mein Kopf dröhnte und von meinem Anzug rieselte Blut und Schmutz, als ich mich erhob.

Tormod hingegen sah aus wie das blühende Leben.

»Guten Morgen, Sonnenschein«, begrüßte er mich gut gelaunt, während er mir gegenüber am Tisch saß und wieder einen Apfel schälte. Dieser Kerl stand wirklich auf Kernobst … »Du siehst wirklich mitgenommen aus.«

Danke. So fühlte ich mich auch.

»Ja. Ich glaube, ich muss sterben. An Kopfschmerzen. Könnt Ihr die nicht auch wegzaubern, Meister?« Ein Teil von mir sehnte sich nach dem Licht des Auroculums, das die Welt für ein paar Sekunden zu einem besseren Ort machte.

»Wir *zaubern* nicht. Wir heilen.«

»Dann heilt Ihr mich?«

»Das kannst du mit deinem Auroculum selbst tun«, erklärte Tormod. »Wenn ich so drüber nachdenke, wäre das vielleicht die perfekte Gelegenheit, das Training fortzusetzen.«

Skeptisch betrachtete ich das Auge in meiner Hand. Es schimmerte in einem freundlichen Goldgelb, aber sah nicht so aus, als wäre es aktuell bereit, mehr als das zu machen. Wie hatte ich das in der Lagerhalle angestellt? Und sollte ich Tormod davon erzählen?

Was willst du ihm sagen? Dass es geleuchtet hat, als du die Dämonin retten wolltest, brummte mein Verstand.

»Was schwebt Euch vor?«, fragte ich. »Der Tee beim letzten Mal war keine große Hilfe.«

»Dieses Mal werden wir etwas anderes probieren.«

»Und was?« Ich war nicht überzeugt.

Er deutete auf das Fenster. »Meditation. Wir werden uns dort hinsetzen, im Licht der aufgehenden Sonne baden und …«

»Vergesst es. Als Erstes werde ich duschen und dann brauch ich einen Kaffee.«

Morgens war ich weder für meine Diplomatie noch für mein sonniges Gemüt bekannt. Beides ließ sich erst gegen Mittag blicken oder nach einem ordentlichen Frühstück mit entsprechend viel Koffein.

»Du bist viel zu bequem für einen Schüler.«

»Und wie viele hattet Ihr bereits?«

»Du bist mein erster.«

Mit gespieltem Entsetzen fasste ich mir an die Brust. »Darauf wäre ich nie gekommen! Immerhin scheint Ihr genau zu wissen, wie Ihr das Beste aus mir herausholen könnt.«

»Du hast recht. Ich werde bei deiner Ausbildung Unterstützung brauchen. Darum werde ich dich, sobald wir hier fertig sind, mit in die Festung der Lichtgänger nehmen, wo du in die Wege der Dämonenjäger eingewiesen wirst.«

»Reizend.«

Er wollte mich aus Amsterlock wegbringen? In irgendeine

Festung voller grummeliger Dämonenjäger, wo ich eine vermutlich gnadenlose und schrecklich anstrengende Ausbildung absolvieren sollte? In einer grauen Uniform? Irgendwie erschien mir ein Leben auf der Flucht vor den Beschaffern gar nicht mehr so abschreckend.

»Dir wird die Zeit dort guttun. Du wirst die Chance haben, stärker zu werden und zu wachsen.«

»Wie schön … Ich werde also endlich ein *echter* Mann. Mein Lebenstraum erfüllt sich zu guter Letzt.«

Tormod Bard ignorierte die Tatsache, dass meine Stimme vor Zynismus nur so triefte. Unsere Vorstellungen von Männlichkeit gingen weit auseinander. Ebenso wie unsere Vorstellungen von meiner Zukunft.

»Bitte entschuldigt mich, Meister. Ich muss jetzt duschen.« Ich floh ins Badezimmer und zog mir die verkrusteten Fetzen aus, die gestern noch ein schicker Seidenanzug gewesen waren. Dann kletterte ich in die Badewanne und ließ Wasser ein, fest entschlossen, hier für die nächste Stunde einzuweichen. Auch wenn das billige Stück Seife, das Tormod offensichtlich benutzte, nicht sehr einladend aussah. Geschweige denn einladend roch.

Als ich einigermaßen sauber und fertig angezogen war, stand Tormod in voller Montur im Zimmer. Er hatte seine graue Rüstung angelegt, ebenso wie seine Waffen.

»Wo gehen wir hin?«

»Ein Bote kam gerade vorbei. Ich denke, ich habe den Lagerraum ausfindig machen können, in den du gestern verschleppt worden bist, und werde ihn nach Spuren untersuchen.«

»Was ist mit mir?«

Er deutete auf den Fensterplatz. »Zeit für eine Sonnenmeditation.«

»Ich weiß nicht, wie man das macht. Ich kann nicht mal beim

Essen eine Minute ruhig sitzen bleiben. Wie soll ich da meditieren?«

»Du setzt dich da hin, konzentrierst dich aufs Atmen und machst keinen Ärger.«

»Klingt schrecklich langweilig.« Und dummerweise konnte ich Langeweile ganz und gar nicht ausstehen. Alleine ohne eine Aufgabe in einem Zimmer zu hocken und meinen Gedanken zu lauschen. Das konnte nur schiefgehen. »Soll ich nicht lieber mitkommen?«

Tormod schüttelte den Kopf. »Es ist wichtig, dass du versuchst, dein inneres Licht zu finden. Die Quelle, die dich mit dem Auroculum verbindet. Das kann dir niemand abnehmen.«

Mit den Worten drehte er sich um und ließ mich mit meinen Kopfschmerzen allein.

Okay, Quin. Einen Versuch ist es wert. Setz dich in die Sonne und lasse das Licht wirken …

Ich holte eine Decke aus dem Schrank, schüttelte sie aus und breitete sie vor dem Fenster aus. Dann setzte ich mich im Schneidersitz darauf und schloss die Augen, um in mich hineinzuhorchen.

Es war warm.

Etwas *zu* warm. Es trat mir bereits der Schweiß auf die Stirn. Lange würde ich es hier nicht aushalten.

»Okay, Auroculum! Scheine!«

Die Sonnenstrahlen – oder war es der Staub? – kitzelten in meiner Nase und die Decke konnte nur ungenügend darüber hinwegtäuschen, wie hart der Boden war. Wenn man so regungslos dasaß, nahm man Dinge wahr, die einem sonst entgingen.

Aber das Auge rührte sich nicht.

Was war im Lagerhaus anders gewesen?

In meinen Erinnerungen reiste ich zurück.

Ich kauere im Schatten, gelähmt vor Angst, während mein Blick auf der Suche nach einem Fluchtweg durch den Raum zuckt. Laurelin wurde angeschossen und hält sich die Wunde. Die Aufmerksamkeit aller ruht auf ihr. Ich könnte fliehen, aber aus irgendeinem nicht mehr ganz nachvollziehbaren Grund beschließe ich, sie zu retten. Dieses … Monster, das aussieht wie ein normales Mädchen! Aber zu dem Zeitpunkt kenne ich ihre wahre Identität noch nicht. Sie ist nur ein Mädchen in Not und ein Teil von mir kann nicht länger wegsehen, will nicht länger der egoistische Feigling Quin sein. Der Junge, der immer Angst hat, der immer wegrennt.

Das Auroculum kribbelte sanft. »Scheine.«

Das Bild ändert sich. Ich sehe Blut, aus dem sich Motten erheben. Motten, die sich auf Daan stürzen. Ihre Rüssel bohren sich in sein Fleisch und ich höre, wie sie anfangen, ihn auszusaugen.

Ich riss die Augen auf. Mein Herz raste. Meine Atmung war schwer. Ich spürte keine Wärme, kein Licht. Nur Angst in meinem Herzen.

»Mach was, Auroculum!«

Nichts.

Meine Finger verkrallten sich in der Decke, während ich versuchte, mich zu beruhigen. Staubkörnchen tanzten vor mir durch die Sonnenstrahlen wie kleine Ballerinas, die sich immer und immer wieder um sich selbst drehten. Anmutig, ihrer eigenen Ordnung folgend. Der Himmel vor dem Fenster war wolkenlos, ein helles Blau, keine Wolken, die der Erde Kühlung gönnten.

So ein Tag war es auch damals gewesen … Kein peitschender Regen, kein unheilvoller Sturm, sondern ein sonniger Tag, der ganz Amsterlock nach draußen lockte. In die zahlreichen Cafés, um sich im Schatten der Sonnenschirme einen Eiskaffee zu gönnen. Meine Schwester und ich hatten zuerst geschaukelt. Eine Schaukel, die mein Vater selbst im Baum befestigt hatte. Anschließend hatten wir unsere nackten Füße im Teich versenkt und die Fische dabei beobachtet, wie sie hungrig an unseren Zehen saugten. Es war ein perfekter, sorgloser Tag, der nichts von dem Grauen prophezeite, das in der Nacht folgen sollte.

Ich schüttelte meinen Kopf, um die Gedanken zu vertreiben, die zu nichts führten. Zu viel über die Vergangenheit zu grübeln lähmte einen nur, da man sie nicht ungeschehen machen konnte.

Also erhob ich mich und tigerte durch den Raum. Ich war allein. Allein im Gasthaus, in dem es angeblich sicher sein sollte, aber was, wenn Tormod sich irrte? Was, wenn Yasha mich hier fand oder der Auftraggeber, der meine Hände wollte? Mit dem Tod von Daan Knox war es nicht vorbei. Ich hatte nach wie vor eine Zielscheibe auf der Stirn.

Genau aus diesem Grund hasste ich es, untätig herumzusitzen, denn dann malte sich mein Kopf all die Dinge aus, die schrecklich schiefgehen könnten.

Oder die Dinge, die bereits schrecklich schiefgegangen sind …

Wieder musste ich an meine Eltern und meine Schwester denken.

Ich ging zum Fenster und spähte hinaus. Menschen und Flüsterwesen, die geschäftig von einem Ort zum anderen eilten. Taxis und andere Wagen, die über das Kopfsteinpflaster ratterten oder sich in zu enge Parklücken quetschten.

Das Fürstentum der Zufriedenheit war nicht weit entfernt. Dort gab es nicht nur verdammt guten Wein, sondern die besten Cafés, Bäckereien und alles, was Menschen brauchten, um sich gut zu fühlen. Einkaufszentren und Luxusläden. Vielleicht sollte ich mir einen kleinen Shoppingtrip gönnen, um auf andere Gedanken zu kommen. Günstig für mich, teuer für die Geschäfte, die ich besuchte.

Die Idee in mir wuchs und biss sich fest. Was würde ich für ein ordentliches Stück Seife tun? Dieses geruch- und farblose Ding in unserer Badewanne verdiente diese Bezeichnung nicht. Dazu könnte ich mir Lavendelöl besorgen, um meine vor Stress spannende Haut zu verwöhnen. Parfüme und Aftershaves, um den Geruch des Blutes zu vergessen, und duftende Kerzen, die beim Einschlafen halfen.

All das könnte mir helfen, meine gestrige Begegnung zu verdauen, und dafür sorgen, mich wieder wie ich selbst zu fühlen.

Außerdem könnte ich bei der Villa des Glücks vorbeisehen. Nur ganz kurz. Allein bei dem Gedanken an Zori zog sich mein Herz zusammen. *Wie es ihr wohl gerade erging? Hatte sie es geschafft, zu entkommen, oder war sie wieder in ihrer Zelle?*

Ein Teil von mir wollte sicherstellen, dass es ihr gut ging, während der Überlebensinstinkt mich dafür verfluchte.

Dieser Glitzer hat dich wirklich komplett durcheinandergebracht, Quin. Was ist plötzlich los mit dir?

Zur Antwort erinnerte mich mein Herz an unsere erste Begegnung und an den Tanz auf dem Ball. Zori hatte etwas an sich, dass mich gleichermaßen faszinierte und anzog.

Ja. Glitzer!, brüllte die Vernunft.

Aber es war mehr. Trotz ihres schweren Lebens hatte sie sich Leichtigkeit beibehalten. Und trotz der Gefahren, denen sie ausgesetzt war, war sie weder ängstlich noch verbittert. Sie war lustig, schlagfertig, klug …

Geh shoppen und vergiss sie. Das ist für uns alle das Beste.

Jaja. Schon gut …

Ich war gut darin, unbemerkt zu bleiben, wenn ich es wirklich wollte. Und da mein Leben auf dem Spiel stand, war ich gewillt, die beste Verkleidung seit Langem aufzufahren. Glücklicherweise hatte der Küchenjunge der Gaststätte *Zur letzten Ruh* gerade nicht viel zu tun und war offen für einen kleinen Zusatzverdienst. Er holte mir eine Tasche aus dem Spind am Hafen. Für Situationen wie diese hatte ich einige von denen in der ganzen Stadt positioniert. Sie enthielten alles, was ich benötigte. Schreikäfer, Pfefferpulver, Rauchbomben, Waffen und das Wichtigste: Verkleidung.

Nur eine Stunde später verließ ich als hübsche Rothaarige das Gasthaus. In dem Aufzug würde mich garantiert niemand erkennen.

Laurelin de Jong

Der Dieb verließ das Gasthaus *Zur letzten Ruh* in einem zartgelben Rock, Spitzenhandschuhen, einem edlen Mäntelchen und wallenden roten Haaren. Er war kaum wiederzuerkennen und ich musste zwei Mal hinsehen, um wirklich sicher zu sein. Hätte meine Motte mich nicht zu ihm geführt, hätte ich ihn niemals erkannt. Seine Ausstrahlung. Seine Bewegung. Die Art, wie er seine Handtasche hielt oder sich die Haare aus dem Gesicht strich. Es wirkte so authentisch, dass ich mir sicher war, dass er diese Verkleidung nicht zum ersten Mal ausprobierte.

Er stellte sich sogar auf die Zehenspitzen, um ein Taxi herbeizuwinken, und es dauerte nicht lange, bis er Erfolg hatte. Dann ließ er sich in das Fürstentum der Zufriedenheit chauffieren, wo er einige Zeit in Läden und auf Märkten verbrachte, welche er mit gefüllten Tüten verließ. Es war faszinierend zu beobachten, wie geschickt er vorging. Stets kaufte er etwas Günstiges, während er seine Taschen heimlich mit teuren Dingen füllte, und die Ladenbesitzer, ganz angetan von seiner Erscheinung, hielten ihm oft noch die Tür auf, wenn er ging.

Als Taxifahrerin verkleidet, um ihn unauffällig beschatten zu können, hatte ich meinen Arm aus dem Fenster gelehnt und wartete darauf, dass der Dieb endlich wieder aus einem Seifenladen herauskam, in dem er sich unendlich viel Zeit ließ, als mich plötzlich ein Junge ansprach. »Hey! Wie siehst du denn aus?«

Gelangweilt drehte ich meinen Kopf und sah in wässrig blaue Augen, die mich herausfordernd anblitzten.

»Hast du vergessen, dich zu waschen, oder was?« Er grinste und deutete auf mein Gesicht. Diese Art von Scherzen kannte ich zur Genüge, und während ich sie früher noch als verletzend empfunden hatte, kleine Papierschnitte, die sich summierten und wehtaten, perlten sie mittlerweile einfach von mir ab.

»Nein, ich bin verflucht«, entgegnete ich trocken.

»Von einem Kuhdämon?« Der kleine Hosenscheißer hielt sich für besonders lustig. Begeistert von seinem eigenen Witz lachte er sich ins Fäustchen.

Sollte ich es ihm erklären? Ein Versuch konnte nicht schaden. »Hör mal zu, Junge. Meine Haut ist ganz normal so, wie sie ist.«

»Aber schön ist es nicht.«

»Mir gefällt es.« Was hatten die Leute immer mit meiner Haut?

»Muuuuuuuh!«

»Es ist eine genetische Mutation, die …«

»Eine genetische *Muuuuuh*-tation«, unterbrach er mich.

Es war zwecklos. Ich kurbelte das Fenster am Taxi hoch, aber der Junge klebte Sekunden später an der Scheibe und hielt sich seine Zeigefinger wie Hörner an die Stirn.

»Muuuuuuuuh!«

Der Dieb war immer noch im Laden. Ich hätte also genug Zeit, dem Knirps eine Lektion zu erteilen.

Lass es, Laurelin. Er ist der Mühe nicht wert.

»Muuuuuuh!«

Ich hatte es im Guten versucht. Wirklich! Aber jetzt war meine Geduld am Ende. Dieser Kerl hatte einen Denkanstoß verdient. Eine Halbdämonin konnte sich schließlich nicht alles bieten lassen! Schwungvoll öffnete ich die Taxitür, rückte Uniform und Mütze meiner eigenen Verkleidung zurecht und trat heraus.

»Oh. Was willst du jetzt tun, Frau Taxifahrerin?«, fragte der Bengel, als ich ihn am Kragen packte und in die Luft wuchtete. Er strampelte mit den Beinen, aber ich ließ ihn nicht los, sondern trug ihn geradewegs auf die nächste Gracht zu. »Lass mich los! Ich befehle es!«

»Oh, du befiehlst es?« Belustigt hob ich meine Augenbraue.

»Ich komme aus einer sehr angesehenen Familie hier im Bezirk! Den Salazars. Ja, du hörst ganz recht. Die Salazars. Wenn mein Vater das erfährt, dann …«

»Wird er erfahren, wie respektlos sein Sohn ist, und er wird mich auf Knien um Vergebung bitten.« Ich ließ ihn los und mit einem Platsch versank er im Wasser des Kanals. Als er prustend auftauchte, hatte sich sein Gemüt noch nicht beruhigt. Fluchend reckte er seinen Kopf aus dem Wasser.

»Wer bist du? Sag mir deinen Namen, damit ich ihn auf deinen Grabstein schreiben kann!«

»Baronessa Laurelin de Jong«, verkündete ich und lüftete meine Mütze für ihn.

»Bist du nicht … Warum sollte eine Baronessa Taxi fahren?«

»Das ist mein Hobby. Auch mächtige Menschen haben Hobbys. Meins ist Taxi fahren.«

Seine Augen wurden groß, während er über meine Worte nachdachte. Ich wartete nicht ab, zu welchem Ergebnis er kam, sondern stolzierte davon. Wenig später ließ ich mich seufzend zurück auf den Sitz des Autos fallen, gerade rechtzeitig, als der Dieb aus dem Laden stürmte.

Jemanden zu beobachten, kann einem viel über diese Person verraten, aber aus dem Dieb wurde ich nicht schlau. Er hatte sich mittlerweile in das Fürstentum des Glücks bringen lassen, wo er eine geschlagene halbe Stunde mit dem Wachmann vor der Villa des Barons flirtete.

Was wollte er jetzt schon wieder hier?

Einbrechen?

Oder war er erneut wegen der Elfe hier?

Meine Fingerspitzen fuhren über die Messerklingen, die ich bei mir trug. Ich sollte es schnell machen. Schnell und schmerzlos. Mein Problem einfach aus dem Weg schaffen, aber … das war nicht meine Art.

Mutter hat recht, Laurelin!

Wenn er jemandem davon erzählen würde, wer oder was ich war, würde man mir die Fessel anlegen, die alle Flüsterwesen zum Schutz erhielten, und meine Mutter dafür verurteilen, dass sie sich mit einem Dämon eingelassen hatte. Das würde sie natürlich nicht auf sich sitzen lassen, aber es könnte ihre Position destabilisieren. Die anderen Barone würden jede Chance nutzen, jedes Anzeichen von Schwäche, um sich selbst mehr Gebiet und Macht einzuverleiben.

Das war Amsterlock, die Stadt, in der nur die Stärksten und Skrupellosesten gewinnen konnten.

Ich hatte keine Wahl. Ich musste ihn zum Schweigen bringen.

Endlich wandte er sich von den Wachleuten ab und winkte nach einem Taxi. Das war meine Chance. Die Dunkelheit in mir regte sich, leckte sich mit der Zunge über die Lippen und rief nach seinem Blut. Meine Hände zitterten, als ich die Klinge verstaute. Um sie zu beruhigen, umklammerte ich das lederne Lenkrad fester als nötig. Meine Haare hatte ich zu einem straffen Zopf gebunden, die geflügelte Kappe tief ins Gesicht gezogen.

Ohne Verdacht zu schöpfen, stieg er in mein Auto, dessen eigentlicher Besitzer sich gerade auf meine Kosten einen freien Tag machte.

»Bitte zum Gasthaus *Zur letzten Ruh*«, säuselte er mit hoher Stimme, während er den Berg an Tüten auf den Sitz neben sich hievte. Dann streifte er sich die Schuhe von den Füßen.

»Mhm«, brummte ich und fuhr los. Niemand wunderte sich, wenn eine Taxifahrerin nicht sonderlich gesprächig war, denn sie waren überlastet, chronisch unterbezahlt und allgemein bekannt für ihre genervte Grundstimmung.

Der Dieb streckte seine Nase in eine der Tüten und zog eine kleine Box mit Kuchen heraus. Er öffnete sie, angelte ein Stück heraus und schob es sich in den Mund. Dann streckte er sich genüsslich und schloss die Augen, während er seine Mahlzeit genoss. Nicht wissend, dass es seine Henkersmahlzeit sein könnte.

»Auch etwas Kuchen?«, fragte er gönnerhaft.

Ich schüttelte den Kopf.

»Er ist wirklich fantastisch.«

Während er sich ganz seinem Kuchen hingab, lenkte ich das Taxi durch eines der ärmeren Fischerviertel zu einem abgelegenen Hafen. Dort wartete bereits eine Fähre, die *Sleepy Siren*, deren Ladefläche wie ein breiter Schlund geöffnet war. Sie wirkte gespenstisch verlassen, da weder andere Autos noch die Crew zu sehen waren. So als würde das Schiff nur darauf warten, uns zu verschlingen.

Und so war es auch.

Das Ruckeln des Taxis, als wir auf der verrosteten Rampe aufsetzten, ließ den Dieb hochschrecken. Dabei vergaß er sogar vor Schreck, mit seiner weiblichen Stimme zu sprechen.

»Hey, wo sind wir?«

»Ganz ruhig. Ist 'ne Abkürzung«, sagte ich amüsiert.

»Sicher nicht.« Er rüttelte an der Tür. Vergebens. Sie war abgeschlossen, dafür hatte ich gesorgt. »Was soll das? Wer bist du?«

Ich schnippte mir meine Kappe aus dem Gesicht und grinste

in den Rückspiegel. Als sich unsere Blicke trafen, schluckte er schwer.

»Du … musst mich verwechseln«, stotterte er und zupfte an seiner Perücke. »Ich bin bloß auf der Durchreise hier, niemand Wichtiges, aber ich wurde schon öfter gefragt, ob ich einen Bruder hier hätte. Offenbar sehe ich jemandem zum Verwechseln ähnlich.«

Im Bauch des Schiffes hielt ich das Auto an. Zeitgleich schloss sich die Schiffsluke wie von Geisterhand, woraufhin es noch trüber im Inneren wurde. Durch die Schatten huschten hochgewachsene Gestalten, verschwanden hinter Türen, drehten an Rädern und bereiteten alles zum Auslaufen vor.

»Ich weiß genau, wer du bist, Dieb«, verkündete ich und meine Finger tasteten erneut nach den Klingen.

Er kaute auf seiner Unterlippe und kam offensichtlich zu dem Schluss, dass es sinnlos war, weiter zu lügen. »Ein Taxioutfit? Ernsthaft? Locken Dämonen so ihre ahnungslosen Opfer in die Falle?«

»Hast du dich mal angesehen?«, konterte ich.

Er zupfte würdevoll an seinem gelben Rock. »Ich finde, dieses Outfit steht mir ausgezeichnet.«

»Steig aus.« Ich deaktivierte die Zentralverriegelung und öffnete die Tür. Der vertraute Geruch von Motoröl, Gummi und Meeresluft schlug mir entgegen, eine Kombination, die ich mit Freiheit verband, denn hier auf der *Sleepy Siren* durfte ich sein, wer ich wollte.

»Danke. Ich bleibe lieber sitzen und genieße den Rest meines Kuchens«, murmelte der Dieb und krallte sich an seine Taschen.

»Du hast keine Wahl.« Mit diesen Worten stieg ich aus dem Auto und öffnete die Tür auf seiner Seite.

»Willst du mich etwa töten?« Er starrte auf das Messer in meiner Hand.

»Das überlege ich noch.« Es wäre das Klügste. Das, was meine Pflicht von mir verlangte, und trotzdem zögerte ich. »Warum hast du es nicht getan? Mich getötet?«

»Ein Moment der Schwäche«, murmelte er.

Hier standen wir also. Wir waren auf unterschiedlichen Seiten, und auch wenn klar war, was wir hätten tun sollen, hatten wir es nicht getan.

Töte ihn, rief die Dunkelheit in mir.

In dem Moment röhrte der Motor der Fähre auf und das Schiff setzte sich schnaufend in Bewegung. Das war der Augenblick, in dem der Dieb beschloss, alles auf eine Karte zu setzen. Aus seiner Handtasche zog er eine Maske, die er sich über den Kopf zog.

»Was soll …?«

Im selben Moment warf er mir etwas vor die Füße. Es explodierte und dunkler Rauch, eine grauschwarze Wolke, wuchs rasend schnell an und verschluckte uns, das Taxi und den Bauch des Schiffes. Der Gestank von Essig stach mir in die Nase. Meine Augen brannten und schon verdunkelte sich meine Sicht.

Ich war blind.

»Vorsicht!«, brüllte ich der Crew zu, als ich zur Seite gestoßen wurde. Als ich auf dem Boden aufschlug, schoss Schmerz durch meinen Ellbogen. Meine Klinge flog mir aus der Hand. Schritte entfernten sich. Schnell und zielsicher. Irgendwo hörte ich jemanden stöhnen, offensichtlich ebenso wie ich gefangen im dunklen Nebel.

Ich drehte an meinem Siegelring und stach mir in die Haut. »Erwache und sei mein Augenlicht.«

Der Tropfen nahm Form an und die Blutmotte streckte ihre Flügel. Die Antennen strichen mir beruhigend über die Haut. *Mach dir keine Sorgen*, sagte sie. Dann hob die Motte ab und flog voraus, durch die dichten Wolken.

Ich folgte ihr, allerdings nicht schnell genug.

Der Dieb stieß eine Tür auf und kletterte die Leiter dahinter zum Deck empor. Meine Motte war ihm auf den Fersen, huschte lautlos hinter ihm her. Ihre Antennen streiften bereits seinen Nacken, aber in diesem Moment öffnete er die Luke und gleißendes Licht kam uns entgegen. Ehe ich es verhindern konnte, zerfiel meine Motte zu dunkel glänzendem Staub, der mit dem Wind davongetragen wurde, und ich stand wieder in der Finsternis, umgeben von bitterem Essiggeruch, der mir in den Augen brannte.

Aber der Dieb würde nicht weit kommen.

Denn ich war nicht allein.

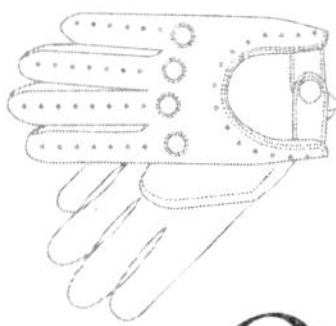

Quintus

Ich hievte meinen Körper an Deck und schloss die Luke. Hier konnte ich es wagen, mir die Maske vom Kopf zu reißen und wieder Luft zu holen, denn unten war alles von meiner wertvollen Nachtbombe verpestet. Die Überreste davon brannten mir noch in Nase und Mund, aber immerhin hatte die Maske meine Augen geschützt und ich konnte noch sehen.

Laurelin hingegen hatte es voll erwischt und ich hörte ihr Fluchen bis aufs Deck.

Ich hatte immer gewusst, dass mich diese kleine Bombe einmal retten würde. Darum hatte ich sie dem Händler damals auch gestohlen. Um keine Zeit zu verschwenden und meiner Verfolgerin keine Gelegenheit zu geben, aufzuholen, machte ich mir nicht die Mühe, mich umzusehen, sondern sprintete direkt zur Reling. Mit einem Satz war ich über dem Geländer und stürzte hinab. Kaltes Wasser schloss mich ein und wusch die letzten Spuren der Nachtbombe davon. Als ich wieder auftauchte, holte ich erleichtert Luft.

Sei froh, dass du mit dem Leben davongekommen bist, schimpfte meine Vernunft. *Du hättest Tormod ihren Namen verraten sollen. Du weißt doch, wie tödlich es ist, zu zögern, weich zu sein … Es heißt fressen oder gefressen werden.*

Amsterlock hatte mir eine weitere Lektion verpasst!

Gerade machte ich mich auf den Weg zurück zum Land, als ich eine Bewegung unter mir bemerkte. Ein Schatten wie von einem großen Tier glitt unter mir entlang. Mir lief ein Schauer über den Körper und ich beschleunigte mein Tempo, den Blick auf das Wasser unter mir gerichtet. Es war unmöglich, den Grund zu sehen, und die Dunkelheit, die dort lauerte, konnte voller Monster sein.

Wieder streifte mich etwas und ich musste mich zusammenreißen, um nicht zu schreien. Der Rock, eigentlich so leicht, dass er im Wind tanzte, war nun vollgesogen und schwer, aber ich wagte nicht anzuhalten, um ihn abzustreifen. Stattdessen strampelte ich weiter, um ans rettende Ufer zu gelangen.

Plötzlich packte etwas meinen Fuß und zog mich in die Tiefe. Ich trat um mich, aber die Klaue hielt mich fest umschlungen.

Zwischen Luftblasen und dem sich aufbauschenden Stoff meines Rocks sah ich ein Gesicht auftauchen. Betörende Augen und ein tödliches Lächeln voller spitzer Zähne. Ich drehte mich um die eigene Achse, versuchte zu entkommen, aber da schoss ein weiteres Gesicht auf mich zu.

Undinen.

Sie packten mich und zerrten mich durch das Wasser. Ich war wehrlos, ein Spielball, der nicht entkommen konnte. Für einen Moment glaubte ich, dass sie mich ertränken würden, doch dann tauchte der Schatten des Bootes über unseren Köpfen auf. Die Undinen zerrten mich direkt darauf zu und in einen Eingang hinein, der unter dem Wasserspiegel lag. Ich wusste nicht, wo unten und oben war, als sie mich losließen und ich im Bauch des Schiffes schwebte. Das Wasser verschwand und ich verstand, dass ich mich in einer Schleuse befand. Wenige Minuten später lag ich keuchend auf dem nassen Boden. Neben mir standen zwei Undinen. Beide waren bis auf ein paar Netze mit Muscheln unbekleidet und ihre Haut mit wasserfesten Farben bemalt. Sie entblößten rasiermesserscharfe Zähne, als sie auf mich hinabsahen.

So würdevoll wie möglich rang ich meinen Rock aus und zog

meine verrutschte Jacke zurecht. Meine Schuhe, handbestickte Ballerinas, hatte ich verloren, ebenso wie meine Perücke. Meine Handtasche hing glücklicherweise noch um meine Schulter, doch bevor ich sie öffnen konnte, wurde sie mir abgenommen und mit ihr meine Schreikäfer und das durchweichte Pfefferpulver.

»Wir sollten ihn einfach ertränken!«, knurrte eine der Undinen und packte mich am Nacken. Mühelos hob sie mich in die Höhe und schleifte mich durch einen Gang. »Der ganze Schiffsbauch ist verpestet und stinkt nach seiner Nachtbombe.«

»Tut mir sehr leid«, versuchte ich es. »Aber ich wurde entführt und bedroht. Ich hatte keine andere Wahl.«

Die Undinen schienen nicht gerade in Plauderstimmung zu sein und zerrten mich weiter, als wäre ich ein Schwerverbrecher.

Plötzlich fiel eine Tür krachend ins Schloss und Laurelin kam uns entgegen. Ihre Augen waren geschlossen und tränten, doch sie schien trotz der Blindheit, die der Nachtnebel verursacht hatte, erstaunlich gut zurechtzukommen. Entweder kannte sie sich so gut aus oder es lag an ihren dämonischen Kräften. Als sie näher kam, bestätigte sich die zweite Vermutung. Eine ihrer kleinen unheimlichen roten Motten saß auf ihrer Schulter und die Antennen des Tiers zuckten, so als würde sie Laurelin dirigieren.

Zielstrebig kam sie auf mich zu und packte mich wutentbrannt. »Was hast du mit meinen Augen gemacht?«

»Das geht wieder weg«, beschwichtigte ich sie und ergänzte, einem plötzlichen Einfall folgend: »Mit einem Antidot.«

»Her damit.«

Wie erwartet versetzte mich ihre Angst, dauerhaft erblindet zu sein, in eine deutlich bessere Verhandlungsposition. Vielleicht würde ich doch noch lebend aus der Sache herauskommen.

»Ich trage es nicht bei mir.«

Wütend presste sie mich gegen eine Wand und drückte mir eine

Klinge an den Hals. Etwas zu fest, denn ich spürte, wie Blut die Haut hinunterfloss. Für einen Moment befürchtete ich, dass ihr Rachedurst größer sein könnte als der Wunsch, das Augenlicht zurückzuerlangen.

»Wo ist es?«, fauchte sie zwischen zusammengebissenen Zähnen.

»Ich gebe es dir, wenn du mich unbeschadet zum Gasthaus zurückbringst.«

Sie gab ein ungeduldiges Knurren von sich. »Wie wäre es, wenn du es mir jetzt gibst, und ich garantiere dir einen schnellen Tod?«

»Ich finde meinen Vorschlag besser. Oder generell jede Option, die nicht mit meinem Tod endet.«

»Wir sind Feinde«, presste sie zwischen ihren Lippen hervor.

»Und doch hab ich dich nicht erschossen, als ich die Gelegenheit hatte. Außerdem möchte ich an dieser Stelle einwerfen, dass ich die Undinen vom Glücksbaron befreit habe und ein Freund der Flüsterwesen bin.«

»Und warum hast du das getan? Aus reiner Herzensgüte?« Laurelin schien nicht viel von mir zu halten. »Oder weil du dort etwas stehlen wolltest und eine Ablenkung brauchtest?«

»Na ja ...«

»Ich wusste es!« Die Klinge bewegte sich und ritzte erneut in meine Haut.

»Warte! Ich habe es gemacht, weil ich jemanden befreien wollte. Ein weiteres Flüsterwesen.«

»Die Elfe?« Laurelin hielt inne.

»Er hat Glitzer abbekommen und jetzt ist sein Gehirn Matsch«, sagte eine der Undinen kühl.

»Möglich«, gestand ich. »Aber ich will sie trotzdem retten.«

»Sag ich doch. Sein Gehirn ist Matsch.«

Das Dämonenmädchen legte den Kopf schief, wobei sie mit

ihrem schmalen Hals und den dunklen Augen an einen Vogel erinnerte.

»Gut. Nehmen wir mal an, du sagst zur Abwechslung die Wahrheit. Wie würdest du es anstellen? Wie würdest du in das Anwesen der Jonkers gelangen?«

»Ich kenne die Villa und ihre geheimen Wege wie meine Westentasche.«

»Du könntest ungesehen hinein- und hinauskommen?«

»Klar. Allerdings gibt es auch im Inneren viele Wachen, was das Ganze nicht ungefährlich macht. Und ich fürchte, dass sie gerade auf ihre Elfen besonders achtgeben und es dort zusätzliche Sicherungen gibt. Aber unmöglich ist es nicht.«

Zu meiner Überraschung lockerte Laurelin das Messer. »Schön. Du gibst mir das Antidot und sagst mir, wie ich ungesehen in die Villa komme. Dafür lassen wir dich vorerst am Leben.«

Moment! Sie wollte auch in die Villa?

Dann hatte ich also mittlerweile zwei Dinge, die sie von mir wollte. »Was willst du von den Jonkers?«

»Geht dich nichts an.«

»Gut. Ich helfe dir, aber zu meinen Bedingungen«, forderte ich. »Wir fahren zusammen hin. Ich befreie Zori, du machst dein wichtiges Geschäft und alle sind glücklich!«

»Nur, dass ich dir nicht trauen kann …«

»Was soll ich denn sagen? Du bist eine Dämonin und bedrohst mich mit einem Messer.«

»Hast du es jemandem gesagt? Wer ich bin?«

»Nun …« Wenn man zugab, dass man der einzige Mitwisser einer pikanten Information war, die das Gegenüber unbedingt geheim halten wollte, war man in der Regel so gut wie tot. »Mein Meister ist ein sehr anerkannter Dämonenjäger. Natürlich haben wir keine Geheimnisse voreinander.«

»Außer deinen wahren Namen«, gab Laurelin zu bedenken.

Verdammt! Dieses Dämonenmädchen war nicht leicht an der Nase herumzuführen.

Laurelin grinste gefährlich. »Du hast ihm also nichts gesagt.«

»Ich wollte halt nicht, dass er dich tötet«, schmeichelte ich ihr. »Also? Haben wir einen Deal?«

»Ich vertraue dir immer noch nicht ...«

»Aber wir können uns gegenseitig helfen. Ich habe kein Interesse, euch zu verraten, schließlich brauche ich einen Ort, um Zori zu verstecken, wenn ich sie gerettet habe, und da kommst du ins Spiel. Ich weiß, dass du der Nachtfalter bist und flüchtigen Flüsterwesen hilfst.«

Laurelin zögerte und die Undinen sahen sich an.

»Ihr habt keine Fessel ...«, fuhr ich fort. »Also seid ihr freiwillig hier ... Ich nehme an, ihr gehört zu der Bande, die der Baron der Magie so fürchtet. Ihr stehlt und versteckt andere Flüsterwesen. Vielleicht sogar hier auf der Fähre.«

»Glaubst du wirklich, wir würden dir unser Versteck zeigen?«, antwortete die Undine. »Unser Flüsterwiderstand ist groß und wir sind nur ein winziger Teil davon.«

Mein Instinkt sagte mir, dass dem nicht so war, aber ich ließ mir nichts anmerken. »Umso besser. Ihr seht also: Wir brauchen einander!«

Zori

Als ich in meiner Zelle erwachte, war ich überrascht, nicht allein zu sein. An der Wand gegenüber von meinem Bett stand Ophelia und beobachtete mich wie eine Stalkerin. Mein Puls schoss in die Höhe und ich ebenfalls.

Was hatte sie vor?

Mein Körper war wie ein Bogen gespannt und ich hielt den Atem an, als die Erinnerungen wie Fäuste auf mich niederprasselten und neuen Schmerz brachten. Ein leises Miauen lenkte mich für einen Moment ab und ich entdeckte Glückspilz, der sich an meine Beine schmiegte.

Du bist nicht allein. Sie schon.

Ich streckte meine Finger nach ihm aus und strich ihm über den Kopf. Dann wanderte mein Blick wieder zur Tür. Glückspilz hatte recht. Es waren keine Schritte zu hören, keine Atmung. Wenn Ophelia Wachen mitgebracht hatte, dann waren sie nicht in der unmittelbaren Nähe. Aber warum war sie dann gekommen?

»Was willst du?«, presste ich zwischen den Zähnen hervor.

»Ich weiß es nicht«, sagte sie und pustete sich eine Locke ihres blonden Haares aus dem Gesicht. »Reden, nehme ich an.«

»Ich glaube nicht, dass wir uns noch etwas zu sagen haben.«

»Ich denke, wir können uns gegenseitig helfen.«

Helfen? Ich unterdrückte ein ungläubiges Lachen. Sie hatte mir meinen Glitzer genommen und mich eingesperrt. Und vor allem …

»Ihr habt ihn getötet!« Ich sprang auf und für einen Moment vergaß ich die Fernbedienung, mit der sie mich jederzeit außer Gefecht setzen konnte. Stattdessen stürmte ich mit gefletschten Zähnen und brennender Wut im Bauch auf sie zu.

Ophelia hielt mich nicht auf. Auch nicht, als sich meine Finger um ihre Kehle legten. Sie zuckte nicht einmal zusammen, sondern sah mich nur ruhig mit ihren eisblauen Augen an.

»Es tut mir leid«, sagte sie leise. »Vater hätte das nicht tun sollen. Es war … unmenschlich. Auch wenn du mir nicht glaubst, ich habe versucht, ihn aufzuhalten.«

»Du hast recht, ich glaube dir nicht.« Unter meinen Fingern konnte ich den Puls ihrer Hauptschlagader spüren. Ein Biss hinein und sie würde innerhalb kürzester Zeit verbluten. Also warum bewegte sie sich nicht? Warum wehrte sie sich nicht? »Warum tut ihr so etwas? Warum tötet ihr uns?«

»Das war eigentlich nicht geplant. Mein Vater entdeckte vor Jahren ein Material, mit dem er es schaffte, den Glitzer für unsere Zwecke brauchbar zu machen. Die Essenz der Götter dämpft die Wirkung ab. Wir haben ein Verfahren entwickelt, das dazu beiträgt, maximal viel Glitzer aus der Extraktion nutzen zu können, aber auf Dauer sorgte es dafür, dass unsere … Versuchsobjekte gar keinen Glitzer mehr produziert haben. Eine Tatsache, die Vater unter allen Umständen versucht, geheim zu halten, denn wenn die Barone erfahren, dass unsere Quellen versiegen, werden sie diese Schwäche nutzen.«

Ich sollte ihr den Hals umdrehen. Das Leid meines Volkes hier und jetzt beenden. »Ihr habt auf unsere Kosten weitergemacht!«

»Du hast recht. Das, was wir getan haben, um uns selbst zu retten …«

»… und euch zu bereichern«, unterbrach ich sie wütend.

»… und auch, um uns zu bereichern, ja. Das war grausam. Ich

verspreche dir, dass es bald aufhört. Ich wollte das alles schon lange beenden, aber bisher fehlte mir der Mut dazu. Wenn du mir hilfst, lass ich dich gehen.«

»Vergiss es.« *Konnte ich ihr wirklich glauben, dass sie plötzlich so etwas wie ein Gewissen hatte? Eher nicht!*

»Ich muss jemanden finden«, fuhr Ophelia fort. »Wenn du mir dabei hilfst, kannst du gehen. Ich gebe dir den Schlüssel zu deiner Fessel und du kannst all das hinter dir lassen.«

Ich glaubte ihr kein Wort, aber plötzlich, bevor ich ablehnen konnte, drückte sich Glückspilz schnurrend an meine Beine. »Nicht dein Ernst? Du meinst, wir sollten ihr eine Chance geben?«

Er miaute zustimmend, jedoch nicht, weil er sie mochte oder ihr vertraute. Er sah in ihr eine Chance und ich verstand.

»Bist du sicher?«

Erneutes Miauen.

»Mit wem sprichst du?«, fragte Ophelia verwirrt.

»Mit meinem Puck.«

»Puck?« Sie sah sich um. Ihr Blick streifte Glückspilz mehrere Male, ohne auf ihm liegen zu bleiben.

»Du kannst ihn nicht sehen. Niemand kann das, aber wenn du mich hintergehst, wird er dich verfluchen und in deinen Träumen heimsuchen.« Okay, das hatte ich mir ausgedacht.

»Außer uns ist hier doch niemand«, murmelte Ophelia und sah mich an, als würde sie noch mal überdenken, ob ich wirklich die Richtige für ihre Pläne war.

»Tja. Dann habe ich wohl Halluzinationen und du hast Glück, Baronessa, denn meine Halluzination will, dass ich dir eine Chance gebe.«

»Bist du sicher, dass es dir gut geht?«

»Blendend.« Ich holte tief Luft, bevor ich meine Forderungen formulierte. »Aber ich will nicht nur meine Freiheit. Ich will die

Freiheit aller Elfen, die noch hier sind, und ich brauche Informationen.«

»Informationen?« Ophelia rieb sich den geröteten Hals.

»Zu einem speziellen Elf, von dem ich weiß, dass ihr ihn gekauft habt. Ich muss wissen, was mit ihm passiert ist.«

»Ähm …«

»Zeig mir die Akten in deinem Labor. Ich bin mir sicher, dass zu allen dort etwas vermerkt ist.«

Sie zögerte. »Gut, komm mit.«

Ich konnte es nicht glauben, aber sie brachte mich tatsächlich zurück in ihr Labor, wo ich zuvor die Akten gesehen hatte. Sofort folgte ich Glückspilz zum Regal, in dem er die Ordner entdeckt hatte. Ganz rechts war meiner, in dem noch nicht wirklich viel vermerkt war.

Ich riss einen weiteren aus dem Regal. Beinahe hätte ich den Elf, den der Baron vor meinen Augen getötet hatte, gar nicht wiedererkannt. Auf dem Foto war er jünger. Sein Haar voller und in seine Augen glänzte noch Lebensmut und Hoffnung. Hoffnung, die man ihm in den letzten Jahren geraubt hatte. Die Akte in meinen Händen begann zu zittern.

»Du musst dir keine Vorwürfe machen. Mein Vater hätte ihn auch ohne deinen Fluchtversuch verschwinden lassen«, sagte Ophelia. »Seine größte Sorge ist, dass bekannt wird, dass unsere Quelle an Glitzer … versiegt.«

Ich verstand.

Er wollte die Beweise für seinen drohenden Untergang verschwinden lassen. Plötzlich beschlich mich ein furchtbarer Verdacht. Ich riss eine weiter Akte heraus und entdeckte einen mir unbekannten Elfen, der den Notizen zufolge ebenfalls aufgehört hatte, Glitzer zu produzieren. Ich griff mir eine Akte nach der anderen und blätterte darin. Es war bei allen dasselbe. Die Glitzermenge, die aus den Extraktionen gewonnen wurde, wurde über die Jahre geringer.

»Was ist mit ihnen passiert?«, flüsterte ich und mir wurde schlecht. »Wurden sie alle … getötet?«

Ophelia schwieg. Ich wirbelte herum und packte sie am Kragen. »Wo sind sie?«

Waren all diese Elfen aus den Akten da unten im Keller? Abgenagte Knochen zwischen Gerümpel und Dunkelheit. So weit von dem grünen Reich entfernt, in das sie eigentlich gehörten? Getrennt vom Lied des Waldes, das in unserem Herzen sang? »Sag es mir!«

»Ja.« Ophelia nickte langsam. »Tut mir leid …«

Ich erwartete Wut, aber stattdessen überrollte mich die Angst. Ich ließ Ophelia los und fiel neben dem Regal auf die Knie. Dann ging ich erneut die Fotos durch, um mir ihre Gesichter einzubrennen. Keiner von ihnen verdiente es, vergessen zu werden. Nun lag es an mir, sie in Erinnerung zu behalten.

»Der Baron meinte, er würde sie nur töten, wenn ich mich nicht benehmen würde.«

»Er hat gelogen.«

»Ist denn keiner von ihnen übrig?«

»Du bist die Letzte.«

Die letzte Elfe … Aber das war unmöglich. Oder nicht?

Ich sah zu den restlichen Ordnern empor, etwa fünf standen noch im Regal. War mein Vater unter ihnen?

Mit zittrigen Händen öffnete ich sie und ging eine nach der anderen durch, bis ich die Antwort auf meine Fragen in den Händen hielt. Auch wenn es Jahre her war und meine Erinnerungen an ihn verschwommen waren, erkannte ich ihn sofort. Seine strahlenden, sanften Augen, der Blick, so warm wie die Sonne, die in unseren Wäldern schien. Und die Hoffnung zerfiel vor meinen Augen zu Staub.

Versuchsobjekt 04 verstarb an Elfenfieber.

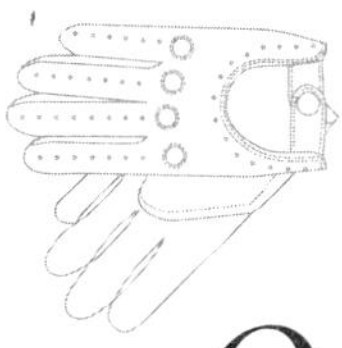

Quintus

Dieses Mal fuhr ich das Taxi, während Laurelin mit geröteten Augen und verkniffenem Gesicht hinter mir saß. Ihre Motte war verschwunden, sobald wir ins Tageslicht getreten waren, was die Vermutung nahelegte, dass sie für ihre Kräfte, wie mein Meister gesagt hatte, die Dunkelheit brauchte. Dafür waren ihre Finger fest um eine Klinge geschlossen, jederzeit bereit, sich zu stechen.

Als hätte sie meinen Blick gespürt, knurrte sie nun: »Wenn du überlegst, mich zu hintergehen, vergiss es. Die Undinen sind nie weit weg.«

Ich hatte tatsächlich kurz darüber nachgedacht, einfach *Zur letzten Ruh* zu fahren. Wenn Laurelin ihre unheimlichen Kräfte nicht wirken konnte, war das meine Chance. Es war helllichter Tag und das Auto trotz Sonnenschutz lichtdurchflutet.

Allerdings glaubte ich ihr, dass ihre Freunde den Wagen samt mir und meinen Shoppingtüten in einer Gracht versenken würden, ehe wir dort ankämen, weshalb ich den Gedanken schnell wieder verwarf.

Um nicht aufzufallen, hatte ich meine durchnässten Kleider ausgezogen und die Ersatzuniform des Taxifahrers angelegt. Sie war ein bisschen zu eng, roch muffig und passte überhaupt nicht zu meinem Teint, aber trotzdem war es nicht zuletzt wegen des übergroßen Flügelhuts eine gute Verkleidung, die mein Gesicht und die roten Haare versteckte. Obwohl ich wusste, dass niemand den Taxifahrern der Baronin der Wege viel Beachtung schenkte, zuckte mein Blick über die Menschen, die wir passierten, ständig das Schlimmste erwartend.

»Du bist gestresst«, stellte Laurelin fest.

»Natürlich. Hinter mir sitzt ein Dämonenmädchen, das meinen Tod will, und da draußen sind eine Menge Menschen, die mich ebenfalls killen wollen. Da kann man schon etwas nervös sein.«

»Ach. Man gewöhnt sich dran.« Trotz ihrer temporären Blindheit zeigte sie keine Furcht, so als wäre das, was für mich ein Dauerzustand war, für sie ein Fremdwort.

Wie schaffte sie es bloß, so lässig zu wirken?

»Was willst du in der Villa des Glücks?«, fragte ich zögernd. »Willst du ... willst du dort jemanden ermorden?«

Sie warf mir ein wildes Grinsen zu, das mich wieder an den Dämon erinnerte, der in ihr lauerte. »Könnte gut sein.«

Zu viel war zu viel. Ich trat auf die Bremsen, sodass das Taxi mit quietschenden Reifen zum Stehen kam und Laurelin fluchend an den Vordersitz gepresst wurde.

»Was bei allen ...«

»Ich werde dir nicht dabei helfen, jemanden zu töten«, stellte ich klar.

»Das ist nicht deine Angelegenheit.«

»Doch. Ist es. Ich bin schließlich dabei.«

»Glaubst du, du kannst deine Elfe retten, ohne dass jemand verletzt wird?«

»Ich werde nicht zulassen, dass das Ganze in einem blutigen Gemetzel endet wie im Lagerhaus.« Allein bei dem Gedanken daran drehte sich mir der Magen um.

»Das war nicht meine Schuld.«

»Möglich, aber dieses Mal gehen wir diskreter vor. Verstanden? Keine Menschen aussaugenden Motten! Keine Blutpfützen!«

»Fahr weiter!«, knurrte Laurelin ungeduldig und pikte mir drohend mit der Klinge in den Rücken.

Ich löste meinen Fuß von der Bremse, aber nur um in die nächste Parklücke zu steuern und die Straße freizugeben, da hinter uns bereits ein wütendes Hupkonzert erschallte. Gekonnt manövrierte ich den Wagen in drei Zügen in die Lücke. Dann schaltete ich den Motor aus und verschränkte die Arme. Die Sache war für mich noch nicht beendet. »Hast du verstanden?«

»Du bist wahnsinnig.« Das Dämonenmädchen sah aus, als würde es explodieren.

»Wir bleiben hier stehen, bis wir das ausdiskutiert haben …«

»Ausdiskutiert?«

»Ja.« Ich warf einen Blick in den Rückspiegel, wo Laurelin sich zurück in ihren Sitz warf. Diese Angelegenheit war mir zu wichtig, um nachzugeben. Also verschränkte ich die Arme und wartete.

»Du bist unausstehlich nervtötend. Weißt du das?«

»Ja«, bestätigte ich. »Das höre ich öfter. Trotzdem lasse ich keine Morde zu. Auch nicht bei den Jonkers.«

»Obwohl die Jonkers das Auroculum aus deiner Hand schneiden wollen?«

»Was?«

»Ophelia Jonker hat die Beschaffer beauftragt. Wusstest du das nicht?«

»Nein … Was wollte sie denn damit?« Ich hatte einige im Verdacht, das Auroculum stehlen zu wollen. Den Baron der Magie, einige verrückte Sammler und Magieliebhaber, aber die Baronessa des Glücks hatte ich bisher nicht im Visier.

»Ich weiß es nicht, aber ich will es herausfinden. Das und was sie mit dem Tod meiner Schwester zu tun hat …« In Laurelins Gesicht sah ich denselben Schmerz aufflackern, den ich selbst nur zu gut kannte.

»In Ordnung, aber die Antworten bekommen wir hoffentlich auch ohne Massaker. Auf geschicktere Art und Weise.«

»Auf geschicktere Art und Weise? Das ist nicht mein Stil. Ich bin ein Monster, schon vergessen?«

Wenn es nach meinem Meister ging, ja ... Aber ich war mir da nicht so sicher. Mal abgesehen von ihren roten Gruselmotten wirkte sie überraschend menschlich auf mich.

»Monster sorgen sich nicht um ihre Familien ... Und Monster zögern nicht, ihren Feind zu töten.«

»Hast du mich deswegen nicht erschossen, als du die Gelegenheit hattest?«

»Aussehen und Fähigkeiten definieren keine Monster, sondern Taten.«

Für einen Moment herrschte Stille. Dann seufzte sie. »Keine Sorge, Dieb! Ich will niemanden umbringen, *noch* nicht ... Ich will nur Antworten, und wenn wir die auf deine Art und Weise bekommen, soll es mir recht sein.«

Da war sie wieder. Die Seite an ihr, die eindeutig ein Mädchen war.

»Tut mir leid ... Wegen deiner Schwester.«

Sie sagte nichts. Das musste sie auch nicht. Ich konnte auch so sehen, wie nah ihr der Verlust ging. Der Schmerz stand ihr übers ganze Gesicht geschrieben.

»Fahren wir jetzt endlich weiter?«, brummte sie. »Oder willst du noch mehr ausdiskutieren?«

»Ich empfehle, noch zu warten, bis es dunkel wird.« Timing war bei einem Einbruch das A und O. »Wir können also gerne noch etwas plaudern und uns besser kennenlernen. Das hilft Vertrauen aufzubauen und mit etwas Glück wollen wir uns am Ende des Tages nicht mehr lynchen.«

Sie seufzte.

»Na los«, ermutigte ich sie. »Stell mir Fragen. Je spannender, desto besser.«

»Schön.« Sie verschränkte die Arme. »Bist du gerne Dämonenjäger?«

»Nicht wirklich. Ich habe kein Talent dafür, fürchte ich.«

»Der Lichttrick war ziemlich beeindruckend«, widersprach sie und ich ahnte, dass sich hinter der Aussage auch eine Frage versteckte. Sie wollte wissen, zu was ich noch imstande war, um herauszufinden, wie gefährlich ich ihr werden konnte.

»Deine Motten ebenfalls. Was hast du mit Daan Knox gemacht? Ihn ausgesaugt?«

Sie verzog das Gesicht, als wäre ihr die Erinnerung daran unangenehm. »So etwas mache ich nur, wenn mir keine Wahl bleibt.«

Es klang wie eine versteckte Drohung. Auch wenn wir einen vorübergehenden Waffenstillstand hatten, umkreisten wir uns wie zwei misstrauische Wölfe.

»Bist du wirklich eine Dämonin?«

»Lange Geschichte. Und du? Woher kennst du die Villa des Glücks?«

»Lange Geschichte.«

Ich hatte bereits erwartet, dass sie mir die wirklich interessanten Dinge nicht verraten würde. Darin waren wir uns überraschend ähnlich.

»Was ist mit der Elfe?«

»Sie ist förmlich in mein Leben gefallen und geht mir nicht mehr aus dem Kopf.«

Sie hob eine Augenbraue. »Bist du in sie verschossen?«

»Ich weiß es nicht.« Ich war noch nie verliebt. Wobei … Wenn es nach Daan Knox ging, war ich vollkommen in mich selbst verliebt. Aber wie hieß es so schön: Der erste Schritt für ein glückliches Leben ist es, sich selbst zu schätzen. Leider ist das Leben auch sehr einsam, wenn man nicht über diese Stufe hinauskommt. Zori war die Erste, für die ich all das ändern wollte. »Mein Herz schlägt schneller, wenn ich an sie denke oder sie sehe. Ich will mehr Zeit mit ihr verbringen, sie kennenlernen, ihr nahe sein …«

»Nicht, dass ich wirklich Ahnung davon hätte, aber das klingt so, als wärst du wirklich in sie verschossen.«

»Ich fürchte, es ist nur der Glitzer. Seitdem ich ihm ausgesetzt war, bin ich nicht mehr ich selbst.« Ich sah in den Rückspiegel. »Was ist mit dir? Eine schöne Baronessa wie du hat sicherlich einige Verehrer?«

»Ich bin verlobt.«

»Oh! Ähm … Glückwunsch?«

»Nicht wirklich. Der Kerl ist die Pest, aber ich wollte verhindern, dass er meine Schwester heiratet.« Sie lehnte sich wieder vor und fuhr mit honigsüßer Stimme fort. »Nachdem wir uns jetzt unsere Herzen ausgeschüttet haben und uns viel besser kennen, gibst du mir endlich das Antidot oder muss ich dein Blut stehlen, um mich zu heilen?«

Laurelin de Jong

Dem stechenden Geruch nach zu urteilen hatte mich der Dieb in eine öffentliche Toilette geführt. Angeekelt verzog ich das Gesicht. Niemand, der in Amsterlock bei klarem Verstand war, besuchte einen solchen Ort.

Mit Ausnahme von Kakerlaken und Ratten.

»Was wollen wir hier?«, fragte ich, während ich vorsichtig einen Schritt vor machte. Der Boden klebte unter meinen Schuhen.

»Wasch dir deine Augen aus«, sagte der Dieb und nahm mich am Arm.

»Bloß nicht. Weißt du, wie viele Keime in den Rohrsystemen lauern?« Dem Geruch nach eine Menge. »Am Ende bekomm ich noch eine Augenentzündung.«

»Jetzt stell dich nicht so an, Baronessa. In schlechten Zeiten habe ich das Wasser hier schon getrunken.«

»Und überlebt?«, fragte ich skeptisch.

»Natürlich.« Leise murmelnd ergänzte er: »Mit einer fiesen Magen-Darm-Infektion …«

»Gib mir einfach das Antidot.«

»Das Antidot ist Wasser.«

»Wie bitte?«

»Na los. Mach schon.« Er drehte einen der Wasserhähne auf und schob mich vor.

»Das ist alles?«

»Ja.«

Ich sollte ihm den Hals dafür umdrehen, dass er mich blind durch halb Amsterlock geschleift hatte. Seit Stunden ertrug ich das Jucken und Brennen in meinen Augen. Dabei hätte ich sie einfach nur auswaschen müssen!

Meine Finger suchten nach dem kalten Strahl, bevor ich äußerst widerwillig mein Gesicht darunterhielt. Das abgestandene Wasser schwemmte die Schmerzen davon, die sich angefühlt hatten, als würden Tausende beißende Staubkörner auf meiner Iris sitzen, und versenkte sie im Abfluss. Mit jedem Tropfen kehrte meine Sicht zurück und mit ihr meine Erleichterung, die Kontrolle über die Situation wiederzuerlangen.

Quintus stand vor mir, arrogant und selbstverliebt, wie ich ihn in Erinnerung hatte. Er trug die gleiche Uniform, die auch ich angelegt hatte. »Und? Alles gut?«

»Ja.« Meine Finger juckten und kurz überlegte ich, ihm für die Nachtbombe doch noch ein klein bisschen den Hals umzudrehen.

»Siehst du? Alles kein Problem.« Er zwinkerte mir zu, bevor er sich dem dreckigen Spiegel zuwandte, um sein Aussehen zu kontrollieren. *Wie eitel konnte man sein!*

»Also? Wie kommen wir in die Villa?«

»Durch einen Geheimgang. Direkt hier.«

»In einer öffentlichen Toilette?«

»Der Architekt der Villa des Glücks hatte ein Faible für Toiletten.« Mit den Worten wandte er sich schwungvoll vom Spiegel ab, schritt durch den gefliesten Raum und stieß eine Tür auf, auf der »Nur für Personal« stand. Dahinter lag eine Putzkammer, die allerdings nicht mehr enthielt als einen verstaubten Eimer, in dem es sich bereits die Spinnen gemütlich gemacht hatte, sowie einen zerfledderten Besen.

Quintus schloss die Tür hinter uns und ging auf die Wand zu.

Er stellte sich auf die Zehenspitzen und seine Finger glitten den verstaubten Rahmen des Fensters entlang. Plötzlich ertönte ein Klicken und die Fliesen unter unseren Füßen bewegten sich und klappten einfach zur Seite. Ich sprang gerade noch rechtzeitig zurück und drückte mich an die Wand. Als das Ruckeln nachließ, befand sich zwischen uns ein eckiges Loch, in das eine Treppe hinunterführte und in einem Tunnel endete.

»Nach Euch, Baronessa«, verkündete er und deutete eine Verbeugung an, als würde er mich auf eine Tanzfläche einladen.

»Oh nein. Du gehst vor.«

»Und ich dachte, wir vertrauen uns mittlerweile.« Seufzend gab er nach und stieg als Erster die Stufen hinab. Nach ein paar Schritten blieb er stehen, um mir eine helfende Hand zu reichen. Ich zog ungläubig die Augenbraue hoch, woraufhin er feixte: »Ich will Euch nur davor bewahren zu fallen, Baronessa.«

Alles an ihm strahlte eine gewisse Arroganz aus. Sein schiefes Grinsen, die Art, wie er sich die Kappe abnahm, um sicherzugehen, dass die Haare darunter noch perfekt lagen, und seine Bewegungen.

»Wie fürsorglich, aber ich komm schon klar«, brummte ich und schob seine angebotene Hand weg. Dann streifte ich die Lederhandschuhe ab, um mir mit meinem Siegelring in den Finger zu stechen. Ein Blutstropfen wuchs aus der Eintrittsstelle empor und kurz darauf formten sich Flügel. Eine Motte hob von meinem Finger ab und flatterte an Quintus vorbei in den dunklen Gang. Ich genoss die Sekunde, in der ihm sein überheblicher Gesichtsausdruck entgleiste und er sich erinnerte, was ich wirklich war. »Wollen wir los?«

Etwas blasser als zuvor fummelte er in seinen Taschen, fand aber nicht, wonach er gesucht hatte. »Ähm … Du musst doch vorgehen.«

»Warum?«

»Ich hab kein Licht dabei und du scheinst durch deine Motten im Dunkeln hervorragend zurechtzukommen.«

»Schön.« Zur Sicherheit stach ich mir ein weiteres Mal in den Finger, um Quintus im Blick behalten zu können. Er zuckte zusammen, als sich die Motte auf seine Schulter niederließ.

Jetzt schenkte ich ihm ein arrogantes Lächeln. »Keine Sorge, sie beißt nicht.«

»Nein, sie saugt mich aus. Das ist ja so viel besser …«

»Eigentlich ist sie ganz lieb.« Wie um das zu bestätigen, strich die Motte mit ihren weichen Fühlern über seine Wange. Eine freundschaftliche Geste, aber Quintus entwich ein entsetzter Aufschrei.

Ich verdrehte die Augen und drängte mich an ihm vorbei in den finsteren Gang. Wie immer empfing mich die Dunkelheit wie eine alte Vertraute und mit jedem Schritt, den ich weiter in ihre Arme trat, wurde mein Flüsterblut stärker. Die Motten führten jeden meiner Schritte. Durch sie fand ich mich zurecht, sah den tanzenden Staub, der sich in den letzten Jahren hier angehäuft hatte, ebenso wie die Spinnen, die sich hier zurückgezogen hatten, in der Hoffnung auf verirrte Beute. Eine kam hoffnungsvoll aus ihrem Versteck, als die Flügel meiner Blutmotte ihr Netz streiften, aber anstelle eines Leckerbissens traf sie auf Quintus, der in ihr Netz hineinstolperte und aufschrie, als das haarige Tier über sein Gesicht flitzte. Fluchend schlug er um sich.

»Du genießt das, oder, Baronessa?«, keuchte er und schrak erneut zusammen, als der Rest des Spinnennetzes in sein Gesicht wehte. Vor Schreck stolperte er gegen eine Wand und stieß eine weitere Serie an Flüchen aus.

»Ja, schon«, kicherte ich. Süße Genugtuung für meine temporäre Blindheit war es allemal. Trotzdem war ich kein Monster und hatte Erbarmen. Ich zupfte die empörte Spinne aus seinem Haar und griff seine Hand. Als sich unsere Finger berührten, zuckte Quintus zusammen.

»Komm, ich führe dich. Oder willst du lieber weiterhin jede Wand mitnehmen, die sich dir in den Weg stellt?«

Seine Anspannung ließ ein wenig nach und er nickte. »Okay … Danke.«

Schweigend gingen wir weiter, Hand in Hand durch den Gang, bis wir eine Tür erreichten. Ich hob einen Deckel an, von dem mit einem lauten Krachen etwas herunterrutschte und auf dem Boden aufschlug. Ich erschrak, als ich einen brüchigen Totenkopf erkannte.

»Wo sind wir hier?«, fragte ich, während sich meine Motten aufmachten, um den Raum zu erkunden. Es war feucht, kalt, und ein stechender Geruch, den ich nicht einordnen konnte, lag in der Luft, vermengt mit einer Note, die ich sofort erkannte.

Frisches Blut.

»Der Keller des Anwesens«, entgegnete Quintus, der nun ebenfalls seinen Kopf aus der Truhe steckte und seine Nase rümpfte.

»Da liegen Knochen …« Ich deutete auf einen Haufen abgenagter Skelettüberbleibsel.

»Die waren das letzte Mal noch nicht da. Sind die etwa … menschlich?«

Ich nickte. »Einige davon.«

Uns überkam zeitgleich ein Schauer. Keiner von uns wollte sich bewegen, die sichere Truhe verlassen und herausfinden, warum der Baron des Glücks einen Keller voller Toter hatte. Die Motten kehrten zu mir zurück, flatterten um meinen Kopf, ließen sich auf meiner Schulter nieder und pressten ihre weichen Körper an meine Ohren. Sie berichteten mir von Unrat und weiteren Knochen, die sich in den Schatten stapelten.

Und sonst?, fragte ich. *Was habt ihr gesehen?*

Gefahr!, lautete die Antwort. *Hinter einem Haufen aus Schrott. Schlafend.*

»Das hier ist ein Gefängnis«, erklärte ich dem Dieb und deutete auf die Gitterstäbe, die einen Teil des Kellers abriegelten. »Und wir sind mittendrin.«

»Was wird hier eingesperrt?« Quintus konnte seinen Blick nicht von den Knochen reißen, die zwischen Gerümpel auf dem Boden lagen.

»Wachhunde? Wölfe? Ich weiß es nicht. Aber wir sollten uns besser beeilen …«

»Okay.«

So leise wie möglich kletterten wir aus der Kiste und folgten den Gittern. Zerklüftete Steine bedeckten den Boden und boten zahlreiche Möglichkeiten, sich zu verstecken. Meine Motten schwirrten nervös um meinen Kopf, streifen meine Haare und flüsterten mir zu, zu verschwinden.

Endlich erreichten wir eine Tür, die durch ein solides Schloss zusammengehalten wurde. Quintus machte sich sofort daran, es zu knacken. Etwas, worin er sehr geschickt war. Schon sprang das Schloss mit einem leisen Klicken auseinander und die Tür schwang auf.

»Puh! Das ist gut gegangen«, flüsterte ich erleichtert, als wir uns in Sicherheit brachten.

»Hoffen wir, das, was auch immer hier unten ist, auch noch schläft, wenn wir zurückkommen«, murmelte Quintus.

Zori

»Es gibt nichts mehr, mit dem dein Vater mir jetzt noch drohen kann«, flüsterte ich. Mit einem Mal fühlte ich mich entsetzlich leer.

»Es gibt noch deine Freiheit.«

»Ich bin allein.«

»Du könntest in deine Heimat zurückkehren.«

»Eine Heimat, die mittlerweile vermutlich in Schutt und Asche liegt …« Die Menschen waren nicht dafür bekannt, innezuhalten. Ich war mir sicher, dass ihre Gier sie immer weiter dazu antrieb, unsere Bäume zu roden und jeden Rohstoff, den unser Land besaß, für ihre eigenen Zwecke zu nutzen.

»Gibt es niemanden, der dort auf dich wartet?«

»Ich hatte nur meinen Vater.«

»So wie ich …« Ophelia nickte. »Bitte. Ich brauche deine Hilfe …«

Aber ich wollte niemandem mehr helfen. Erst recht nicht ihr.

Plötzlich hörte ich etwas. Schritte, zu leise und vorsichtig, um von den Wachen zu stammen. Ich sah Ophelia an, die es ebenfalls gehört hatte. Abrupt wurde die Tür aufgestoßen und ein Mädchen in blauer Uniform, das ich trotz der großen geflügelten Kappe sofort wiedererkannte, trat herein. Ihre Augen würde ich nicht vergessen. Dunkel wie der sternenlose Himmel und ebenso tief. Dass sie kein Mensch war, hatte ich bei unserer ersten Begegnung sofort gespürt. In ihrer Nähe wirkten die Schatten dunkler, so als würden sie ihre Nähe suchen und sich um sie sammeln. Aber das war nicht alles. Ein Teil von mir reagierte auf sie. Wie ein Magnet zog sie mich an und weckte in mir das Gefühl, etwas Vertrautes gefunden zu haben. Dunkle Schimmeressenz. Sie verband uns miteinander.

Als sie Ophelia entdeckte, reagierte sie blitzschnell und war in wenigen Sekunden bei ihr, um ihr eine Klinge an den Hals zu drücken. »Was für ein wunderbarer Zufall. Ich hab dich gesucht, Baronessa. Wir zwei müssen dringend reden.«

Ophelia schnappte hörbar nach Luft. »Laurelin de Jong. Was machst du hier? Du kannst nicht einfach in unser Zuhause einbrechen!«

»Wie du siehst, kann ich das sehr wohl.«

»Aber die Gesetze von Amsterlock …«

»Gerade schere ich mich einen Scheiß um die Gesetze von Amsterlock. Ich will Antworten.«

Im Augenwinkel sah ich eine Bewegung und drehte mich um, nur um kurz darauf in ein weiteres vertrautes Gesicht zu sehen. Ein hübsches Gesicht, umrahmt von roten Haaren und mit diesem schiefen, etwas selbstverliebten Grinsen, das für ihn so typisch war.

»Quin?«

Seine Augen leuchteten ein wenig heller, als er mich erblickte.

»Zori! Geht es dir gut?«, flüsterte er mir zu und ich hörte die Sorge in seiner Stimme mitschwingen.

»Ich … nicht wirklich«, erwiderte ich wahrheitsgemäß. »Was machst du hier?«

»Na, dich befreien natürlich. Das hatte ich schon beim Ball vor, aber da kam mir dummerweise etwas dazwischen … Ich wurde entführt.«

»Du wurdest entführt?«

»Ja, kein großes Ding.« Er grinste schief. »Jetzt nach dieser kleinen Unterbrechung bin ich wieder hier. Also, lass uns dich und deine Elfen befreien.«

Der Schmerz stieg aufs Neue in mir empor und drohte mich zu überwältigen. *Die letzte Elfe!* All die Jahre allein auf der Straße hatte ich mich nie einsam gefühlt. Stets hatte mich die Hoffnung, meinen Vater wiederzufinden, begleitet. Ich hatte mich an die Vorstellung geklammert, diesen Ort mit ihm zu verlassen.

Und jetzt?

Jetzt hatte ich niemanden mehr.

»Hab ich etwas Falsches gesagt?«

»Es gibt keine anderen Elfen mehr«, wisperte ich, meine Stimme kaum mehr als ein Flüstern. »Es gibt nur noch mich.«

Nur noch mich.

Die drei Worte kreisten um mich und ich stürzte. Stürzte in den Abgrund ihrer Bedeutung. *Nur mich.* Gerade als ich fürchtete, dass die Einsamkeit mich verschlingen würde, spürte ich, wie mich Arme griffen und aus der Finsternis emporzogen. Ich sah in grüne Augen und blinzelte. Quintus hatte mich aufgefangen und hielt mich fest.

»Du bist nicht allein, Zori«, flüsterte er und seine Stimme war wie Balsam. »Erst mal holen wir dich hier raus, okay? Und dann bleibst du bei uns. Bei mir. Und wir finden eine Lösung, in Ordnung?«

Es klang unmöglich. Was für eine Lösung sollte es für mich geben? Mein Vater war tot. Genau wie die anderen Elfen. Ermordet von einem gierigen Baron, für den nur seine eigene Macht zählte. Und trotzdem spürte ich, wie seine Worte mich wärmten, mir etwas von der Ausweglosigkeit nahmen.

Er wandte sich an das Schattenmädchen, das Ophelia noch immer an die Wand drückte und ihr eine Klinge an den Hals hielt. »Laurelin! Was machst du da!«

»Weshalb ich gekommen bin!«

»Wir wollten niemanden töten. Erinnerst du dich?«

Das Mädchen fletschte die Zähne. »Ich tue ihr nichts, wenn sie redet. Also, Baronessa. Was hast du meiner Schwester Seraphine angetan?«

»Nichts«, beteuerte Ophelia. »Wir haben ihr kein Haar gekrümmt.«

»Ich weiß, dass sie auf deinen geheimen Partys war. Hast du ihr etwas von dem Glitzerzeug verkauft?«

»Nein!«

»Warum war sie dann dort?«

»Vielleicht kanntest du deine Schwester nicht so gut, wie du dachtest.« Ehe Ophelia weitersprechen konnte, wurde sie mit einem Faustschlag zum Schweigen gebracht. Mit blutender Lippe sank sie keuchend zu Boden, wo sie zusammengekauert liegen blieb.

Laurelin rieb sich die Knöchel. »Wir hatten unsere Geheimnisse, aber ich *kannte* meine Schwester. Und ich werde nicht eher ruhen, bis ich die Wahrheit kenne. Die ganze Wahrheit. Also pack aus.«

»Diese Wahrheit wird dir aber nicht gefallen«, drohte Ophelia.

»Was meinst du damit?« Laurelin packte sie am Kragen und zerrte sie empor. »Warum musste Seraphine sterben? Rede oder …«

»Oder was? Dein Freund ist offenbar nicht angetan von der Idee, mich zu ermorden.« Ophelias Blick zuckte zu Quintus hinüber und plötzlich blinzelte sie verwirrt. »Du warst auf der Party, oder nicht?«

Quintus hob die Hände. »Nein … Ich bin mir sicher, wir haben uns noch nie gesehen.« Mit einem unschuldigen, leicht verwirrt aussehenden Lächeln versuchte er sie zu überzeugen, aber ich hörte die Lüge in seiner Stimme.

Ophelia gab nicht auf. »Doch. Ich kenne dich …«

»Vielleicht aus Euren Träumen, Baronessa. Ich habe schon die ein oder andere Frau darin besucht.« Er tat es wieder. Diesen trägen Augenaufschlag, mit dem er nur allzu gerne flirtete und der mir jedes Mal ein Lächeln entlockte. Außer jetzt … Ein unangenehmer Druck breitete sich in meiner Brust aus.

Bist du etwa eifersüchtig, Zori?

In dem Moment drückte sich Glückspilz an meine Beine. Sein Körper vibrierte beunruhigt und seine großen Kateraugen waren weit aufgerissen.

»Es sind Wachen auf dem Weg hierher.«

Quintus sah mich fragend an. »Sicher?«

»Ja.«

»Woher …?«

»Mein Puck hat mich gewarnt … Los. Wir müssen hier weg.« Ich packte ihn am Arm und eilte in Richtung Tür. Auf keinen Fall würde ich zulassen, dass auch noch ihm etwas geschah.

»Dein Puck?« Irritiert sah Quintus sich um, aber jetzt war keine Zeit für Erklärungen.

Laurelin sah das offensichtlich anders. »Ich gehe nirgendwo hin, bis ich Antworten habe«, verkündete sie wütend.

Ich lugte auf den Gang hinaus und lauschte. Meine Hände ruhten auf den kalten Betonwänden und tatsächlich … Eine Vibration fuhr durch das Material, als eine Tür aufgestoßen wurde. Sekunden später spürte ich die Schritte, die die Treppe zum Keller herunterstiegen.

»Sie sind fast da«, sagte ich. Quintus schien mir zu glauben, denn er rief »Gehen wir!« und zog mich hinter sich her aus dem Zimmer.

Auch Laurelin schien nun einzusehen, dass Bleiben keine Option war. Sie packte Ophelia und folgte uns auf den Gang. Genau in dem Moment schwang eine Tür auf und drei Männer in dunkelgrünen Uniformen betraten den Gang.

»Bleibt zurück oder eure Baronessa stirbt!«, rief Laurelin, die Quintus und mir zu einem Fahrstuhl folgte.

Ihre Drohung sorgte dafür, dass die Wachen innehielten, unschlüssig, was sie tun sollten. Sie brüllten durcheinander und riefen nach Unterstützung, während wir uns in den Fahrstuhl drängten. Die Türen schlossen sich und mit einem Ruckeln setzten wir uns in Bewegung.

»Euch ist schon klar, dass das eine Sackgasse ist«, sagte Ophelia genervt und genau so fühlte es sich an. Als säßen wir wie Mäuse in der Falle. Ungeduldig, die Luft anhaltend, wartete ich, dass wir unser Ziel erreichten. Als die Türen endlich auseinanderglitten, erwartete ich fast, von Wachen umstellt zu sein. Stattdessen empfing uns Dunkelheit, vermengt mit einem vertrauten, beißenden Gestank. Ich erstarrte, als ich ihn wiedererkannte.

»Sag ich doch. Eine Sackgasse. Ich würde vorschlagen, ihr macht die Situation nicht noch schlimmer und lasst mich gehen.«

»Psst!«, zischte Laurelin, während Quintus den Fahrstuhl blockierte, damit er nicht wieder hochfahren konnte. Als Nächstes eilte er zum Treppenhaus und träufelte etwas in das Schlüsselloch. Was auch immer es war, es zischte und weißer, ätzender Dampf stieg empor.

Ich hatte mich bisher keinen Millimeter bewegt. Ein paar Meter von uns entfernt unterteilte ein massives Gitter den Raum, auf dessen anderer Seite es noch düsterer war, aber ich wusste, was dort lauerte. Ich hatte es gesehen und alleine die Erinnerung daran ließ mir das Blut in den Adern gefrieren.

»Was habt ihr vor?«, fragte Ophelia. »Ihr könnt euch nicht ewig hier verbarrikadieren.«

Laurelin schob sie unbeeindruckt auf das Gitter zu. »Los! Rein da!«

»Ihr wollt mich töten?«

»Keine Sorge. Wir kommen mit.« Zu meinem Entsetzten stieß Laurelin die Tür auf und trat, ihre Geisel voran, hinein.

»Seid ihr wahnsinnig?«, wandte Ophelia mit panischem Unterton in ihrer Stimme ein, aber Laurelin brachte sie mit einem *»Psst!«* zum Schweigen. »Leise jetzt.«

Quin war zum Fahrstuhl zurückgekehrt. »Alles okay?«

»Sie hat recht. Wir sollten da nicht rein«, wisperte ich. »Du weißt nicht, was in der Dunkelheit lauert.«

»Es ist der einzige Weg. Komm.« Er streckte mir seine Hand entgegen. Zögernd ergriff ich sie, und auch wenn ich sie erst einmal berührt hatte, beim Tanzen, fühlte sie sich vertraut an.

Quintus ging auf den Käfig zu und machte Anstalten, mich mitzuziehen, aber ich bewegte mich nicht. Auch Glückspilz rührte sich keinen Millimeter. Mit eingezogenem Schwanz drückte er sich an meine Beine.

»Vertrau mir«, flüsterte Quintus.

»Man sollte niemandem trauen, der einem das sagt«, flüsterte ich, aber in seinem Fall war das anders. Ich wusste, dass er ein Dieb war und ein Lügner, aber wenn er mit mir sprach, lag Aufrichtigkeit in seinem Blick. »Na schön.«

Mit klopfendem Herzen folgte ich Quintus zum Käfig. Sehr zum Unmut meines Pucks, der zitternd auf meine Schulter sprang und leise fauchte.

»Hier drinnen lauert ein Monster«, versuchte es Ophelia erneut, aber Laurelin schien weiterhin unbeeindruckt.

»Dann sollten wir es wohl lieber nicht aufwecken.«

Mein Griff verstärkte sich, aber Quintus sagte nichts. Lautlos führte er mich zwischen Unrat und Knochen – *Elfenknochen* – entlang zu einer Ecke des Verlieses.

Was auch immer in den Schatten lauerte, es zeigte sich nicht. Es machte nicht einmal einen Mucks und trotzdem zitterten meine

Ohren vor Anspannung. Ich lauschte, verfolgte die Vibrationen des Steins unter meinen Füßen. Auch wenn ich keine Bewegung spürte, wusste ich, dass es da war.

Verborgen.

Lauernd.

Bereit, aus seinem Versteck zu springen, um uns zu töten.

So wie es meine Leute getötet hatte …

Laurelin de Jong

Die Wachen hatten den Keller über das Treppenhaus erreicht. Sie rüttelten an der Tür, doch dank Quintus' kleinem Trick gab die nicht nach. Immer wieder warfen sie sich dagegen und ein rhythmisches Dröhnen erschütterte den Keller.

Meine Motten schwirrten um mich herum, um mich mit Informationen zu versorgen. Ein Fühler, weich wie ein pelziges Weidenkätzchen, streifte meine Wange. *Bestie. Blut. Tod.* All das befürchteten meine Freunde und trieben mich zur Eile.

Haltet euch bedeckt, erinnerte ich sie und zog mir die Kappe der Taxiuniform tiefer ins Gesicht. Auch wenn das Licht hier unten schummrig war und die Schatten tief, wollte ich meine dämonischen Kräfte nicht zu offensichtlich einsetzen. Es war eine Sache, dass der Dieb mein Geheimnis kannte, aber Ophelia oder ihre Wachen sollten es unter keinen Umständen erfahren.

»Los! Weiter«, drängte ich meine Geisel und stieß sie in die Richtung der Truhe, aus der wir geklettert waren. Ihre blonden Locken kitzelten in meiner Nase. Ihr Körper war vor Anspannung steif wie ein Brett und sie gab keinen Laut von sich. Offenbar wusste sie genau, was hier unten eingesperrt war, und was auch immer es war, jagte ihr eine Heidenangst ein.

Wir hatten unser Ziel fast erreicht, als uns ein Krachen herumwirbeln ließ. Offenbar hatten die Wachen die Tür gesprengt und stürmten nun in den Keller. Zeitgleich erwachte die Dunkelheit zum Leben und teilte sich in zwei Hälften, als sich eine Kreatur daraus hervorschälte und nur wenige Meter von uns entfernt zum Stehen kam.

Ophelia entwich ein Schrei.

Ebenso Quintus, während die Elfe kreidebleich wurde.

Ich fluchte. Dann packte ich die Baronessa und stieß sie in Richtung des Geheimausgangs. Panisch stolperte sie über Knochenstücke auf die verstaubte Truhe zu, die immer noch offen stand.

Die Wachen brüllten und legten ihre Bolzenschusswaffen an. Schon hallte der erste Schuss durch den Raum und die Bestie wirbelte herum. Viel schneller, als ich ihr zugetraut hatte, eilte sie auf ihre Angreifer zu.

Sie hatte kein Fell, sondern glänzende Schuppen, die sie wie einen Panzer bedeckten. An den Schultern und auf dem Rücken ragten Stacheln zwischen den Platten empor. Der Körper sah aus wie eine Mischung aus Wolf und Bär. Sie hatte lange, schnelle Beine und breite Schultern. Jeder Schlag ihrer breiten Vorderpranken schien tödlich.

Das Monster versenkte seine Krallen in der unglücklichen Wache, die ihm am nächsten stand. Die anderen versuchten daraufhin das Tor, das wir geöffnet hatten, wieder zu verschließen, aber sie reagierten zu spät. Die Bestie warf sich ihnen entgegen und die Männer kippten um wie Streichhölzer im Sturm. Panisch rappelten sie sich auf, schossen um sich und eilten zurück ins Treppenhaus. Die Bestie folgte ihnen und schnappte mit dem langen pferdeähnlichen Maul, das mit rasiermesserscharfen Zähnen bestückt war, nach ihnen.

»Quintus!«, rief ich. »Komm!«

Der Dieb war angesichts der Kreatur wie erstarrt. Er bewegte sich keinen Millimeter, auch nicht, als die Elfe, Zori, versuchte, ihn weiterzuziehen.

Großartig!

Sein Gehirn hatte wohl entschieden, Lebewohl zu sagen. Man konnte von Glück reden, wenn er nicht auch noch ohnmächtig wurde.

»Quintus!«, versuchte ich es erneut, aber er rührte sich nicht. Fluchend eilte ich auf ihn zu. Mit vereinten Kräften schafften wir es, ihn zum Geheimgang zu ziehen, in den Ophelia bereits verschwunden war. Wir stießen ihn voran, sodass er halb stolpernd, halb fallend in der Dunkelheit verschwand. Als Nächstes sprang die Elfe hinein. Ich drehte mich ein letztes Mal zu dem Monster herum, das im Keller tobte. Die überlebenden Wachen hatten Verstärkung bekommen. Mit Flammenwerfern, offensichtlich eine der wenigen wirkungsvollen Waffen gegen die gepanzerte Kreatur, drängten sie sie zurück zum Käfig. Kaum hatten sie sie hinter die Gitterstäbe gedrängt, verbarrikadierten sie das Tor.

Schnell verschwand ich im Geheimgang und verschloss den Deckel.

Laurelin de Jong

Wir stürmten hinaus auf die Straße, wo es mittlerweile dunkel war. Eine feiernde Gruppe Jugendlicher saß nicht weit entfernt auf einer Bank, um einen schnaufenden Oktölpus geschart. Ihrer Stimmung nach zu urteilen würde es mich nicht wundern, wenn sie etwas gestreckten Glitzer intus hatten. Zum Glück schenkten sie uns keine Beachtung.

Die Villa des Glücks lag still und ruhig da. Bisher ließ nichts auf die Unruhe schließen, die unsere Anwesenheit und die Entführung der Baronessa zweifellos verursacht hatte.

»Komm schon.« Ich zerrte Ophelia vom Toilettenhaus fort, die Straße hinunter zum Taxi. Sie biss die Zähne zusammen, wehrte sich aber nicht. Als wir den Wagen fast erreicht hatten, ertönte schließlich eine schrille Sirene vom Anwesen aus. Die Wachen hatten Alarm geschlagen.

»Schneller!«, trieb ich die Gruppe an und entriegelte das Taxi.

Quintus, der seit dem Vorfall mit der Bestie überraschend wenig gesagt hatte, wollte auf die Fahrerseite klettern, aber er schien noch immer nicht ganz Herr seiner Sinne zu sein. Also dirigierte ich ihn stattdessen auf den Beifahrersitz und wies Zori an, mit unserer Gefangenen auf der Rückbank Platz zu nehmen.

Dann zündete ich den Motor und brachte mit quietschenden Reifen Abstand zwischen uns und das Grauen, das wir in der Villa erlebt hatten. Der Treffpunkt, den ich mit den Undinen vereinbart hatte, war nicht weit von hier entfernt und ich war fest entschlossen, so schnell wie möglich dort anzukommen.

Quintus schien andere Pläne zu haben. Er erwachte plötzlich aus seiner Starre und drehte sich ruckartig zu Ophelia um. In seinem Blick lag nicht länger Schock oder Angst, sondern etwas Wilderes, das ich so bei ihm noch nicht gesehen hatte.

»Was macht diese Bestie in eurem Keller?«

»Jeder hat Haustiere«, antwortete Ophelia unschuldig, was Quintus noch wütender machte.

»Hast du gesehen, was dieses Monster gemacht hat?«

»Na ja. Darum war es ja eingesperrt. Die Toten gehen auf eure Kappe.«

Das brachte das Fass endgültig zum Überlaufen. Der Dieb lehnte sich über die Sitze, um sie am Kragen zu packen.

»Lass mich los!«, rief sie und versuchte sich mit ihrem Stock gegen ihn zu wehren.

»Quintus!«, rief nun auch Zori und versuchte ihn zu beruhigen, aber es war vergeblich. Der Dieb war wie in Rage und schüttelte die Baronessa.

»Hey, ich muss fahren!«, erinnerte ich alle Beteiligten, als Quintus gegen mich krachte und wir fast von der Fahrbahn abkamen.

Wir erreichten die Straße parallel zu einer Gracht, die unser Ziel war. Die *Sleepy Siren* hatte bereits angelegt und die Undinen ließen die Rampe runter, als sie uns sahen.

»Lass mich in Ruhe!«, rief Ophelia und donnerte Quintus, der gar nicht daran dachte, sich zu beruhigen, ihren Stock ins Gesicht.

»Ich weiß genau, was du getan hast!«, brüllte er.

»Wovon sprichst du?«

Das hätte ich auch gerne gewusst. Ich trat auf die Bremse und riss gleichzeitig das Lenkrad rum, um das Taxi zu drehen. Schlingernd fuhren wir auf den Steg und ich drosselte die Geschwindigkeit, als wir auf die Fähre fuhren. Kaum verschwanden wir in ihrem verrosteten Bauch, kletterte Quintus nach hinten. Seine Finger schlossen sich um Ophelias Kehle und drückten zu.

»Hör auf, Quin!«, rief Zori, aber er schien sie nicht zu hören.

Jetzt reichte es mir. Immerhin war sie meine Gefangene und ich war noch nicht fertig damit, sie zu verhören.

Eine Vollbremsung brachte den Wagen zum Stehen. Ich sprang heraus und riss die Hintertür auf. Ophelia kippte mir entgegen, Quintus, der sie weiter würgte, auf sie drauf. Ich ging gerade noch rechtzeitig einen Schritt zurück, um nicht von den Streithähnen begraben zu werden.

»Alles okay?«, fragte Pix, einer der Undinen, die zur Mannschaft der *Sleepy Siren* gehörten.

»Ja, legt ab. Ich kümmere mich um die beiden!«, rief ich ihm zu und packte Quintus am Kragen, um ihn von der keuchenden Ophelia zu ziehen. Entschlossen fixierte ich ihn auf dem Boden, aber er strampelte und wehrte sich mit Leibeskräften. Sein Gesicht war hochrot, die Kappe hatte er beim Kampf verloren und seine sonst immer so top gestylten Haare standen in alle Richtungen ab.

»Was ist los mit dir?«, brüllte ich ihn an und verpasste ihm eine Ohrfeige, um ihn zur Vernunft zu bringen. »Ich dachte, du bist gegen das Umbringen von Leuten.«

»Das hier ist etwas anderes«, rief er.

»Warum?«

Er biss sich auf die Lippe, antwortete aber nicht. Erst als Zori an seiner Seite erschien, verschwand ein wenig von der Mordlust aus seinem Blick.

»Was ist los?«, fragte sie sanft. Die Elfe schien eine besondere Verbindung zu ihm zu haben, denn als sie die Hand auf seine

Schulter legte, beruhigte er sich und lehnte sich schwer atmend gegen das Taxi. »Sag uns, was los ist. Warum bist du so wütend?«

Sein Blick wanderte zu Ophelia, die darauf bedacht war, Abstand von ihm zu halten. Sie sah ebenfalls ziemlich mitgenommen aus. Ihre blonden Haare hatten sich aus dem Knoten gelöst und fielen ihr in wirren Locken über die Schulter. Ihr Kleid war zerknittert. Ihr Gesicht verquollen.

»Meine Familie … Sie wurde ermordet. Von *dieser* Bestie«, flüsterte Quintus.

»Deine Familie?«, fragte Ophelia verwirrt.

»Ja. Meine Familie! Meine Mutter, mein Vater und meine Schwester. Erinnerst du dich etwa nicht an sie? Habt ihr so schnell vergessen, auf welchen Knochen ihr euer Imperium errichtet habt?«

Plötzlich wurde Ophelia blass. »Quintus …«

»Ja.«

»Du lebst …«

»Überraschung!« Seine Lippen waren eine schmale Linie, als er den Kragen seines Hemdes verrückte, damit man die Narben sah, die seinen Rücken zierten. Offenbar Stellen, wo ihn das Monster für immer gezeichnet hatte.

»Es ist nicht so, wie du denkst.«

»Ich glaube, es ist genau so, wie ich denke. Es ist mehr als offensichtlich, wenn ich so drüber nachdenke. Auch wenn ich es nie für möglich gehalten hätte, dass ihr dazu in der Lage wart. Wir waren Freunde.«

»Quin …«, stotterte Ophelia. »Ich schwöre, ich habe nichts davon gewusst. Das hätte ich niemals zugelassen.«

»Moment mal! Bitte noch mal für alle zum Mitschreiben! Was ist hier los?«, schaltete ich mich ein. Irgendwie hatte ich das Gefühl, eine wichtige Information verpasst zu haben.

»Er ist Quintus Alexander Darawick.«

Bei dem Namen zuckte er merklich zusammen. *Darawick*. In meinem Kopf klingelte eine Erinnerung. »Du bist der Sohn der ehemaligen Baronin des Glücks ...«

Und somit der letzte Darawick und rechtmäßige Erbe des Fürstentums des Glücks. *Uhhh!* Das würde Joris Jonker und den anderen Baronen nicht gefallen! Ophelia hingegen konnte den Blick nicht von ihm lassen.

»Jahrelang dachte ich, ein Dämon hätte meine Familie ermordet, dabei war es nur ein Monster, welches viel größeren Monstern diente.«

»Aber nicht uns ... Quin! Nicht mir. Wir waren Freunde. Hätte ich davon gewusst, ich hätte dich gewarnt, aber ich war nur ein Kind. Wir beide waren nur Kinder.«

Quintus sah auf, und als er weitersprach, zitterte seine Stimme. »Wer war es dann?«

»Der Berserker, so nennt sich die Kreatur in unserem Keller, sie wurde nicht von uns geschickt, sondern von jemand anderem. Jemand Mächtigem, der euren Tod wollte.«

Quintus' Fäuste ballten sich so stark, dass sie zitterten. »Einem der Barone?«

»Ja ...«

»Kein Baron darf einen anderen töten.«

»Es sei denn, alle anderen sind sich einig. Dann gucken sie auch mal weg«, ergänzte ich und mein Herz sank. Diese Schuld hatten unsere Eltern auf sich geladen und würden sie nun an uns weiterreichen.

Ophelia holte tief Luft. »Nach eurem Tod übernahm mein Vater die Geschäfte, aber er wusste, dass die Barone planten, auch ihn abzusetzen und das Fürstentum unter sich aufzuteilen. Wir glaubten nicht, dass wir diesem Schicksal entkommen würden, bis wir herausfanden, wie man sich Glitzer zunutze machen konnte.«

»Wenn das stimmt«, flüsterte Quintus, »warum ist der Berserker dann in eurem Keller?«

»Sein Besitzer hat ihn zurückgelassen. Wir wissen nicht genau warum. Vielleicht um uns zu erinnern, was mit uns passiert, wenn wir zu sehr aus der Reihe tanzen. Vielleicht war es ein Versehen, denn Berserker verfallen nach einer großen Mahlzeit in einen komaähnlichen Schlaf, der tagelang anhält. Als Vater und seine Leute ihn fanden, schlief er. Sie wussten, dass sie ihn nicht kontrollieren können, darum sperrten sie ihn ein.«

Ich kannte mich nicht besonders gut mit Berserkern aus, aber ich hatte mal einen bei einer Show gesehen und wusste, dass sie von klein auf an einen Zähmer, eine Art Pfeife, gewöhnt wurden. Nur wenn man in Besitz dieses Gegenstandes war, konnte man ihn steuern.

Quintus' Anspannung ließ nach und er erschlaffte, fiel einfach in sich zusammen, und ein Schluchzen entwich seiner Kehle.

»Quin ...«, versuchte es Ophelia erneut. »Es tut mir so leid.«

»Lass ihn, Baronessa«, mischte ich mich ein. Dann half ich ihr hoch, um sie wegzuführen. Der Dieb sah so aus, als könnte er einen Moment für sich alleine gebrauchen.

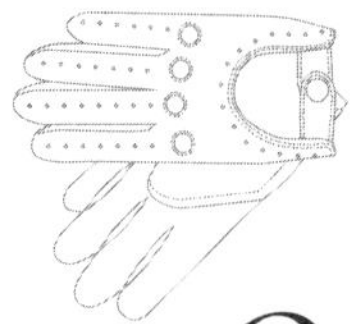

Quintus

Ich hatte das Gefühl zu fallen. All die Erinnerungen, die ich so sorgfältig in einer Truhe in meinem Inneren verschlossen hatte, quollen nun wieder hervor. Wie Wasser, das man auf einer voll aufgedrehten Herdplatte vergessen hatte. Bilder, wie meine Schwester, Ophelia und ich im Garten gespielt hatten, vermengten sich mit Bildern aus jener Nacht, in der ich alles verloren hatte und geflohen war. Und mit ihnen kam die Trauer, die ich mir sonst nicht zu fühlen gestattete.

Schwer atmend lehnte ich mich über die Reling des Schiffes und starrte auf das Wasser. Die Fähre fuhr die Gracht entlang, soweit ich wusste ohne bestimmtes Ziel. Die Lichter der Stadt leuchteten zu beiden Seiten. Auf die Entfernung sah Amsterlock beinahe friedlich aus. So als könnten seine Häscher uns hier nicht erreichen.

Eine gefährliche Illusion. In dieser verdammten Stadt war man nirgends sicher.

Ich ließ mich nieder, streckte die Beine unter der Reling durch, sodass sie über dem Wasser baumelten, und lehnte den Kopf auf das Metall.

Quintus Alexander Darawick.

Er kam mir vor wie ein Junge aus einem weit entfernten Traum. Ein Junge, der glücklich war. Der gerne im Garten spielte, mit seiner Schwester Bäume emporjagte und im Gartenteich zwischen

Leuchtfischen badete. Bis zu jenem Unglück, das alles änderte. Die Barone wollten die Stadt glauben lassen, dass ein Dämon für die Tat verantwortlich war.

Dabei waren sie es gewesen.

Sie hatten mein Glück zerstört.

Sie hatten mir meine Kindheit geraubt.

»Hier bist du.« Zori trat neben mich und lehnte sich an das Geländer. Sie war barfuß und trug nur eine leichte Stoffhose und ein frisches, helles Hemd, das ihre grüne Haut zur Geltung brachte. »Alles okay?«

Nein.

»Sie tun weh«, murmelte ich abwesend, aber Zori wusste sofort, was ich meinte.

»Ich habe sie auch … solche Erinnerungen«, sagte sie und legte eine Hand auf meinen Arm.

»Es macht mich wütend.«

»Ich weiß.« Sie drückte meine Hand fester. »Willst du mir davon erzählen? Vielleicht hilft es?«

Ich schüttelte den Kopf, weil mir die Worte fehlten, all das Chaos in meinem Kopf zu beschreiben. Es fühlte sich an wie ein gigantischer Berg an Gefühlen, der mich mit seinem Gewicht zu zerquetschen drohte.

»Ich habe meinen Vater verloren«, begann Zori und erzählte, wie sie eines Tages aus ihrer Heimat verschleppt worden war, wie sie in Wagen gepfercht wurden und in Städten verkauft worden waren. Sie erzählte vom Elfenfieber und davon, wie Familien auseinandergerissen wurden. Von ihrem ersten Herrn und wie sie geflohen war. Und von dem, was sie nun von Ophelia Jonker erfahren hatte.

Ich hielt die ganze Zeit über ihre Hand und lauschte ihren Worten. Ihre Geschichte war eine ganz andere als meine, aber ich erkannte den Schmerz darin. Einen Schmerz, den ich mit ihr teilte und der uns irgendwie verband.

»Du musst sie hassen«, sagte ich, als sie fertig war.

»Ja.«

»Warum hast du sie nicht getötet?«

»Wenn du zum Monster wirst, um Monster zu töten, bist du am Ende selbst eins. Das Problem sind nicht einzelne Personen, sondern das System. Die Menschen, die zulassen, dass wir Flüsterwesen ausgebeutet werden, und die, die unseren Glitzer kaufen und konsumieren. Wenn es nicht die Jonkers tun würden, gäbe es andere.«

Ich nickte. Dann holte ich tief Luft, kämpfte gegen den wachsenden Knoten in meiner Brust an, der mir die Luft zum Atmen nahm. Er war wie eine unüberwindbare Barriere und ich wollte am liebsten aufgeben und wegrennen. Das, was Quintus der Meisterbeschaffer so gut konnte. Doch ich kämpfte gegen das Gefühl an. Zori hatte mir ihre Geschichte anvertraut und nun wollte ich meine mit ihr teilen. Für sie wollte ich mich meiner Vergangenheit stellen, die ich so viele Jahre verdrängt und in mir begraben hatte.

»Ich habe meine Familie verloren«, sagte ich schließlich und der Knoten in mir platzte. Zori hatte Geduld. Sie drängte mich nicht, sondern wartete, bis ich bereit war, weiterzusprechen. Und während die Bilder in meinem Kopf zu Worten wurden und aus mir heraussprudelten, hörte sie zu. Ich spürte, dass es ihr genauso ging wie mir zuvor und sie meinen Schmerz verstand. Dadurch verschwand er nicht vollständig, aber dennoch war es ein gutes Gefühl, mein Leid mit jemandem zu teilen.

Danach saßen wir eine Weile einfach nur da und hielten einander fest, während wir auf die Stadt sahen, die an beiden Seiten der Gracht an uns vorbeizog.

Schließlich war es Zori, die die Stille durchbrach und mich mit ihrer Schulter anstieß. »Du bist also ein Baron? Ich wusste gleich, dass du zu eitel bist für einen gewöhnlichen Dieb.«

»Ich war nie nur ein gewöhnlicher Dieb, sondern immer schon ein außergewöhnlicher Beschaffer«, korrigierte ich sie, dankbar dafür, dass sie der Situation die Schwere nahm.

»Sicher ... Was macht dein unfreiwilliges Anhängsel?«

»Es leuchtet ... manchmal. Meistens nicht ...«

»Und der wütende Kerl mit Bart?«

»Ich glaube, unsere Wege werden sich bald wieder trennen.«

»Ach ja?« Sie schmunzelte und ihre Ohren zuckten. Das taten sie manchmal, wenn sie besorgt war oder wie jetzt belustigt, was ich ziemlich niedlich fand.

»Unüberwindbare Differenzen. Ich habe mich für die dunkle Seite entschieden.« Ich versank in ihren goldbraunen Augen, die mir seit unserer ersten Begegnung nicht aus dem Sinn gehen wollten.

Überhaupt hatte sie etwas an sich, das meinen Blick immer wieder auf magische Weise in ihre Richtung lenkte und an sie fesselte. Ich wollte jeden Zentimeter von ihr in mir aufnehmen, um ihn nicht zu vergessen. Von ihren großen Augen bis hin zum dichten Wimpernkranz, der sie umschloss. Ihre feine Nase, die mit dunkelgrünen Sommersprossen besprenkelt war. Ihre schlanken Finger, die sich um das Geländer schlossen. Etwas in mir sehnte sich danach, dass sie mit diesen Fingern durch meine Haare glitt. Dass sie über meinen Nacken tanzten und dort einen Schauer hinterließen. Ich wollte meinen Kopf an ihrem Hals vergraben. Ich wollte sie an mich drücken und nicht loslassen.

Ein Seufzen entwich mir.

Zori hob fragend die Augenbraue. »Starrst du mich etwa an?«

»Nein. Natürlich nicht«, sagte ich erschrocken und bemerkte, wie mein Gesicht heiß anlief. Ich wollte nicht einer dieser vielen Männer sein, die Flüsterwesen angafften. Sie sollte wissen, dass sie mehr für mich war als bloß eine hübsche Fantasie.

Aber war sie das wirklich?

Diese Gefühle waren nicht echt, egal wie gut sie sich anfühlten. Sie waren bloß ein Zauber …

Ein Kichern ließ uns herumfahren. Hinter uns standen die beiden Undinen, die ich zuvor bereits auf die grobe Art und Weise kennenlernen durfte, und beobachteten uns.

»Sie sind schon süß zusammen«, kicherte die eine.

»Ihr solltet euch endlich küssen«, meinte der andere lachend.

»Verschwindet!«, rief ich unwirsch, aber Zori kicherte.

»Dann wollt ihr nicht rumknutschen?«

»Jetzt, wo ihr jegliche Stimmung ruiniert habt, sicher nicht«, gab ich grummelnd zurück. Und auch sonst nicht, denn wenn ich etwas nicht wollte, dann war es falsche Liebe in meinem Leben. Wenn ich mir je Liebe erlauben sollte, dann sollte sie echt sein.

»Super! Dann kommt her und spielt mit uns Karten.«

Zori

Quintus und ich saßen zusammen mit zwei Undinen an Deck, den Sternenhimmel über unseren Köpfen. Mit seiner endlosen Weite versprach er Freiheit und, wenn man sich zu lange in seinem Anblick verlor, vergaß man all seine Probleme. Sie lösten sich einfach auf, die Welt verschwamm und man flog mit der Unendlichkeit. Zumindest stellte ich es mir so vor.

In Wahrheit waren die Päckchen unserer Vergangenheit noch da und die Trauer, die ich mit Quintus teilte, ließ sich nicht so leicht abschütteln. Trotzdem fühlte ich mich besser, nachdem ich mit jemand anderem als Glückspilz darüber geredet hatte.

Als hätte der Puck meine Gedanken erraten, hob er seinen Kopf. *Ich habe dir immer zugehört. Zu meinem Katzenjammer!*

Ich rollte die Augen. Genau das meinte ich. Bei Quintus hatte ich nicht nur das Gefühl, dass er meine Geschichte gehört hatte. Er hatte sie verstanden.

»Du schummelst. Ich kann es riechen!«, rief die Undine Lyri erzürnt. Sie hatte blonde Haare mit hellblauen Strähnen darin, die ihre Augen in derselben Farbe zur Geltung brachten. Der Zweite war Pix. Ein Undin mit braungrünen Haaren. Beide trugen wie für Undinen typisch kaum Kleidung. Dafür war ihre schuppige Haut mit wasserfester, glänzender Farbe in verschiedenen Blau-, Grau- und Grüntönen bemalt, die für das Meer standen.

»Ich schummele nicht. Ich gewinne«, verkündete Quintus zwinkernd und enthüllte mit einem einnehmenden Lächeln seine Karten. Seine Augen glänzten, denn er war ganz in seinem Element. So sehr, dass ihn nicht einmal die widerspenstige, rote Haarsträhne, die ihm immer wieder ins Gesicht fiel, zu stören schien.

Lyri ließ sich nicht einlullen. »Weißt du, was wir mit Betrügern machen? Wir werfen sie über Bord.«

»Ich bin vielleicht ein Dieb, aber beim Kartenspielen bin ich die ehrlichste Haut auf diesem Planeten. Vor allem, wenn ich gegen Freunde spiele. Und das sind wir doch mittlerweile, oder?«

»Nicht wirklich …«

Er hat geschummelt.

Ich hörte die Lüge in seiner Stimme, nur ein winziges Schwingen, perfekt eingeflochten, sodass man sie leicht für die Wahrheit halten konnte. Sein Blick offen und ein wenig verletzt über die Tatsache, dass man ihm so etwas zutraute. Er hatte es perfektioniert, die Worte zu verdrehen. In all den Jahren war es ein Teil von ihm geworden, etwas das er zum Überleben brauchte.

»Ich fordere eine Revanche!« Lyri sammelte die zerknitterten Karten ein, um sie neu zu mischen.

»Gerne! Um was spielen wir dieses Mal?«

»Der Verlierer landet im Wasser.«

»Das ist ungerecht – euch macht das wohl kaum etwas aus …«

»Willst du kneifen?«

»Sicher nicht … Aber wenn ihr verliert, schuldet ihr mir einen Gefallen.«

Sie verzogen das Gesicht. »Na schön.«

Die Undinen hatten keine Chance. Er würde sie wieder abziehen und ich konnte nicht anders, als ihn fasziniert zu beobachten. Seine Hände waren flink und geschickt, beinahe wie Tänzer, die perfekt aufeinander abgestimmt über eine Bühne wirbelten. Während er mischte, fuhren sie über die Karten, glitten über die Kanten. Und dann verschwand eine der Karten im Ärmel, während eine neue ihren Platz einnahm. Quintus' Blick lag auf seinen Konkurrenten. Er studierte sie, las ihre Gefühle wie ein offenes Buch. Noch so eine Gabe, die man sich auf der Straße aneignete, wenn jeder Schritt der letzte sein konnte. Das Einzige, was einen am Leben erhielt, war es, Leute einschätzen zu können.

»Ich spiele mit«, verkündete ich.

»Kennst du denn die Regeln?«

»Ein wenig«, sagte ich schüchtern, dabei hatte ich sie mittlerweile verstanden. Aber es war immer gut, unterschätzt zu werden.

»Okay. Probieren wir es einfach.« Quintus lächelte aufmunternd. Wenn er mich ansah, veränderte sich etwas in seinem Gesicht. Sein Blick wurde weicher. Es war nicht dieses charmante Lächeln und flirtende Zwinkern, von dem er wusste, dass es Herzen zum Schmelzen brachte. Es war etwas anderes. Echteres.

Er würde so was von im Wasser landen, denn er ahnte nicht, welches Ass ich im Ärmel hatte …

Ich nahm die Karten entgegen und rückte in die Gruppe hinein. Die zwei Undinen waren in ihr Deck vertieft.

Glückspilz schlich um sie herum und warf einen Blick über ihre Schulter. Dann versicherte er mir, dass er natürlich ganze Arbeit geleistet hatte und ich die besten Karten abbekommen hatte. Allerdings würde mir Glück keinen Sieg sichern, solange Quintus mit seinen flinken Fingern im Rennen war.

»Zori, als neue Mitspielerin darfst du anfangen. Und keine Sorge. Beim ersten Mal zu verlieren ist keine Schande.«

Oh, keine Sorge. Ich würde nicht verlieren.

Ich zupfte eine der Karten aus meinem Deck und warf sie auf den Boden vor uns. Während Lyri sich ihren nächsten Zug überlegte, ließ ich Quintus nicht aus den Augen. Er schien konzentriert über seine Karten nachzudenken, aber in Wirklichkeit hatte er seine Mitspieler genau im Blick, wartete auf einen unachtsamen Moment, um seine schlechten Karten gegen bessere zu tauschen.

Ich sah Glückspilz erwartungsvoll an. Der rollte bloß mit den Augen, als wollte er sagen: *Ernsthaft?* Ich nickte – Glück allein würde nicht reichen – und der Puck schmiegte sich an den Dieb, der davon nichts mitbekam, und aus seiner Tasche rutschte eine Karte, die ich mit einer schnellen Bewegung unter mich wischte. Ich zupfte eine aus meinem Deck und lehnte mich vertrauensvoll zu Quintus rüber.

»Schlägt ein roter Stern die blaue Welle?«, wisperte ich, während ich besagten Stern in seine Tasche gleiten ließ.

»Nein, rote Sterne sind nicht sehr stark. Die sollte man schnell loswerden«, entgegnete er mitleidig, als würde es ihm leidtun, mich abzuziehen.

Zu dumm, dass er nun einen in seiner Tasche hatte, während in meinem Deck eine grüne Libelle wartete.

Mehr und mehr Karten landeten in der Mitte, bis ich nur noch eine übrig hatte.

»Oh, eine Libelle! Ich glaube, ich habe gewonnen!«, verkündete ich, dank Glückspilz wohl wissend, dass niemand mich schlagen konnte. Quintus versuchte es. Er wollte ebenfalls eine Libelle legen und ließ seine Finger in die Tasche gleiten. Kurz sah ich die Überraschung in seinen Augen, als er bloß einen roten Stern vorfand.

Armer Dieb!

»Oh, hast du etwa verloren?«, fragte Pix lauernd.

»Ich …« Quintus sah so irritiert aus, dass er mir für einen Moment leidtat. Dann schien ihm ein Licht aufzugehen und er sah mich an. »Hast du etwa geschummelt, Zori?«

»Ich?« Mit gespieltem Entsetzen sah ich ihn an. »Nein. Ich hab einfach Glück.«

»Ich erkenne eine Falschspielerin, wenn ich sie sehe.«

»Lenk nicht ab! Da muss jemand baden gehen.« Triumphierend standen die Undinen auf und hoben den protestierenden Quintus in die Höhe. Ich konnte nicht anders als lachen.

»Das ist eine Verschwörung!«, protestierte er, während er zum Geländer getragen wurde. »Ich wurde von dieser entzückenden Elfe abgezockt und verlange Revanche!«

»Du würdest nur wieder verlieren!«, winkte ich ab.

»Oho! Sie zeigt ihr wahres Gesicht.« Quintus grinste und in seinem Blick lag Anerkennung. Ich hatte ihn beeindruckt und diese Erkenntnis brachte mein Herz zum Hüpfen. Ein Teil von mir wollte ihm zeigen, dass ich mehr war als bloß eine Elfe in Not, eine entzückende Tänzerin, ein bemitleidenswertes Flüsterwesen. Ich wollte, dass er sah, dass ich so viel mehr war. Ich war ungebrochen, wild und frei wie der Wind, der durch die Baumkronen meiner Heimat jagte. Doch gleichzeitig sehnte ich mich danach, wieder in seinen Armen zu liegen, mich fallen zu lassen und mit ihm zu tanzen. Ich wollte einfach, dass er alles an mir sah. Alle Seiten, meine Stärken und meine Schwächen, denn all das machte mich zu dem, was ich war.

»Revanche!«, rief Quintus, während er über die Reling gehievt wurde und mit einem Plumpsen im Wasser landete.

Dieser kleine Moment unter den Sternen war Freiheit und Glück in einem. Ich fühlte mich nicht länger einsam, sondern bekam einen kleinen Vorgeschmack darauf, wie das Leben sein könnte, wenn die Flüsterwesen wieder frei wären. Wenn wir keine Fessel mehr tragen würden und nicht länger über unsere Schulter gucken müssten, aus Angst, es könnte unser letzter Tag sein.

Wenig später kletterte Quintus triefend nass zurück an Deck und dort, wo er stand, bildete sich eine kleine Pfütze. Er zog sein Hemd aus, um es auszuwringen, und entblößte seinen Körper. Hell wie Marmor mit kleinen Muttermalen darauf. Ich versuchte mich der Höflichkeit halber wegzudrehen, aber mein Körper rührte sich nicht. Stattdessen erwischte ich mich dabei, wie mein Blick seinen schlanken Körper abtastete. Die definierten Arme, die feste Brust und sogar den Bauch. Plötzlich spürte ich Hitze in mir hochsteigen und das brennende Verlangen, auf ihn zuzutreten, ihn zu berühren. *Ihn zu beißen* … Ein kleines bisschen.

Eine der Undinen stieß mich wissend an. »Du sabberst schlimmer als eine Bulldogge.«

Ich zuckte zusammen.

»Es ist offensichtlich, dass ihr euch heiß findet«, fuhr sie fort.

»Ähm …«

»Ohne Witz. Ihr könnt beide die Augen nicht voneinander lassen. Du solltest ihn dir schnappen.«

Ich nuschelte ein paar unverständliche Worte. In dem Moment drehte Quintus uns den Rücken zu und ich sah die Narben, die seinen gesamten Rücken überzogen. Rote Linien, die wie Feuer auf der Haut brannten. Spuren, die der Berserker vor so vielen Jahren hinterlassen hatte.

»Wir lassen euch jetzt alleine«, verkündete Lyri lautstark.

»Hey! Bekomme ich keine Revanche mehr?« Quintus versuchte sein dunkelrotes Haar zu bändigen, das ihm wirr in der Stirn klebte.

»Nutzt eure Zeit besser.« Pix zwinkerte uns zu. Dann zogen die beiden lachend davon und hinterließen eine unangenehme Stille zwischen uns. Quintus sah so verdattert aus, dass ich losprusten musste, und er stimmte glücklicherweise ein.

»Vielleicht haben sie recht«, murmelte ich und sah ihn an. Seine Blicke waren mir wohl aufgefallen. »Wir könnten … noch etwas Zeit miteinander verbringen, oder hätte Mascha etwas dagegen?«

»Mascha? Wer ist Mascha?«

»Hieß nicht so deine Freundin, von der du mir bei unserer ersten

Begegnung erzählt hast? Die, die du, ich zitiere, auf jede erdenkliche Art liebst?«

Natürlich wusste ich genau, dass es keine Mascha gab, aber ich genoss es, ihn damit aufzuziehen.

»Mascha und ich haben uns getrennt.«

»Wann?«

»Vor zwei Sekunden.«

Erneut explodierte eine kleine Hitzewelle in meinem Bauch und ich strahlte ihn an.

»Komm.« Ich ging auf ihn zu und reichte ihm meine Hand. Als er sie ergriff, zuckten meine Ohren ganz leicht.

»Was hast du vor?«, murmelte er und sein Blick brannte sich tief in meinen.

»Tanzen«, entgegnete ich. »Auf dem Ball wurden wir viel zu früh unterbrochen.«

Ich setzte meinen Fuß zurück und er folgte. Einmal. Noch mal. Erst langsam, dann immer flüssiger, bis es nur noch uns gab und den Sternenhimmel über uns. Mit jedem Schritt fiel die Anspannung von mir ab und ich verlor mich in diesem Moment. In Quintus' Gegenwart konnte ich die Masken, die ich viel zu lange getragen hatte, ablegen und alles vergessen. Ich war einfach ich.

Plötzlich keuchte ich überrascht auf. Quintus begann zu strahlen. Wortwörtlich. Ein Schimmer umgab ihn wie ein Kranz und tauchte ihn in ein goldenes Licht.

»Du leuchtest.«

»Das Auroculum … Keine Ahnung, wann es das macht«, sagte er verwirrt. »Ich habe es mit Meditation probiert und einem echt heftigen Tee, aber ich war nie so … *ruhig* wie jetzt. So …« Er sah mich an und in seinen grünen Augen funkelten Spuren aus Gold. »Vielleicht ist das der Trick. Keine Göttin. Keine glücklichen Gedanken. Sondern Frieden. Frieden mit sich selbst.«

Er ließ meine Hände los, nur um seine Arme um meine Hüfte zu schlingen. Glücklich wirbelte er mich herum. Mein Körper wurde an seine Brust gepresst. Ich spürte seine Hitze, das freudig pulsierende Herz, und wünschte, dieser Tanz unter den Sternen würde niemals enden.

»Heißt das … du … du fühlst das Gleiche?«, fragte ich vorsichtig und meine Wangen glühten vor Aufregung, als ich meine Hand auf sein Herz legte.

Jäh erstarrte er. Das Leuchten seines Auroculums erlosch und er wich zurück, als hätte er sich verbrannt.

»Nein«, murmelte er erschrocken. »Ich weiß, dass es bloß ein Zauber ist.«

»Was?«

»Es ist nicht echt, Zori. All das! Es ist nicht echt!«

Mit diesen Worten stürmte er davon.

Laurelin de Jong

»Also. Wir können es auf die leichte Tour machen oder die harte«, verkündete ich. »Entweder du erzählst mir alles oder …« *Ich sauge dich aus.* Das konnte ich natürlich nicht sagen, denn ich wollte mein dämonisches Geheimnis noch nicht gänzlich öffentlich machen. Also knackte ich nur bedrohlich mit den Fäusten und hoffte, dass mir mein Ruf als gnadenlose und verfluchte Baronessa de Jong vorauseilte.

Ophelia Jonkers saß vor mir auf einem wackeligen Stuhl, die Beine übereinandergeschlagen. Der Gehstock lehnte locker gegen ihren Oberschenkel. Sie versuchte Ruhe auszustrahlen, die Oberhand zu bewahren, aber der Seegang machte ihr einen Strich durch die Rechnung. Immer wieder brachten die Wellen das Boot und ihren Stuhl bedrohlich zum Schwanken, bis sie schließlich aufgab und beide Beine auf den Boden setzte.

Ihre nächsten Worte waren wenig überraschend ein Angriff. »Ich wusste nicht, dass die Baronessa de Jong mit Flüsterwesen gemeinsame Sache macht.«

»Es gibt vieles, was du nicht über mich weißt«, entgegnete ich ruhig.

»Was werden die anderen Barone sagen, wenn sie erfahren, dass du mich entführt hast?«

»Vermutlich auch nicht mehr, als sie zum Tod der Darawicks gesagt haben.«

»Doch, das werden sie, wenn sie erfahren, *was* mich entführt hat.«

Mir lief es kalt den Rücken runter. »Was hast du gesagt?«

»Du hast mich gehört«, presste sie zwischen ihren Zähnen hindurch. »Ich bin nicht dumm, sondern eine ausgezeichnete Beobachterin. Und ich habe sie gesehen. Diese roten Motten, die dir folgen. Auf mich wirken sie alles andere als natürlich. Und immer wenn es um Übernatürliches geht, haben die Schimmernden ihre Hände im Spiel. In deinem Fall wohl eher die dämonischen als die göttlichen. Also? Was für eine Art Flüsterwesen bist du?«

Sie ahnt es! Natürlich wusste sie nicht, was ich war, aber allein ihre Vermutung könnte mich das Leben kosten!

Ein Grund mehr, dass sie dieses Schiff nicht lebend verlassen sollte.

»Du bist nicht in der Position, Fragen zu stellen. Ich bin diejenige mit einer Waffe. Also. Was weißt du über den Anschlag auf meine Schwester?«

»Ich sage gar nichts, bevor du meine Sicherheit nicht gewährleisten kannst.«

Wütend packte ich sie am Kragen und schüttelte sie. Sie versuchte mich zu schlagen, aber ich versetzte ihr kurzerhand einen Schubs und sie krachte mitsamt dem Stuhl nach hinten.

Als sie sich fluchend wieder aufrappelte, verrutschte ihr Kleid und ich erstarrte. Für einen Moment vergaß ich zu atmen und starrte entsetzt auf das Stück Silber, das mich anfunkelte. »Was ist das?«

»Das geht dich nichts …«

Schon hatte ich das Licht im Raum gedimmt und meine Klinge in der Hand. Allerdings nicht, um sie gegen Ophelia einzusetzen. Ich schnitt mir in den eigenen Arm, sodass Blut meinen Arm herunterfloss.

Erwacht!

Ein Schwarm Motten stob vor den Augen der entsetzten Baronessa in die Höhe und umzingelte sie. Lauernd. Hungrig.

Ich konnte die Panik in ihren Augen sehen, als sie ihren Stock wie eine Waffe umklammerte, bereit, sich zu verteidigen. »Was … Was bist du?«

»Dein schlimmster Albtraum.«

»So ein Flüsterwesen wie dich hab ich noch nie gesehen …«

»Ich bin einzigartig. Rede, oder ich hole mir die Information mit Gewalt … Wieso trägst du die gleiche Kette wie meine Schwester?«

Ihre Finger nestelten an der kleinen Seerose, die mir entgegenblitzte. »Seraphine und ich … wir …« Sie stockte kurz, schluckte und streckte schließlich die Schultern durch. »Wir kennen uns.«

»Ich weiß. Und weiter?«

»Es ist kompliziert …« Sie runzelte die Stirn. »Du weißt es nicht, oder?«

»Was weiß ich nicht?« Meine Stimme zitterte vor Ungeduld.

»Was deine Mutter getan hat.«

»Sie tut verdammt viel …«

»Sie will wie jeder in dieser verdammten Stadt hinter das Geheimnis des Glitzers kommen. Also hat sie sich einen Plan ausgedacht, der überraschend uninnovativ für die Baronin der Liebe ist. Sie hat ihre schönste Tochter, Seraphine, auf mich angesetzt …«

»Angesetzt?« Ihre Worte fuhren in meinem Kopf Karussell, während ich versuchte, die ganze Bedeutung von dem, was sie mir sagte, zu begreifen.

»Sie hatte herausgefunden, dass Seraphine optisch ganz meinem Typ entsprach. Also hat sie arrangiert, dass wir auf einer Party der Baronin der Zufriedenheit ins Gespräch kamen. Seraphine sah umwerfend aus. Sie war anmutig wie ein Schmetterling, strahlte wie die Sonne und gleichzeitig hatte sie etwas Geheimnisvolles, das mich magisch anzog. Obwohl ich ahnte, was die de Jongs planten, traf ich mich mit ihr. Wieder und wieder. Es funkte gewaltig, aber ich wusste, was ihr Auftrag war. Sie sollte hinter das Geheimnis unseres Glitzers kommen. Ich wusste, dass ich sie damit konfrontieren musste. Früher oder später.«

»Deswegen hast du sie töten lassen?« Mein Herz gefror, aber Ophelia schüttelte den Kopf.

»Bevor ich sie zur Rede stellen konnte, gestand sie mir alles. Denn ich war nicht die Einzige, die ihr Herz verloren hatte.«

»Was?« Die Enthüllung traf mich so unvorbereitet, dass die Motten zu mir zurückkehrten, um sicherzugehen, dass es mir gut ging. Besorgt strichen ihre Fühler über meine Ohren, ihre Flügel streiften meinen Hals und sie kuschelten sich an meine Wange. »Du lügst!«

»Tue ich nicht. Ich sage die Wahrheit. Sie war genauso verliebt wie ich, aber wir wussten, dass unsere Liebe keine Chance hatte. Deine Mutter kann uns Jonkers nicht ausstehen. Eine Liaison zwischen ihrer Perle und mir kam nicht infrage.«

Ihre Worte ergaben Sinn und gleichzeitig auch wieder nicht. Seraphine, die perfekte Tochter, liebte Ophelia Jonker. Sie hatte sich nie etwas anmerken lassen, nicht einmal als sie Lord Kotzbrocken kennenlernte.

»Moment … Seraphine sollte heiraten.«

»Ja, eine plötzliche Idee deiner Mutter«, fuhr Ophelia fort und ich verstand. Das war sicherlich kein Zufall gewesen.

»Sie wusste von euch.«

Ophelia nickte. »Und sie war natürlich außer sich. Sie verbot Seraphine, mich je wiederzusehen, und wenige Tage später war sie verlobt.«

Warum hatte sie nichts gesagt? Warum hatte sie sich mir nicht anvertraut? Ich hätte ... Ja, was hätte ich getan? Was hätte ich tun können?

»Was dann?«

»Ich wollte sie nicht gehen lassen und besuchte Seraphine ein letztes Mal mit einem gefährlichen Plan. Ich besorgte ihr ein Gift, welches sie für einige Stunden leblos erscheinen lassen sollte.«

Ich fuhr empor. Erneut schreckten meine Motten zusammen und kamen herbeigeeilt, um nach mir zu sehen. »Moment. Leblos *erscheinen* lassen? Meine Schwester ist noch am Leben?«

»Ja.«

Seraphine lebte ... Die Welt begann sich in einem Strudel aus Hoffnung und Angst zu drehen. Ich wollte daran glauben, aber gleichzeitig fürchtete ich mich, mein Herz für diese Möglichkeit zu öffnen. Was, wenn Ophelia log und ich Seraphine ein zweites Mal verlieren würde?

Ophelia verzog ihr Gesicht. »Glaube ich zumindest ...«

Mein Herz setzte einen Schlag aus. »Was soll das denn heißen? Lebt sie? Ja oder nein?«

Meine Motten wirbelten wie ein Sturm um uns herum und machten mein chaotisches Gefühlsleben nur allzu deutlich. Meine Ohren rauschten, gleichzeitig hing ich an Ophelias Lippen, um mehr zu erfahren.

»Es lief nicht ganz wie gedacht. Wir mussten unsere Pläne vorverlegen, als plötzlich der Anschlag auf Seraphine verübt wurde.«

»Vincent?«

Ophelia nickte. »Nachdem er sie attackiert hatte, befürchteten wir, dass noch jemand von uns erfahren hatte. Außerdem trieben deine Mutter und Lord Ambrosa die Hochzeitspläne weiter voran und planten sogar, die Eheschließung vorzuverlegen. Seraphine hatte Angst und sie fühlte sich beobachtet. Also rieb sie das Gift in die Wunde an ihrem Arm und schrieb mir, damit ich sie raushole.«

»Wie denn das? Wie wolltest du unbemerkt in unsere Villa kommen?«

»Ein Mädchen hat mir geholfen.«

»Ein Mädchen?«

»Ja, Amata vom Reinigungsdienst war auf unserer Seite. Nachdem sie Seraphine einmal beim Weinen erwischt hatte und deine Schwester ihr das Herz ausgeschüttet hatte, war sie fest entschlossen, uns zu helfen. Sie hat unsere Briefe hinein- und hinausgeschmuggelt und manchmal auch uns.«

»Ich kenne keine Amata …« Was nicht weiter verwunderlich war, denn in dem Punkt hatte Estelle recht. Der Reinigungsdienst war für die meisten Adeligen unsichtbar. »Glaubst du, sie hat jemandem etwas verraten?«

»Ich kann es mir nicht vorstellen, aber ich weiß nicht, was sonst schiefgegangen ist …« Tränen blitzten in Ophelias Augen und mit einem Mal erschien mir die Baronessa nicht mehr so kalt und gefühllos, wie ich immer gedacht hatte, sondern wirklich wie jemand, der meine Schwester liebte und sich ebenso um sie sorgte wie ich.

»Als ich zum vereinbarten Treffpunkt kam, war Amata fort. Wenig später erfuhr ich, dass Seraphines Körper verschwunden war. Ich habe keine Ahnung, wer sie entführt haben könnte.«

Warum war sie verschwunden?

Wenn sie noch leben würde und die Möglichkeit dazu hätte, würde sie uns doch ein Zeichen geben oder zumindest Ophelia, dem Mädchen, das sie anscheinend liebte. Ich sank nach vorne und stützte meine Hände auf die Oberschenkel, während ich versuchte zu begreifen, was Ophelia mir gerade erzählt hatte. Meine Motten wollten mich trösten, indem sie mir sanft durch das Haar fuhren und über meine Wange streichelten.

»Wer steckt dahinter? Wer hat meine Schwester?«

»Ich weiß es nicht …«

»Ich kann die Wahrheit auch aus dir heraussaugen.«

Ihre Augen weiteten sich. »Tatsächlich?«

»Ja.«

»Dann mach es doch. Ich habe nichts weiter zu verbergen. Es ist genau so, wie ich erzählt habe.« Sie reckte das Kinn vor und starrte den Motten entschlossen entgegen. Ich wusste, dass sie mir die Wahrheit sagte. Ich sah es an der Art, wie sie sich an die Silberkette klammerte. Sie liebte meine Schwester und das war für mich Grund genug, ihr nichts anzutun.

Aber wer steckte dann hinter dem ersten Anschlag? Auf ein Zeichen hin verschwanden die Motten wieder in dem Schnitt, den ich mir verpasst hatte. Kaum war der letzte Körper zwischen der Haut verschwunden, heilten die Enden wieder zusammen. Ich steckte meine Klinge weg und tigerte durch den Raum. Wenn nicht Ophelia Vincent beauftragt hatte, wer dann? Wer hätte so viel Geld und ein Motiv, ihr etwas anzutun?

»Ich muss los.«

»Wohin?«, rief Ophelia, als ich mich umdrehte.

»Jemandem einen Besuch abstatten.«

Ihre Hände schlangen sich entschlossen um ihren Gehstock und sie folgte mir mit großen Schritten. »Dann komm ich mit.«

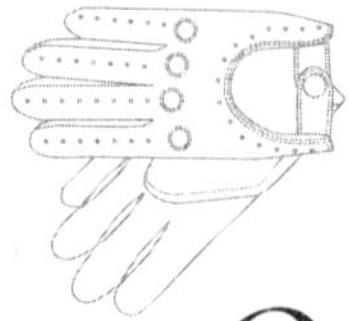

Quintus

Ich kauerte an Deck und hatte den Kopf auf die Knie gelegt. Schon lange hatte ich mich nicht mehr so verloren gefühlt. So verwirrt.

Meine Familie.

Ophelia.

Zori … Wie lang würde mich dieser verdammte Zauber noch quälen? Ich ertrug die Gefühle, die ich für sie empfand ebenso wenig wie die Trauer um meine Familie.

»Hey!«

Ich erkannte die Stimme sofort. Und Ophelia Jonker war eine der Letzten, mit denen ich gerade sprechen wollte.

»Was willst du?«, knurrte ich, ohne aufzusehen.

»Mich entschuldigen. Ich weiß, dass das, was mein Vater und ich getan haben, unverzeihbar ist. Der Glitzer, die Elfen … Wir haben grausame Dinge zu verantworten.«

»Zori hat mir davon erzählt. Das, was ihr getan habt, ist unverzeihlich …«

»Ich weiß …« Sie schwieg eine Weile, aber ging nicht weg, obwohl ich mehr als deutlich signalisierte, dass ich gerade nicht mit ihr sprechen wollte.

»Du magst sie, oder?«, fragte sie schließlich und ich zuckte zusammen. »Es ist offensichtlich … und ich kann es verstehen.«

»Es ist nicht so, wie du denkst. Ich wurde von ihrem Glitzer getroffen.«

»Ja und?«

»Ich kann nicht noch etwas in meinem Leben brauchen, was unecht ist.« Nicht, wenn es um Liebe ging. Bei allen anderen Dingen konnte ich es ertragen, aber nicht hier. Mein Herz gehörte mir und meiner Familie. Da hatten Lügen und Zauber keinen Platz.

»Unecht? Oh … Quin.« Ohne Vorwarnung nahm Ophelia meine Hand. Wütend wollte ich sie wegziehen, aber ihr Griff lockerte sich nicht.

»Halt still«, sagte sie und drehte meine Hand um, sodass man das Auroculum sehen konnte. Ihre Finger glitten über das warm glühende Material. »Weißt du, was das ist?«

Ich kniff die Augen zusammen. »Ja. Das Ding, was du mir stehlen wolltest.«

»Es ist aus heller Schimmeressenz …«

»Der Teil einer Göttin, ich weiß.«

Sie nickte. »Flüsterwesen stammen von Dämonen ab. In ihnen fließen dunkle Schimmerpartikel. Um den Glitzer der Elfen nutzen zu können, mussten wir einen Teil neutralisieren … Hiermit. Mein Vater ist vor Jahren in den Besitz eines Auroculums gekommen.«

Ich dachte an die Geschichte, die mir Tormod Bard erzählt hatte. Die über den ermordeten Dämonenjäger, dem man das Auroculum gestohlen hatte. »Du meinst, er hat jemanden getötet?«

Ophelia ignorierte die Frage. »Wir haben es zermahlen, um Infusionen herzustellen, durch die die Wirkung des Glitzers abgeschwächt wird.«

Infusionen, die die Elfen für immer ihrer Macht beraubt haben. Und anschließend hatten sie die nutzlos gewordenen Elfen entsorgt. Ich konnte nicht anders, als Ophelia für ihre Taten zu verachten.

»Darum wolltest du mein Auroculum stehlen. Ihr braucht es für eure Drogen«, stellte ich angewidert fest.

»Ich wusste nicht, dass mein alter Kindheitsfreund es hat, Quin.«

»Aber einem Fremden hättest du es aus der Hand geschnitten?«

»Mein Vater und ich haben uns in eine schwierige Situation manövriert ...«

Ich riss meine Hand zurück und befreite mich von ihrem Griff. Von ihr angefasst zu werden, ja auch nur in ihrer Nähe zu stehen, konnte ich nicht ertragen. »Du meinst, ihr habt eure Seele verkauft.«

»Ja.« Ophelia nickte, ihr Gesichtsausdruck war ernst. Sie war nicht mehr das Kind von damals, mit dem meine Schwester und ich Leuchtkröten am Teich gefangen hatten. Das Leben hatte sie verändert und Spuren hinterlassen. »Was ich damit sagen will, ist, dass du ein Idiot bist, wenn du Zori wegstößt. Das Auroculum schützt dich vor ihren Kräften.«

Fassungslos starrte ich sie an. »Nein, ganz sicher nicht.«

»Doch.«

»Dann funktioniert es nicht richtig.«

»Was meinst du?«

»Diese Gefühle ...« *Dieses Kribbeln im Magen. Diese Wärme, wenn ich sie sehe. Der Wunsch, ihr nahe zu sein.* »Die passen nicht zu mir.«

Ophelia stieß ein Lachen aus, bevor sie mich mit dem Fuß anstieß. »Du bist verliebt. Geh zu ihr hin, sprich mit ihr, lern sie kennen. In Amsterlock haben die wenigsten die Chance, echte Liebe zu finden. Vielleicht gehörst du ja zu den Glücklichen.«

Konnte das stimmen? Mein Herz machte einen hoffnungsvollen Sprung. War es am Ende nicht der Glitzer gewesen, der mich zu ihr gezogen hatte, sondern echte Gefühle? Ich dachte an unseren ersten Tanz auf dem Ball und den zweiten unterm Sternenhimmel. Ich dachte an ihre leuchtenden Augen, als sie mich beim Kartenspiel ausgetrickst hatte, ihr wildes Grinsen, das Gefühl von ihrer Hand in meiner, und mit einem Mal hatte ich das Gefühl, schwerelos zu sein.

Es war echt.

Und ich war so ein verdammter Idiot gewesen! Ich hatte sie einfach stehen lassen!

»Los, komm!«, rief in dem Moment Laurelin, die auf eines der zwei Beiboote gestiegen war und es für die Abfahrt vorbereitete.

»Was habt ihr vor?«, fragte ich verwundert.

»Ich gehe mit ihr. Wir versuchen jemanden zu finden und dafür müssen wir dringend zurück an Land.«

»Seid ihr jetzt Freunde?«

Ophelia verzog das Gesicht. »Nicht wirklich. Aber wir sind vorerst auf derselben Seite.«

Sie drehte sich um, hielt dann aber noch einmal kurz inne und warf mir etwas zu. Einen Schlüssel. »Für Zori. Ich hab es ihr versprochen. Ich weiß, ihr werdet mir nie verzeihen und das ist okay. Das verdiene ich auch nicht. Aber ich würde mich freuen, wenn ihr glücklich werdet. Wirklich.«

Zori

Geschafft!

In meinen Fingern zappelte ein graubraunes Mäuschen, welches mir mit Glückspilz' Hilfe in die Falle gegangen war, die ich in meiner Kajüte aufgestellt hatte. Mein Magen knurrte, aber ich fühlte mich schlecht. Normalerweise hatten die Tiere keine Todesangst, weil mein Glitzer sie beruhigte. Die Maus jedoch schien ganz und gar nicht gewillt, von mir gefressen zu werden.

»Tut mir leid«, flüsterte ich und strich ihr über den Kopf. »Ich mach es schnell.«

Mit den Worten schob ich sie in meinen Mund.

Genau in dem Moment, als es klopfte.

Mit vollem Mund öffnete ich die Tür und entdeckte Quintus, der sich verlegen am Hinterkopf kratzte. »Störe ich?«

Ich schüttelte den Kopf und würgte die Maus herunter. »Hab nur gegessen.« Etwas, das dringend nötig gewesen war. Seit Tagen hatte ich nichts zwischen die Zähne bekommen und mein Magen hatte bereits begonnen vor Hunger zu schmerzen.

Quintus sah auf die improvisierte Mausefalle und zog fragend die Augenbrauen hoch. »Was genau hast du gegessen?«

»Eine Maus.«

»Komplett?«

»Natürlich. Elfen können nur Wesen mit noch schlagendem Herzen essen.« Als ich seinen schockierten Blick sah, fügte ich hinzu: »Wir essen keine Menschen und auch keine Jungfrauen, falls das bei unserem ersten Treffen missverständlich war. Die sind viel zu groß. Wie soll ich die lebend herunterschlucken?«

»In deinem Magen befindet sich gerade eine lebende Maus?«

»Korrekt.« Ich strahlte ihn an. »Und es fühlt sich wirklich gut an.«

»Okay …« Er kratzte sich erneut am Hinterkopf. »Ich wollte dich eigentlich nur fragen, ob du Lust hast abzuhauen?«

»Was?«

»Nur für ein paar Stunden. Da ist ein Beiboot und ich … ich will dir etwas zeigen.« Während er das sagte, sah er etwas verlegen zur Seite.

»Okay«, stimmte ich zu und entlockte ihm dieses schiefe Grinsen, was ich so sehr mochte.

Wenig später hatten wir das Beiboot zu Wasser gelassen und fuhren in Richtung des Viertels der Magie, wo goldene und silberne Lichter die Grachten beleuchteten. Quintus bestand darauf, zu rudern. Darum saß er in der Mitte, während ich an der Spitze des Bootes Platz genommen hatte. Zusammen mit Glückspilz, der es sich schnurrend auf meinem Schoß gemütlich gemacht hatte.

Als wir eine kleine Gracht erreichten, begann das Wasser um uns herum plötzlich zum Leben zu erwachen, sobald Quintus' Paddel die Oberfläche berührte. Silberne und goldene Partikel stoben durch das Wasser, vermengten sich zu glitzernden Spiralen und verschwanden wieder.

Algen.

Sie waren den Grachten vom Baron der Magie beigesetzt worden und leuchteten auf, wenn man sie berührte. Nun erhellte ihr Schimmer das Wasser unter uns und es schien, als würden wir auf dem Mond selbst dahingleiten.

»Wie findest du es?«, fragte Quintus, dem mein Staunen nicht entgangen war.

»Schön.« *Romantisch* … Aber seitdem er nach unserem Tanz so fluchtartig davongerannt war, war ich verwirrt. Ich hatte geglaubt, wir würden dasselbe füreinander fühlen, aber jetzt war ich mir nicht mehr so sicher. Die Jahre auf der Straße hatten sicherlich nicht dazu beigetragen, dass ich darin geübt war, solche Dinge zu interpretieren. Ich musste falschliegen. Natürlich tat ich das. Eine Elfe und ein Mensch? Wie sollte das funktionieren? Sobald sich mein Glitzer regeneriert hatte, wäre er außerstande, mich zu berühren.

In dem Moment biss mir Glückspilz in den Daumen.

»Aua!«, rief ich empört.

Er mag dich auch, knurrte der Kater ungeduldig, aber ich konnte das nicht so recht glauben. *Ganz sicher. Frag ihn noch mal.*

Ich biss mir auf die Lippe und sah zu Quintus, der sehr beschäftigt schien, seine perfekt liegenden Haare zu sortieren.

»Du … ähm …«, begann ich.

Er sah auf und seine grünen Waldaugen leuchteten, das Licht der Algen reflektierend, noch heller als sonst. Vor Aufregung verschluckte ich mich und meinte förmlich zu hören, wie der Kater stöhnte und zum Ende des Bootes floh.

»Zori. Ich muss mich bei dir entschuldigen. Ich war ein totaler Idiot«, brachte Quintus in dem Moment hervor. »Ich dachte, dein Glitzer hätte mich manipuliert, gewisse Gefühle zu entwickeln. Darum habe ich dich zuvor weggestoßen, obwohl ich … na ja ….«

»Die Wirkung des Glitzers hält nur für ein paar Stunden. Maximal einen Tag«, erklärte ich ihm verwirrt. *Worauf wollte er hinaus?*

»Oh, dann kommt das Herzklopfen wirklich nicht mehr davon.« Er kratzte sich am Hinterkopf.

»Herzklopfen?«

»Was ich sagen will ...« Quintus räusperte sich. »Ja, ich denke, wir empfinden das Gleiche.«

Er mag mich auch!

Es war keine Einbildung!

Mit einem Mal war es ganz still. Das Boot schien plötzlich viel kleiner als vorher und er mir viel näher. Er saß direkt vor mir, die Paddel in den Händen. Sein Blick brannte sich in meinen. Unsere Lippen waren nur einen Meter voneinander entfernt. Ich wollte mich vorlehnen, den Abstand verringern, herausfinden, wie sie sich anfühlten, wie sie schmeckten ...

Los, Zori! Trau dich!

»Ich ... ich kann nicht.« Schnell riss ich meinen Kopf zurück.

Wie, du kannst nicht?, miaute es empört von der anderen Seite des Bootes.

»Ich kann nicht. Ich ... Wenn ich meinen Glitzer wiederhabe, kannst du mich nicht länger berühren. Sonst werde ich, ohne es zu wollen, jedes Mal, wenn wir uns nahe sind, deine Gefühle manipulieren. Und dann bist du nicht mehr du selbst. Das kann ich nicht verantworten.« Ich schüttelte heftig den Kopf. »Die einzige Lösung wäre eine Extraktion.«

»Und das würde ich niemals von dir verlangen«, wisperte Quintus.

Ehe ich weiter protestieren konnte, lehnte er sich vor und drückte seine Lippen auf meine. Mein Gesicht wurde heiß und ich war wie erstarrt, als kleine Blitze durch meinen Körper jagten. Als er sich wieder löste, funkelten seine grünen Augen wie die Sterne.

Ich blinzelte. »Was ...?«

»Du musst nicht zur Extraktion, Zori, denn wie durch ein Wunder wurde mir das hier geschenkt«, flüsterte Quintus und er hob seine Hand, in der das Auroculum schimmerte.

»Wie meinst du das?«

»Es ist aus heller Schimmeressenz und kann die Wirkung deiner Flüsterfähigkeiten neutralisieren. Dein Glitzer, Zori, ich bin dagegen immun. Du musst dir keine Sorgen machen, dass er mich manipuliert oder verändert.«

Mein Herz begann zu klopfen, als ich verstand, was das bedeutete.

»Ist das wirklich so?«

Er nickte eifrig und nun war ich es, die von einer Welle des Glücks überrannt wurde. Ich sprang vor und schlang meine Arme um seinen Hals. Das Boot begann zu schwanken und die Algen um uns herum erwachten zu neuem Leben.

Quintus riss die Augen vor Verwunderung auf und ich hielt inne. War ich zu stürmisch gewesen? Dann sah ich, wie ein warmes Lächeln auf seinen Lippen erwachte. Seine Hände ließen die Ruder los und legten sich auf meine Hüften, um sicherzugehen, dass ich nicht wieder verschwinden würde.

In diesem magischen Moment lehnte ich mich vor, um seine Lippen zu berühren.

Na endlich, brummte Glückspilz, doch ich beachtete ihn gar nicht. Das Einzige, was ich in diesem Moment wahrnahm, waren Quintus' Lippen auf meinen, sein Herz, das mit meinem um die Wette schlug, und sein Körper, der sich auf meinen drückte. Atemlos vergrub ich meine Finger in seinen Haaren, während er seine Arme um meine Hüfte schlang. Fest miteinander verwachsen, glitten wir auf den Boden des Bootes.

Laurelin de Jong

An Land angekommen statteten wir als Erstes meinem Verlobten einen Besuch ab. Ich machte mir nicht die Mühe, durch ein Fenster einzusteigen, sondern spielte an der Pforte die Baronessa-Karte aus, was dazu führte, dass uns ein sehr nervöser Diener hereinließ.

»Ihr solltet wirklich hier unten warten«, stotterte er. »Ich hole Lord Ambrosa für Euch.«

»Nicht nötig.«

»Aber er … er ist beschäftigt.«

»Mitten in der Nacht?«

»Nun ja … Er …«

Ich verdrehte die Augen und ging einfach weiter. »Keine Sorge. Ich stelle mich auf das Skandalöseste ein. Würdet Ihr mir einen Gefallen tun?«

»Sicher.« Der Diener nickte eifrig.

»Schickt einen Boten zum Anwesen meiner Mutter. Ich benötige einen Fahrer, da ich offensichtlich nicht vorhabe, hier zu übernachten.«

»Sehr wohl.«

Während der erste Diener meinem Befehl nachkam, brachte mich ein zweiter zu den Schlafgemächern. Und tatsächlich hatte Lord Ambrosa gleich zwei Frauen bei sich, als Ophelia und ich in sein Schlafgemach platzten.

»Hallo Verlobter!«, begrüßte ich ihn, woraufhin alle drei aus den Seidenlaken hochschreckten.

»Was bei allen …«

»Wir müssen reden«, verkündete ich mit verschränkten Armen. Während Lord Ambrosa protestierte, hatten seine zwei Begleiterinnen offenbar mehr Verstand. Sie huschten aus dem Bett, griffen sich ihre Kleider und verließen fluchtartig den Raum. Eine der beiden hatte sogar noch den Anstand, ein »Verzeihung, Baronessa« zu murmeln.

»Was redet Ihr da? Wir sind nicht verlobt!«, schimpfte Lord Ambrosa mit hochrotem Gesicht. Sein langes, blondes Haar fiel ihm wirr über die Schultern. »Ich habe noch nicht entschieden, ob Ihr wirklich die Braut seid, die ich erwähle.«

»Das trifft mich sehr. Ich dachte, unsere Verbindung beruhe auf einer tiefen gegenseitigen Verbundenheit.«

»Nein«, gab er unumwunden zu. »Ich mag Euch nicht. Meine zukünftige Frau sollte lieblich und fürsorglich sein. So wie Eure Schwester.«

»Welche von beiden?«, hakte ich nach und die Temperatur im Raum schien um einige Grad zu sinken. »Gerlina oder Seraphine, die Verlobte, die Ihr mit Rosen, Liebesbriefen und Geigenspielern überschüttet habt? Zumindest bis es den Mordanschlag gab. Dann habt Ihr Euch erstaunlich rargemacht. Lediglich die Hochzeit wolltet Ihr vorverlegen.«

Lord Ambrosa wurde kreidebleich. Das Laken an sich drückend kletterte er aus dem Bett. »Es war bloß eine geschäftliche Ehe.«

»Ach ja? Dafür habt Ihr Euch zuvor erstaunlich viel Mühe gegeben. Mir habt Ihr jedenfalls noch keinen Liebesbrief geschrieben.«

»Was … was wollt Ihr damit sagen?«, stammelte er, während er versuchte, Abstand zwischen uns zu bringen.

Ich pokerte. »Ich glaube, Ihr mochtet Seraphine. Sehr sogar.

Aber das hat sich geändert, als Ihr herausgefunden habt, dass das nicht auf Gegenseitigkeit beruht.«

Ich ging einen Schritt auf ihn zu und er stolperte weiter zurück, bis er gegen einen Tisch mit zahlreichen Parfümfläschchen stieß. Panisch reckte er den Hals, um nach seinen Wachen zu sehen.

»Ruft sie ruhig!«, forderte ich ihn auf. »Aber sie werden nicht kommen.«

Schweiß bildete sich auf seiner Stirn. »Habt Ihr sie getötet?«

»Nein, aber das, was Ihr getan habt, ist Hochverrat in Amsterlock. Egal, wie viel Ihr ihnen zahlt, sie werden sich nicht gegen die Barone stellen.«

»Hochverrat?« Er lachte wieder nervös auf, während sich seine Finger fester um das Seidenlaken krallten. »Unsinn! Es war dieser Drogenabhängige. Der hat Seraphine angegriffen.«

»Vincent Verhoeven hat nicht auf eigene Faust gehandelt. Jemand hat ihm versprochen, seiner Familie Geld zu schicken, wenn er sich auf diese kleine Selbstmordmission begibt. Er wusste, dass er den Anschlag nicht überlebt. Seine Mutter hat erwähnt, er habe sich selbst Vorwürfe gemacht, sich für den Bankrott seiner Familie verantwortlich gefühlt und versprochen, es wiedergutzumachen. Ihr, Lord Ambrosa, hattet sowohl ein Motiv als auch die finanziellen Mittel, um ihn zu beauftragen. Außerdem würde ich Euch zutrauen, etwas derart Geschmackloses wie ein Einhorn mit Edelsteinen auszusuchen, um es dem jungen Vincent als Mitbringsel für meine Junggesellen-Show zu geben.«

Lord Ambrosa stritt die Vorwürfe mit wildem Gestikulieren ab. »Das ist doch Wahnsinn.«

»Ihr habt sein schlechtes Gewissen ausgenutzt.«

»Woher wusstet Ihr von uns?«, mischte sich nun Ophelia ein, die bisher still an der Tür gewartet hatte. »Wie habt Ihr es erfahren?«

»Ich wusste gar nichts.«

»Redet!«, brach es aus mir heraus und ich zog eine kleine Klinge aus meinem Gürtel. »Oder soll ich Euch zum Reden bringen? Ich bin ziemlich gut darin.«

»Ihr seid von Sinnen.«

»Das stimmt!«

»Ihr könnt mir gar nichts beweisen.«

Ehe er sich weiter herausreden konnte, trat ich gegen eine Nachttischlampe, die scheppernd zu Bruch ging. Dann ließ ich ein weiteres Licht auf dieselbe Art erlöschen und stach mir mit der Klinge in den Finger. Vier Motten schälten sich aus der Wunde empor und streckten unter Lord Ambrosas schockiertem Blick ihre Flügel.

»Was bei allen Schimmernden ...«

Auf mein Zeichen stoben sie empor und umkreisten meinen Verlobten, der panisch auf die Knie sank.

»Redet endlich oder Ihr lernt mich richtig kennen!«

Das zeigte Wirkung. Endlich brach sie aus ihm heraus. Die Wahrheit.

»Es stimmt. Seraphine hatte vor, die Hochzeit abzublasen und durchzubrennen. Ich war schockiert und wollte es nicht glauben, bis ich die Beweise sah. Briefe, die sie jemand anderem schrieb.«

»Wie seid Ihr an die Briefe gekommen?«, hakte Ophelia nach.

»Ich hab überall treue ...«

»*Wer* hat es Euch gesagt?«

»Ein Mädchen. Angestellt bei den de Jongs ... Ich mochte Seraphine wirklich sehr. Sie hat mir schöne Augen gemacht und die Verliebte gespielt, bis ich wirklich glaubte, dass mit uns könnte mehr werden als bloßer Nutzen. Ja, ich habe mir verdammt viel Mühe gegeben. Und wofür? Ich wurde benutzt und hintergangen.«

Meine Finger schlossen sich um den Griff meiner Klinge. Die Dunkelheit in mir wollte ihn töten. Ihn bezahlen lassen für das, was er getan hatte. Sofort stürzten sich die Motten auf ihn, bereit, ihre Rüssel in ihn zu schlagen. Lord Ambrosa schrie auf und schlug die Hände schützend über seinem Kopf zusammen.

Ehe ich der Wut nachgeben konnte, legte Ophelia ihre Hand auf meine Schulter, um mich aufzuhalten.

»Wie heißt dieses Mädchen?«, fragte sie ruhig.

»Sie hieß Amalia ... oder Hanata ... oder so ähnlich«, schniefte er.

»Amata?«, hakte Ophelia nach und ihr Gesicht verlor mit einem Schlag noch mehr Farbe.

»Ja.«

»Und wie sah sie aus?«

Lord Ambrosa zog die Stirn in Falten. »Unscheinbar und blass ... Schmal gebaut. Ohne Rundungen.«

»Wow! Geht es noch unkonkreter?«

»Sie ist mir nicht in Erinnerung geblieben!«

Wir sahen uns an. Schon wieder Amata. Das Mädchen spielte offenbar eine größere Rolle in dieser Geschichte, aber für wen arbeitete sie?

»Sie hat uns verraten«, murmelte Ophelia. Sie wankte zurück und biss sich auf die Lippe. »Ich hätte es besser wissen müssen ...«

Ich trat einen weiteren drohenden Schritt auf Lord Ambrosa zu und ließ das Messer in meiner Hand kreisen. »Wo ist sie jetzt? Wo ist meine Seraphine? Habt Ihr sie entführt?«

»Entführt? Nein! Ich dachte, dass sie tot ist.« Er klang ehrlich überrascht, aber ich war nicht gewillt, ein Risiko einzugehen. Auf ein Zeichen setzten meine Motten erneut ihre Rüssel an.

»Ehrlich«, wimmerte Lord Ambrosa. Ich wusste, was nun kam, und konnte den Ekel in meinem Gesicht nicht verbergen. Er würde um sein Leben betteln. »Ich schwöre auf das Leben meiner Mutter.«

»Wahrscheinlich habt Ihr nicht einmal eine«, platzte es aus mir heraus und meine Motten stachen zu. Er schrie auf, versuchte, sie von seiner Haut abzuziehen, aber einmal festgesogen, ließen sie sich nicht so einfach entfernen. Sie mochten wie Schmetterlinge aussehen, aber sie waren bei Weitem nicht so zart.

»Hilfe! Ich brauche Hilfe! Flüsterwesen!«, brüllte Lord Ambrosa plötzlich. »Die Baronessa ist ein …«

Ehe er mich verraten konnte, verdrehte er die Augen und sackte in sich zusammen. Hinter ihm stand Ophelia mit einer Vase. Überrascht sah ich sie an.

»Was?«, fragte sie. »Jetzt kannst du ungestört dein Ding durchziehen.«

Meine Motten tranken und berichteten mir von den Bildern, die sie fanden. Er war wirklich in Seraphine verliebt gewesen. Aber es war keine echte Liebe, sondern die ungesunde, besitzergreifende Art. Er wollte sie haben, sie an sich binden, aber egal, was er tat, er überzeugte nie ihr Herz. Ich spürte seine Wut. Auf meine Schwester. Die Welt. Sich selbst. Wie konnte ein Mann, der so reich war, gleichzeitig so unzufrieden sein?

Nachdem er die Briefe gesehen hatte, war die Kränkung zu groß und er beschloss, sie zu töten. Ein Sündenbock war ebenfalls gefunden und niemand würde auf die Idee kommen, dass ausgerechnet er dahintersteckte. Da war er sich sicher.

Ich gab meinen Motten ein Zeichen und sie ließen von ihm ab.

»Du lässt ihn leben?«, fragte Ophelia überrascht.

Nein, flüsterte die Dunkelheit in mir. *Tue es! Saug ihn aus. Bis auf den letzten Tropfen.*

»Ja. Er hat versucht, eine Baronessa zu töten. Bei so etwas kennt Amsterlock keine Gnade. Er wird alles verlieren, was ihm lieb und teuer ist.«

Als wir sein Anwesen verließen, eine Villa mitten im Viertel der Liebe, erwartete uns nicht nur der Fahrer, sondern auch Richard, den Mutter als Leibwache geschickt hatte. Oder als Aufpasser für den Fall, dass ich etwas verbockt hatte. Verwundert sah er zu Ophelia, die mir folgte.

»Oh. Du hast neue Freunde gemacht …«

»Muss an meiner offenherzigen Art liegen«, erwiderte ich trocken.

»Laurelin?«, fragte er alarmiert, als die Wachen einen gefesselten Lord Ambrosa hinter uns hertrugen.

»Oh, und meine Verlobung wurde soeben aufgelöst.«

»Soll ich fragen, mit welcher Begründung, oder lieber nicht?«

»Er wollte Seraphine töten.«

Richards Gesicht verhärtete sich, und während er gerade noch so ausgesehen hatte, als wollte er dem armen Lord Ambrosa zu Hilfe eilen, dirigierte er die Wachen nun zum Kofferraum, wo sie ihn ablegten.

»Ich sehe, du hast viel zu berichten«, sagte er an mich gewandt.

»Ich bin noch nicht am Ende, Richard. Seraphine könnte noch leben.«

Zori

Als wir uns zurück an Bord der *Sleepy Siren* schlichen, fühlte ich mich federleicht. Die letzten Stunden hatten es geschafft, mich von der Trauer um meinen Vater und die anderen Elfen abzulenken. Und nicht nur das. Das erste Mal seit vielen Jahren hatte ich ein Strahlen auf den Lippen, welches sich nicht wegwischen ließ. Immer noch spürte ich unsere Küsse auf meinen Lippen, fühlte den Schauer, den seine Finger auf meiner Haut auslösten. Das Kribbeln in meinem Bauch.

Erst als ich allein im Bett meiner Kajüte lag, kamen die Erinnerungen zurück und Bilder des romantischen Dates über leuchtenden Algen vermischten sich mit Bildern von kranken Elfen.

Verdiente ich es überhaupt, glücklich zu sein, während meinem Volk so schlimme Dinge passiert waren?

Ja, schnurrte es neben mir.

Meine Finger suchten in der Dunkelheit nach Glückspilz. Ich zog ihn an mich und vergrub mein Gesicht in seinem weichen Fell. Er fauchte empört, ließ es aber geschehen. Für einen Moment überlegte ich, mich in Quins Kabine zu schleichen. Obwohl wir uns erst vor wenigen Minuten getrennt hatten, vermisste ich ihn bereits.

Plötzlich schallte ein schrilles Geräusch über die Lautsprecher. Meine Hände zuckten hoch und pressten sich auf die schmerzenden Ohren, während ich aus dem Bett stolperte und meine Kajüte verließ. Neben mir erschien Quintus.

»Was ist das?«

»Der Alarm!«, rief Pix, der auf uns zugerannt kam. »Man hat uns umstellt. Wir müssen abhauen. Los! Kommt mit! Wir müssen zu den Schleusen.«

Quintus und ich sahen uns an, dann folgten wir dem Undin. Plötzlich lief ein Rucken durch das Boot, das uns fast von den Füßen haute.

»Wir wurden gerammt!«, rief Pix. »Schnell! Sie werden uns sicher entern!«

Ein weiterer Schlag lief durch das Boot und schleuderte uns gegen die Wände. Stolpernd folgten wir dem Undin immer tiefer in den Bauch des Schiffes. Mein Herz schlug mir bis zum Hals.

»Alles wird gut.« Wie selbstverständlich ergriff Quintus meine Hand. Er drückte sie, als wollte er sagen, dass er mich unter keinen Umständen loslassen würde.

Hinter uns ertönten Stimmen, gefolgt von Schüssen und Kampfgeräuschen, und wir eilten weiter. Pix bog um die Ecke und riss eine Tür auf. Die Schleusen. Hier wagte ich einen schnellen Blick über die Schulter und sah, wie die Eindringlinge in den Gang eilten. Das war aber noch nicht alles, denn in diesem Moment sprang ein blonder Hüne die Luke hinab. Er trug eine vertraute graue Uniform und in seiner Hand schimmerte ein goldenes Licht, dessen Strahlen sich den Gang entlangtasteten.

»Och nö«, stöhnte Quintus.

Es war sein Meister.

Kaum hatte er uns gesehen, hastete er vorwärts. Pix zog uns in den Raum mit den Schleusen und verbarrikadierte im letzten Moment die Türen. Krachend stürzte der Dämonenjäger dagegen.

Der Undin machte sich an einer Kontrolltafel zu schaffen. Währenddessen wurde die Tür unnachgiebig von außen bearbeitet und mit jedem Schlag schien das Schloss lockerer zu werden.

»Los! Flieht! Ich halte sie auf«, rief Quintus, als klar wurde, dass uns die Zeit davonlief. Verzweifelt drückte er sich gegen die Tür, die er unmöglich alleine halten konnte.

»Ich helfe dir«, rief ich entschlossen und stellte mich neben ihn.

»Nein.« Er nahm meinen Kopf in seine Hände. »Du darfst diesen Leuten nicht wieder in die Finger geraten.«

»Quin … Ich …«

Er zog etwas aus seiner Tasche und drückte es mir in die Hand. Einen Schlüssel. »Den soll ich dir von Ophelia geben. Eigentlich wollte ich dazu eine berührende Rede halten, aber das ist eigentlich Quatsch. Verschwinde, Zori! Verlass diese Stadt.«

Ich starrte auf den Schlüssel. Dann zurück zu Quintus. »Vergiss es! Nicht ohne dich.« *Ich habe dich doch gerade erst gefunden …*

Er lehnte sich vor, seine Hände umfassten mein Gesicht, hielten es fest. Dann küsste er mich erneut. Seine Lippen lagen auf meinen, sanft und doch bestimmt, als gehörten sie zueinander, aber dieses Mal fühlte es sich nach Abschied an. Als wir uns wieder lösten, schnürte mir die Angst die Kehle zu.

»Alles wird gut. Ich finde dich.«

Genau das hatte mein Vater auch zu mir gesagt, kurz bevor man mich weggezerrt hatte. Tränen stiegen mir in die Augen, kullerten unaufhaltsam über meine Wangen, während sich meine Finger in seinem Hemd verkrallten. »Nein!«

»Nimm sie mit!«, rief er dem Undin zu. Schon griffen starke Hände nach mir und zogen mich aus seinen Armen in die Schleuse.

»Warte!« Ich wollte mich wehren, aber meine Beine waren weich und gehorchten mir nicht wie sonst. »Wage es nicht, den Helden zu spielen!«

»Ich bin ein Held!« Quintus presste einen Knopf und die Schleusen schlossen sich. Meine Hände drückten sich an die Scheibe und ich sah, wie die Tür nachgab und aufflog. Quintus sah mir tief in die Augen und sein Gesicht entspannte sich. Er nickte mir ein letztes Mal zu. Dann hob er die Hand und goldenes Licht umhüllte ihn wie eine schützende Glocke. Eine Sonne, die hier im Schiff zum Leben erwachte. Glühend, funkelnd, wunderschön.

Wasser sprudelte von außen in die Schleuse, als sich die Außenverdichtungen öffneten. Es stieg schnell an und schon reichte es uns bis zur Hüfte.

»Quin!« Ich trommelte gegen die Scheibe. »QUIN!«

Ich konnte ihn in dem gleißenden Licht nicht sehen, egal wie sehr ich die Augen zusammenkniff. Pix zog mich gegen den abnehmenden Strom des hereinstürzenden Wassers zur Luke. Gerade hatten wir sie erreicht, als Quintus von etwas getroffen wurde und das Licht seines Auges erlosch. Er sackte zusammen, als der Dämonenjäger sich durch die Tür zur Steuertafel kämpfte.

»Nein!« Ich wollte ihm helfen, aber der Undin packte mich an den Armen und zog mich hinaus in die Gracht, wo uns kaltes Wasser umschloss. Gerade rechtzeitig, bevor sich die Luken schlossen.

Laurelin de Jong

Auf der Auffahrt unseres Anwesens stand ein grüner Lieferwagen aus dem Fürstentum des Glücks. Das war das Erste, was mir ungewöhnlich erschien. Das Zweite war, dass niemand aus dem Haus kam, um uns in Empfang zu nehmen.

Es war kurz vor Sonnenaufgang, aber das rote Licht der Lampen wirkte irgendwie kränklich und verlassen. Der Kies unter meinen Schuhen knirschte, als wollte er mich vor etwas warnen, und eine Gänsehaut kroch mir über den Nacken.

»Was ist los?«, fragte Ophelia, die mein Zögern bemerkt hatte.

»Etwas stimmt hier nicht …« Ich ließ meinen Blick über den angestrahlten Garten gleiten. »Es sind keine Wachen an den Toren.«

Angespannt näherten wir uns der Villa der Liebe. Richards Hand ruhte auf seiner Bolzenschusswaffe, während er voranging. Ich nutzte seine Ablenkung und schnitt mir mit der Klinge in den Arm. Sekunden später tummelten sich aufgeregte Motten unter meinem Ärmel. Weiche Flügel fuhren über die Härchen meiner Haut. Antennen streichelten mich beruhigend, als wollten sie sagen: *Wir sind für dich da.*

Haltet euch außer Sichtweite!, wies ich sie an und die Motten blieben in meinem Ärmel verborgen.

Die Haustür war nicht verschlossen, sondern lediglich angelehnt. Mit einem Fußtritt stieß ich sie ganz auf. Sofort schwappte mir ein bekannter Geruch wie eine Welle entgegen, die mir die

Magensäure in den Mund trieb. Richard versteifte sich. Er musste es auch gerochen haben.

Blut.

»Bleibt hinter mir, Baronessas«, flüsterte Richard, während er voranging.

Ich blieb mit Ophelia zurück, aber eine meiner Motten verließ die Sicherheit meines Ärmels und schwirrte durch die trübe Dunkelheit hinter Richard her. Wenig später kam sie zurück und setzte sich lautlos auf meine Schulter. Die Nachrichten, die sie brachte, bestätigte meine schlimmste Befürchtung.

Tote. Überall.

»Findet meine Geschwister!«, raunte ich ihnen zu und alle Motten bis auf eine schwirrten davon.

An Ophelia gewandt, fuhr ich fort. »Geh lieber zurück in den Wagen.«

Sie schüttelte den Kopf und presste entschlossen die Lippen aufeinander. »Nein. Ich komme mit.«

Also folgten wir Richard in den Gang. Irgendwo am Ende flackerte ein Licht, welches unheimliche Schatten warf. Unsere eigenen tanzten verzerrt über den Boden. Es herrschte Grabesstille, selbst unsere Schritte wurden von dem Teppich verschluckte, bis er plötzlich ein schmatzendes Geräusch von sich gab. Ich wagte einen Blick nach unten und sah, dass er mit einer dunklen Flüssigkeit getränkt war.

Ophelia unterdrückte nur mit Mühe einen Schrei. »Was zum …«

»Pssst!«

Sie deutete auf das angrenzende Zimmer, wo eine Leiche lag. Von ihr kam das Blut, das in einer großen Lache bis in den Flur reichte. »Er ist tot! Was bei allen Schimmernden?« Der Tote war förmlich zerfetzt worden. Nur etwas Großes, Mächtiges mit spitzen Klauen und einem gewaltigen Maul konnte so etwas anrichten.

Die Motte, die bei mir geblieben war, zuckte. *Monster ...*

»Ein Berserker«, flüsterte ich.

Dicht aneinandergedrängt gingen wir weiter. Ophelia starrte stur geradeaus, ließ sich aber angesichts des Schreckens, der sich uns bot, keine Furcht anmerken. Richard steuerte währenddessen die Wendeltreppe an, die zum Zimmer meiner Mutter führte. Um hinaufzukommen, mussten wir über zwei Körper steigen, die regungslos auf den Stufen lagen. Anhand der roten Uniformen erkannte ich sie als zwei unserer Wachleute, versuchte aber nicht zu genau hinzusehen.

Im zweiten Stock erwartete uns das gleiche Bild wie unten. Dunkelheit, mit dem Gestank von Blut gefüllt. Scherben. Und trübes Licht, das gerade einmal ausreichte, um die Silhouetten der Toten zu enthüllen. Dazu eine Stille, die das Anwesen überspannte. Nirgends war etwas zu hören. Sonst erfüllte bereits vor Sonnenaufgang der Gesang unzähliger Vögel unseren Garten, doch nicht einmal die meldeten sich heute zu Wort.

Ich konnte Richard ansehen, wie sehr er sich vor dem, was uns im Zimmer der Baronin erwartete, fürchtete, aber ich weigerte mich, diesen Gedanken zu Ende zu denken. Ebenso wie ich versuchte, nicht an das mögliche Schicksal meiner Geschwister zu denken, da ich wusste, dass es mich in ein Loch stürzen würde, aus dem ich nicht so schnell rauskam.

Es dauerte eine gefühlte Ewigkeit, bis wir am Ende des Ganges angekommen waren. Aus dem Zimmer meiner Mutter hörten wir Stimmen. Sie klangen aufgebracht, wütend. Richard und ich tauschten einen Blick aus, dann stürmten wir vorwärts. Richard erreichte die Tür zuerst und sprang mit gezogenen Waffen hinein. Ich folgte, Ophelia direkt hinter mir.

Augenblicklich erstarrten wir vor dem unwirklichen Anblick, der sich uns bot. Meine Mutter lag auf dem Boden, während Joris

Jonker mit einer Bolzenschusswaffe über ihr stand und brüllte: »Wo ist sie?«

»Mach dich nicht lächerlich«, erwiderte meine Mutter, die fest entschlossen schien, sich keine Furcht anmerken zu lassen.

»Papa?« Ophelia drängelte sich an mir vorbei. »Was tust du da?«

Seine Augen wurden groß, als er seine Tochter erblickte. Richard nutzte die Ablenkung und stürmte vorwärts, um den Baron zu entwaffnen. Mit gekonntem Griff entwand er ihm die Waffe, drückte ihn auf den Boden und fesselte seine Arme hinter den Rücken.

Ich eilte an die Seite meiner Mutter, die bis auf ein paar Schürfwunden unverletzt schien. »Alles in Ordnung?«

Ich wollte ihr hochhelfen, aber sie stieß meine Hand beiseite und richtete sich ohne Hilfe schwungvoll auf. Wütend ging sie auf Joris Jonker zu, der sich wimmernd auf dem Boden wand, und versetzte ihm einen Tritt. Dann schob sie seinen Mantel beiseite und riss eine Kette ab, an der eine Pfeife baumelte.

»Der Mistkerl hatte einen Berserker bei sich«, knurrte sie.

»Was? Wie?« Ophelia wankte auf ihren Vater zu, wurde aber von Richard aufgehalten, der nun die Klinge seines Schwertes auf ihre Brust setzte.

»Fessel sie! Mit Einverständnis der anderen Barone werden wir beide hinrichten«, befahl meine Mutter, aber ehe Richard dem Befehl Folge leisten konnte, trat ich schützend vor Ophelia.

»Laurelin?« Die Baronin wandte sich mir zu und ihre schmale, perfekt geformte Augenbraue wanderte in die Höhe. »Was soll das?«

»Ich will Antworten«, entgegnete ich ruhig. »Zuallererst, wo sind meine Geschwister?«

»Ich weiß es nicht, aber wenn ihnen etwas passiert ist, warte ich nicht auf die Zustimmung der anderen Barone.«

»Ich werde sie suchen!«, sagte Richard. Er sah meine Mutter fragend an, die ihm zunickte.

»Geh. Ich denke, Laurelin und ich haben die Sache hier unter Kontrolle.«

Als er gegangen war, wandte ich mich dem Baron des Glücks zu, der schnaufend auf dem Boden lag. Ophelia kauerte neben ihm.

»Warum, Papa?«

»Nachdem man dich aus unserem Zuhause entführt hatte, habe ich eine Nachricht bekommen. Darin stand, dass die de Jongs dafür verantwortlich seien. Der Verfasser schrieb, sie würden dich foltern, damit du ihnen das Geheimnis des Glitzers verrätst, und dann würden sie dich töten. Unsere Wachen haben bestätigt, dass eine der Entführerinnen tatsächlich Ähnlichkeiten mit Laurelin de Jong gehabt habe.«

Ich sollte zukünftig wirklich besser aufpassen ...

»Ich wollte nicht, dass es so eskaliert. Ich wollte zuerst nur mit der Baronin sprechen, aber sie hat mich ausgelacht.«

»Was ist mit dem Berserker, Vater?« Ophelia deutete auf die Pfeife, die ihm meine Mutter abgenommen hatte. »Woher hast du den Zähmer? Du hast mir immer erzählt, du könntest ihn nicht steuern.«

»Das ist auch wahr, aber vor einigen Wochen habe ich den Zähmer erhalten.«

»Einfach so?«

»Na ja, es war ein Deal. Ein Mädchen meinte, dass sie ihn mir besorgen könnte. Im Gegenzug verlangte sie eine ordentliche Portion Glitzer.«

»Das war eine Falle!«, rief Ophelia aus. »Jemand wollte, dass du ihn benutzt.«

Das sah ich ebenso. Erst Lord Ambrosa. Jetzt der Baron des Glücks. Jemand schien hier sein eigenes Spiel zu spielen und genau zu wissen, welche Knöpfe er bei wem drücken musste.

Joris Jonker schniefte. »Ich wusste nicht, was ich tun sollte … Ich hatte solche Angst. Um dich. Um unser Fürstentum.«

»Dann ruf den Berserker jetzt zurück.«

Der Baron zuckte zusammen. »Ich kann nicht. Ich weiß nicht wie.«

»Was soll das heißen?«

»Ich kenne nur die Tonfolge für Angriff.« Der Besitz eines Zähmers mochte ihn davor bewahren, von dem Tier angegriffen zu werden, aber das hieß noch lange nicht, dass er die richtigen Kombinationen kannte, um es auch wirklich zu steuern.

»Ich sehe es wie Eure Tochter. Jemand hat Euch benutzt, Baron«, erklärte ich und wandte mich an meine Mutter. »Jemand hat das Gleiche mit Lord Ambrosa abgezogen und ihn zu dem Attentat auf Seraphine angestiftet.«

»Lord Ambrosa?«

»Er liegt im Kofferraum.«

»Dieser Mistkerl hat sie vergiftet?«, wollte meine Mutter wissen.

»Das nicht. Er hat nur Vincent Verhoeven beauftragt, sie zu töten, was glücklicherweise schiefgegangen ist. Vergiftet hat sie sich danach selbst.«

»Was?« Die Verwirrung stand ihr ins Gesicht geschrieben. Selbst in dieser Situation stieg in mir erneut die alte Wut auf.

»Daran bist du schuld. Du hast sie auf Ophelia angesetzt, und als du erfahren hast, dass dein Plan schiefgegangen ist und die beiden sich verliebt haben, wolltest du sie mit diesem widerlichen Lord zwangsverheiraten.«

»Das ist doch kein Grund, sich zu vergiften«, rief meine Mutter empört aus. »Lord Ambrosa ist reich.«

»Seraphine wollte vor ihm und dir fliehen. Sie hat das Gift genommen, um ihren Tod vorzutäuschen und abzuhauen, aber stattdessen wurde sie entführt.«

»Was meinst du? Entführt?« Ihr Mund klappte auf. »Meine Tochter lebt noch?«

»Vielleicht ... Irgendjemand scheint hier sehr beschäftigt zu sein, jede Menge Chaos zu stiften, damit wir uns gegenseitig zerfleischen.«

In meinem Kopf waren jede Menge loser Fäden, die ich einfach nicht zusammenbringen konnte. Irgendetwas musste ich übersehen haben. Irgendjemanden, der nicht nur Seraphine, sondern den de Jongs schaden wollte. Mit allen Mitteln ...

»Du musst sie finden«, wisperte die Baronin der Liebe und ich sah das stille Drängen in ihrem Blick, das meinen Ärger besänftigte. »Bitte, wenn es eine Chance gibt, dass sie noch lebt, musst du sie zurückbringen.«

»Natürlich, Mutter.« Plötzlich streifte mich eine Motte an der Wange und flüsterte mir eine Warnung ins Ohr. *Wir sind nicht allein.*

Mein Kopf zuckte nach oben. Dort auf dem goldenen Geländer des Himmelbettes kauerte ein Schatten. Ohne den Hinweis der Motte hätte ich ihn weiterhin übersehen, so still und regungslos war er. Erst als ich auf ihn zeigte, rührte er sich. Mit einer geschmeidigen Bewegung sprang er hinunter und landete lautlos auf dem Boden. Schneller, als ich reagieren konnte, schnappte er sich den Zähmer aus den Händen meiner überraschten Mutter und floh auf den Fenstersims, wo er kurz innehielt.

Er war ganz in Schwarz gekleidet. Eine enge, ledrig aussehende Montur, die jeden Millimeter Haut unter sich versteckte. Selbst von dem Gesicht war nichts zu erkennen.

Ein Phantom.

»Was hast du hier zu suchen?«, fragte ich, die Klingen lagen bereits in meinen Händen.

»Tut mir leid«, sagte das Phantom und deutete auf die Pfeife in seiner Hand. »Das hier muss ich seinem rechtmäßigen Besitzer zurückbringen.«

»Vergiss es!«, rief ich. Ehe das Phantom weiterreden konnte, machte ich einen Satz vor. Meine Klinge schnitt durch die Luft, aber er wich aus und meine Waffe prallte neben ihm gegen die Wand.

»Netter Versuch, Baronessa.«

»Wer hat dich beauftragt?«

»Du weißt doch, wie das läuft. Absolute Diskretion«, sagte das Phantom. »Außerdem müsst ihr euch keine Sorgen mehr machen. Ihr werdet eh sterben.«

»Das darfst du nicht! Die Phantome richten sich nicht gegen die Barone.«

»Hab ich auch nicht. Joris Jonker hat das Gemetzel hier veranstaltet. Dafür gibt es genug Zeugen. Leider wurde er im Kampf getötet.« Ehe wir reagieren konnten, griff das Phantom nach meiner Waffe und schleuderte sie dem Glücksbaron entgegen. Die Klinge bohrte sich zielsicher in seine Brust und Blut tränkte das grüne Seidenhemd.

Damit hatte das Phantom seinen Zug noch nicht beendet. Er setzte die Pfeife an den Mund und pustete hinein. Den schrillen Tönen, drei kurze und ein langer, folgte ein Brüllen, das mir einen Schauer über den Rücken jagte.

»Macht's gut«, rief er und sprang durch das Fenster in die Nacht, die langsam endete.

Ich wirbelte herum, während Ophelia ihren Vater schüttelte, um ihn bei Bewusstsein zu halten, aber für den Baron des Glücks kam jede Hilfe zu spät. Ein gurgelnder Laut entwich seiner Kehle, während er sich an seine Tochter klammerte. Er wollte etwas sagen, aber die Worte blieben ihm im Halse stecken und sein Körper erschlaffte.

Im gleichen Moment ertönten schwere Schritte im Flur, Krallen kratzten über den Boden und ich bereitete mich auf das Schlimmste vor.

»Geht in Deckung!«, rief ich meiner Mutter und Ophelia zu, als der Körper, der gleichermaßen mit Schuppen und Stacheln bedeckt war, durch die Tür preschte. Die beiden kauerten sich hinter eine Kommode, während ich kampfbereit in der Mitte des Raums wartete. Die Kreatur sprang direkt auf mich. Nur Sekunden später durchbohrten spitze Krallen meinen Brustkorb, aus dem ein Schwarm Motten in die Höhe stob. Ein greller Schmerz fuhr durch meinen Körper. Der Berserker riss sein Maul auf, um mich mit seinen Zähnen zu zerreißen, doch auf diesen Moment hatte ich gewartet. Sofort flogen meine Motten in ihn hinein und bohrten ihre Rüssel in das weiche Fleisch seines Gaumens. Für einen Moment lenkte ihn das genug ab. Ich griff nach meinen Klingen und versuchte sie in seinem Körper zu versenken, aber sie glitten an seinen Schuppen ab.

Verdammt!

Ich stach auf seinen Hals ein, auf der Suche nach einer ungepanzerten Stelle, aber erneut rutschten meine Messer wirkungslos ab. Der Berserker holte mit seiner Klaue aus und traf. Ich wirbelte durch die Luft, prallte gegen die Wand und sah Sterne. Schmerz zuckte durch meinen Körper und lähmte mich.

Schon stand der Berserker über mir, öffnete erneut sein Maul, aber meine Motten waren bereits zur Stelle. Der wütende Schwarm umflatterte ihn und versuchte ihm die Rüssel in die Augen zu drücken.

Die Augen!

Meine Finger schlossen sich erneut fester um meine Klingen. Der Griff war rutschig, und als ich hinschaute, sah ich das Blut, das meinen Arm herunterlief und meine Kleidung tränkte. Mit letzter

Kraft ließ ich Motten draus entstehen. Sie halfen mir auf die Beine und stützten mich, als ich vorpreschte. Ich spürte, wie ihre weichen Körper sich unter meinen schoben, um ihn hochzuheben. Sie waren überall. Unter meinen Armen, meinen Beinen, signalisierten mir, dass ich nicht alleine war, als ich sprang.

Dann versenkte ich meine Klinge tief im Auge des Berserkers, bis ich spürte, dass etwas nachgab.

Noch bevor er auf dem Boden aufschlug, brach ich zusammen.

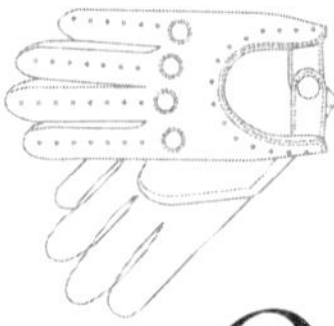

Quintus

Schmerz.

Das war das Erste, was ich spürte. Ein dröhnender, dumpfer Schmerz in meinem Kopf. Ich öffnete die Augen und der Druck nahm zu. Instinktiv hob ich meine Hand und ließ die Fingerspitzen über das Auroculum gleiten, das beruhigend pulsierte, so als wollte es mir versichern, dass alles gut werden würde. Ich dachte an Zori. Ihre Augen, braun wie flüssiger Bernstein. Ihr Lächeln, warm wie die Sonne. Und unseren Kuss im Boot. Sie war in Sicherheit und das war alles, was gerade zählte.

Das Auroculum erstrahlte. Sofort verschwanden meine Schmerzen und Glückseligkeit breitete sich in mir aus.

»Du hast also einen Weg gefunden, es zu kontrollieren?« Tormod schälte sich aus dem Schatten des Raumes und trat auf mich zu.

»Ja.« Ich nickte. Es war schwer zu erklären, aber wenn ich an Zori dachte, fand ich meinen inneren Frieden. Sie füllte mich aus wie nichts zuvor und verdrängte die Einsamkeit und die Ängste, die so lange ein Loch in meine Seele gefressen hatten.

»Zu dumm, dass du es nicht mehr lange nutzen kannst.«

»Was meint Ihr, Meister?«

»Ach, Matthias. Oder Quintus oder wie auch immer du heißen magst. Ich habe dir Sols Geschenk überlassen und dich zu meinem Schüler gemacht, in der Hoffnung, dass du es gegen das Böse einsetzt. Stattdessen hast du dich mit den Feinden des Lichts verbündet. Ich weiß nicht, wie lang das schon geht, aber anscheinend hast du dich nicht nur mit Flüsterwesen verbrüdert, sondern auch mit Dämonen. Einen derartigen Frevel kann ich nicht zulassen.«

»Offensichtlich bin ich nicht der Schüler, den Ihr erhofft habt.« Ich wagte ein zaghaftes Lächeln, aber Tormods Gesicht blieb hart. Sein Mund eine feine, unbarmherzige Linie, und ich wusste mittlerweile, dass er nicht der Typ war, der von seinen Prinzipien abrückte.

»Sols Geschenk ist viel zu mächtig, um es denjenigen zu überlassen, die es für die falsche Seite einsetzen.«

»Es ist nicht so, wie Ihr denkt. Die Dämonen. Die Flüsterwesen. Ihr habt einen falschen Eindruck von ihnen«, versuchte ich zu erklären, auch wenn ich nicht glaubte, dass ich ihn umstimmen konnte. Seine Überzeugungen waren bereits zu lange ein Teil von ihm. Sie schienen fest und unwiderruflich mit ihm verwachsen, sodass er, wenn er sie hinterfragen würde, seine gesamte Existenz infrage stellen müsste. Und soweit ich wusste, taten Menschen das lieber nicht. Es war einfacher, am eigenen Glauben festzuhalten, als ihn zu hinterfragen.

»Ich denke, dass eher mein Eindruck von *dir* falsch war. Ich wollte das Gute in dir sehen, dabei ist es hoffnungslos.«

»Mit Euch zu diskutieren, erscheint mir ebenso hoffnungslos …«, murmelte ich genervt. »Wie habt Ihr uns überhaupt gefunden?«

»Ich bin ein Dämonenjäger und mache das schon eine ganze Weile.«

»Ihr habt mir nachspioniert …«

»Als ich zum Gasthaus zurückkam, warst du verschwunden. Also habe ich deine ehemaligen Arbeitgeber, oder was von ihnen noch übrig war, aufgesucht, da ich befürchtet habe, sie hätten dich in die Hände bekommen. Ich wollte dich retten. Stattdessen haben sie mir einige andere spannende Dinge über dich erzählt.«

Wie rührend. Er hatte sich tatsächlich Sorgen um mich gemacht.

»Was denn für … Dinge?«, hakte ich alarmiert nach, aber er antwortete nicht.

»In erster Linie, dass man dir nicht vertrauen kann. Du kennst keine Loyalität«, sagte eine mir bekannte Stimme. Ich reckte den Kopf und entdeckte Yasha, die im Türrahmen stand. Sie trug nun einen protzigen Anzug aus der *Seidenraupe* wie zuvor Daan Knox. Sie hatte es also nicht nur eilig gehabt, seinen Platz einzunehmen, sondern vorher auch noch seinen Schrank geplündert.

»Ich kenne sehr wohl Loyalität.«

»Dir selbst gegenüber zählt nicht«, knurrte sie. Sie hatte offenbar wirklich keine allzu hohe Meinung von mir.

Nun schaltete sich Tormod wieder ein. »Diese Dame hier hat mir eine höchst interessante Geschichte über den Vorfall im Lagerhaus erzählt.« Sein Gesicht verdüsterte sich. Es lag etwas Gnadenloses in seinem Blick, etwas, das mir Schauer über den Rücken jagte, und ich schluckte schwer. »Scheinbar hast du mit dem Dämonenmädchen gemeinsame Sache gemacht. Du hast mich hintergangen.«

»Oh ja«, bestätigte Yasha. »Ich habe die Dämonin gesehen und er war definitiv auf ihrer Seite. Es war schrecklich. Ein blutiges Massaker und er hat nichts getan, um sie aufzuhalten. Im Gegenteil. Er hat sie angefeuert.«

»Eigentlich haben wir uns nur verteidigt.«

»Du gestehst also, dass du auf der Seite der Dämonin stehst?«

»Ich gestehe, dass Daan Knox ein skrupelloser, geldgieriger Mistkerl war, der mir mein Auroculum aus der Hand schneiden wollte«, schnaubte ich.

»Das Auroculum, das *du* zuerst gestohlen hast.«

»Es ist kompliziert.«

Tormod Bards Augen verengten sich. »Nachdem ich mit Yasha hier gesprochen habe, hatte ich so ein Gefühl, wo ich dich finden würde. Immerhin schienst du einen regelrechten Narren an dieser Elfe gefressen zu haben und ich sollte recht behalten. Ich fand dich in der Tat an der Villa des Glücks und wie erwartet warst du nicht allein. Nein, an deiner Seite waren die Elfe und die Baronessa Ophelia Jonker, die, wie sich herausstellte, die Auftraggeberin des Diebstahls war. Was soll ich davon halten?«

»Wie gesagt ... kompliziert.«

»Ich habe das Gefühl, du spielst hier dein eigenes Spiel. Man kann dir nicht länger vertrauen. Darum werde ich dir das Auroculum wieder abnehmen. Du hattest nie ein Recht, dieses heilige Geschenk zu tragen«, sagte Tormod, woraufhin die Panik meinen Hals zuschnürte. Ich wich nach hinten und stieß gegen eine Wand. Erst jetzt bemerkte ich, dass sich der Boden unter meinen Füßen bewegte. Der ganze Raum bewegte sich auf und ab, offenbar waren wir auf einem Schiff.

»Das könnt ihr nicht machen. Ich brauche es.«

»Ich habe eine Verantwortung und ein mächtiges Artefakt wie dieses sollte nicht in der Hand eines Diebes bleiben.«

»Ihr solltet dringend euren moralischen Kompass neu ausrichten, denn Ihr steht auf der völlig falschen Seite!«, rief ich, die Hand mit dem Auroculum fest an mich gepresst.

»Und was ist die richtige Seite?« Er hob eine Augenbraue. »Die der Dämonen und Flüsterwesen? Das würde Sol nicht wollen.«

»Sol hat gewollt, dass ich es bekomme. Ihr habt es selbst gesagt«, versuchte ich es mit ruhiger Stimme. »Vielleicht solltet Ihr das als Zeichen nehmen, auf meine Worte zu hören. Es muss einen Grund geben, warum ich das Auroculum nun verwenden kann. Vielleicht hat Eure Göttin einen Plan für mich.«

Tormod rührte sich nicht, aber Yasha verdrehte die Augen. »Der Junge ist sich für keine Lüge zu schade.«

»Ich weiß«, bestätigte mein Meister. Allerdings hatte ich es geschafft, einen kleinen Zweifel in ihm zu säen.

»Wir müssen uns beeilen. In ein paar Minuten legen wir bereits an der Residenz der Magie an«, drängte Yasha. »Wenn diese Sol wirklich wollte, würde sie uns daran hindern, es ihm abzunehmen, oder nicht?«

Tormod nickte langsam und Yasha winkte zwei von Daan Knox' Jungs herein, die nun ihrem Befehl unterstellt waren. Sie gingen auf mich zu und packten mich grob am Arm.

»Hey, das tut weh«, protestierte ich.

»Das wird gleich noch viel mehr wehtun«, versprach Yasha mir.

»Fixiert seine Hand«, wies mein ehemaliger Meister an und deutete auf einen Tisch.

»Macht ihr das. Ich kann kein Blut sehen«, erinnerte Yasha und floh zu Tür.

Nein!

Das war meine Hand und mein Auroculum!

Ich versuchte die aufsteigende Panik zu verdrängen und meinen inneren Frieden zu finden, aber egal wie sehr ich an Zori dachte, es wollte nicht funktionieren. Mein Herzschlag beruhigte sich nicht. Im Gegenteil schlug er immer schneller, immer verzweifelter.

»Keine Sorge«, sagte Tormod. »Du wirst keinen Schmerz spüren, auch wenn du es verdient hättest.«

»Ihr könnt mich mal«, brüllte ich, als er seine Hand auf meinen Arm legte und goldenes Licht meine Schmerzen wegspülte. Entgegen meiner Intention beruhigte ich mich. Meine Muskeln, gerade noch bereit zu kämpfen, erschlafften, während ich wie ein hypnotisierter Hase im Angesicht des Todes auf meine Hand starrte.

Einer von Yashas Jungs drehte meine Hand mit dem Auroculum nach oben und der andere zückte sein Messer, aber nicht einmal angesichts der gefährlichen Klinge kehrte meine Angst zurück. Ich stand nur da und sah selig lächelnd dabei zu, wie er die Spitze in meiner Hand versenkte. Blut schoss aus der Wunde hervor und lief in kleinen, geschwungenen Flüssen auf die Tischplatte.

Ein paar Meter weiter gaben Yashas Knie nach.

Zori

Der Dämonenjäger und seine Helfer hatten Quintus mit einem Motorboot zur Residenz der Magie gebracht, welche einer gigantischen Festung glich. Gerade legten sie an und ein Steg fuhr herunter, um die Neuankömmlinge an Bord zu lassen.

Ich schwamm mit Pix in sicherer Entfernung im Wasser und beobachtete das Geschehen. Nach dem Überfall war die *Sleepy Siren* im Besitz der Beschaffer, aber das war nicht das Schlimmste. Auch einige Undinen, unter anderem Lyri, hatten wir seit dem Angriff nicht mehr gesehen. Pix vermutete, dass sie nun Gefangene der Beschaffer waren. Oder Schlimmeres …

Glückspilz klammerte sich fauchend an meinem Kopf fest und erinnerte mich zum wiederholten Male daran, dass er Wasser nicht ausstehen konnte, und das, obwohl er auf wundersame Weise nicht einmal nass geworden war. Die Tropfen schienen ihn auf magische Weise zu meiden, als würde ein Schleier ihn umgeben, der nichts an sein nachtschwarzes Fell heranließ.

Pix half mir, mich über Wasser zu halten, denn ich war keine sehr geübte Schwimmerin. Gerade beobachteten wir, wie Quintus an Deck gezerrt wurde. Er sah blasser als sonst aus und dunkle Ränder lagen unter seinen Augen. Meine Ohren zuckten, als ich das Blut sah, das den Verband an seiner Hand tränkte. Zu meiner Erleichterung ging er jedoch aufrecht und schien keine Schmerzen zu leiden. »Ich muss ihm helfen.«

»Das wird nicht leicht, kleine Elfe«, sagte Pix. »Das Schiff ist zu allen Seiten gesichert. Siehst du die Bullaugen dort? Dort gibt es Späher, die das Wasser im Blick behalten. Und überall patrouillieren Boote. Nachdem der Baron der Magie einmal von einem Schwarm Undinen attackiert wurde, rechnet er paranoid mit einem Angriff vom Wasser aus.«

Ich biss mir auf die Lippe. Auch die Zugänge vom Land aus schienen streng überwacht zu werden. Ein großer Steg diente als Haupteingang und zwei Dienstboteneingänge befanden sich am Bug und Heck des Schiffes. An allen drei Stellen standen Wachposten.

»Ideen?«, flüsterte ich Glückspilz zu, der daraufhin miaute.

Unter den Linden.

Ich sah in die gewiesene Richtung.

Dort parkte soeben ein Transporter mit dem Siegel der Zufriedenheit, der eine Menge Weinfässer geladen hatte. Wenn der Baron des Glücks nicht einfach nur schrecklich durstig war, sah es beinahe so aus, als würde er eine Party planen. Und bei solchen Anlässen war es leichter als sonst, sich irgendwo hereinzuschleichen. Zwar gab es mehr Wachen, aber durch den erhöhten Betrieb wurde auch alles unübersichtlicher.

Ja, so könnte es gehen!

»Danke«, flüsterte ich dem Puck zu.

Ich erklärte dem Undin meinen Plan, der mich daraufhin in einen Seitenkanal brachte, wo ich unbeobachtet an Land steigen konnte.

»Mach dir keine Gedanken. Ich sorge für Ablenkung«, flüsterte Pix verschwörerisch.

»Ist das nicht zu gefährlich?«

»Oh nein. Den Herrn der Magie ein bisschen anzupissen, ist jedes Risiko wert, glaub mir«, antwortete Pix und sein breites Maul verzog sich zu einem Grinsen. »Keine Sorge. Ich verschwinde, bevor es wirklich gefährlich wird. Du hingegen wirst alles Glück brauchen, was du finden kannst!«

»Das Glück habe ich immer auf meiner Seite«, beruhigte ich ihn und der Puck auf meinem Kopf miaute zustimmend. Seiner Meinung nach war er sowieso das Einzige, das mich so lange am Leben erhalten hatte.

Vielleicht war da auch etwas Wahres dran. Ich hatte schon mehr Glück gehabt als die meisten Flüsterwesen. Immerhin hatte ich das Elfenfieber überlebt, war zwei Mal der Gefangenschaft entkommen, hatte mich verliebt, ausgerechnet in einen der wenigen Menschen, die mich berühren konnten, und nun war ich auch noch meine Fessel los.

Verneige dich vor meinen Fähigkeiten, schnurrte der Puck.

»Danke«, sagte ich ein letztes Mal an den Undin gewandt und zog mich aus dem Wasser.

Wenig später streifte ich durch die Gassen, die noch verlassen waren. Die ersten Sonnenstrahlen schlichen über die Pflastersteine und jagten die frische Nachtluft vor sich her. Über eine Straße war eine Wäscheleine gespannt, auf der Hemden und Mäntel trockneten. Sie waren mir ein paar Nummern zu groß, aber perfekt, um meine Haut darunter zu verbergen. Ich sprang auf eine Mülltonne und hangelte mich die raue Steinwand hoch. Schon hatte ich eine der Jacken geangelt, die ich mir über die durchnässte Kleidung ziehen konnte. Meine Haare und die Ohren verbarg ich unter der breiten Kapuze. So würde man mich zumindest nicht schon von Weitem als Elfe ausmachen können.

Dann kehrte ich zum Schiff zurück, wo der Lieferant bereits seine Fässer ausgeladen hatte. Sie stapelten sich auf der Straße, während er mit den Wachleuten diskutierte. Glückspilz streifte meine Beine und eilte davon. Ich folgte ihm geduckt.

Kaum hatte ich die Fässer erreicht, startete Pix sein Ablenkungsmanöver vom Wasser aus. Offenbar hatte er Schrott gesammelt, der sich auf dem Grund der Gracht sammelte. Nun traf ein verrostetes Stück Metall einen der Wachleute am Kopf. Es folgte ein Topf und ein alter Schuh.

Die Wachen schlugen sofort Alarm und zückten ihre Waffen, aber es war niemand zu sehen. Kleinere Boote mit Netzen folgten den Rufen und näherten sich der Promenade. Da tauchte Pix hinter einem der kleineren Boote wieder auf und warf ein verrostetes Fahrrad auf die erschrockenen Wachleute.

Der Weinhändler beobachtete das Spektakel fasziniert und aus sicherer Entfernung, was mir die Chance gab, mir seine Fässer genauer anzusehen. Ich schraubte einen der Deckel auf. Schnell ließ ich den Wein in einem Gully verschwinden und kletterte selbst hinein.

Als ich in der bitter und doch süß riechenden Dunkelheit verschwand und den Deckel des Fasses wieder an seinen Platz legte, verschwand auch der Undin. Die Wachen waren noch eine ganze Weile damit beschäftigt, mit Netzen und Harpunen die Umgebung zu sichern. Als der Händler endlich mein Fass in Bewegung setzte, hörte ich ihre aufgeregten Rufe noch immer.

Glückspilz saß auf meinem Schoß. Seine Ohren und der Halbmond auf der Stirn flackerten beruhigend und ich vergrub meine Finger in seinem weichen Fell.

»Für diesen Plan werde ich wirklich all dein Glück brauchen«, wisperte ich.

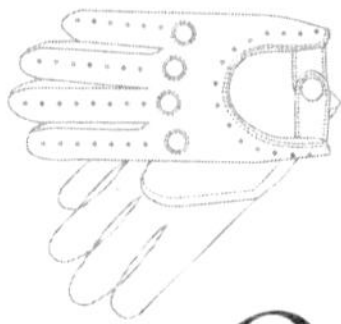

Quintus

Sieh es positiv, Quin!

Immerhin hatten mir die Beschaffer nicht meine ganze Hand abgeschnitten. Und glücklicherweise hatte Tormod genug Moral bewiesen, um mich zumindest so weit zu heilen, dass meine Hand trotz der stümperhaften chirurgischen Arbeit keinen dauerhaften Schaden genommen hatte. Trotzdem fühlte sich der Verlust des Auroculums schrecklich an.

Für einen kurzen Moment hatte ich es gewagt, glücklich zu sein. Ich hatte wirklich geglaubt, dass das Schicksal es einmal gut mit mir meinte, als es mir das schenkte, was mich gegen Zoris Zauber immun machte. Für den kurzen Moment zwischen leuchtenden Algen hatte ich es gewagt, mir eine gemeinsame Zukunft vorzustellen, in der eine Beziehung zwischen uns möglich war.

Und jetzt?

Sobald sie wieder ganz sie selbst sein würde, sobald sie wahrhaft frei wäre, wäre ich nicht länger in der Lage, sie zu berühren. Ihre Nähe würde mich verändern, manipulieren und das lockte meinen alten Begleiter, die Angst, aufs Neue an.

Während Yasha und ihre Beschaffer ablegten, nahm mich Tormod zu Lucius van Vliet mit. Allerdings hatte ich keine Ahnung, was er noch von mir wollte. Seine Hand ruhte drohend in meinem Nacken, während uns zwei Wachen durch das Schiff zum Empfangszimmer des Barons führten.

Es herrschte geschäftiges Treiben. Dienstboten eilten durch die Gänge, ebenso wie Wachen, und man brauchte nicht viel Fantasie, um zu ahnen, dass der Baron eine Party plante.

Dieses Mal mussten wir nicht warten, sondern wurden direkt zu Lucius van Vliet vorgelassen und standen wenig später auf dem kitschigen Plüschteppich mit dem glänzenden Drachenwesen.

»Tormod Bard, mein Freund«, begrüßte uns Lucius van Vliet. Er trug wie immer eine mit Diamanten besetzte Augenklappe, bei der jeder Stein kostbarer erschien als ein Kleinwagen. »Was machen die Ermittlungen?«

»Wir haben das Dämonenmädchen noch nicht ausfindig machen können«, sagte Tormod zerknirscht. »Allerdings haben wir jemanden, der ihre Identität kennt.«

Er deutete mit grimmigem Gesicht auf mich und höflich, wie ich eben war, verbeugte ich mich. Allerdings besaß der Baron nicht den Anstand zurückzugrüßen.

»Ist das nicht Euer Schüler?«

»*Ehemaliger* Schüler ...«

»Verstehe.« Der Baron erhob sich. »Jede Spur ist uns willkommen. Also, Junge, raus mit der Sprache. Was weißt du?«

»Wissen? Nun, ich *weiß*, dass es die besten Mäntel nicht in der *Seidenraupe*, sondern im *Pinken Kranich* gibt. Allerdings ist das ein absoluter Geheimtipp ...«

Tormod brachte mich mit einem Klaps gegen den Hinterkopf zum Schweigen. Und auch der Baron der Magie schien meinem Humor wenig abgewinnen zu können. Bedauerlich.

Aber bevor sie mich weiter befragen konnten, schaltete sich eine mir unbekannte, verzerrt klingende Stimme in unser Gespräch ein. »Ich weiß, wen ihr sucht.«

Ich fuhr herum, während weder mein ehemaliger Meister noch der Baron der Magie sonderlich überrascht zu sein schienen. Dort in der Ecke des Zimmers stand eine in Schwarz gekleidete, vermummte Gestalt. Sie war vermutlich schon die ganze Zeit anwesend, verhielt sich aber so regungslos, dass ich sie nicht bemerkt hatte.

Ein Phantom!

»Laurelin de Jong«, fuhr es fort. Die verzerrte Stimme verriet keine Regung. »Die Baronessa selbst steckt hinter der roten Mottenmaske. Sie ist der Nachtfalter mit den blutigen Kräften.«

Mein Herz zog sich zusammen.

»Seid Ihr sicher, mein Freund?«, fragte der Baron der Magie und ich spürte, wie sich Tormod hinter mir anspannte.

Das Phantom nickte. »Ich war Zeuge, als sie den Baron des Glücks tötete.«

»Ich wusste immer, dass an den de Jongs etwas nicht stimmt«, brummte der Baron. »Es sollte mich nicht wundern, dass die Dämonin, die wir suchen, eine derart mächtige Gegnerin ist, aber das macht es uns schwerer, sie aufzuhalten. Erst die Darawicks und jetzt der Baron des Glücks ... Wo soll das enden?«

»Ich werde mich darum kümmern«, knurrte Tormod Bard.

»So ein Unsinn! Laurelin hat die Darawicks nicht getötet«, versuchte ich es erneut. Eine Gänsehaut kroch meinen Nacken empor und mit einem Mal spürte ich die Narben auf meinem Rücken stärker als sonst. Sie spannten unangenehm, so als läge in ihnen eine Erinnerung, die nun von Neuem aufflackerte. »Das war ein Berserker. Kein Dämon, ein Berserker! Und da die hier nicht unbedingt heimisch sind, liegt eher der Verdacht nahe, dass ein Mensch hinter der Ermordung steckt.«

»Junge, du warst damals nicht da. Du hast keine Ahnung, wa...«

»Ich war da! *Verdammt noch mal*«, rief ich viel lauter als beabsichtigt. Alle starrten mich an und ich wusste, dass es nun kein

Zurück mehr gab. Also holte ich tief Luft. »Ich war da. Und ja, auch ich dachte lange, dass ein Dämon für die Tat verantwortlich war, ein Monster mit Schuppen, Krallen und Klauen. Aber die Kreatur, die ich damals gesehen habe, war ein Berserker.«

»Was redest du da, Junge? Niemand hat den Angriff überlebt.«

»Doch, ich schon!« Ich riss mir mein Hemd von der Schulter, um die Narben zu zeigen, die mich seit damals zeichneten.

»Eine weitere Lüge?«, fragte mein Meister und auch der Baron der Magie sah mich bloß ungläubig an, während sich das Phantom in Schweigen hüllte. Ich meinte, seinen Blick auf mir zu spüren. Er brannte sich förmlich in mich, tastete mich ab, so als könnte er auf diese Weise herausfinden, ob ich die Wahrheit sagte.

»Keine Lüge. Mein Name ist Quintus Alexander Darawick und ich bin der letzte Erbe der Darawicks. Ich kenne mich vielleicht nicht mit Dämonen aus, aber Laurelin de Jong hat meine Eltern nicht getötet. Das ist sicher.«

»Quintus Alexander Darawick. Soso ...« Der Baron der Magie seufzte und wandte sich an meinen Meister. »Wenn das stimmen würde, hätte er sich viel früher gemeldet.«

»Damit die Leute, die meine Eltern auf dem Gewissen haben, mich ebenfalls töten können?«

»Es war ein Dämon, Junge. Sieh es ein.«

Ich stöhnte resigniert auf. »Nennt mich nicht Junge. Ich bin ein Baron wie Ihr und Ihr habt mich auch so anzusprechen.«

Allerdings schien mich niemand ernst zu nehmen. *Großartig!* Da sagte man einmal die Wahrheit und dann das.

»Wo finde ich diese Laurelin de Jong?«, fragte mein ehemaliger Meister.

»Heute gebe ich einen Ball«, sagte Lucius van Vliet. »Den werden sich die de Jongs sicher nicht entgehen lassen.«

»Einen Ball?«

»Ja, Amsterlock liebt Veranstaltungen wie diese.«

»Dann werde ich alles für heute Abend vorbereiten«, sagte Tormod Bard und machte Anstalten zu gehen. Dabei schien er mich vollkommen vergessen zu haben.

»Hey? Was ist mit mir?«

Er zuckte nur mit den Schultern. »Du bist nicht länger mein Schüler und ich habe dich vor den Beschaffern bewahrt, die deinen Tod wollten. Vielleicht hat der Baron der Magie eine sinnvolle Verwendung für dich.«

»Das war es also? Ihr wollt mich einfach hier zurücklassen?«

»Was soll ich sonst tun? Dich zum Eis einladen?«

Haha. Natürlich musste dieser Kerl ausgerechnet jetzt seinen Sinn für Humor entdecken.

»Ich werde aufpassen, dass er keinen Mist anstellt«, versprach Lucius van Vliet mit gnädigem Lächeln.

»Mist anstellt?«, echote ich und sah Tormod ungläubig hinterher, der mich wirklich mit dem Baron alleine ließ, was in meinen Augen Bände über seine nicht vorhandene Menschenkenntnis sprach.

Lucius van Vliet sah mich an. Etwas blitzte in seinen Augen auf, das mein Herz besorgt schneller schlagen ließ.

»Wir sollten nicht streiten«, sagte ich schnell und zauberte mir ein Lächeln ins Gesicht, das die Herzen von Schwiegereltern schmelzen lassen würde. »Wir vergessen unsere Uneinigkeiten und ich mache mich für die Feierlichkeiten frisch. Was meint Ihr? Vielleicht kann ich Euren Leuten dort etwas unter die Arme greifen.«

»Ich habe kein Interesse daran, dich leben zu lassen. Quintus Alexander Darawick ist vor Jahren gestorben und ich kann keinen Nachfolger gebrauchen«, sagte er mit einer erschreckenden Seelenruhe und ging zu seinem Schreibtisch.

Moment ... »Was?«

»Du hattest recht. Es war ein Berserker, der die Darawicks tötete. Einer *meiner* Berserker.«

Die Worte drehten sich in meinem Kopf und ich verstand. Eiskalt lief die Erkenntnis mir den Rücken herunter. *Er war es gewesen!* Er hatte den Berserker in das Anwesen meiner Eltern geschickt und alle töten lassen.

»Mörder!« Wütend wollte ich nach vorne stürmen, aber ich kam nicht weit. Der hässliche Teppich unter mir gab nach. Er klappte einfach weg und riss mir im wahrsten Sinne des Wortes den Boden unter den Füßen weg.

Ich versuchte mich festzuhalten, aber meine Hände glitten nur über glattes Metall und fanden keinen Halt. Mit einem überraschten Aufschrei stürzte ich durch den Schacht in die Dunkelheit.

Mein Fall endete nach einigen Metern jäh, als ich hart auf dem Boden aufkam. Schmerz zuckte von meinem Fuß aus durch das Bein und ich krümmte mich. Stöhnend hob ich meinen Kopf nach oben, wo das Phantom am Rand der Luke auftauchte und mit seiner unbeweglichen Maske zu mir herunterstarrte. Neben ihm erschien der Baron der Magie.

»Hast du den Zähmer wiederbekommen?«, fragte er und das Phantom nickte. »Dann bring es zu Ende.«

Mit den Worten verschwand er aus dem Sichtfeld. Das Phantom zögerte kurz, dann hob er eine kleine Pfeife zu dem Spalt, den die Maske für seinen Mund freigab.

»Warte«, rief ich, als ich begriff, welches Ende Lucius van Vliet für mich andachte. »Tu das nicht!« Fieberhaft versuchte ich etwas zu finden, mit dem man ein Phantom bestechen konnte. »Ich kann dir Geld besorgen. Viel Geld.«

In der Dunkelheit bewegte sich etwas und ein stechender, nur allzu vertrauter Geruch stieg mir in die Nase.

»Ich will kein Geld.« Das Phantom schob die Pfeife zwischen die Lippen und gab eine Abfolge von Tönen ab.

Einmal lang. Einmal kurz.

Laurelin de Jong

Ich erwachte schon wieder in unserem abgedunkelten Badezimmer in einer Wanne aus Blut, das die Trägheit endlich aus meinem Körper verjagte. Für einen Moment saß ich einfach nur da, krallte mich an die kalte Keramik der Wanne und starrte auf die roten Fliesen der Badezimmerwand. Meine Wunden waren noch nicht verheilt, obwohl meine Haut schon schrumpelig war und ich hier offenbar mehrere Stunden gelegen hatte. Das bedeutete, dass heiligster Tag sein musste, denn wenn die Sonne hoch am Himmel stand, waren meine Motten träger als sonst. Ihre Bewegungen langsamer, unbeholfener.

Meine Gedanken kreisten um die Ereignisse der Nacht.

Joris Jonker. Berserker. Phantom.

Ich sprang so ruckartig auf, dass das Wasser über den Rand schwappte und auf den Boden klatschte.

Wo waren meine Geschwister?

Die Blutmotten schwirrten aufgeregt um meinen Kopf herum, liebkosten mich mit ihren Fühlern, schmiegten sich an meinen Hals. Ich scheuchte sie zur Seite und wusch mir das Blut von der Haut. Danach humpelte ich, das Handtuch um mich geschwungen, in mein Zimmer, während meine Motten in der Dunkelheit zurückblieben.

»Lauri!« Bei dem Klang der Stimme fiel mir ein Stein vom Herzen.

Dort auf meinem Bett, im Licht der Mittagssonne, saßen Gerlina, Benjamin und Estelle. Sie hatten Tee und Lakritztorte mit Zuckerglasur dabei und für einen Moment wirkte es wie ein schöner Traum. Nur das pochende Schmerzen meiner Wunden erinnerte mich mehr als deutlich daran, dass dies real war. Ich stürmte vor und schloss meine Geschwister in die Arme.

»Euch geht es gut!« Tränen der Erleichterung schossen mir in die Augen, als ich sie an mich presste.

»Dank Estelle«, berichtete Gerlina.

»Sie hat uns vom Kampf weggeführt. Ihre Gabe ist wirklich ein Lebensretter! Einmal hätte uns das Monster fast erwischt, aber wir haben uns rechtzeitig in einen Putzschrank gequetscht.«

»Das war allerdings Benjamins Idee«, ergänzte Gerlina. »Er wusste dank seiner Bücher, dass der Geruchssinn der Berserker ausgezeichnet ist.«

»Und die Chemikalien der Reinigungsmittel haben unseren Geruch überlagert.« Benjamin reckte stolz die Brust. »Darum sind wir im Schrank geblieben, bis Richard aufgetaucht ist, um uns mitzunehmen.«

»Mutter hat uns sogar verziehen, dass wir Estelle versteckt haben. Wir dachten, sie würde uns erwürgen, aber es gab nur eine kleine Standpauke«, fuhr Gerlina fort. »Und wir haben nicht verraten, dass du auch involviert warst.«

»Ehrensache«, sagte Benjamin.

»Das Wichtigste ist, dass es euch gut geht!« Ich drückte sie noch fester an mich, obwohl meine Wunden dadurch wieder zu pochen begannen.

»Alles okay, Lauri. Uns geht es gut. Ich habe dir doch gesagt, wir können auf uns aufpassen.« Gerlina strich mir so lange über den Rücken, bis ich es wagte, mich von ihnen zu lösen.

»Danke, Estelle«, sagte ich und schloss die Hexe ebenfalls in meinen Arm. Dann wandte ich mich an meine Geschwister. »Wie schlimm ist es? Wie geht es Mutters Ehemännern?«

»Alle gesund und munter. Die meisten haben sich in ihren Zimmern eingeschlossen, als der Kampf losging. Nur Magnus wollte sich heldenhaft in den Kampf stürzen, aber er hat es geschafft, eine Treppe herunterzufallen und sich den Arm zu brechen. Glücklicherweise. Das hat ihm wohl das Leben gerettet. Schlimmer hat es die Wachen erwischt. Und einige der Diener hatten ebenfalls kein Glück«, berichtete Gerlina. »Wir sind schon den ganzen Tag damit beschäftigt, die Leichen zu bergen, die Überlebenden zu versorgen und aufzuräumen.«

»Du hast die ganze Arbeit verpennt«, ergänzte Benjamin.

»Sie war verletzt«, wand Gerlina ein.

»So schlimm kann es nicht gewesen sein. Sie lag in der Badewanne. Da wäre ich auch lieber gewesen.« Er verzog das Gesicht und ich hoffte um seinetwillen, dass er die schlimm zugerichteten Leichen nicht hatte sehen müssen.

»Was ist mit Mutter? Geht es ihr gut?«

»Oh ja. Sie scheint wieder ganz die Alte zu sein und macht den Angestellten beinahe mehr Angst als der Berserker.«

»Und Ophelia?«

»Sie ist im Gästequartier und trauert.«

Auch wenn ihr Vater versucht hatte, meine Mutter zu ermorden, empfand ich Mitleid für sie. Jemand spann hier seine Fäden und dieser jemand war sicherlich noch nicht fertig. Ich biss mir auf die Lippen. Es schien so, als wäre unsere Familie nicht das einzige Ziel des Auftraggebers, sondern die Jonkers, die nun als Sündenbock herhalten sollten, ebenfalls.

»Was hast du vor?«, fragte Gerlina alarmiert, als ich Anstalten machte, mich anzuziehen.

»Ich muss los.«

»Lauri! Du musst dich ausruhen!«

»Dafür habe ich keine Zeit. Ich muss Seraphine finden.« Kaum hatte ich es ausgesprochen, da biss ich mir auch schon auf die Zunge.

»Seraphine?«

Ich überlegte, ob ich sie einweihen sollte, aber was, wenn ich ihnen Hoffnung machte und sie Seraphine ein weiteres Mal verlieren würden? Andererseits verdienten sie die Wahrheit.

»Was soll das heißen? Sie LEBT?«, kreischte Estelle, bevor ich meine Lippen öffnen konnte, um die richtigen Worte zu finden.

»Wer lebt?« Gerlina und Benjamin sahen von mir zu der Hexe.

Ich warf Estelle einen drohenden Blick zu, der sie zur Abwechslung einmal tatsächlich zum Schweigen brachte, um meinen Geschwistern so behutsam wie möglich zu erzählen, was ich in Erfahrung gebracht hatte. Diese Neuigkeiten sollten sie aus meinem Mund hören.

»Seraphine lebt?«, fragte Gerlina mit Tränen in den Augen. Dann sprang sie vor und schlang ihre Arme um mich. Benjamin folgte nur Sekunden später.

»Ich hoffe es«, flüsterte ich. »So sehr … Aber darum muss ich los. Ich kann nicht eher ruhen, bis ich Gewissheit habe und sie in Sicherheit ist. Also… Wo ist Mutter?«

»Sie bereitet sich auf den Ball vor …«

Ich löste mich von ihr. »Welchen Ball?«

Gerlina kicherte leise. »Mensch, Laurelin. Wohnst du immer noch hinterm Mond?«

»Nein, ich habe nur alle Hände voll damit zu tun, unsere Familie zu retten!«, protestierte ich.

»Der Herr der Magie hat eine große Party organisiert, zu der er jeden mit Rang und Namen eingeladen hat.«

Ich fand Mutter in ihrem Zimmer, wo sie wie eine Tigerin im Käfig Kreise lief. Einer ihrer Männer, Fynn, der für sein harmonisches Gemüt bekannt war, saß auf dem Bett und versuchte sie zu beruhigen. »Riech an dem Lavendelkissen, Schatz. Das entspannt.«

Es entlockte mir immer ein Grinsen, wenn er meine Mutter mit »Schatz« ansprach. Bei ihm tolerierte sie es seltsamerweise, während sie es ihren anderen Männern untersagte.

»Wenn du mir noch einmal dieses Kissen unter die Nase hältst, verbrenn ich es und dich gleich mit«, wütete sie.

»Ich würde ja die Geige holen, aber die hast du beim letzten Mal aus dem Fenster geworfen.« Er überlegte kurz. »Wie wäre es mit einem heißen Bad und Baldrian?«

»Ich will mich überhaupt nicht beruhigen, Fynn! Meine Familie wurde angegriffen und ich will, dass Köpfe rollen!«

Als Fynn mich sah, erhob er sich, dankbar, eine Entschuldigung zu haben, um das Zimmer zu verlassen. Ich konnte ihn nur allzu gut verstehen. Wenn meine Mutter in Rage war, war sie noch unausstehlicher als sonst.

»Wie geht es dir?«, fragte ich sie.

»Ich habe Lust, Leute zu töten. Auf die schmerzvolle Art und Weise.«

»Geht mir genauso«, gestand ich. »Jemand da draußen scheint es kaum erwarten zu können, uns und die Jonkers loszuwerden. Hast du einen Verdacht?«

»Ich weiß nur, dass einem Baron ganz plötzlich nach Feiern zumute ist. Lucius van Vliet«, tobte sie.

»Gehst du deshalb auf seinen Ball?«

»Wir alle werden gehen.«

»Glaubst du, das Phantom arbeitet für ihn?«

»Er ist ein ehrgeiziger, eifersüchtiger Mistkerl, der es nicht ertragen konnte, dass wir durch eine Hochzeit mit Lord Ambrosa reicher geworden wären als er. Und auch der Erfolg von Joris Jonker war ihm ein Dorn im Auge. Dass es uns nun so erwischt hat, dürfte ihn freuen, und wie ich ihn kenne, wird er unsere Schwäche nun nutzen wollen. Vielleicht reißt er sich sogar das Fürstentum des Glücks unter den Nagel. Dennoch …« Meine Mutter kaute auf ihrer karminroten Lippe. »Er würde es nicht wagen, uns so direkt anzugreifen.«

»Es sei denn, er ließe es so aussehen, als wäre Joris Jonker der Schuldige«, überlegte ich. »Und der ist praktischerweise tot.«

So oder so mussten wir auf diesen Ball, um dem nachzugehen. Ich wäre am liebsten sofort losgeeilt, aber die Wunden, die ich vom Kampf mit dem Berserker davongetragen hatte, erinnerten mich schmerzhaft daran, dass der Tag noch nicht vorbei war. Es wäre klüger, auf die Nacht zu warten.

Etwas, das Mutter genauso sah. »Du musst dich ausruhen, damit du für den Ball fit bist. Leg dich hin, während ich und Gerlina uns um die Kleider kümmern.«

Ich wollte protestieren, dass sie vorhatte, meine Schwester in die Angelegenheit mit reinzuziehen, aber sie brachte mich mit einer schroffen Geste zum Schweigen. »Gerlina ist bereit. Außerdem beherrscht sie die Kunst der Liebe weitaus besser als du.«

»Und was soll ich tun?«

»Aufpassen, das keiner von uns stirbt.«

Laurelin de Jong

Gerlina und Estelle trugen die Farben der Liebe. Meine Schwester hatte ein hellrotes Kleid aus Tüll und jede Menge feiner, leise klimpernder Silberketten gewählt, die als Schmuck fungierten und gleichzeitig den Stoff zusammenhielten. Estelle war deutlich schlichter in einem gedeckteren Rot gekleidet.

Der Stehkragen rahmte ihre Halsfessel ein, damit sichtbar war, dass sie ein Flüsterwesen war. Eine Hexe mit ihren Fähigkeiten war selten und meine Mutter wollte den anderen Baronen gegenüber mit ihr angeben, etwas, das mir ganz und gar nicht gefiel. Wenn ich wirklich einmal Baronin werden sollte, wäre es eine meiner ersten Taten, sie zu befreien. Das schwor ich mir!

Als ich Mutter darauf ansprach, brach sie in Gelächter aus, als hätte ich einen Scherz gemacht.

»Sie hat Gerlina und Benjamin gerettet«, erinnerte ich sie.

»Sie hat ihre Pflicht erfüllt. Das ist das Mindeste, das ich von meinem Eigentum erwarte.«

»Reizend.«

»Los! Zieh dich um. Wir müssen Leuten die Show stehlen.«

Das Kleidungsstück, das meine Mutter mir von den besten Schneidern des Seidenbezirks auf die Schnelle hatte anfertigen lassen, war das unglaublichste und coolste, das ich je besessen hatte.

Die Corsage war mit den schwarzen Schuppen des getöteten Berserkers besetzt, während seine Stacheln an meinen Schulterpartien emporstanden. Anstelle eines Rocks hatte ich eine Hose bekommen. Sie lag eng an und war aus dunklem Stoff, der wie Wasser um meine Beine floss. Am Saum glänzten weitere dunkle und rote Schuppen, die zuvor den Kopf des Biests geziert hatten. Und als wäre all das nicht genug, trug ich um den Hals das Highlight: eine Kette aus seinen Krallen.

Ich sah aus wie eine verdammte Berserker-Bezwingerin und das war auch die Intention.

»Es ist nicht nur ein Kleid. Es ist ein Statement. Wer auch immer hinter all dem Irrsinn steckt, soll wissen, dass er uns unterschätzt hat. Ich will, dass er allein bei deinem Anblick einen Herzinfarkt bekommt«, erklärte mir meine Mutter, die selbst in einem Kleid aus purpurnem Rot gekleidet war. »Also heb dein Kinn und strahle.«

Mit dem Anzug konnte ich nur strahlen. Hier hatte sie zur Abwechslung mal genau meinen Geschmack getroffen.

Allerdings musste ich höllisch aufpassen, mir beim Einsteigen in die Limousine kein Auge auszustechen. Mutter und ihre Männer nahmen die ersten beiden Autos des Konvois. Sie hatte alle ihre sieben Liebhaber dabei.

Auf Veranstaltungen wie diesen mochte sie es, mit ihnen anzugeben. Jeder von ihnen hatte ebenfalls eigens für diese Veranstaltung hergestellte neue Kleidung bekommen und es war offensichtlich, dass Mutter Stärke demonstrieren wollte. Die Sache mit Seraphine, der Verrat von Lord Ambrosa und nun die Berserkergeschichte hatten unsere Familie unfreiwillig ins Zentrum der Aufmerksamkeit gerückt und die anderen Barone zerrissen sich das Maul über die Frage, ob wir noch die Kontrolle hatten. Natürlich würden sie uns nur allzu gerne scheitern sehen.

Meine Schwester teilte sich ein weiteres Auto mit Richard und Estelle. Ich nahm das letzte Auto, denn mein Outfit beanspruchte mehr als einen Sitz.

Gerade hatte ich es geschafft, samt Berserker-Stacheln Platz zu nehmen, als die Tür zu meinem Auto erneut aufgerissen wurde. Dort stand Ophelia in einem grünen Kleid, welches ihr ausgezeichnet stand. Ihre lockigen, blonden Haare waren mit glitzernden Bändern zu einer aufwendigen Frisur geflochten, die in einem Zopf über der Schulter endete. Sie musste gewartet haben, bis Mutter und ihre Männer die Auffahrt verlassen hatten.

»Was machst du hier?«

»Es geht um Seraphine. Was glaubst du wohl? Ich komme mit«, verkündete sie und nahm, ehe ich protestieren konnte, neben mir Platz. Dabei verfing sich der Stoff ihres Kleides in meinem Berserker-Anzug und sie fluchte sehr unladylike.

»Woher wusstest du, dass es um meine Schwester geht …?«

»Intuition. Du würdest wohl kaum auf einen Ball gehen, wenn es nicht so wäre, Baronessa de Jong. Jeder kennt deine Abneigung gegenüber Feierlichkeiten.«

»Hältst du das für klug? Nach dem, was dein Vater getan hat, werden die anderen Barone dich nicht länger mit offenen Armen empfangen. Außerdem halten sie uns für Todfeinde.«

Was wir auch waren, wenn es nach Mutter ging. Es hatte mich verdammt viel Überredung gekostet, dass sie Ophelia nicht in den Keller direkt neben Lord Ambrosa verbannt hatte.

»Umso besser. Dann wird es sie noch mehr verwundern, wenn wir dort zusammen auftreten. Sie halten deine Familie für geschwächt und meine ebenfalls. Wir zeigen ihnen, dass sie sich irren.« Ophelia pustete sich eine Locke aus dem Gesicht und wies den Fahrer an loszufahren. Der warf mir einen fragenden Blick zu und ich nickte. Ich mochte es, genau das Gegenteil von dem zu tun, was andere von mir erwarteten, und sie hatte recht. Wer auch immer unseren Familien hatte schaden wollen, wollte sicher nicht, dass wir uns nun verbündeten.

Die Party fand in einem großen Ballsaal auf dem Schiff der Magie statt. Wie geplant stiegen erst Mutter und ihre Männer aus, danach meine Schwester und zuletzt kam ich. Die Diener öffneten die Flügeltüren für mich, und als ich den Saal betrat, spürte ich sofort die Blicke aller Gäste auf mir. In ihnen lag die Frage, ob es sich bei meinem Berserker-Anzug um die neuste Mode oder eine schreckliche Verirrung handelte.

Mit erhobenem Kinn marschierte ich an ihnen vorbei und badete in der Aufmerksamkeit. In dieser Hinsicht konnte ich Mutter verstehen. Es hatte etwas Befriedigendes, aufzufallen und die übrigen Anwesenden dabei zu erwischen, wie ihnen die Augen aus den Höhlen ploppten. Also ließ ich mir Zeit, damit sie meinen Berserkeranzug in Ruhe begaffen konnten.

Nach mir kam Ophelia, und wie sie prophezeit hatte, sorgte ihr Auftritt für ebenso viel Getuschel wie meiner. Erst recht, als sie neben mir stehen blieb, ich ihr meinen Arm anbot und wir gemeinsam weiterschlenderten, so als hätte ihr Vater nicht in der Nacht zuvor versucht, meine Familie auszulöschen.

An der Bar blieben wir stehen.

»Sie starren mich an wie eine obskure Besonderheit«, murmelte Ophelia.

»Ach, das kenn ich. Wink ihnen einfach zu.«

»Du liebst das, oder?«, flüsterte sie amüsiert.

»Andere sprachlos zu machen? Oh ja!« Meistens waren Partys schrecklich langweilig, aber diese hier würde anders werden. Das spürte ich mit jeder Faser meines Körpers. Ich gab dem Barkeeper ein Zeichen, uns zwei Weinschorlen zu bringen, bevor ich mich wieder positionierte.

Die übrigen Barone waren ebenfalls hier. Der Seidenbaron war wie immer leicht auszumachen. Er trug eine lange Garderobe aus schillernder Seide, die an einen Pfau erinnerte. Dazu passte auch das Federgestell auf seinem Kopf. Umgeben wurde er wie immer von einer Schar Models, die ihn anhimmelten. Als er uns passierte, nickte er mir kurz zu und kommentierte mein Outfit. »Gewagt. Ich mag es.«

Die Baronin der Wege war ebenfalls nicht zu übersehen. Sie saß in ihrer Sänfte und schaute ebenso mürrisch drein wie ihre Taxifahrer auf der Straße. Selbst die Baronin der Harmonie war anwesend. Zumindest körperlich. Sie lag an der Bar, eine Weinflasche im Arm, während ein aufgeregter Angestellter um sie herumtänzelte und an ihr herumzupfte.

Meine Mutter blieb kurz bei uns stehen.

»Was macht Ophelia hier?«, zischte sie.

»Strategie«, erwiderte ich selbstbewusst. »Sie halten unsere Familie für geschwächt und wir zeigen ihnen, wie falsch sie liegen, indem wir vereint mit der Baronin des Glücks auftauchen.«

»Die meisten hier haben bereits das Gerücht gehört, dass ihr Vater versucht hat, uns zu töten.«

»Dann müssen wir ihnen die Wahrheit erzählen.«

»Nun, er *hat* versucht uns zu töten«, erinnerte meine Mutter sie trocken. »Die Gesetze von Amsterlock kennen darauf nur eine Antwort. Und das ist nicht zusammen feiern gehen.«

Ich gab nicht auf. »Wir verwirren sie. Vor allem denjenigen, der wirklich hinter alldem steckt.«

Sie sah mich an und schien über meine Worte nachzudenken. Schließlich nickte sie und setzte ihren Weg fort. Wohin sie auch kam, wurde sie sofort umschwärmt. Wie eine Blume im Saal voller

Bienen. Jeder war neugierig, mehr darüber zu erfahren, was letzte Nacht passiert war.

»Sie hat recht«, seufzte Ophelia und leerte ihre Weinschorle. »Man wird mich bestrafen.«

»Keine Sorge. Wenn wir Seraphine finden, wird sich alles aufklären«, versprach ich ihr.

Gerlina gesellte sich ebenfalls zu uns an die Bar. »Was machen wir jetzt?«

»Wir haben unseren Zug gemacht und nun warten wir darauf, dass unser Gegner seinen macht.«

Ich ließ meinen Blick durch den Raum gleiten und entdeckte plötzlich eine hochgewachsene Gestalt in einer grauen Uniform, mit der er zwischen den bunt schillernden Gästen auffiel wie eine Taube unter Kolibris.

Der Dämonenjäger.

Er starrte mich direkt an und sein Blick jagte mir einen Schauer über den Rücken.

»Alles okay, Lauri?«, fragte meine Schwester, die mein Unwohlsein offenbar intuitiv gespürt hatte. Sie rückte an meine Seite und folgte meinem Blick. »Wer ist das?«

»Ein Dämonenjäger.«

»Für uns oder gegen uns?«

»Ziemlich sicher gegen uns.« Ich presste die Lippen zusammen. »Aber ich werde es herausfinden.«

»Gut. Ich werde mich ebenfalls umsehen und unsere Freunde daran erinnern, was ihnen eine Freundschaft zum Hause Jonker bieten kann«, verkündete Ophelia. Sie steuerte auf eine Gruppe Gäste zu, die sich schnell abwandten, als sie kam. Auch die Nächsten hatten kein Interesse, mit ihr zu sprechen. Ophelia Jonker war tief gefallen und niemand wollte auf ein sinkendes Schiff steigen.

»Habt ihr plötzlich alle kein Interesse mehr an Glitzer?«, fragte sie laut in die Runde, aber alle Umstehenden taten so, als wären sie gerade in Gespräche vertieft.

Während Ophelia weiter nach Verbündeten suchte, ging ich weiter die Bar hinunter in Richtung des Dämonenjägers. Ich konnte seinen Blick auf mir spüren. Allerdings kam ihm jemand zuvor.

»Die Baronessa der Liebe ... Was ich mich immer schon gefragt habe: Warum trägst du immer Schwarz, Liebes? Obwohl die Farbe deiner Familie doch Rot ist?«

»Weil ich trauere.«

Die Baronin der Harmonie sah mich verwirrt an. »Wer ist denn gestorben?«

»Mein Glaube an die Menschheit. Zumindest an den größten Teil von ihr ...« Ich wollte mich abwenden, da ich Besseres zu tun hatte, als mich über eine Betrunkene zu ärgern, aber die Baronin hielt mich am Arm fest.

»Du bist wirklich so ein Stimmungskiller, wie sie sagen, weißt du das?«, lallte sie, eine Weinflasche eng umschlungen. Sie trug ein zerknittertes oranges Seidenkleid und ihre Hochsteckfrisur sah aus, als hätte sie bereits bessere Tage erlebt. »Wenn du lachen würdest, würden die Leute dich mehr mögen. Nimm dir ein Beispiel an deiner Schwester.«

Ich drehte mich zu ihr um. »Wenn Ihr weniger trinken würdet, würden sie Euch sicherlich ernster nehmen.«

Sie zuckte die Schultern. »Mein Fürstentum steht für Wein. Verkosten ist meine Pflicht. Du hingegen willst die Baronessa der Liebe sein, ohne diese zu kennen.«

»Oh ... Ich war verlobt.«

»Was ist passiert?«

»Hab ihn im Kofferraum eingesperrt und sein Geld beschlagnahmt.«

Mit diesen Worten drehte ich mich um und ließ sie stehen.

Am Ende der Bar machte ich halt und wartete. Es dauerte nicht lang und der Dämonenjäger wagte sich heran.

Wie ich es erwartet hatte …

Sein massiger Körper schob sich neben mich. Ich sah, dass seine Hand auf einer Bolzenschusswaffe lag, und er hatte sicherlich noch mehr dabei. Sein Blick war hart, seine Stirn zerfurcht. Was auch immer er von mir wollte, war sicherlich nichts Gutes. Ein eisiger Schauer lief mir über den Rücken, aber ich lächelte ihn beiseite, fest entschlossen, mir meine Angst nicht anmerken zu lassen.

»Ich weiß, was Ihr seid.«

Er war wohl jemand, der direkt zum Punkt kam. Gut. Das war mir ebenfalls am liebsten. Ich versuchte die aufsteigende Kälte mit einem Schluck süßer Weinschorle zu vertreiben, die ich einem Diener vom Tablett stahl.

»Und was soll das Eurer Meinung nach sein?«, fragte ich etwas lahm.

Zur Antwort legte er mir seine Hand auf den Arm. Ich versuchte sie abzuschütteln, aber seine Finger krallten sich fest. Plötzlich glühte etwas in seiner Handinnenfläche auf und ich unterdrückte nur mit Mühe einen Schrei. Es war heiß, versengend, als wollte es mir die Haut vom Körper brennen.

Ruckartig ließ er mich los. »Nur ein Dämon fürchtet sich vor dem Licht der Göttin. Und wenn man den Aussagen der Zeugen Glauben schenkt, seid Ihr eine Blutdämonin, die sich an Menschen labt.«

»Ich labe mich an Lakritztorte, aber sicher nicht an Blut.« Ich rieb mir über die brennende Stelle. Ein rotes Auge mit Strahlen hatte sich in meine Haut gebrannt. Offenbar hatte er mich einem Test unterzogen, den ich nicht bestanden hatte.

»Wollt Ihr leugnen, was Ihr seid?«

»Ich bin eine Baronessa.«

»Die perfekte Rolle für eine machtgierige Dunkle. Gebt es zu, Ihr habt die Darawicks getötet.«

»Ich weiß, ich wirke älter und reifer, als ich bin, aber die Darawicks starben, als ich ein kleines Kind war, das mit Puppen gespielt hat. Und kein Dämon hat sie getötet, sondern ein Berserker.«

»Das hat Quintus auch gesagt.«

Ich horchte auf. »Quin? Ihr habt mit Quin gesprochen?« War der nicht an Bord der *Sleepy Siren*? »Was habt Ihr mit ihm gemacht?«

»Die Frage ist, was Ihr ihm erzählt habt. Wie habt Ihr es geschafft, ihn zu manipulieren?«

»Manipulieren?«, echote ich ungläubig. »Ich habe niemanden manipuliert.«

»Das glaube ich Euch nicht.« Er stieß sich drohend vom Tresen ab und griff nach seiner Waffe. *Verdammt!* Was hatte er vor? Wollte er sich vor all diesen Zeugen einen Kampf mit mir liefern?

In dem Augenblick erschienen Gerlina und Estelle. Sie mussten uns beobachtet haben, um nun, genau im richtigen Moment, einzuschreiten.

Gerlina baute sich in ihrem hellroten Tüllkleid vor ihm auf, ihre Arme waren verschränkt.

»Ihr verhaltet Euch wie ein Rüpel«, zischte sie. »Dies ist ein Ball und keine Bar. Und vor Euch steht die Baronessa der Liebe. Also zeigt etwas Respekt.«

»Eure Schwester ist gefährlich. Ihr solltet Euch von ihr fernhalten.«

»Gefährlich?«, echote Gerlina ungläubig. »Meine Schwester strickt mir Socken. Zu jedem Geburtstag und jedem Feiertag. Die einzige Gefahr ist, dass ich irgendwann nicht mehr weiß, wohin mit all den Dingern.«

»Sie ist nicht das, was sie vorgibt zu sein.«

»Wir sind zusammen aufgewachsen. Ich glaub, ich kenn sie besser als Ihr.«

»Gerlina ...« Ich legte eine Hand auf ihre Schulter, aber sie ließ sich nicht bremsen.

»Habt Ihr nicht mitbekommen, was passiert ist? Unsere Familie, unser ganzes Anwesen wurde angegriffen. Und wenn Lauri nicht wäre, würde der Berserker dort immer noch wüten. Ophelia Jonker kann das bestätigen.«

Sie deutete auf die Baronessa, die gerade in ein Gespräch vertieft war. Offenbar hatte sie doch noch jemanden gefunden, der sie nicht ignorierte. *Wobei...* Ich kniff die Augen zusammen. Es war nur eine junge Bedienung, die sich dazu herabließ, der Geächteten ein Glas Wein zu bringen. Ich sah genauer hin und mein Herz sank. Etwas stimmte da nicht. Das spürte ich nur allzu deutlich.

Ophelia war kreidebleich. Sie hatte keines der angebotenen Getränken angenommen, sondern starrte nur auf das junge Mädchen in Uniform.

»Ich muss los«, murmelte ich, aber Tormod Bard hielt mich zurück.

»Du bleibst schön hier ...«

»Du bist ... *was?*«, keuchte Estelle ungläubig und starrte mich mit großen Augen an.

»...Dämonin«, fuhr der Dämonenjäger fort, aber Gerlina brach in Gelächter aus.

»Eine Dämonin?«

»Ja.«

»Ich hab keine Zeit für den Unsinn«, sagte ich und versuchte seine Hand abzuschütteln. »Ich glaube, Ophelia ist in ...«

Eine weitere Welle an Schmerz fuhr mir durch den Körper, als das verfluchte Auroculum des Dämonenjägers erneut aufleuchtete und mich in einen goldenen Schimmer hüllte. Licht, welches dafür sorgte, dass ich von innen zu verbrennen schien.

Ich schrie auf und sank zusammen.

»Was soll das? Was macht Ihr da?«, rief Gerlina. Sie versuchte, den Dämonenjäger aufzuhalten, aber der stieß sie nur beiseite.

»Mutter!«, rief meine Schwester alarmiert. »Mutter!«

Es dauerte nur Sekunden, bis die Baronin der Liebe sich durch die Gäste gedrängt hatte. Ihr auf dem Fuß folgten ihre sieben Männer, einige von ihnen mit gezogenen Waffen. Ich nehme an, es hat Vorteile, so viele *Väter* zu haben.

»Lasst die Baronessa los!«, rief Richard, der sich vor meine Mutter schob und gleichzeitig seine Waffe auf meinen Angreifer richtete. »Was soll das? Was macht Ihr?«

Der Dämonenjäger ließ sich nicht von den Waffen und Muskeln, die ihn umgaben, beeindrucken. Das Licht umgab mich wie ein Gefängnis, aber es durchströmte auch jede meiner Zellen und ich spürte, wie die dunkle Schimmeressenz in mir erschauderte.

Der Tumult lenkte die Aufmerksamkeit der anderen Gäste auf mich, die nun innehielten und neugierig ihre Hälse reckten.

»Diese Kreatur hier ist kein Mädchen«, brummte Tormod. »Sie ist ein gefährliches Monster. Eine Dämonin!«

Das war es wohl mit meinem Geheimnis!

Quintus

Von der Tür aus schien ein bisschen Licht in die Zelle, gerade genug, um verschwommene Schemen zu erkennen. Und mit mir, eingesperrt in diesem Loch hier unten, erkannte ich die Umrisse von etwas Großem. Rote Augen starrten mich aus der Dunkelheit an. Ich hörte die tödlichen Krallen, die über den Boden kratzten.

Oh nein!

Das Herz rutschte mir in die Hose, aber die Kreatur machte keine Anstalten, mich anzufallen. *Warum tötete er mich nicht?* So wie ich hier lag, war ich eine leichte Beute für ihn. Und doch stand er nur da und sah mich an, so als würde er auf etwas warten. Die ersten Sekunden verstrichen und ich wagte nicht, mich zu rühren. Weitere Minuten gingen vorbei, ohne dass etwas passierte.

Mein Fuß pochte, und als der Berserker weiterhin keine Anstalten machte, mich zu verspeisen, wagte ich es, meinen Schuh unter seinem wachsamen Blick auszuziehen und nachzusehen. Der Knöchel war geschwollen und schmerzte.

Na wunderbar! Mit dem Gelenk würde ich so schnell nicht wieder laufen können …

Was sollte ich jetzt machen?

Ich wartete weiter, starrte in die Dunkelheit und hoffte, dass mir ein genialer Plan einfallen würde, aber mein Kopf war leer.

Plötzlich flog die Tür auf und ich wirbelte herum. Vertraute goldbraune Augen starrten mich an. »Quin!«

»Zori?« Ich war erleichtert sie zu sehen, doch gleichzeitig fürchtete ich, dass sich der Berserker im nächsten Moment auf sie stürzen könnte.

»Zori! Bleib lieber weg!«

»Vergiss es. Ich lass dich nicht noch einmal im Stich.«

»Was, wenn er dich angreift?«

»Das wird er nicht.«

Das Monster legte tatsächlich nur den Kopf schief und wartete, während Zori langsam auf mich zukam. Schritt für Schritt. Sie bewegte sich lautlos und vorsichtig wie eine Katze. Die Kreatur schnaubte und ihr Schwanz glitt wie eine Peitsche durch die Dunkelheit. Trotzdem griff sie nicht an, starrte die Elfe nur mit ihren roten Augen an.

Ich war vor Furcht um Zori wie erstarrt und wagte nicht einmal zu blinzeln. Erst als sie neben mir in die Knie ging und ihre Hand meine Schulter berührte, entspannte ich mich ein wenig und drehte meinen Kopf zu ihr um.

»Wie hast du mich gefunden?«, wisperte ich.

»Mein Puck hat geholfen.« Sie deutete auf etwas, das offenbar auf ihrer Schulter saß.

»Haben alle Elfen unsichtbare Freunde?«

»Nein, nur die Coolsten«, antwortete sie und entblößte grinsend ihre Eckzähne. Dann lehnte sie sich vor und untersuchte meinen Knöchel.

»Kannst du laufen?«

Ich drückte den Fuß vorsichtig auf den Boden, aber ein Schmerz jagte durch meinen Körper und ich stöhnte. »Nein ... Bitte! Geh und bring dich in Sicherheit!«

»Glaubst du wirklich, ich lass dich wieder den tragischen Helden spielen, Quin? Nein. Ich verliere dich nicht noch einmal. Wenn du nicht laufen kannst, trag ich dich.«

Kurz entschlossen schob Zori ihre Arme unter mich. »Los, halte dich fest«, wies sie mich an und ich schlang meine Arme um ihren Hals. Ihr Haar, dessen Duft mich an eine Mischung aus gemähtem Gras und Moos erinnerte, kitzelte in meiner Nase. Schon hievte sie mich hoch und zeigte dabei weitaus mehr Kraft, als man ihr zutrauen würde.

Ehe wir die Tür erreichten, hechtete der Berserker vor und verbarrikadierte den Eingang. Ich zuckte zusammen und erstarrte. Kalter Schweiß rann mir über Nacken und Stirn.

Das Monster mit roten Augen kniet über den Körpern meiner Eltern. Seine Kiefer mahlen. Ich drehe mich um, will wegrennen. Schmerz durchzuckt meinen Rücken. Es wird mich zerreißen!

»Alles okay, Quin!«

Zoris Stimme führte mich aus dem Tal aus Dunkelheit und Angst. Sie stand vor mir und versperrte mit ihrem Körper den Blick auf das Monster. Ich klammerte mich an ihre braunen Augen. Sanft drückte sie meine Hand, führte sie an ihr Herz, wo ich den schnellen, aber gleichmäßigen Rhythmus spürte. Ich konzentrierte mich ganz auf ihn.

Bumm. Bumm.

Bumm. Bumm.

Plötzlich zog etwas anderes meine Aufmerksamkeit auf sich.

»Zori«, hauchte ich und schrak zurück. »Du glitzerst.«

»Was?«

Dort auf ihrem linken Handrücken lagen glitzernde Körner. Sie fingen das wenige Licht, das hier im Keller herrschte, auf und reflektierten es wie strahlende Diamanten in der Dunkelheit.

»Oh!« Ihr Gesicht erhellte sich. Für einen Moment ließ sie mich los, um die Körnchen zu bewundern. »Sehen sie nicht wunderschön aus?«

Ich nickte zögernd. »Das tun sie, Zori!«

Wie ein Sternenhimmel, der in einem grünen See reflektierte. Und ihre Augen leuchteten vor Freude ebenso sehr.

»Weißt du, was das heißt?«, flüsterte sie aufgeregt und wandte sich dem Berserker zu, der immer noch die Tür blockierte. Mein Herz zog sich zusammen und ich schluckte, als ich verstand, was sie meinte. Der Glitzer würde uns retten und gleichzeitig für immer voneinander trennen.

»Du willst ihn berühren?«, wisperte ich.

»Ja. Vielleicht ist es genug, um unseren Freund hier zu überzeugen, uns zu helfen«, entgegnete sie kämpferisch.

»Pass auf«, flüsterte ich unnötigerweise, als sie auf den Berserker zuging. Die Kreatur zuckte nicht zurück. Sie verharrte regungslos, fast ehrfürchtig und beobachtete jede Bewegung von Zori. Die hob ihre Hand und ließ ihre Fingerspitzen sanft über seinen Nasenrücken streichen.

»So viel Schmerz«, flüsterte sie voller Mitgefühl. »Man hat dich eingesperrt, gequält, zum Gehorsam gezwungen. Dein Leben besteht nur noch aus Dunkelheit und Leid, aber das ist nun vorbei.«

Der Berserker schloss seine Augen und ... *schnurrte?* Anders konnte ich das tiefe, brummende Geräusch, das er von sich gab, nicht beschreiben.

»Ja, so ist's brav ... Liebes Mädchen«, flüsterte Zori, als würde sie mit einem Hauskätzchen sprechen. »Wir holen dich hier raus.«

Rausholen? Nun, von diesem Plan war ich überhaupt nicht überzeugt. Trotz Schnurren blieb das Viech dort ein Monster ... Ein Monster wie das, das meine Familie ermordet hatte. Ein Monster, welches es offenbar genoss, unterm Kinn gekrault zu werden, und wie eine Katze schnurren konnte. Wie passte das zu der kaltblütigen, todbringenden Kreatur, die wir im Keller der Jonkers gesehen hatten?

»Können wir es nicht hierlassen und einfach verschwinden?«, zischte ich, aber Zori schüttelte entschlossen den Kopf.

»Kein Wesen sollte in Gefangenschaft leben.«

»Gefährliche vielleicht schon…«

»*Sie* ist nicht gefährlich. Sie wurde abgerichtet, um zu gehorchen.«

»Das hat sie dir erzählt?«

Zori fuhr dem Monster erneut über die Nasenspitze, woraufhin es anfing, mit seinem Schwanz zu wedeln. Wie ein Hund, der sich freute, dass Frauchen endlich heimgekommen war. »Nein, aber ich spüre ihre Angst, ihre Trauer.«

»Berserker sind Raubtiere.«

Zori blieb stur. »Menschen auch.«

Ich konnte es deutlich in ihrem Blick lesen. Sie würde in dieser Sache nicht nachgeben und genau für diese Eigenschaft mochte ich sie. Wenn sie sich etwas in den Kopf gesetzt hatte, glänzten ihre Augen ein wenig mehr und sie schien von innen zu strahlen.

»Außerdem …«, verschwörerisch senkte sie ihre Stimme, »… können wir auf ihr reiten. Das wäre deutlich einfacher, als durch das Schiff zu humpeln.«

»Reiten? Auf diesem Monster?« Entgeistert starrte ich sie an. »Auf keinen Fall!«

Aber Zori war niemand, der so schnell ein Nein akzeptierte. Mit einem verschwörerischen Grinsen im Gesicht kam sie auf mich zu und machte Anstalten, meine Hand zu ergreifen. Ich wollte dieses starrköpfige Mädchen auf meinen Schoß ziehen, ihr sagen, wie sehr ich sie bewunderte, und küssen, aber im letzten Moment wich ich zurück. Sie wusste es noch nicht …

Ihre Stirn runzelte sich und sie hielt inne. »Was ist, Quin?«

Zur Antwort hob ich meine verbundene Hand in die Höhe.

»Sie haben es mir genommen«, flüsterte ich und mein Herz

wurde schwer. »Mein Auroculum. Es ist fort. Ich bin nicht länger immun. Wenn ich etwas von deinem Glitzer abbekomme, werde ich höchstwahrscheinlich ebenso treudoof wedeln wie deine neue Freundin.«

Das Strahlen in ihren Augen verebbte, als sie verstand, was das bedeutete. »Oh Quin …«

»Tut mir leid.« Ich ließ den Kopf hängen, wusste nicht, was ich sagen sollte. Aber sie hob mein Kinn mit der glitzerfreien Hand an.

»Mach dir jetzt keine Gedanken«, flüsterte sie. »Wir finden eine Lösung … Ich verspreche es dir, aber das ist ein Problem von morgen. Heute müssen wir erst einmal überleben.«

Woher nahm Zori ihren unerschütterlichen Optimismus? Obwohl sie mehr als jeder andere gelernt haben musste, dass die Welt ein grausamer Ort war, weigerte sie sich zu verbittern. Im Gegenteil. Wenn man ihr Steine in den Weg legte, schien sie nur noch höher springen zu wollen.

Sie sah mir tief in die Augen, und ihr Blick sorgte dafür, dass Schmetterlinge in meinem Magen zum Leben erwachten. Etwas von ihrer Hoffnung sprang auf mich über und ich nickte.

»Du hast recht. Ich bin ein Beschaffer! Der beste von ganz Amsterlock. Notfalls stehle ich mir ein neues Auroculum!«

Zeitgleich lehnten wir uns vor und Sekunden später berührten sich unsere Lippen ein weiteres Mal. Unter dem neugierigen Blick des Berserkers griff ich mit meinen Fingern in ihr Haar. Ihre Lippen öffneten sich und ich spürte, wie ihre Zunge sanft über meine strich. Neugierig und ein bisschen unbeholfen. Trotzdem jagte ein prickelnder Schauer der Aufregung durch meinen Körper. Auch mein Mund öffnete sich weiter. Ich wagte nicht zu atmen. All meine Aufmerksamkeit war auf diesen Moment gerichtet, auf diesen Kuss.

Zoris rechte Hand legte sich auf meinen Nacken. Die Fingerkuppen tanzten über meine Haut und hinterließen kleine Hitzewellen. Ich seufzte, wünschte mir, dass dieser Moment für immer währte.

Der Berserker schnaubte und wir lösten uns. Zoris Wangen glühten und in ihrem Blick lag ein Glück, das ich auch in meinem Herzen nachhallen spürte. Ich wollte sie nicht loslassen, sondern sie ununterbrochen berühren, solange es mir noch möglich war, ohne den Verstand zu verlieren.

»Also, Quintus Darawick! Hast du Lust auf einen Ausritt?«

»Muss das sein?«

»Auf Susi hält uns keiner auf.«

»Susi?«

»Susi«, bestätigte sie.

Zori half mir auf den Rücken des Berserkers, der sich sogar hinsetzte, um es mir leichter zu machen. Die Schuppen waren rau und schnitten in den Stoff meiner Hose. *Schon wieder eine Hose ruiniert!* Meine Hände suchten panisch nach etwas, woran ich mich festhalten konnte, fanden aber nur Stacheln.

»Bist du bereit?« Zori nahm leichtfüßig vor mir Platz, darauf bedacht, mich nicht mit ihrer Hand zu berühren.

»Nein«, sagte ich unglücklich und legte meine Arme um sie. »Vielleicht sollten wir doch für immer hier bleiben und knutschen?«

Sie lachte. »Du wirst sehen, Quin. Das wird ein Mordsspaß.«

Hoffentlich wird es kein Selbstmord …

Laurelin de Jong

»Was redet ihr da? Das ist doch blanker Unsinn!«, hörte ich meine Mutter sagen. »Lasst sie los oder ich sehe diesen Vorfall als Angriff auf mein Fürstentum.«

Der Dämonenjäger rührte sich nicht.

»Lass mich los«, befahl ich, aber meine Worte wurden nicht erhört, eine völlig neue Erfahrung und eine, die ich ganz und gar nicht schätzte. Ich war Laurelin de Jong und ich wollte mich nicht in diesem atemberaubenden Berserkerkostüm vor den Füßen des Dämonenjägers winden.

Bevor wir die Chance hatten zu handeln, ging die Tür auf und Lucius van Vliet betrat den Saal. *Was für ein Timing!* Als hätte er auf genau diesen Moment gewartet.

Wie so oft trug er einen dunklen, beinahe schlicht wirkenden Anzug mit silbern-goldener Krawatte. Einzig seine glitzernde Augenklappe mit Edelsteinen erinnerte an seine Vergangenheit als Freibeuter der Meere.

Als er mich vor den Füßen seines Dämonenjägers erblickte, wirkte er nicht im Geringsten überrascht.

»Willkommen, liebe Freunde!«, sagte er gelassen. »Wie ich sehe, habt Ihr bereits einen sehr interessanten Abend. Nun, meine Events werden nie langweilig.«

Verhaltenes Gelächter war die Antwort. Die Gäste waren sich noch nicht sicher, was sie davon halten sollten, dass eine Baronessa angegriffen wurde. Auf der einen Seite fanden sie es spannend, denn sie liebten Skandale. Auf der anderen Seite war die Angst vor meiner Mutter noch groß genug und niemand wollte es sich mit ihr verscherzen.

»Ich bin immer für interessante Veranstaltungen, aber nicht auf Kosten meiner Tochter«, mischte die sich ein. »Was soll das?«

»Die meisten hier kennen Tormod Bard ja bereits von der letzten Glücksparty. Er ist ein Dämonenjäger, der zu uns in die Stadt gekommen ist, um eine gefährliche Kreatur zu jagen. Es tut mir leid, Beatrice. Aber der Jäger macht nur seinen Job.«

»Seinen Job?«, echote Mutter, so kalt, dass es mich nicht gewundert hätte, wenn selbst die Alkoholvorräte an der Bar gefroren wären. »Was wollt Ihr damit sagen? Dass meine Tochter ein unsterbliches Wesen ist? Eine Dämonin?«

»Ganz genau.«

Meine Mutter drehte ihm den Rücken zu und wandte sich an die übrigen Gäste. »Eine unsterbliche Teenagerin würde mir sicherlich den letzten Nerv rauben. Also hoffe ich um meinetwillen, dass er unrecht hat.«

Vereinzeltes Gelächter war die Antwort. Die Gäste waren unentschlossen, für wen sie Partei ergreifen sollten. Die Wahrheit war hierbei zweitrangig, denn die meisten hier interessierte schlicht und einfach ihr eigener Vorteil.

Darum war es nicht weiter verwunderlich, dass Anna Mola, die Baronin der Wege, ihre Chance nutzte, um meiner Familie eins auszuwischen. »Na, ihre Haut ist schon seltsam.«

»Das nennt sich Vitiligo, verdammt noch mal!« So langsam hatte ich es satt, es allen und jedem erklären zu müssen.

Ausgerechnet Tormod Bard kam mir in diesem Punkt zu Hilfe. »Ihr Aussehen hat nichts damit zu tun. Das macht es ja so tückisch. Einen Dämon kann man so gut wie nicht erkennen.«

»Also sollen wir uns wirklich auf das Wort eines Fremden verlassen?«, fragte meine Mutter in die Runde.

»Sie ist gefährlich! Und wenn Ihr mir nicht vertraut, vertraut auf die Göttin«, sagte der Dämonenjäger. »Mein heiliges Licht beweist es. Sie kann den Blick unserer Göttin nicht ertragen, da sie eine Kreatur der Dunkelheit ist. Jeder andere hier würde sich glücklich schätzen, das Wunder von Sol erleben zu dürfen.«

»In Amsterlock sind die Götter schon lange tot oder haben das Weite gesucht, Dämonenjäger. Also verzeiht uns, wenn wir nicht allzu viel auf ein Amulett in Eurer Hand geben. Außer, wenn es darum geht, es zu verkaufen.«

Als Zustimmung kam erneut leises Gelächter. Eines musste man Mutter lassen, sie war überzeugend.

»Das ist doch kein Spaß!«, rief Tormod Bard ungeduldig. »Dieses Mädchen ist eine Dämonin.«

Offenbar war er andere Reaktionen gewohnt, wenn er Menschen sein Wunder zeigte. Aber in Amsterlock würde sicher keiner vor Ehrfurcht in Ohnmacht fallen, denn es war, wie Mutter sagte: Mit Göttern hatten wir nichts am Hut. Geld und Macht waren die einzigen Attribute, die hier verehrt wurden.

»Tormod Bard ist einer der Besten«, mischte sich Lucius van Vliet ein. »Wir sollten darauf hören, was er zu sagen hat.«

Ja. Das würde ihm so passen. Den de Jongs einen weiteren Stoß in Richtung Abgrund versetzen … Meine Mutter musste zu demselben Ergebnis gekommen sein, denn sie kniff ihre Augen zusammen, während Lucius weiter seine Bühne nutzte.

»Es tut mir leid, Beatrice. Aber um Eure Familie kursieren im Moment einige beunruhigende Gerüchte. Wir alle fragen uns, ob Ihr noch die Kontrolle habt.«

»Oh, ich habe alles im Griff.«

»Verzeiht, aber das sieht momentan nicht so aus. Erst der Tod

Eurer Tochter Seraphine. Dann ist mir zu Ohren gekommen, dass Ihr Lord Ambrosa verhaftet habt, selbst fast ermordet wurdet und nun soll Eure andere Tochter eine Dämonin sein … Was sollen dann ihre Kinder werden? Flüsterwesen? Das ist ein Skandal.«

»Was schlagt Ihr vor, Lucius?« Die Augen meiner Mutter wurden zu Schlitzen. »Dass ich mich zurückziehe? Euch die Bühne überlasse, jetzt wo Joris Jonker tot ist?«

»Was wir jetzt brauchen, ist eine stabile Führung. Wir müssen sichergehen, dass die Fürstentümer des Glücks und der Liebe in sicheren Händen sind. Ich bin nicht der Einzige, der so denkt. Andere Barone haben auch Zweifel an Eurem … Führungsstil geäußert.«

»Ist das so?« Meine Mutter sah in die Runde. »Überlegt Ihr wirklich, mich zu ersetzen?«

»Nun, das wäre vielleicht etwas voreilig«, murmelte der Baron der Seide, der Beatrice immer als Verbündete gesehen hatte.

»Also ich glaub auch, dass das Mädchen kein Mensch ist«, lallte die Baronin der Harmonie. »Sie hat kein Herz und kann nicht lieben. Hat sie mir selbst gesagt …«

»Hab ich nicht«, protestierte ich.

»So ein Quatsch«, bestätigte Gerlina. »Sie liebt ihre Familie mehr als alles andere und wir lieben sie.«

»Wir sollten die Behauptung des Dämonenjägers dennoch überprüfen«, sagte Anna Mola.

»Ja, eine Prüfung wäre angebracht«, stimmte der Baron der Seide vorsichtig zu.

»Der Jäger hat recht. Sie … sie ist wirklich ein Blutdämon«, sagte eine weitere vertraute Stimme und Ophelia schob sich mit blassem Gesicht an den Gästen vorbei nach vorne. An ihren Gehstock geklammert nahm sie neben Lucius Platz. Ihr Blick flog über die anwesenden Gäste. Kurz blieb er an einer Stelle hängen, als hätte sie jemanden in der Menge gesehen. Dann schluckte sie und fuhr fort. »Sie ist in der Lage, Blut zu kontrollieren und Menschen wie Marionetten zu leiten.«

»Was redest du da?«, keuchte ich. *Warum sagte sie das?* Gerade konnte ich wegen des verfluchten Lichts nicht mal meinen kleinen Finger bewegen. Wie sollte ich da jemanden kontrollieren? Mal abgesehen davon, dass so etwas die Fähigkeiten meiner Motten bei Weitem überstieg.

»Fahrt fort«, sagte Lucius van Vliet.

Ophelia schluckte erneut. Sie vermied es, mir in die Augen zu sehen.

»Sie kontrolliert meinen Körper. Genau in diesem Moment …« Sie zögerte, während die anderen Barone sich verwirrt ansahen und begannen, miteinander zu tuscheln.

»Warum?«, fragte Lucius van Vliet. »Was will sie?«

»Dass ich euch töte.« In dem Moment zog Ophelia eine Bolzenpistole und richtete sie auf einen entsetzten Baron der Magie. Seine Wachen, Männer und Frauen in goldenen Uniformen stürmten vor, aber sie war schneller und drückte ihm den Lauf in die Seite.

Was bei allen …?

»Tormod Bard! Tut etwas!«, kreischte der auf.

Der Dämonenjäger sah von Ophelia zu mir und kam zu dem Schluss, dass sie die Wahrheit sagte.

»Der einzige Weg, sie aufzuhalten, ist es, die Dämonin zu töten«, rief er. Schon hatte er ebenfalls eine Bolzenschusswaffe in der Hand und richtete sie auf meinen Kopf. Mein Herz sank, als ich in den Lauf der Waffe sah. Ich versuchte mich wegzudrehen, zu schreien, irgendwas … Aber mein Körper gehorchte mir nicht.

In dem Moment drückte er ab.

Laurelin de Jong

In Erwartung des Todes schloss ich meine Augen. Ein Schuss ertönte, aber der Schmerz blieb aus. Stattdessen versiegte das brennende Licht, das mich bis gerade gefangen hatte.

Ich blinzelte verwirrt.

Vor mir stand eine Gestalt im roten Kleid. Noch während ich versuchte zu verstehen, was da gerade passiert war, erschlaffte sie und sank zu Boden.

»Nein!«, hörte ich mich brüllen, als ich mich über sie beugte und in die vertrauten dunklen Augen blickte. Für einen Moment herrschte komplette Stille, auch wenn ich mir nicht sicher war, ob wirklich jeder in dem Saal die Luft anhielt oder ich die Welt einfach ausklammerte und all meine Aufmerksamkeit auf die Frau richtete, die vor mir lag.

»Mutter …« Ich starrte auf die Wunde in ihrer Brust, direkt über dem Herzen. Blut sickerte daraus hervor, verwob sich mit dem Stoff ihres Kleides. Ein dunkler Fleck, der schnell wuchs. Ich verstand nicht, was gerade passiert war. Warum hatte sie sich vor mich geworfen? »Warum …?«

»Na, weil du meine Tochter bist«, flüsterte sie und hob die Hand, um mir über die Wange zu streichen. »Und die Erbin meines Throns.«

»Mutter …« Ich fand keine Worte, war wie erstarrt, während sich die Welt viel zu schnell weiterdrehte. Ich nahm nichts von dem wahr, was um mich herum geschah. Mein Blick galt einzig meiner Mutter.

Viel zu viel Blut. Sie verliert viel zu viel Blut, dachte ich und drückte meine Hände auf die Wunde.

Hinter mir hörte ich Gerlina aufschreien. Sie eilte an meine Seite, dicht gefolgt von den Männern der Baronin, die einen Kreis um uns bildeten und uns von Tormod Bard und dem übrigen Geschehen abschirmten.

»Ich weiß, du wirst eine würdige Baronin sein. Viel besser, als ich es je war.«

»Nein. Du kannst nicht gehen. Bitte«, stotterte ich. »Ich bin noch gar nicht bereit …«

»Das war ich auch nicht, als ich den Thron von meiner Mutter übernahm, aber du wirst in diese Rolle hineinwachsen.«

»Mutter … Nein. Nein.« Ich stach mir in den Finger und eine Motte erwachte zum Leben. Klein und zittrig, denn das Licht der Lampen ließ nur wenig Schatten zu. Sie schwirrte um meine Mutter, untersuchte besorgt ihre Wunde und erstattete mir Bericht. Eine Wahrheit, die ich nicht hören wollte.

Versuch es!, schrie ich sie in Gedanken an. Verunsichert stob sie in die Höhe. Für andere wirkte meine Magie nicht. Das wusste ich und trotzdem wollte ich es nicht wahrhaben. Die Motte setzte sich auf das Loch, aus dem weiter Blut sprudelte, aber es versiegte nicht.

»Laurelin«, flüsterte meine Mutter. »Pass auf deine Geschwister auf.« Dann wandte sie sich an Gerlina, die neben mir kauerte und versuchte, ihre Tränen zurückzuhalten. »Passt aufeinander auf. Und nun hör auf zu weinen, Gerlina. Tränen sind Schwäche. Das weißt du doch.«

»Ja, Mutter.«

»Richard?« Sie wandte sich an ihren Leibwächter, der lautlos zu uns getreten war. »Du weißt, ich …«

»Ich weiß«, beruhigte er sie. Sie nickte ihm dankbar zu. Dann schloss sie ihre Augen und ihre Welt blieb für immer stehen. Meine Schwester schluchzte auf und konnte ihre Tränen nicht länger zurückhalten. Instinktiv landete meine Motte auf ihrer Wange, um sie zu trösten. Die Tränen benetzten die zarten Flügel. Gerlina schrak zurück, aber nur für einen Moment. Dann streckte sie erstaunt ihre Hand aus und die Motte schmiegte sich zutraulich an ihren Finger.

»Ich kann das erklären«, murmelte ich, aber meine Schwester schien nicht verängstigt. Eher fasziniert.

»Sie ist wunderschön.«

»Lasst mich durch«, hörte ich Tormod Bard rufen, der den Wachen und Mutters Männern, die uns immer noch wie eine Mauer umgaben, entgegentrat. »Die Dämonin muss sterben!«

»Ja, haltet sie auf«, quiekte Lucius van Vliet, auf den Ophelia noch immer ihre Bolzenschusswaffe richtete. Allerdings zweifelte ich daran, dass sie diese auch wirklich benutzen wollte. Ihre Hand zitterte, ihre Augen waren weit aufgerissen. So ein Zögern war für Ophelia Jonker untypisch und ich verwettete meinen genialen Berserkeranzug darauf, dass jemand ihre Hand lenkte. Aber wer? Lucius würde sich kaum selbst erschießen lassen.

»Bleibt zurück!«, rief Ophelia und die Waffe in ihrer Hand bebte. Sie schien förmlich darum zu bitten, dass man sie aufhielt. Was auch geschah. Einer von Lucius' Leibwächtern nutzte die Ablenkung durch den Dämonenjäger und warf Ophelia zu Boden, was sie widerstandslos geschehen ließ.

Tormod Bard zog währenddessen sein Schwert. Der Blick seiner eisblauen Augen galt nur mir und ließ keinen Zweifel daran, dass er mich töten wollte.

Die Trauer in mir vermengte sich mit kalter Wut.

»Ich muss mich um diesen Mistkerl kümmern«, flüsterte ich meiner Schwester zu und wagte einen Blick zu den Fenstern. Die

Sonne war bereits untergegangen und ich spürte den Klang der Nacht in mir widerhallen, aber hier im Ballsaal erschwerte das Licht meinen dämonischen Kräften auszubrechen. Die Flügel meiner Motte zitterten, während sie sich in meinem Ärmel zurückzog. »Wenn ich bloß …«

»Er greift gleich an«, unterbrach uns Estelle. Ihre dunklen Augen waren vor Furcht weit aufgerissen, als sie auf Tormod Bard deutete, der damit begonnen hatte, Mutters Männer zur Seite zu drängen.

Gerlinas Blick hingegen galt nur mir.

»Es ist also wahr«, stellte sie fest. Ich nickte. Keine weiteren Geheimnisse mehr. »Hast du mehr von denen?«

Sie deutete auf meine Motte, von der nicht mehr als eine blutrote Spitze ihres Flügels zu sehen war.

»Dafür bräuchte ich mehr Dunkelheit.«

»Wir müssen weg«, drängte Estelle und tatsächlich griff Tormod die Wachen, die sich ihm entgegenstellten, nun mit seinem Schwert an. »Er ist gleich hier … In drei …«

»Ich lasse mir etwas einfallen«, versprach ich. »Flieht einfach.«

»Zwei!«

Ich wandte mich an Richard, der noch immer auf Mutters leblosen Körper starrte, und schüttelte seine Schulter.

»Eins.«

Er schreckte hoch und zog reflexartig seine Bolzenschusswaffe, die er sogleich abfeuerte. Tormod Bard wich zurück und ging hinter einem Tisch in Deckung. Die Gäste schrien angesichts des Schusses auf und wichen weiter zurück. Doch ihre Neugierde war groß genug, dass sie nicht flohen, sondern das Spektakel weiterverfolgten.

»Seid vernünftig und gebt auf, Laurelin de Jong«, hörte ich Lucius van Vliet rufen. »Sonst endet das hier in einem Massaker.«

Richard wollte sich auf den Dämonenjäger stürzen, aber ich hielt ihn fest. »Sie würde wollen, dass du Gerlina hier herausbringst«, raunte ich ihm zu.

»Sie würde wollen, dass ich die neue Baronin schütze«, widersprach er.

»Dann sorg dafür, dass es hier dunkel wird.«

»Dunkel?«

»Ja.« Ich sah ihm in die Augen und er nickte.

»Gut.« Erneut hob er seine Bolzenschusswaffe und zielte auf eine der goldenen Laternen, die den Ballsaal beleuchteten. Ein Knall erschallte, gefolgt von einem Klirren, als das Glas zersprang. Er fuhr fort, bis sieben der Laternen zerstört waren. Gerlina blieb ebenfalls nicht untätig. Unter den entsetzten Schreien der Gäste packte sie einen Stuhl und warf diesen auf weitere Lampen.

»Vorsicht!«, rief Estelle, aber ich hatte schon damit gerechnet, dass Tormod Bard wieder aus seiner Deckung kommen würde. Er stürmte auf mich zu.

»Du willst ein Monster, Dämonenjäger? Du sollst es bekommen!« Ich konnte sie spüren. Die Macht meines Vaters, herausgelockt durch die Schatten, angestachelt durch die Wut, die in mir loderte.

Töte ihn!

Saug ihn aus!

Lass ihn bezahlen!

Es war wie eine Trommel, die immer lauter schlug und mich schließlich ganz ausfüllte, wie eine lodernde Flamme der Rache. Ich brach einen Berserkerstachel von meinem Anzug ab und rammte ihn in meinen Arm. Das Blut, das aus der Wunde floss, erwachte zum Leben und stob in die Höhe. Die Anwesenden schrien auf und stoben panisch auseinander, als ein Schwarm roter Motten in die Höhe stieg.

»Nun seht ihr es!«, rief Lucius van Vliet, der sich wie auch die anderen Barone in sicherer Entfernung aufhielt. »Nun seht ihr es alle! Tormod Bard hatte recht. Sie ist eine Dämonin!«

»Sie ist die neue Baronin!«, rief Richard entschlossen, während er eine weitere Laterne umstieß. Sie kippte, und als sie zersprang, verschwand auch ihr Licht. Dann wandte er sich an die Wachen. »Schützt Laurelin de Jong!«

»Schützt die Baronin der Liebe«, echoten die Männer meiner Mutter und griffen gemeinsam mit unseren Wachen an. Rote Uniformen prallten auf goldene. Schreie ertönten. Schwerter prallten aufeinander und das Chaos brach aus.

Offenbar hatten die anderen Barone nun genug Aufregung für einen Abend gehabt. Anstatt sich einzumischen, befahlen sie ihren Wachen, sie rauszubringen. Denn wenn sie eine Sache mehr schätzten als Macht und Einfluss, dann war es ihr Leben. Die anderen Gäste folgten ihnen, ein kreischender Haufen Menschen, die rücksichtslos aneinander vorbei zum Ausgang stolperten.

»Verschwindet!«, rief ich Richard zu, der Gerlina und Estelle schützte. Er sah mich ein letztes Mal fragend an, aber ich nickte nur auf die Motten, die mich umkreisten wie das Zentrum eines Tornados. Ich konnte auf mich selbst aufpassen. Meine Schwester und die Hexe im Schlepptau kämpfte er sich zu den Ausgängen.

Ich drehte mich währenddessen zu Lucius van Vliet um. »Ich fürchte, Ihr habt die Lage nicht länger unter Kontrolle, Lucius.«

»War das dein Plan?«, keuchte er zu meiner Verwunderung.

»*Mein* Plan?« Mein Herz zog sich zusammen.

»Joris Jonker, mich, deine Mutter … Es ist offensichtlich. Du willst unsere Fürstentümer.«

»Ich würde nie meiner eigenen Familie schaden.« Nein, hier ging etwas anderes vor.

Lucius van Vliet gab seinen Wachen ein Zeichen und einige der goldenen Uniformen eilten mit gezogenen Waffen an seine Seite, um ihm einen Weg nach draußen frei zu machen, während andere die Wachen meiner Mutter – *meine* Wachen – abwehrten.

Die Trommeln der Wut in mir schwollen weiter an. *Er würde davonkommen!* Das konnte ich nicht zulassen. Ich musste ihn in die Hände bekommen und die Wahrheit aus ihm heraussaugen.

Schnappt ihn euch, raunte ich meinen Motten zu, die ihm wie ein wütender Schwarm folgten. Allerdings kamen sie nicht weit. Goldenes Licht strömte aus dem Auroculum des Dämonenjägers und zerfetzte sie in der Luft. Panisch flohen die Überlebenden zurück zu mir und umkreisten mich flatternd.

»Endlich zeigst du dein wahres Gesicht, Blutdämonin.« Tormod Bard trat mir entgegen. Die Dunkelheit in mir grollte, wartete gierig darauf, sich auf ihn zu stürzen.

Erst ihn.

Dann Lucius.

Wir werden sie alle töten.

Er hob sein Auroculum erneut, aber dieses Mal war ich schneller. Ich ließ neue Motten aus meiner Wunde emporwachsen. Sie verbündeten sich zu einer blutroten Wolke der Rache und stürmten auf ihn zu. Das lenkte ihn ab. Während er sein Auroculum auf sie richtete, zückte ich meinen Berserkerstachel, sprang vor und bohrte ihm den Stachel direkt in seine Hand.

Das Licht erstarb und er krümmte sich vor Schmerz. Ohne ihm eine Chance zu lassen, sich zu besinnen, versetzte ich ihm einen Tritt. Er stürzte nach hinten und ich landete auf ihm drauf. Ich hielt den Berserkerstachel an seinen Hals, während meine Motten uns aufgeregt umschwärmten.

Wir haben ihn!

Der Dämonenjäger hatte die Augen vor Angst weit aufgerissen. In seinem Blick konnte ich ein Spiegelbild des Monsters sehen, zu dem ich im Begriff war zu werden. Meine Augen waren schwarz verhangen, während meine Motten eine rote Kuppel über uns formten. Ein blutrotes Zelt, das die Außenwelt aussperrte.

»Töte mich, Dämonin!«

Tue es!, rief die Dunkelheit in mir. *Er hat es verdient!*

Meine Motten ließen sich auf ihm nieder, stachen ihre Rüssel in sein Fleisch und begannen sein Blut zu trinken. Ich spürte die süße Genugtuung aus ihm herausfließen und mit ihr kam die Wahrheit.

Er hasst Dämonen von ganzem Herzen, seit seine Schwester durch einen starb. Aber ebenso sehr fürchtet er sie auch. Sein ganzes Leben, seine ganze Existenz kreist um die Aufgabe, die Dunkelheit zu besiegen. Es ist alles, was ihn am Laufen hält, denn eigentlich ist er allein. Er hat sich verloren, aber er will es nicht sehen. Denn dann wäre er ziellos.

Ich schreckte zurück und meine Motten hielten inne. Ihre Antennen zuckten, meine weiteren Befehle erwartend.

Bring es zu Ende! Töte ihn, rief die Dunkelheit in mir, jenes finstere schwarze Loch, das in meinem Inneren klaffte. Es war da, ein Teil von mir, so wie es ein Teil von jedem Menschen ist. Ich sah hinein in diesen alles verschlingenden Strom. Er versprach meinen Schmerz zu betäuben, aber ich wusste es besser. Durch die Rache würde ich mich nicht besser fühlen. Denn die Dunkelheit vermochte es nicht, mir zurückzugeben, was ich verloren hatte.

Ich war nicht wie Tormod Bard. Ich war nicht einsam und nicht verbittert. Ich hatte eine Familie und ihr schuldete ich es, dass ich der Dunkelheit nicht nachgab.

»Ihr habt euch geirrt«, flüsterte ich. »Ich bin kein Monster. Denn wäre ich eines, wärt Ihr nun tot.«

Tormods Stirn runzelte sich vor Verwirrung. »Wartet! Ihr lasst mich leben?«

»Sieht ganz so aus. Also tut Euch einen Gefallen und verlasst Amsterlock. Diese Stadt braucht Eure Wunder nicht.«

Ich spürte, wie die Wut in seinem Blut verrauschte und mit ihr die Entschlossenheit. Stattdessen schmeckte ich den sauren Geschmack von Zweifel und ich wusste, dass er mich vorerst nicht mehr angreifen würde. Also zogen sich die Saugrüssel meiner Motten zurück und sie ließen von ihm ab, um wieder zu mir zu kommen. Sie landeten auf mir und ihre Körper schmiegten sich an mich wie eine weiche Decke.

Ich stand auf und sah mich in dem Saal, der nun von Schatten beherrscht wurde, um. Die Gäste waren verschwunden. Meine Wachen hatten die von Lucius van Vliet in die Gänge zurückgedrängt und es war niemand mehr hier. Bis auf Ophelia, die auf dem Boden kauerte.

»Ophelia?«, fragte ich. »Alles okay bei dir?«

Ich ließ den keuchenden Dämonenjäger zurück und ging auf sie zu.

»Es tut mir so leid«, schniefte sie. »Das wollte ich nicht. Wirklich. Es war … diese Amata. Sie stand plötzlich vor mir und wollte, dass ich Lucius van Vliet hiermit erschieße und die Schuld auf dich schiebe. Sie hat mir das hier gegeben.« Schniefend drückte sie eine blonde Locke in meine Hand. »Sie hat damit gedroht, Seraphine zu töten …«

Wieder diese Amata. Und offenbar standen nicht nur die de Jongs und die Jonkers auf ihrer Todesliste, sondern weitaus mehr Barone. Es wurde immer klarer. Das Chaos folgte ihren Spuren. Sie war der Schlüssel zu alldem.

Zori

Es hatte Vorteile, auf einem Berserker durch ein Schiff zu reiten, denn das massige Tier füllte die Gänge mit seinem muskulösen Körper bereits vollkommen aus. Die Wachen und Diener, die uns begegneten, überlegten nicht lange, ob sie heldenhaft sein sollten. Sie flohen, so schnell sie konnten.

Ich genoss den Ritt. Ich spürte die Muskeln des Berserkers unter mir. Den starken Puls seines Herzens unter meinen Händen. Susi war eine mächtige Waffe, mit der wir nichts zu fürchten brauchten. Ihre Krallen waren wie Schwerter. Ihr Schwanz ein Speer.

Im Gegensatz zu mir schien Quintus nicht unbedingt den Spaß seines Lebens zu haben. Es sah etwas verkrampft aus, wie er da vor mir saß und sich an den Schuppen festklammerte.

»Alles in Ordnung?«, flüsterte ich ihm zu.

»Alles bestens«, log er, doch ich spürte, wie unwohl er sich fühlte. Beruhigend drückte ich seine Schulter. Dabei passte ich auf, die linke Hand von ihm fernzuhalten, auf der die kleine verheißungsvolle Spur glitzerte, mit der ich mich so viel mehr wie ich selbst fühlte.

Es war Freiheit. Macht. Sicherheit. Alles in einem, aber ich fürchtete mich, Quintus damit zu nahe zu kommen. Zur Genüge kannte ich die Geschichten meines Volkes. Geschichten, die sich Händler auf der Straße erzählten, um zu beweisen, wie gefährlich die Elfen waren. Leider waren einige davon wahr. Zum Beispiel die Geschichten eines Elfenprinzen, der junge Mädchen aus einsamen Dörfern in seinen Wald verschleppte. Mit seinem Glitzer brachte er sie dazu, ihn zu lieben, aber irgendwann verloren sie den Verstand. Einige stürzten sich sogar eine Klippe herunter. Es tat Menschen einfach nicht gut, längere Zeit unseren Berührungen ausgesetzt zu sein. Von uns manipuliert zu werden.

Wenn man zu sehr liebte, verlor man sich selbst.

Ich hatte versucht, es vor Quintus zu verbergen, aber auch ich fürchtete mich. Fürchtete mich vor unserer Zukunft ohne Aurocu-lum, denn je mehr von meinem Glitzer zurückkam, desto gefährlicher würde ich für ihn werden.

Glückspilz, der es sich auf meinem Schoß gemütlich gemacht hatte, knurrte.

»Uns wird schon etwas einfallen«, flüsterte ich zärtlich, woraufhin er mir seine Krallen ins Bein rammte.

Jaja, aber jetzt konzentriere dich aufs Reiten, damit wir nicht draufgehen.

Ich kicherte leise.

»Zori!«, rief Quin alarmiert.

Ich riss den Kopf hoch und sah gerade noch, wie eine dunkel gekleidete Gestalt in den Flur trat und sich dem Berserker in den Weg stellte. Ein Pfiff schallte durch den Gang und Susi bäumte sich auf. Sie riss ihren Kopf in den Nacken, der Schwanz klatschte gegen die Wand, wo er ein Stück Tapete herausriss. Gerade noch rechtzeitig gelang es mir, mich an ihrem Hals festzuhalten, wobei die scharfen Schuppen in meine Hand schnitten. Quintus' Arme schlangen sich um meine Taille und ich spürte, wie er den Kopf gegen meine Schulterblätter drückte.

»Was war das?«, rief ich, aber die Gestalt war bereits wieder verschwunden. Susi hingegen trippelte nervös mit ihren Klauen auf dem Boden.

»Psst«, summte ich beruhigend. Meine Stimme sanft wie ein plätschernder Bach. Sie schüttelte ihren langen Kopf, ihre Nüstern blähten sich. Ich spürte, dass sie sich entspannen wollte, doch gleichzeitig erklang ein weiterer Pfiff und sie schrak zusammen. Schon preschte sie vorwärts durch den Gang.

»Ich kann sie nicht mehr lenken«, rief ich Quintus zu.

»Die Pfeife ist ein verdammter Zähmer. Es kontrolliert sie. Kannst du nicht mehr Glitzer verwenden?«

Ich sah auf meine linke Hand herunter, wo die Körner vielversprechend leuchteten. Wie kleine mächtige Waffen, bereit, eingesetzt zu werden. Ich könnte meine Hand zwischen ihren Schuppen versenken, dafür sorgen, dass mein Glitzer in ihre Haut aufgenommen wurde und ihre Zuneigung für mich noch weiter stieg, aber ... Es würde Susi innerlich zerreißen. Sie würde zwischen Liebe und Angst wählen müssen. Wie auch immer man sie auf diese Pfeife konditioniert hatte, es war schmerzhaft gewesen. Das konnte ich spüren und ich war mir nicht sicher, ob meine Magie schon wieder ausreichte oder je ausreichen würde, um das ungeschehen zu machen.

Der Berserker stürmte eine Treppe hinauf, bis er das Deck des Schiffes erreichte. Erst hier unter dem blaugrauen Nachthimmel kam er schwer atmend vor einem Beiboot zum Stehen.

»Mist«, fluchte Quintus und jetzt sah ich auch warum. Direkt vor uns standen Lucius van Vliet, neben ihm das Phantom und eine Handvoll Wachen.

»Du lebst noch?«, fragte der Baron der Liebe entgeistert, als er Quintus entdeckte.

»Überraschung«, sagte der, aber Lucius van Vliet ließ sich nicht weiter davon beunruhigen.

»Tötet sie«, wies er seine Wachen an, während er sich dem Beiboot zuwandte, welches er gerade zu Wasser lassen wollte. Die

Wachen zögerten kurz angesichts des Berserkers. Zu Recht. Kaum näherte sich der Erste, schnappte Susi knurrend nach ihm. Ich konnte ihre Verwirrung spüren. Ihr Wunsch, mich zu beschützen, vermengte sich immer mehr mit der Angst vor ihrem Herrn und sie war unschlüssig, was sie tun sollte.

Die Wachen reagierten schnell und zogen ihre Bolzenschusswaffen. Offenbar kannten sie sich mit Berserkern aus, denn sie zielten nicht auf ihren gepanzerten Körper, sondern die ungeschützten Gelenke an den Beinen. Als die ersten Bolzen ihre Haut durchschlugen, schrie Susi vor Schmerz auf.

Ich konnte das nicht mit ansehen und sprang herunter.

»Zori!«, rief Quintus hinter mir, aber ich landete bereits neben der ersten Wache und strich ihm durch das Gesicht, wobei eine funkelnde Spur zurückblieb. Er sah mich schockiert an, dann wurde sein Blick weich. Sein Herzschlag beschleunigte sich und ich wusste, für einen Moment würde er nur für mich schlagen.

»Wie wunderschön du bist.«

»Beschütze mich«, hauchte ich ihm ins Ohr und er warf sich, ohne zu zögern, auf seinen Kameraden, der mit einem Messer auf mich zukam.

Ich wirbelte herum, versuchte die zweite Wache zu berühren, aber die war vorgewarnt und wehrte mich ab.

»Zori. Pass auf!«, rief Quin, der durch seine Verletzung auf dem Berserker festsaß. Susi wurde von den Wachen zurückgedrängt. Sie schnappte um sich, aber der Schmerz ließ sie nicht klar denken und ihre Schritte waren ungelenk.

»Gib mir den verdammten Zähmer! Ich beende das jetzt!«, fluchte Lucius van Vliet und griff nach der Pfeife. Er pustete hinein, dreimal kurz und einmal lang, und Susi bäumte sich erneut auf, sodass Quin sein Gleichgewicht verlor und aufs Deck des Bootes stürzte. »Töte den Darawick!«

Der Berserker stürzte sich auf Quin, der seinen verletzten Fuß umklammerte. Ihre Krallen bohrten sich in seinen Brustkorb, woraufhin er vor Schmerz laut aufschrie. Speichel rann aus ihrem langen Maul, als sie es öffnete, um zuzubeißen und sein Leben zu beenden.

»Nein, Susi!«, rief ich und sie hielt inne. Unglücklich sah sie von mir zu Lucius van Vliet, der vor Ungeduld tobte.

»Töte ihn!« Er hob die Pfeife erneut, aber ehe seine Lippen sie berührten, sank er in sich zusammen. In seinem Herzen steckte ein Messer.

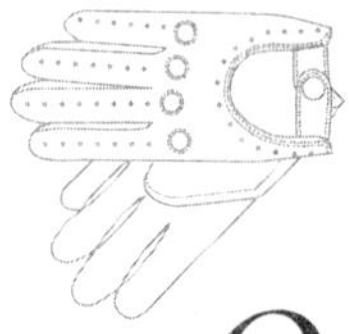

Quintus

Ich konnte es nicht glauben.

Das Phantom hatte Lucius van Vliet getötet.

Jetzt griff er sich mit einer Seelenruhe den Zähmer und pustete hinein. Einmal lang. Einmal kurz. Wie zuvor, als ich durch die Falltür gefallen war. Sofort ließ Susi von mir ab und ich atmete auf, als das Gewicht aus meinem Brustkorb wich.

Er pfiff erneut, dreimal kurz und einmal lang, und deutete auf die Wachen, auf die sich Susi nun stattdessen stürzte. Ihr Schwanz peitschte durch die Luft und fegte einige von ihnen von Bord. Andere erlagen ihren Klauen und wieder andere flohen, demoralisiert durch den Tod ihres Herrn. Susi stürmte ihnen zähnefletschend hinterher, denn wenn ein Berserker einmal im Blutrausch war, hörte er nicht so schnell wieder auf.

Ich starrte auf den leblosen Körper von Lucius van Vliet, der nun verlassen auf dem Deck lag. Er war tot. Wirklich tot. Mein Kopf rauschte. Phantome attackierten keine Barone, das wusste jeder, denn was Regierungsangelegenheiten anging, hielt sich der Schwarze Ring raus. So waren die Regeln. Und dennoch war es ausgerechnet das Phantom gewesen, das den Baron, ohne zu zögern, ermordet hatte.

Für einen Moment glaubte ich, es würde sich als Nächstes auf uns stürzen, alle Zeugen aus dem Weg räumen, aber es stand bloß da und guckte.

Ich rappelte mich auf, das schmerzhafte Pochen in meinem Fuß ignorierend, und drückte die Schultern durch.

»Wer bist du?«

»Ein Freund«, lautete die zögerliche Antwort.

»Das denke ich nicht. Ich kenne all meine Freunde.«

»Und trotzdem habe ich dich gerettet. Ich habe dem Berserker befohlen, dich nicht zu töten, als du in das Verlies gestürzt wurdest.«

Ja, das hatte er wohl. Die Frage war jedoch warum. »Dann arbeitest du nicht für den Baron?«

Unter der Maske drang ein freudloses, verzerrtes Lachen hervor. »Ganz sicher nicht. Sein Tod stand von Anfang an fest.«

»Wenn der Schwarze Ring erfährt, was du getan hast, werden sie dich bestrafen«, wandte ich ein.

»Das werden sie nicht, denn für die Welt da draußen hast du ihn getötet, Quintus Alexander Darawick. Du hast alles Recht dazu, nach dem, was mit deiner Familie passiert ist.«

»Mit meiner Familie?«

»Ja.« Das Phantom stieß Lucius' Leichnam mit seinem Stiefel an. »Er war es doch, der den Berserker geschickt hat, um sie zu töten. Er hat es selbst zugegeben. Und warum? Weil er sich bedroht fühlte, sich vor den Visionen fürchtete, die die Baronin für Amsterlock und die Flüsterwesen hatte. Sie sah in ihnen mehr als nur Kapital und setzte sich für ihre Freiheit ein. Genau wie du.«

Er deutete auf Zori, die sich mir vorsichtig näherte. Ich spürte, wie sie ihre Hand zwischen meine Schulterblätter legte, um sich zu vergewissern, ob alles in Ordnung sei. Dabei ließ das Phantom sie keine Sekunde aus den Augen.

»Du bist ihr sehr ähnlich, Quintus!«

»Du kanntest meine Mutter?«, fragte ich ungläubig. Meine Erinnerungen an sie hatte ich so lange weggesperrt, dass ich mich mittlerweile fürchtete, sie herauszulassen. Immer wenn ich versuchte sie zu visualisieren, mir ihr Gesicht, ihre roten Haare, ihr Lächeln vorzustellen, dann sah ich nur ihren Tod. Hörte das Schmatzen des Berserkers. Roch das Blut. Spürte den Schmerz. Auch jetzt begannen die Narben auf meinem Rücken zu brennen.

»Ja, ich kannte sie, aber das ist lange her.«

»Woher?«

Das Phantom blieb mir eine Antwort schuldig, aber ich war nicht bereit, so schnell aufzugeben.

»Für wen arbeitest du?«

Das Phantom schwieg.

»Sag es!«, rief ich und ging einen Schritt auf ihn zu.

»Für dich, Quin«, sagte er, ohne auch nur die geringste Emotion preiszugeben.

Für mich ... Das machte keinen Sinn. Wir kannten uns doch nicht einmal.

»Das würde ich gerne genauer wissen«, unterbrach uns eine andere Stimme und Laurelin de Jong trat an Deck. Sie trug einen roten Umhang, ihre Haare standen wild in alle Richtungen ab und in ihren Augen glänzte Wut, als sie auf das Phantom zusteuerte. Bei jedem Schritt raschelte es unheilvoll und erst beim Näherkommen bemerkte ich, dass es ihre roten Motten waren, die sie einkleideten. »Du hast all dieses Chaos verursacht, oder nicht? Nicht Lucius van Vliet! Von Anfang an hast du dahintergesteckt.«

Laurelin de Jong

»Du hast Lord Ambrosa gegen Seraphine aufgestachelt. Doch das Attentat ging schief, also hast du sie stattdessen entführt und mich auf die Spur der Jonkers geführt, in der Hoffnung, ich würde sie töten. Als daraus ebenfalls nichts wurde, hast du Ophelias Vater manipuliert, damit er für dich die Drecksarbeit übernimmt, und es am Ende so dargestellt, dass wir Lucius van Vliet für den Drahtzieher halten und ihn töten.«

Das Phantom kicherte, was durch den Stimmenverzerrer etwas wahnsinnig klang. Aber war er das? Ein Wahnsinniger? Oder folgte er einem ganz bestimmten Plan?

»Klingt ziemlich chaotisch.«

»Genau das war dein Ziel, oder nicht? Du wolltest, dass wir uns gegenseitig bekriegen und töten. Dabei war dir im Prinzip egal, wer wann stirbt. Die de Jongs, die Jonkers und Lucius van Vliet standen allesamt auf deiner Todesliste.«

Die Puzzleteile setzten sich langsam in meinem Kopf zusammen, aber ein großes fehlte noch. Das Motiv.

»Warum hast du das getan?« Die Motten erhoben sich von meinem Körper und umgaben mich wie ein angriffslustiger Bienenschwarm, bereit, sich auf mein Gegenüber zu stürzen. Ihre Körper glänzten vor dem Nachthimmel wie tödliche Rubine auf einem schwarzen Samtteppich.

Das Phantom ließ sich keine Angst anmerken. »Was hast du vor,

Blutdämonin? Willst du mich aussaugen? Dann muss ich dich enttäuschen. Ich bin vorbereitet.«

Er langte in seinen Gürtel und zog drei silberne Kugeln heraus, die auf Knopfdruck zu leuchten anfingen. Strahlendes Licht blendete mich, als er sie um sich herum platzierte. Meine Motten flohen und drängten sich hinter meinem Rücken zusammen. Auch wenn die Nacht das Erbe meines Vaters mit Kraft fütterte, würde ich sie nicht durch die Lichtbarriere schicken können.

»Ich lass dich nicht entkommen. Nicht bis ich meine Schwester wiederhabe«, rief ich. »Sag mir, was mit ihr geschehen ist, Amata. So heißt du doch, oder nicht?«

Das war das erste Mal, dass ich so etwas wie eine Regung bei dem Phantom bemerkte. Sein Kopf zuckte zu Quintus, der angesichts des Namens erstarrt war.

»Amata?«, flüsterte er. »Bist du das?«

»Amata ist tot«, entgegnete das Phantom ungerührt. »Sie wurde von einem Berserker zerrissen, genau wie ihre Eltern.«

Aber Quintus starrte sie weiterhin an. »Du bist es.«

»Nein, ich …« Das Phantom wich nicht zurück, als Quintus auf sie zuging. Sie blieb in dem Kreis aus Licht stehen, bis er sie erreicht hatte.

»Darum willst du Rache. Und darum hast du mir das Leben gerettet, als ich Lucius van Vliet meinen wahren Namen gesagt habe und du erkannt hast, wer ich bin.« Der Dieb hob seine zittrigen Hände zur schwarzen Maske, die keinerlei Regung verriet, und zog diese empor. Das Phantom ließ es geschehen und enthüllte ein blasses Gesicht, umrundet von mausgrauen Haaren. Das einzig Auffällige an ihr waren die grünen Augen, die sie mit Quintus teilte.

»Du lebst.« Er zog sie an sich und drückte sie fest. Ich konnte sehen, wie sie vor Anspannung leicht zitterte. Trotzdem verriet ihr Gesicht auch ohne Maske kaum Regung. »Wie?«

»Der Ring hat mich gefunden. Schwer verletzt, am Rande des Todes. Nur der Zorn und das Verlangen nach Rache hielten mich noch auf dieser Welt. Sie nahmen mich mit, versorgten mich und bildeten mich aus, um meinem Leben einen neuen Sinn zu geben. Aber ich wollte keinen neuen Sinn. Ich wollte Rache. Für unsere Eltern und für uns, Quin«, flüsterte sie. »Sie haben es verdient. Alle drei!«

Quintus löste sich vorsichtig, aber ließ seine Schwester nicht los, so als fürchte er, sie würde mit dem nächsten Windzug davongeweht. »Alle drei?«

»Lucius van Vliet tötete unsere Eltern, weil er fürchtete, dass sie ihm mit der Befreiung der Flüsterwesen seine Geschäftsgrundlage stehlen würden. Aber er konnte das nicht alleine durchziehen. Er brauchte Rückendeckung. Joris Jonker ließ es geschehen und bot sich nur allzu selbstlos als Nachfolger an. Und Beatrice de Jong wusste davon und überzeugte die anderen Barone, nicht so genau hinzusehen.« Ihre grünen Augen brannten vor Hass.

»Amata ...«

»Ich wollte neu anfangen. Ich habe es versucht, aber zu sehen, wie sie alle einfach weitermachen, als wäre nichts geschehen, hat mich wahnsinnig gemacht. Ich war so allein, verstehst du?«

»Jetzt hast du mich.« Sanft hielt Quintus ihre Hand, aber auch seine Nähe konnte die Wut, die in ihr tobte, nicht beruhigen.

»Dann hilfst du mir?«

»Helfen?« Ein verwirrter Ausdruck lag auf dem Gesicht des Diebes.

»Die drei Barone waren erst der Anfang. Ich werde nicht eher ruhen, bis alle tot sind. Jeder Einzelne, der davon gewusst und weggesehen hat.«

Ich verstand sie. Wenn jemand meiner Familie das angetan hätte, würde ich an derselben Stelle wie sie jetzt stehen und ebenso sehr für Rache brennen wie sie. Aber mein Mitgefühl änderte nichts daran, dass ich sie aufhalten musste. Ich spürte die Flügelschläge der Motten in meinem Nacken. Sie waren ebenso unruhig wie ich.

»Du wirst niemanden mehr töten, Amata«, sagte ich ruhig und trat einen Schritt auf sie zu. Sofort schob sich Quintus zwischen uns.

»Warte. Lass mich mit ihr reden.«

»Sie ist nicht mehr deine Schwester von damals«, erwiderte ich. Rache zerstörte nicht nur die, die einem zu nahe kamen. Am Ende zerstörte sie immer auch einen selbst. Sie war wie ein lodernder Waldbrand, der nur Asche übrig ließ. »Und wir müssen sie aufhalten, bevor sie noch mehr Unschuldige verletzt.«

»Niemand in Amsterlock ist unschuldig.«

»Seraphine hatte nichts mit dem Tod eurer Eltern zu tun«, erinnerte ich sie. »Also sag mir endlich, wo sie ist.«

Amata verschränkte die Arme. »Warum hätte ich sie am Leben lassen sollen? Sie ist eine de Jong. Ihr seid alle gleich.«

»Sie hatte nichts damit zu tun! Sie wollte nur glücklich sein.« Die Motten zitterten vor Anspannung. Ich wollte die Wahrheit aus ihr heraussaugen, um endlich Gewissheit zu haben, aber Amata war klug genug, nicht aus dem Licht zu treten.

»Glück war auch mir nicht vergönnt«, sagte sie kalt.

»Aber das kann sich ändern«, mischte sich Quintus ein. »Bitte. Sag ihr, was mit ihrer Schwester passiert ist.«

»Sie ist bereits tot.«

»Das glaube ich nicht.« Das durfte nicht wahr sein! Ich zog meine Klinge, aber Quintus machte keine Anstalten, den Weg freizugeben.

»Mach Platz«, knurrte ich.

Schaff ihn aus dem Weg, raunte die Dunkelheit in mir und meine

Motten zuckten. Für einen Moment kribbelte es mir in den Fingern. Ich wollte ihn angreifen und mich danach auf Amata stürzen, doch als hätte sie mein Vorhaben gespürt, sprang Zori an seine Seite. Sie sah mir tief in die Augen und schüttelte drohend den Kopf.

»Ich habe ihr die Kehle aufgeschnitten.« Amata legte den Kopf in den Nacken und lachte schallend.

Ehe ich ihre Worte verarbeiten konnte, fiel ein Schuss. Quintus schrie auf, als Amata zusammensank. Dabei begrub sie eine der Lichtkugeln unter sich. Schlagartig wurde es dunkler. Meine Motten nutzten ihre Chance und stürmten wütend vor. Wie ein Teppich aus Rubinen legten sie sich auf das Phantom, tasteten sie ab, bereit, ihrem Leben ein Ende zu bereiten. Der Bolzen steckte in ihrem Rücken zwischen ihren Rippen und bereitete ihr große Schmerzen. Meine Motten scharten sich um das Blut, um es zu trinken.

»Verschwindet!«, rief Quintus. Er griff eine weitere Lichtkugel und richtete sie wie eine Taschenlampe auf meine Motten, die entsetzt das Weite suchten.

Ein paar Meter entfernt stand Ophelia Jonker. In ihrer Hand lag eine Bolzenschusswaffe, aus deren Mündung Rauch zog. Tränen glänzten in ihren Augen und ich wusste, dass sie die letzten Worte gehört hatte. Zitternd brach sie auf dem Deck des Schiffes zusammen und vergrub das Gesicht in den Händen.

»Nein! Amata!« Quintus ergriff die Hand seiner Schwester und drückte sie an seine Wange.

»Amata ist tot«, wiederholte das Phantom.

»Es tut mir so leid. Ich hätte für dich da sein sollen …«

»Du wusstest doch nicht, dass ich noch lebe, Dummerchen.« Amata lächelte schwach. »Hätten wir es gewusst, wäre vieles anders gelaufen. Aber ich bin froh, dass es dir gut geht, Bruder. Lebe für uns beide. Okay?«

Mit diesen Worten ließ sie seine Hand los, drehte sich zur Seite und rollte auf das Geländer zu. Meine Motten folgten ihr, versuchten sich an ihr festzukrallen, aber sie hatte die Seite des Schiffes bereits erreicht. Mit einem Stöhnen quetschte sie sich unter der Absperrung durch und fiel mit einem lauten Klatschen ins Wasser. Ich sprang an die Reling, sah aber nur noch dunkles Wasser, welches sich über ihrem Körper schloss.

Laurelin de Jong

Ich saß am Kopfe der Tafel, auf Mutters altem Platz, und trug ein rotes Kleid, wie ich es von nun an wohl öfter tun würde. Vor mir saßen meine Brüder und Schwestern mit ihren Familien, ebenso wie die sieben Witwer, die Mutter zurückgelassen hatte, und Richard. Er hatte dunkle Ränder unter den Augen, aber versuchte seine Traurigkeit vor Benjamin zu verbergen. Die zwei sahen einander wirklich ähnlich und ich würde wetten, dass er wirklich sein Vater war. Zumindest schaffte im Moment nur Ben es, die Schatten aus Richards Augen zu vertreiben. Sie gaben sich gegenseitig Halt und verbrachten viel Zeit in der Bibliothek. Es war beruhigend zu wissen, dass sie jemanden hatten, der sie in der Trauer unterstützte.

Und ich? Manchmal fühlte ich mich allein, aber das war ich nicht. Ich hatte die vermutlich größte Familie in ganz Amsterlock und heute waren alle hier.

Sie waren gekommen, um sich von Mutter zu verabschieden und mich als neue Baronin der Liebe willkommen zu heißen. Dass das hier wirklich geschah, erschien mir immer noch wie ein schwer greifbarer Traum. Meine Mutter war immer diese unverwüstliche Person gewesen, und auch wenn ich wusste, dass das nicht stimmte und niemand unverwundbar war, hatte ich sie immer dafür gehalten. Wir hatten nicht das beste Verhältnis gehabt, trotzdem vermisste ich sie. Manchmal so sehr, dass ich mich in ihr Zimmer schlich und auf ihr Bett legte, um ihr näher zu sein. Dann stellte ich mir vor, wie ich die Seidenlaken vollkrümelte und sie damit zur Weißglut trieb.

Meine Finger schlangen sich um das Glas Weinschorle, das vor mir auf dem Tisch stand. Ich holte tief Luft und erhob mich. Sofort unterbrach meine Familie ihre Gespräche und sah mich erwartungsvoll an.

»Liebe Familie. Bevor ich euch frage, ob ihr mich als eure nächste Baronin akzeptiert, gibt es etwas, das ich euch offiziell sagen möchte, auch wenn ihr es mittlerweile alle wisst.« Ich hielt kurz inne, um mich zu sammeln. »Mein Vater war ein Dämon, was mich zu einer ähm … Halbdämonin macht und mir gewisse … ähm Kräfte gibt.«

»Ach Lauri, wir wussten schon immer, dass du nicht normal bist«, sagte Gerlina.

»Ja, allein die Flecken …«, murmelte Benjamin.

»Das hat nichts mit meiner Haut zu tun«, protestierte ich. »Es geht um mein Blut.«

Benjamin brach in Gelächter aus und ich realisierte, dass er mich nur hatte aufziehen wollen.

»Findet ihr das denn gar nicht schlimm?«, fragte ich nach.

»Also ich mag deine Haut …«, sagte Gerlina, die neben Estelle saß. Die Hexe trug keine Halsfessel mehr, denn die hatte ich ihr persönlich abgenommen, wie ich es mir geschworen hatte. Trotzdem hatte sie beschlossen zu bleiben, denn Gerlina und sie waren in den letzten Tagen unzertrennbar geworden.

»Ich meinte meine dämonische Identität«, seufzte ich.

»Die lieben wir auch«, rief Gerlina und wandte sich an den Rest meiner Familie. »Ihr solltet die Motten mal sehen. Sie sind cool!«

»Deine Kräfte sind ein Grund mehr, warum du die einzig richtige Wahl für Mutters Nachfolge bist.«

»Genau«, stimmte Benjamin zu. »Dann legt sich niemand mit uns an.«

Ich war noch nicht überzeugt. »Die anderen Barone werden das nicht gutheißen.«

»Es beginnt eine neue Zeit, Lauri«, sagte Gerlina. Sie warf Estelle einen warmen Blick zu. »Drei neue Barone nehmen nun ihren Platz ein, und so wie ich hörte, wird das so einiges zum Positiven ändern.«

»Vor allem für uns Flüsterwesen«, bestätigte die Hexe.

»Darum bist du perfekt für den Job!«

»Wer ist dafür, dass Laurelin unsere neue gefürchtete Chefin wird?«, rief Benjamin und meine gesamte Familie erhob sich zeitgleich. Sie reckten ihre Hände nach oben, in denen sie etwas Buntes hielten. Ich sah genauer hin. Es waren gestrickte Socken, mit denen sie nun hin und her winkten.

Schnell versteckte ich mich hinter der Weinschorle, damit sie nicht sahen, dass mir die Tränen in die Augen stiegen. Das war also der Moment. Der Moment, in dem sie beschlossen, dass ich die neue Baronin der Liebe werden würde. Wärme erfüllte mich und gleichzeitig eine tiefe Traurigkeit, denn an diesem Tisch fehlten zwei Personen.

Während meine Familie feierte, stocherte ich in meinem Dessert herum. Es gab zur Feier des Tages Lakritztorte, aber ich bekam keinen Bissen herunter, weil meine Gedanken ununterbrochen um Seraphine kreisten. Vor meinem inneren Auge sah ich sie mit durchgeschnittener Kehle in der Dunkelheit liegen.

Schließlich entschuldigte ich mich und trat auf den Balkon, hinaus in die kühle Nachtluft. Beinahe instinktiv stach ich mir in den Finger und ließ eine Motte erwachen, die sich an mich kuschelte und mir mit ihren pelzigen Fühlern Trost spendete. So verharrte ich und starrte auf die beleuchtete Stadt, die ohne Seraphine nicht dieselbe sein würde.

»Sie haben dich zu ihrer Baronin gewählt? Trotz deines Blutes?«, fragte eine verzerrte Stimme. »Das überrascht mich.«

Sofort stob meine Motte in die Höhe. Ein paar Meter entfernt auf dem Stamm eines Baumes stand ein Phantom. Nicht irgendeins. Amata.

Ich zückte eine meiner Klingen und machte Anstalten, mir den Arm aufzuschneiden, um meine Motten auf sie zu hetzen und zu beenden, was Ophelia begonnen hatte. Aber sie hob beschwichtigend ihre Arme. »Das wird nicht nötig sein.«

»Du hast mir meine Schwester genommen.«

»Das hatte ich vor, aber …« Sie hielt inne. »Ich dachte, sie könnte mir noch nützlich sein und …«

»Hör auf mit mir zu spielen. Hast du sie getötet oder nicht?«

In dem Moment hörte ich überraschte Rufe hinter mir. Ich wagte nicht, mich umzudrehen und dem Phantom den Rücken zuzukehren.

»Geh wieder rein, Laurelin de Jong. Dich erwartet ein Geschenk.«

Seraphine. Konnte das sein?

Meine Motte flatterte aufgeregt davon. Die Hoffnung ließ die Klinge in meiner Hand erzittern, aber ich ließ Amata weiterhin nicht aus den Augen.

»Warum hast du dich umentschieden?«

Amata zuckte die Schultern. »Sagen wir einfach, ich habe eine Schwäche für Geschwister, die sich lieben.«

Aus den Lauten der Überraschung wurden Jubelschreie. *Sie ist es*, bestätigte meine Motte und mir schossen Tränen in die Augen.

»Ihr könntet Amsterlock zum Besseren ändern. Du und mein

Bruder … Ich werde dich im Auge behalten, Laurelin de Jong.« Mit den Worten verschwand sie in der Nacht.

Ich verharrte noch einen Moment draußen, bis ich mir ganz sicher war, dass sie fort war. Dann verstaute ich meine Klinge im Ärmel und stürmte vom Balkon zurück ins Esszimmer. Der Tisch war verwaist. Stattdessen drängte sich meine Familie um einen Neuankömmling. Ich hechtete an ihnen vorbei, bis ich vor ihr stand. Sie war es. Ihr Gesicht war eingefallen, ihre Haare standen in alle Richtungen ab, aber sie war es.

»Seraphine!«

Ich schloss sie in meine Arme und drückte meine Stirn fest gegen die ihre. Selbst als ich ihren warmen Körper und das Schlagen ihres Herzens spürte, konnte ich es immer noch nicht glauben. »Ich dachte, du seist …«

Die Tränen flossen unaufhaltsam über meine Wangen, als die Anspannung der letzten Tage von mir abfiel und Erleichterung und Freude Platz machte, und ich brachte kein weiteres Wort mehr heraus. *Seraphine lebte und sie war in Sicherheit!*

»Also eines kann ich euch versprechen: Ich werde nie wieder mit Gift herumexperimentieren«, murmelte sie und strich mir über den Rücken, bis ich mich beruhigt hatte.

Danke, Amata!, dachte ich.

Offenbar hatte der Rachedurst sie doch nicht vollständig verschlungen. Ein kleines Licht musste es noch gegeben haben. Ein Licht, welches möglicherweise durch Quintus neu entfacht worden war.

Ich wäre am liebsten den ganzen Abend nicht mehr von Seraphines Seite gewichen, aber diesen Posten übernahm Ophelia. Sie hielten sich an den Händen und ihre Blicke sprachen Bände.

»Sie sind echt süß zusammen«, flüsterte Gerlina, die neben mich getreten war. Sie legte ihren Kopf auf meine Schulter und für eine

Weile verharrten wir so. »Irgendwann wirst du auch deine zweite Hälfte finden, Lauri.«

Ich zuckte die Schultern. »Vielleicht. Vielleicht auch nicht. Ehrlich gesagt glaub ich, dass ich schon komplett bin, so wie ich bin.« Denn in Momenten wie diesen wurde mir klar, dass ich nichts, rein gar nichts vermisste. Meine Familie war hier und das war alles, was zählte.

Sie sah mich an und nickte. »Ja. Das bist du. Komplett und perfekt.«

Epilog
Zori

Amsterlock hat sich verändert. Laurelin de Jong ist die neue Baronin der Liebe, aber auch die anderen Fürstentümer wurden neu aufgeteilt. Quintus hat den Thron des Glücks Ophelia Jonker überlassen, die am selben Tag bei Seraphine de Jong um ihre Hand anhielt.

Dafür hat Quintus den Thron der Magie übernommen, aber er weigerte sich, Baron zu sein. Stattdessen will er das Experiment wagen, das Fürstentum mit einem Rat zu regieren, der neben ihm aus einem Vertreter der Undinen, der Hexen und mir besteht. Zusammen wollen wir das Fürstentum neu strukturieren.

Natürlich waren die Menschen zunächst alles andere als erfreut über die Neuerungen, aber gegen die vereinten Fürstentümer von Liebe, Glück und Magie können weder sie noch die anderen Barone viel ausrichten. Also akzeptieren sie es murrend und reden hinter vorgehaltener Hand über die gute alte Zeit.

Jetzt sitze ich auf Susis Rücken und presche durch die Wälder, die vor Amsterlock liegen. Meine Haut glitzert und funkelt im Sonnenlicht, verbindet mich mit den Bäumen, deren Lied durch meinen Körper schallt und mein Herz zum Schwingen bringt. Ich suche nach anderen Elfen, Überlebenden, die ich nach Amsterlock bringen kann, aber bisher verlief meine Suche erfolglos. Glückspilz ist sich allerdings sicher, dass wir welche finden werden, und ich habe gelernt, auf ihn zu vertrauen.

Als ich Susi über einen plätschernden Bach zu einer Lichtung lenke, wittert sie etwas und schnaubt. Dort auf einer Wolldecke liegt eine vertraute Gestalt mit roten Haaren. Als wir uns nähern, setzt er sich auf und öffnet die Augen. Sie sind so grün wie die Baumkronen um uns herum, und immer wenn ich sie sehe, stiehlt sich ein Lächeln auf meine Lippen.

Ich springe von Susis Rücken und eile auf ihn zu. Zu gerne würde ich in seine Arme gleiten, meine Finger in seinem Haar versenken und ihn küssen, aber ich weiß, dass das nicht möglich ist.

In seinem Blick brennt dieselbe Sehnsucht, als er wenige Zentimeter vor mir zum Stehen kommt. Aber das würde er nie sagen, denn er will es uns nicht noch schwerer machen. Stattdessen ist er jeden Tag aufs Neue bemüht, das Beste aus unserer Lage zu machen. Heute hat er ein Picknick vorbereitet. Mit Erdbeeren, Käsebroten und Wein für sich und einem Käfig mit Mäusen für mich. Ich muss grinsen, als ich im Schneidersitz auf der Wolldecke Platz nehme.

»Wie war der Ausritt?«, fragt er und wirft Susi, die sich an einem Baumstamm den Rücken kratzt, einen skeptischen Blick zu.

»Fantastisch.« Ich öffne den Käfig und hole eine Maus heraus. Das Tier schmiegt sich glücklich in meine Hand, während ich ihm über den Kopf streichele. »Und deine Ratssitzung?«

»Hab mich weggeschlichen.« Er zwinkert mir vielsagend zu. Ich schiebe mir die Maus in den Mund, während er sein Brot auspackt. Manchmal frage ich mich, ob ihn meine Essgewohnheiten noch ekeln, aber er scheint sich wirklich daran gewöhnt zu haben. Überhaupt ist es eines der schönsten Dinge zu wissen, dass er mich nimmt, wie ich bin. »Ich würde nichts, aber auch rein gar nichts an dir ändern, Zori«, hat er einmal gesagt und mir geht es ebenso. Wenn ich bei Quintus bin, fühle ich mich leicht und unbeschwert.

Als wir fertig sind mit dem Essen, packt Quintus zwei Handschuhe aus. Einen zieht er über, den anderen nehme ich. Sofort tanzen meine Finger seinen Arm empor und streichen sehnsüchtig über seine Wange, dann über seine Lippen. Ich versuche mir vorzustellen, wie sich erst unsere Münder berühren, dann unsere Zungen.

»Ich werde ein Auroculum finden«, verspricht er mir.

»Ich weiß«, entgegne ich und ziehe ihn hoch.

Wir hatten Amsterlock verändert, das Glitzergeschäft unterbunden und die Flüsterwesen befreit. Das alles zeigt mir, dass nichts unmöglich ist.

Meine behandschuhten Finger verschlingen sich mit seinen, während wir Hand in Hand in den Wald spazieren.

Autorin

CAROLINE BRINKMANN lebt in New York und schreibt Bücher für Jugendliche und junge Erwachsene. Gleich mit ihrem Debüt gewann sie bei Lovelybooks den ersten Platz der Besten deutschsprachigen Debütautor*innen. Ein Leben ohne Schreiben kann sie sich mittlerweile nicht mehr vorstellen. Darum versinkt sie, wann immer sie die Zeit dafür findet, in ihren Welten. Am liebsten mit jeder Menge Kaffee in greifbarer Nähe.

Mehr zu unseren Büchern auch auf Instagram

Caroline Brinkmann

Aurora – Das Flüstern der Schatten

ca. 400 Seiten, ISBN 978-3-570-31479-1

Als Aurora loszieht, um dem dämonischen Herrn der Käfer Einhalt zu gebieten, weiß sie, dass eine nahezu unmögliche Aufgabe vor ihr liegt. Trotzdem tritt sie ihm gegenüber und ist sie bereit alles zu opfern – ihr Leben und sogar ihre große Liebe.
Doch nur wenig später steht sie vor einer neuen Herausforderung, als sie ohne jede Erinnerung in Hansewall erwacht, wo sie auf Kaz trifft, einen Jungen mit grauen Sturmaugen, der seine wahre Identität vor ihr geheim hält. Er hilft ihr, die Wahrheit über die vergangenen Stunden herauszufinden. Dabei werden die beiden in einen Strudel aus Intrigen und Verrat hineingezogen, in dem sie niemandem trauen können. Bald müssen sie sich entscheiden, welche Seite sie wählen: Licht oder Dunkelheit?

cbt

30450

www.cbj-verlag.de

Holly Black

ELFENKRONE

Elfenkrone
Band 1, 448 Seiten,
ISBN 978-3-570-31358-9

Elfenkönig
Band 2, 384 Seiten,
ISBN 978-3-570-31399-2

Elfenthron
Band 3, 384 Seiten,
ISBN 978-3-570-31421-0

»Natürlich möchte ich wie sie sein. Sie sind unsterblich. Cardan ist der Schönste von allen. Und ich hasse ihn mehr als den Rest. Ich hasse ihn so sehr, dass ich manchmal kaum Luft bekomme, wenn ich ihn ansehe …« Jude wird als Kind an den Hof des Elfenkönigs verschleppt und dort gemeinsam mit ihrer Zwillingsschwester vom Mörder ihrer Eltern aufgezogen. Mit siebzehn hat sie nur noch ein Ziel vor Augen – ihre Macht am Elfenhof auszubauen und von den Elfen als Ebenbürtige anerkannt zu werden. Doch ihr größter Widersacher ist Prinz Cardan, der schönste und gefährlichste aller Elfen … Magisch, fesselnd, unwiderstehlich: die Weltbestseller-Fantasy-Reihe von Holly Black!

30460_3

www.cbj-verlag.de

Rachel E. Carter

Magic Academy

Das erste Jahr
Band 1, 416 Seiten
ISBN 978-3-570-31170-7

Die Prüfung
Band 2, 496 Seiten
ISBN 978-3-570-31171-4

Die Kandidatin
Band 3, 444 Seiten
ISBN 978-3-570-31245-2

Der letzte Kampf
Band 4, 560 Seiten,
ISBN 978-3-570-31265-0

eOnly

Der dunkle Prinz
exklusives eBook, 146 Seiten
ISBN 978-3-641-22572-8

Die 15-jährige Ryiah kommt mit ihrem Zwillingsbruder an die Akademie. Die berüchtigtste Ausbildungsstätte ihres Reichs, an der nur die besten Schüler aufgenommen werden. Nur fünfzehn der Neuankömmlinge werden die Ausbildung antreten dürfen. Der Wettkampf um die begehrten Plätze ist hart und die Rivalität groß. Vor allem, als Ry Prinz Darren näher kommt, macht sie sich Feinde. Wird sie trotz aller Widerstände gut genug sein und ihren Platz an der Akademie behaupten?

30323_4

www.cbj-verlag.de